붉은 집
살인사건

변호사
고진
series

붉은 집
살인사건

도진기 장편소설

황금가지

차례

붉은 집 ⋯⋯⋯⋯ 7

과거로부터 온 살인 ⋯⋯ 39

천국의 계단 ⋯⋯⋯⋯ 106

알리바이, 알리바이 ⋯⋯ 131

탁류 ⋯⋯⋯⋯ 221

마지막 목소리 ⋯⋯⋯⋯ 240

의심과 진실 ⋯⋯⋯⋯ 248

대면 ⋯⋯⋯⋯ 297

어둠의 변호사 ⋯⋯⋯⋯ 329

붉은 집

의뢰인의 집은 우면산 터널을 지나자 금방이었다. 고진은 벌처럼 앵앵거리는 내비게이션을 껐다. 경치가 극적으로 바뀌었다. 번잡한 도심은 사라지고 이곳이 서울인가 싶을 정도의 고즈넉한 전원지대가 펼쳐졌다. 황사가 이상하리만치 짙어져 시야를 뻑뻑하게 가리고 있었다. 지독한 모래 먼지 탓에 4월의 봄이 무색하게 하늘은 잔뜩 찌푸렸고 스산한 바람까지 불었다.

"터널을 지나자 눈의 나라, 가 아니라 황사의 나라군."

소설 『설국(雪國)』의 첫머리를 떠올리던 고진은 담배를 한 개비 피워 물었다. 적어도 지금 이 순간은 대기가 니코틴보다 덜 유독하지 않을 것 같다.

남광자의 집은 우면산을 등에 업은 언덕에서 고고히 아랫동네를 내려다보고 있었다. 덩그러니 놓인 집이 을씨년스러운 날씨와 어우러져 암울한 분위기를 자아냈다.

와우. 작은 감탄사가 고진의 입에서 새어 나왔다.

올라가는 길은 차가 다닐 수 있도록 닦여 있었지만 그는 차를 언덕 아래 동네의 적당한 곳에 세우고 걸어 올라갔다. 내려오는 차와 언덕에서 마주하기라도 하면 낭패일 정도로 길이 구불구불하고 좁았기 때문이다. 300여 미터의 언덕길은 비교적 완만했지만 어느덧 30대 중반을 넘어선 그는 힘이 부쳤고 이마에 번져 나오는 땀을 피할 수 없었다. 담배에 찌든 폐 탓도 있다.

다리가 팍팍해질 무렵 서서히 낮은 담장이 눈에 들어왔다. 그 너머로 불그스레한 집의 외형이 보였다. 저택이라고 불러도 좋을 만큼 넓고 당당한 2층짜리 단독주택이었다.

집 앞에 널찍한 공터가 있고, 오른편에 낡은 중형차 한 대가 담장을 바라보고 주차되어 있었다. 앞쪽 담장 부분이 깨끗한 걸 보니 매연으로 더럽혀질까 봐 후면주차를 삼가 온 것 같았다.

가까이서 본 집은 더 위풍당당했다. 200여 평쯤 돼 보이는 대지 위에 버티고 선 건물은 고색창연해서 더 육중해 보였다. 양옥이 갓 도입되던 시절에 지어진 게 아닐까 싶을 만큼 유행이 지난 건축양식이 군데군데 엿보였다. 특히 대문이 그랬다. 다갈색 나무대문이 가운데에 버티고 있고, 그 옆에 작은 폭의 문이 따로 나 있었다. 출입은 주로 그쪽 문을 사용하는 모양이었다. 낡은 물건은 또 있었다. 대문 왼편 기둥 벽에 까맣게 광택이 나는 문패 두 개가 나란히 자리를 잡았다.

"거창한 이름이야. 무협지 주인공들 같은데."

고진은 휘이 하고 휘파람을 한 번 불고는 벨을 눌렀다. 인터폰에서 "네." 하는 여성의 목소리가 조그맣게 들린 후 작은 대문이 덜컹하고 열렸다. 의뢰인은 은밀하게 사람을 들이고 싶은가 보다.

집 안으로 들어섰다. 본채 현관까지 돌길이 이어졌고, 양쪽으로 잘 손질된 정원이 나뉘어져 있다. 오른편 정원 너머로는 창고를 개조한 것 같은 별채가 있었고, 왼편 정원 쪽에는 자그마한 연못이 조형미를 더해 주었다. 정원은 입구 쪽에서 보이지 않는 집 뒤편 마당까지 이어졌다.

집 외벽 전체는 붉은 벽돌로 마감되어 있었다. 군데군데 깨진 벽돌에서 세월을 겪은 흔적이 고스란히 묻어났다. 대부분은 검붉게 변색되었고, 사이에 덧댄 은빛 화강암마저 붉게 물들어 보였다.

"언덕 위에 있는 붉은 집이에요. 딱 한 채뿐이니까 금방 찾으실 거예요."

의뢰인 남광자가 자신 있게 말하던 음성이 되살아났다.

오른편 벽면으로는 2층으로 이어진 넓은 계단이 있었다. 어색하게 건물에 덧붙여진 모양새로 보아 원래 한 세대를 위한 2층집으로 지어졌던 것 같다. 그러다가 훗날 2층에 독립한 세대가 생기면서 별도의 출입구로 계단을 설치한 모양이다. 서씨와 남씨라는 문패가 따로 있는 걸로 봐도 그렇다.

오른편 별채 앞쪽에 얼핏 사람 그림자가 비쳤다. 쪼글쪼글하고 볼

품없는 노인이었다. 어딘가 몸이 불편해 보였는데, 허름한 행색에 삽을 들고 서 있는 폼이 집안일을 하는 사람인가 싶다. 그는 오싹할 정도로 적대감이 담긴 안광을 번뜩이고 있었다. 단지 낯선 사람이라서 그런 눈길을 보낸다기에는 이상할 정도였다. 분명 처음 보는 얼굴인데. 고진은 의아했지만, 모른 척 피해 버렸다.

노인의 기묘한 눈길을 받은 때문일까. 문득 고진의 호기심이 발동했다. 의뢰인인 남광자는 아마 2층에 있는 듯하다. 하지만 고진은 발길을 1층 현관으로 향했다. 현관문 앞 계단 세 단을 올라가 서슴없이 문을 벌컥 열었다.

시야가 멍했다. 안이 지나치게 컴컴했던 탓이다. 창문에는 커튼을 둘렀고, 전깃불도 켜놓지 않고 있었다.

"계십니까?"

음침한 안쪽으로 목소리를 보내 보았다. 한참 후에 인기척이 났다. 삐거덕, 방문이 열렸고, 노인이 천천히 걸어 나왔다. 회색빛 가운 아래 숨겨진, 나이를 무색케 하는 당당한 체격이 엿보였다.

"누구요?"

동굴에서 울리는 듯 굵고 단단한 저음이었다. 낯선 방문객에 대한 두려움 따위는 조금도 보이지 않았다. 콧날이 도드라진 얼굴은 외향적이고 기운이 넘친다는 인상을 주었다. 윗머리는 거의 벗어졌고, 옆과 뒤에 조금 남은 가닥은 하얗게 세어 있었다. 외견상 70세 가까이 보였지만 나이를 들어 보이게 하는 머리 상태를 고려해 보면 실제로는 60대일 수도 있다. 불쾌한 낯빛이 더욱 그를 강한 인물로 비치게 했다.

"남광자 씨와 약속이 있어 왔습니다만."

"2층으로 가요! 바깥 계단으로."

노인은 퉁명스럽게 말하고는 휙 몸을 돌려 들어가 버렸다. 현관문을 벌컥 열어젖힌 고진이 먼저 실례한 것이긴 하지만, 방문객을 대하는 노인의 태도 역시 예의 있다는 느낌을 주지는 않았다.

"감동적인 불친절이군."

고진은 조그맣게 혼잣말을 내뱉고는 곧장 나가지 않고 현관에 서서 집 안을 둘러보았다. 어두운 거실 한쪽 벽을 차지한 진녹색 액자가 눈에 띄었다. 잘 닦인 유리 덮개 밑으로 삼각형 모양의 빨간 띠와 포개진 별 모양의 금속 장식이 있었다. 훈장이었다. 집주인은 퇴역 군인인가?

현관문을 닫고 되돌아 나온 고진은 건물 오른편 외벽 계단을 올라갔다. 의뢰인은 조금 전 고진의 벨소리에 대문을 열어 주고서 기다리고 있던 모양으로, 2층 현관문이 활짝 열려 있었다.

안으로 들어서자 거실 마루에 예순 정도 되어 보이는 여성이 조심스런 표정으로 서 있었다. 나이가 무색하게 허리가 잘록하게 들어간 물빛 시스루 블라우스를 걸친 그녀는 고진을 올려다보며 차분한 목소리로 인사했다.

"어서 오세요. 고진 선생님이시죠? 제가 전화 드렸던 남광자예요."

그녀는 이어 고진을 거실 소파로 안내했다. 고진은 사양했지만 결국 제일 큰 1인용 소파를 차지하게 되었다. 남광자는 차를 내온 후 길쭉한 3인용 소파의 한 자리에 앉았다. 찻잔이 예사롭지 않아 받침 뒷면을 힐끔 보니 로얄 코펜하겐이었다. 이 의뢰인은 고진을 극진히

환대하기로 작정한 듯하다. 말투도 나긋나긋했다.

"이렇게 여기까지 오시게 해서 죄송해요. 집을 비울 수 없는 사정이 있어서요."

"괜찮은데요. 오랜만에 좋은 공기도 마시고."

문득, 오늘은 황사가 극심한 날이라는 사실에 생각이 미친 그는 헛기침을 했다.

"……죄송합니다만 '어둠의 변호사'로 불리는 고진 선생님 맞으시죠?"

"네, 맞습니다."

그는 이 온화한 여인이 혹 자신에게 두려움을 느낄까 봐 설명을 덧붙였다.

"'어둠'이 법정에 나가지 않는다는 의미라면 말이죠."

고진은 판사로 5년을 일했지만, 어느 날 갑자기 그만두고 변호사가 되었다. 하지만 사람들이 흔히 생각하는 그런 변호사는 아니었다. 사무실을 내지 않았다. 법정에도 나가지 않았다. 오로지 뒷길에서 의뢰를 받았고, 법정 밖에서 사건을 해결했다. 어느새 뒷세계에서는 꽤 알려진 인물이 되었다. '어둠의 변호사'라는 별명으로 부르는 이도 생겨났다. 딱히 이 호칭이 마음에 드는 건 아니었지만, 그런대로 별명이 불러일으키는 이미지나 오해가 쓸모 있었기에 내버려두었다. 고진과 같은 인물에 대한 수요는 은밀하지만 분명히 있었다. 공식적인 법 절차는 번거롭고 시간이 많이 걸리며, 결정적으로 늘 충분치 못하다. 그 '절차'는 사회 시스템을 위한 것이지 당사자 개인을 위해서는 쓸모가 없다. 개인은 결과를 원할 뿐이다. 고진은 누구보다 그 사실을 잘 알고 있었고, 그래서 사람들은 그를 원했다. 의뢰인들은 고진이 일을 처리하는 방식을 열렬히 좋아했지만, 나머지 사람들은 그렇지 못했다. 심각하고 엄숙한 사람들에게는 '이단'이라 불릴 만했다.

어떤 이들은 그를 막연히 두려워했고, 다른 이는 기대감을 품고 범죄나 위험한 의뢰를 하기도 했다. 의뢰 내용을 들어 보기 전에 어떤 종류의 오해를 푸는 순서가 있어야 했다. 남광자도 누군가로부터 소문을 들은 모양이다. 고진은 전날 그녀에게서 갑작스런 전화를 받고, 집까지 와달라는 부탁에 응한 것이었다.

남광자는 희미하게 미소를 띠며 말했다.

"다행이에요. 음침하고 무서운 분일 거라 생각했는데, 얼굴이 좀 검어서 그렇지 인상이 너무 좋으세요. 눈빛도 선량하시고."

스스로를 그렇지 않다고 생각하는 고진은 뜨끔해졌다. 시니컬하게 비뚤어진 입술을 바로잡으며 답례했다.

"감사합니다. 어떤 일입니까?"

남광자는 조금 주저하다가 말을 꺼냈다.

"……부끄럽지만, 상속 문제예요."

비밀스런 의뢰로 고무되었던 약간의 기대감이 사라졌다. 상속은 법률에 순위와 상속분에 관한 기술적인 규정이 있어서 다툼의 여지가 가장 적은 분야이다. 남광자는 고진의 흥미가 한풀 꺾였다는 걸 알지 못한 채 말을 이었다.

"먼저 저희 집안 얘기부터 해야겠네요. 오빠가 있어요. 남성룡이라고. 지금은 은퇴했지만 예전에 대학교수였죠."

"서울대학교 인문대 남성룡 교수님 말씀이십니까?"

"네, 맞아요."

예전에 TV 토론 프로그램에도 자주 나왔던, 꽤 이름이 알려진 교수였다. 인간의 지능은 유전된다고 주장해 논란을 일으켰던 심리사회학자 아서 젠슨의 학설을 확대시켜, 지능뿐 아니라 성격과 재능도 유전적 요소가 절대적이라고 주장해 파장을 일으킨 인물이었다.

"아, 그분이시군요. 저도 한때 재밌게, 아니, 관심 있게 남 교수님의 이론을 접한 적이 있습니다."

"오빠가 사실 여생이 얼마 남지 않았어요. 위암 판정을 받았거든요."

"저런, 나이가 어떻게 되시는데요?"

"63세예요. 저하곤 연년생이에요. 오빠는 지금은 출타 중이라 집에 없어요."

자연스럽게 남광자의 나이는 62세로 밝혀졌다. 그녀는 차를 조금 머금었다가 들이켜고는 말을 이었다.

"오빠한텐 딸이 있어요. 남진희라고. 이제 갓 스물여섯인데 늦게 얻은 탓도 있지만 정말 눈에 넣어도 안 아플 만큼 예뻐해요. 오빠가 죽으면 진희가 재산을 물려받게 되겠죠. 오빠가 성실하게 살았고 또 재테크를 잘해서 재산이 꽤 돼요. 여기저기에 땅도 좀 사놓은 게 있고, 이 집도 오빠 명의고."

"남성룡 씨 부인은 안 계시는 모양이죠?"

"별거한 지 12년 됐는데, 작년에 죽었대요."

"그럼 따님이 일단은 다 물려받게 되죠…… 흠, 그럼 여기 남 여사님도 상속 재산의 일부를 받을 수 없을까 해서 저를 찾으신 거군요."

고진이 넘겨짚었고, 그녀의 뺨은 홍조를 띠었다.

"솔직히 말씀드릴게요. 저도 말년을 준비해야 하는데 모아 둔 돈이 한 푼도 없어요. 그래도 마냥 놀기만 한 건 아니랍니다. 남편하고 일찍 사별하고 이 집으로 들어와서는 일도 꽤 했어요. 바보같이 내심 오빠만 믿고 있었나 봐요. 나이 들어 정신 차리고 보니 이런 꼴이더라고요. 변호사 사무실을 찾아가려니 창피하기도 하고, 남들 귀에도 들어갈 테고. 그래서 선생님 소문을 듣고 연락을 드린 거예요. 어떤 어려운 의뢰도 표 안 나게 귀신같이 해치우신다고 해서. 어머, 표현이 좀 무례했네요. 죄송해요."

"아뇨, 괜찮습니다."

고진은 곤란하다는 듯 머리를 저었다.

"근데 말씀을 듣고 보니 이건 가족 문제 같군요. 법률 문제가 아니라."

"네?"

"가장 피해야 할 사람이 누군지 아세요? 그건 무조건 소송하자, 고소하자 부추기는 치들입니다. 그런 사람들보단 차라리 저 같은 뒷길 인물을 만나신 게 다행일 겁니다. 가장 좋은 방법은 그냥 진솔하게 이야기하는 겁니다. 차라리 남 교수님하고 직접 대화를 나누어 보세요. 재산을 좀 나눠 달라고. 이건 무슨 수를 쓸 일은 아닌 것 같네요."

남광자는 시무룩해져서 한동안 대꾸가 없었다. 고진은 적당한 말을 늘어놓고는 그만 일어서려 했다. 용건도 제대로 들어보지 않고 괜히 서둘러 왔다는 후회가 밀려왔다. 한번 와락 끌어안으면 끝날 일을 두고 고소로 사랑싸움을 하려는 연인들이 있다면 우스꽝스럽지 않겠는가. 법률 게임을 벌이기 전에 사람을 설득할 문제다. 하물며 조카의 돈을 탐내는 고모의 계책에 힘을 보태고 싶지는 않았다. 도덕적인 결벽증 따위가 아니라 의욕을 갖기엔 사건의 사이즈가 너무 작았다.

남광자가 고진의 생각을 읽은 듯 급히 만류했다.

"잠깐만요. 조카 돈을 탐내는 건 아니에요."

"네, 네. 그건 알고 있습니다. 그럼 전 이만……."

고진의 엉덩이가 거의 자리에서 떨어지고 있었다.

"얼마 전 그만 이상한 말을 엿듣고는 계속 그게 머리에 남아서……."

"엿들었다고요? 뭘요?"

궁금하게 만들면 어쩔 수 없는 것이 고진의 최대 약점이었다. 솔깃해져서 그만 다시 자리에 앉고 말았다.

"한 2주일쯤 전이에요. 낮에 오빠한테 누가 찾아왔더군요. 그분도 변호사셨어요. 방에 과일을 날라 드리려다가 본의 아니게 유언 비슷한 걸 엿듣고 말았어요. 그건 정말 우연이었어요."

'우연'을 강조하는 걸로 보아 우연이 아니었을 것 같다. 남광자가 방문에 귀를 대고 엿듣는 장면이 머릿속에 그려졌다.

"무슨 말을 들으셨는데요?"

"변호사님하고 오빠하고 두 분이 뭔가를 녹음하는 것 같았어요."

"호오."

녹음방식에 의한 유언을 한 거라고 고진은 짐작했다. 녹음유언은 법으로 정해진 다섯 가지 유언방식의 하나로, 유언자가 유언내용과 성명, 날짜를 녹음하고 거기에 참여한 증인도 이 유언이 정확하다는 취지로 녹음을 남겨야 한다. 남성룡은 변호사를 불러 그를 녹음의 증인으로 삼으려 했던 모양이다.

"무슨 유언을 하는 것 같았는데…… 첫 부분은 확실히 들렸어요. '나 남성룡이 죽으면 제1순위 상속인은 딸인 남진희로 한다'였어요. 그다음이 문제예요. '다음 순위로는 서……'밖에 들리질 않았어요. 집 밖에서 무슨 소음이 들려서 섞여 버렸거든요."

"분명히 '서'였습니까?"

"네, 서씨였어요. 저는 분명히 아니었어요. '서'와 '남'은 헷갈릴 발음이 아니잖아요."

"그렇죠."

고진은 이 집의 문패를 떠올리고 물었다.

"문패에 서태황 씨라고 있던데, 서씨라면 혹시 아래층 식구인가요?"

"제 생각에도 그래요. 분명 그 집 식구들 중 하나일 거예요."

"아래층하고는 어떤 사이입니까? 성씨도 다른 가족들이 이렇게 한 집에서 사시고, 게다가 유산까지 줄 생각을 하시는 건가요?"

고진은 자세를 고쳐 잡으며 경청할 준비를 했다.

"그게 좀 복잡해요. 이해가 좀 안 되실 수도 있겠지만 말씀드리죠. 시간 순서대로 선대 때부터 이야기하는 게 쉽겠네요. 선대의 서판곤 씨와 저희 엄마인 이분희 씨는 한 번씩 결혼에 실패한 분이셨는데 재혼하셨어요. 50년도 더 된 일이네요. 두 분은 동갑이었는데, 지금은 다 돌아가셨죠.

서판곤 씨와 전처 사이의 자식이 서태황 씨고, 오빠인 남성룡과 저 남광자는 이분희 씨, 그러니까 저희 엄마가 데리고 온 거예요. 저희 남매의 친부는 남패전 씨라고 하는 분인데, 엄마하고 이혼한 후로는 전혀 소식을 몰라요.

그렇게 해서 서판곤 씨가 저희 남매의 의붓아버지가 되고, 서태황 씨는 의붓오빠가 됐어요. 서판곤 씨는 소금 장사로 돈을 많이 번 분인데, 성격이 너무나 강하고 무서운 분이셨어요. 잔인하다고 해야 할 만큼요. 태황 오빠도 성격은 자기 아버지를 쏙 빼닮았죠. 엄마하고 우리 남매는 아무 소리 못 하고 죽어지냈어요. 엄마는 젊어서 이혼하고 우리 남매를 키우느라 너무 힘들었나 봐요. 길가에 하늘거리는 코스모스 같은 분이셨어요. 몸집도 자그마했고. 얼굴은 배우 뺨치게 예쁜 분이셨죠. 남자들이 수없이 접근했던 모양이에요. 당시 이혼녀는 사람 취급 못 받는 사회 분위기였던 걸 감안해 보면 얼마나 예뻤는지 짐작이 가시죠? 근데 엄마가 사는 게 힘들고 성격이 연약하다 보니 객관적으로 괜찮은 남자보단 자신한테 대놓고 잘해 주는 남자한테 더 마음이 갔나 봐요. 강한 성격의 서판곤 씨한테 의지하고 싶었는지도 모르죠. 그게 일생일대의 큰 실수인 것도 모르고 말이에요."

"일생일대의 실수라 하심은?"

"엄마는……."

어느새 남광자의 눈시울이 붉어져 있었다.

"살해당했어요. 서판곤 씨한테."

"으음."

고진은 충격을 받은 척 신음을 흘렸지만 실은 끓어오르는 흥미를 주체하지 못하고 있었다.

"칼로 처참하게 난자당했대요. 경찰도 차마 못 보고 눈을 돌릴 정도로 심하게……. 서판곤 씨는 그 길로 도주했는데 몇 달 뒤에 산속 동굴에서 시체로 발견됐어요. 굶어 죽었다더군요. 인과응보일까요."

남광자의 목소리가 갈라졌다. 그녀는 식어 버린 차를 조금 마셨다. 고진은 조심스럽게 물어보았다.

"이유가 뭐였습니까? 왜 같이 살던 부인을 그렇게 처참하게……."

"사소한 일이었나 봐요. 싸우다 갑자기 칼을 들었대요. 도저히 정상인 사람이라고는 할 수 없죠. 서판곤 씨는 평상시 집안에 자신만의 엄격한 규칙들을 정해 놓고는 그걸 어기는 꼴을 보아 넘기지 못하는 이상한 성미가 있었어요."

"집에서 폭군 행세 하는 부류였던 모양이군요."

"화나면 거의 미친 사람 같았어요. 그러다가 정말 미쳐 버린 거죠."

오래전 일이지만 남광자의 말투에서 증오가 새삼 묻어 나왔다. 그녀는 치밀어 오른 감정을 잠시 추스른 뒤 말을 계속했다.

"이 집은 그 일이 있기 전에 서판곤 씨가 장만해 이사 온 집이에요. 세금을 피하려고 엄마 앞으로 등기해 놓았죠. 어쨌든 명의상 엄마 집이니까 우리 남매가 상속을 했어요. 그 무서운 사건이 일어난 때가 이사 온 바로 다음 해였어요. 그때 우리 남매는 겨우 열아홉, 스물이었죠. 아, 당시 분위기상 여자인 제 이름으로 상속 지분 등기를 하기가 그래서 성룡 오빠가 단독으로 이 집 명의를 물려받았어요. 그러니까 원래는 이 집에 제 지분도 있는 거죠.

어찌됐든 그래 놓으니 태황 오빠가 당장 갈 데가 없는 거예요. 태황 오빠도 맏이라고 해봤자 겨우 스물둘이었고, 군대에 가 있었거든요. 그 일이 있고 나니깐 어디선가 하이에나처럼 채권자며 친척들이 등장해서는 서판곤 씨 명의의 그 많던 재산이 온데간데없이 사라져 버렸어요. 상속인인 태황 오빠도 군대에 가 있겠다, 좋은 기회였겠죠. 그렇게 되고 보니 우리 오빠, 그러니까 남성룡 씨는 태황 오빠가 불쌍하다고 살게 해주자며 이 집에 있도록 해준 거예요. 그러다가 지금까지 오게 된 거구요."

"남성룡 씨가 훌륭하시네요. 의붓형이라 해도 어찌 보면 어머니를 죽인 원수의 아들인데."

고진은 적당히 칭찬을 보태 주었다.

"사람이 너무 물러 터진 거죠. 우리가 태황 오빠를 살게 해주는 건데도 눈치 보이게 하면 안 된다며 1층을 주고 우리가 2층으로 물러앉았어요. 태황 오빠는 그다지 고마워한 것 같지도 않은데. 원래 자기 아버지 집이었다는 의식이 바닥에 깔려 있는 것 같아요."

"하기야 서태황 씨 입장에서는 억울하게 생각할 수도 있겠네요. 아버지가 세금 때문에 편의상 명의만 이분희 씨 앞으로 해놓았을 뿐 원래 내 것이 되어야 할 집이다, 라고요."

남광자의 안색이 미묘하게 변하는 것을 감지한 고진은 급히 화제를 돌리며 수습했다.

"아, 펀드는 건 아닙니다. 그냥 인간사 문제로 그렇단 얘기죠……. 사실은 조금 전 1층에 들렀다가 서태황 씨를 만났습니다. 머리 없으신 분 맞죠?"

고진은 오른손으로 자신의 이마 위 정수리 부분을 훑어 올리는 시늉을 했다.

"어머, 제가 2층으로 올라오라는 말씀을 못 드려서 착각하셨군요. 죄송해요. 나이 드니까 정신이 없어요. 요즘에는 친했던 사람 얼굴하고 이름도 잘 기억 못 한답니다. 나이 들면 역시……."

고진은 옆길로 새는 남광자의 한탄을 중단시켜야 했다.

"아닙니다. 사실은 알면서 일부러 가본 겁니다. 얼굴이라도 한번 봐두길 잘했네요. 안 그랬으면 어떤 분일지 궁금했을 텐데."

"2층인지 알고 계셨어요? 말씀 못 드렸던 것 같은데……."

"들어오다 문패를 봤죠. 왼쪽부터 '서태황', '남성룡'이더군요. 보통은 위 서열이 왼쪽에 명패를 두죠. 2층 오르는 계단이 덧붙여진 건물의 구조를 봐서는 1층이 손위가 되는 집일 것이고. 그렇다면 2층이 남성룡 씨의 집, 의뢰인은 남광자 씨, 당연히 2층에 계시겠죠."

"그러네요. 태황 오빠가 혹 실례를 범한 건 아닌지……."

"실례를 한 건 제 쪽이죠. 그저 실례에 실례로 답한 상황이랄까요? 서태황 씨는 잠깐 보기에도 상당히 성격이 세 보이시긴 하더군요."

"자기 아버지를 쏙 빼닮았어요. 얼굴도, 성격도. 굉장히 강하고 카리스마 있는 사람이에요."

"부친의 광기도 물려받았나요?"

불쑥 내뱉은 고진의 말에 그녀는 입술을 실룩거리며 애매하고 어색한 표정을 지을 뿐이었다. 이런 식의 질문을 하리라고는 생각 못한 모양이다. 고진은 말을 돌렸다.

"서태황 씨는 무슨 일을 하셨습니까?"

"군인이었어요. 전후방 가리지 않고 젊었을 땐 임지를 많이 옮겨 다녔는데, 나머지 가족들은 따라다니지 않고 이 집에서 쭉 살았죠. 투 스타로 예편했는데 그 기질에 쿠데타를 노려보지 않은 게 이상할 정도예요."

"투 스타라…… 대단하시군요. 지금 형편은 어떠신가요? 아, 경제적으로 말입니다."

"썩 좋지는 않은가 봐요. 은퇴하고 연금으로 겨우 먹고사는데. 군인 월급도 뻔하고 애들 셋 키우느라 돈을 모으지도 못했을 거예요. 이 집도 우리 오빠 명의니까요. 힘들긴 할 거예요. 태황 오빠도."

고진은 문득 생각난 듯이 물었다.

"서태황 씨의 부인은요? 조금 전엔 안 보이시던데."

남광자는 잠시 침묵했다. 말을 할 필요가 있을지 생각하는 것 같았다. 잠시 후 결심을 했는지 어렵사리 입을 열었다.

"변을 당했어요. 2년 전에."

"변이라면 교통사고라도……?"

"살해당했어요……."

"음."

고진은 솟구치는 호기심을 짧은 신음으로 숨겼다. 살인은 대단히 드문 사건이다. 한 집안에 줄지어 일어나기란 더욱 힘들다. 그런데 가장인 서판곤, 서태황의 아내가 대를 이어 살해당했다. 단지 우연일까.

"자세히 말씀해 보시죠. 언뜻 관계없어 보이는 사건들이 해결책에 필요한 경우가 많거든요."

"그때가 언제였더라······. 아, 네, 1월이었어요. 아침 시간이었고 하필 아래층에는 언니 혼자 있었죠. 언니 이름은 박은순, 당시에 쉰 아홉 살이었어요. 저보다 한 살 어렸지만 태황 오빠 부인이니까 저는 언니라고 불렀죠. 강도가 집에 침입해서 언니를 칼로 찌르고는 도망쳤어요. 범인은 안 잡혔고요."

"서태황 씨가 충격을 많이 받았겠습니다."

"그럼요. 그 오빠가 우는 걸 전 처음 봤어요. 억세던 사람이 한번 무너지니까 걷잡을 수 없었어요. 꺼이꺼이 통곡을 하더라구요. 언니 시체를 처음 발견한 것도 태황 오빠거든요. 충격이 몇 배는 컸을 거예요."

"그랬군요······."

강도를 당한 거라면 일단 상속 문제와는 관계가 없다. 고진은 화제를 바꾸었다.

"남성룡 씨는 2순위 상속인으로 서씨를 지목했다······. 나머지 서씨를 차례차례로 뒤져 보죠. 서태황 씨 말고 또 누가 있습니까?"

"태황 오빠 아래로 자녀가 셋 있어요. 서형일, 서두리, 서해리 이렇게요. 태황 오빠 부부는 아이가 없어 고민하다가 고아원에서 사내아이를 입양해 왔어요. 그 애가 첫째인 서형일이에요. 지금 서른두 살이고, 큰 회사는 아니지만 착실하게 잘 다니고 있죠. 근데 입양한 다음 해에 바로 아기가 생겼어요. 걔가 둘째인 서두리예요. 스물아홉 살이고, 아직 백수예요. 예전에 설계사무소에 다녔는데, 게을러서인지 오래는 안 다니더라고요. 얘는 성격이나 외모나 제 아빠를 그대로 빼닮았죠. 할아버지 서판곤, 아버지 서태황, 아들 서두리. 삼대를 보면 참 씨는 못 속이는구나 싶어요. 막내인 서해리는 우리 진희하고 동갑이니까 스물여섯 살이에요. 얘는 엄마를 닮았어요. 다행이죠. 몸매가 아주 늘씬해요. 언니 키가 참 컸거든요. 생전에는."

"서형일, 서두리, 서해리…… 형일은 첫째라서 일이 들어가고, 두리는 둘째라서 두리인가요?"

남광자는 대꾸 없이 고진을 빤히 쳐다보았다. 고진은 마른기침을 했다.

"흠흠. 이름이 다 멋지네요. 서씨와 남씨 두 집안 사람들끼리 사이는 어땠습니까? 평소에 교류는 좀 있었습니까?"

"어릴 적부터 우리 오빠가 태황 오빠를 많이 따랐어요. 성격이 차분했던 우리 오빠한텐 태황 오빠의 남자다운 기질이 멋있어 보였던가 봐요. 태황 오빠도 우리 오빠가 자기 말을 항상 따라 주니까 큰 성질 안 부리고 잘 지냈던 것 같아요. 엄마가 그렇게 죽고 난 뒤에 예전처럼은 지낼 수 없었지만 그래도 서로 간에 정은 남아 있었을 거예요. 가장이 그러니까 자연히 아이들도 꽤 친하게 지냈죠. 태황 오빠네 집 애들은 우리 오빠를 작은아버지, 언니를 작은엄마라고 했어요. 진희는 태황 오빠를 큰아버지라고 불렀고요. 애들은 할아버지, 할머니 대의 그 끔찍한 사건은 전혀 모르거든요. 철저히 함구하는 게 우리 어른들 사이의 불문율 같은 거였죠.

서씨 집안은 안에서 좀 삐걱거렸나 봐요. 애가 없어 형일이를 입양해서는 예뻐하다가 1년 만에 덜컥 자기 자식이 생겨 버렸잖아요. 그래도 부모들 쪽은 괜찮았어요. 태황 오빠는 워낙에 좋을 때도 나

뻘 때도 항상 무서우니까 오히려 표가 안 났고, 죽은 언니도 표를 안 내느라 애를 많이 썼죠. 애들이 문제였어요. 두리하고 해리가 형일이한테 좀 차가웠어요. 아무래도 지들은 피를 이어받았다, 이거겠죠. 그런 텃세가 좀 있었던 것 같아요. 애들이 티 나게 그러면 부모들이 나무랐지만, 형일이는 자격지심에선지 그냥 아무 말 않는 쪽이었어요. 워낙에 순하기도 했고요. 두리나 해리는 동생이지만 기가 센 애들이었어요. 특히 두리가…….

그래도 다들 우리 진희하고는 잘 지냈어요. 어렸을 땐 같이 자랐죠. 진희가 중학교 땐가 엄마 따라 나갔다가 작년에 다시 이 집에 들어왔어요. 형일이하고 두리는 진심으로 기뻐하더라고요. 피가 섞이지 않은 사이인데도 진희한테 친동생 이상으로 잘해 줬지요. 서로 경쟁이라도 하듯이 말예요. 나중에 혹 보시면 알겠지만 진희는 순정만화에 나오는 소녀 같은 애거든요. 분위기 있고. 예쁘고. 성격도 제 아빠 닮아서 착하고, 순하고……."

"그럼 남 여사님이 생각하기엔 남성룡 씨가 서씨 집안 중에서 누구를 제일 맘에 들어 한 것 같습니까? 2순위로 유산을 물려줄 정도로 말이죠."

서씨는 꽤 특이한 성씨다. 재산을 물려줄 정도의 가까운 대상으로 남성룡에게 아래층 서씨 말고 다른 서씨가 있었다고 보기는 어렵다. 그 서씨는 서형일, 서두리, 서해리 중의 하나가 틀림없으리라. 물론 서태황도 포함된다.

"글쎄요. 형일이는 말도 잘 붙이고 싹싹하긴 한데 아무래도 피가 이어진 애가 아니고, 두리나 해리는 태황 오빠의 피를 이어받았지만

25

너무 무뚝뚝해서 정이 덜 가고……. 도통 모르겠어요. 원래 우리 오빠 같은 사람들은 속내를 짐작하기가 어렵거든요."

고진은 잠깐 생각하다가 물었다.

"남성룡 씨 따님, 남진희 씨라고 했던가요. 엄마 따라 집을 나갔다가 다시 들어왔다는 건 무슨 이야기입니까?"

"언니는 김해련이라고, 오빠보다 네 살 적었는데, 얼굴도 예쁘고 착했지만 좀 고집이 센 여자였어요. 항상 오빠처럼 부드러운 사람은 센 사람과 조합이 되는 게 세상 이치인가 봐요. 오빠 부부가 나중에 힘들게 진희를 낳아 다행이었지만, 그 전엔 한동안 아이가 없거든요. 언젠가 오빠가 양자를 들일까 의논했더니 싫다며 오빠를 거의 죽이려 들더군요. 그러니 온화하지만 나름대로 고집이 있는 오빠하곤 갈등이 좀 있을 수밖에요. 어느 날엔가 오빠하고 심하게 다퉜어요. 다퉜다기보다는 언니가 일방적으로 오빠에게 심하게 화를 내고 나가 버렸죠. 그때 진희를 데리고 가버린 거예요. 오빠는 언니한테 질렸는지, 따라나서는 진희를 잡지도 못하더군요. 그게 벌써 한 12년 전 일이에요. 진희가 그때 열네 살인가 그랬죠. 진희야 뭐 워낙에 애가 착해서 영문도 모르고 따라나섰겠죠.

그런데 작년에 진희가 갑자기 집에 찾아왔어요. 언니가 심장병으로 고생하다 심근경색으로 죽었대요. 진희하고 둘이 살다가 쓸쓸하게 병사한 거죠. 진희는 엄마가 죽고도 어떻게든 혼자 살아보려 했는데 도저히 안 되었나 봐요. 어쩌겠어요? 겨우 20대 중반의 여자애가. 사실 나이가 어린 때문이 아니라 혼자 살아가기 힘든 신체적인 이유가 있긴 해요. 오빠는 찾아온 진희를 보고 처음에는 좀 당황해하고 머쓱해했어요. 어릴 때 엄마 따라 가버린 게 서운했던 거죠. 오빠가 좀 속이 좁고 꽁한 데가 있거든요. 체통을 지키느라 그랬던 것 같기도 하고요. 오빠가 은근히 그런 거 좀 따지거든요. 그래도 뭐 자기 딸을 어쩌겠어요. 아래층 태황 오빠하고 애들도 호들갑 떨면서 반겼고. 결국은 군말 없이 진희를 맞아들였어요."

"그렇군요……."

고진은 괜한 호기심에 불필요하게 남의 가족사를 들춰낸 것 같아 후회가 들었다. 이것저것 들어 봤지만 현재 기준으로 법률이 개입할 만한 거리는 없었다. 어지러운 가족사에 빠져 있던 고진은 퍼뜩 정신을 차리고 말했다.

"잘 알겠습니다. 이 집안에 복잡한 가족사가 있었던 건 분명한데, 그게 결국은 상속하고는 별 연관이 없는 것들이네요."

"그럼 상속 재산은 영……."

남광자의 얼굴에 실망의 빛이 스쳤다.

"일단은 법에 호소하기 전에 남 교수님하고 얘기를 잘 해보세요. 원래 이 집에 내 지분이 있었던 것 아니냐, 평생을 오빠하고 한 집에서 살아왔는데 하나뿐인 누이동생을 굶어 죽게 할 거냐, 인정에 호소해 보시는 게 먼저입니다. 그리고……."

"그리고요?"

고진이 뒷말을 끌자 남광자가 눈을 반짝였다. 마지막 지푸라기라도 잡아 보려는 기색이었지만 어찌 보면 천진난만한 얼굴이기도 했다.

"혹시 남성룡 씨가 착각을 하고 있을 수도 있습니다. 남 여사님도요. 2순위가 서씨 누군가라고 하시는데, 사실 상속에서 2순위란 건 거의 의미가 없어요. 1순위 상속인이 모든 걸 가져갑니다. 2순위 상속인이 몇 퍼센트라도 나눠 가지는 게 아니란 얘깁니다. 2순위 상속인이 상속받는 경우란……."

"그 경우란?"

"1순위 상속인이 없어진 때, 즉, 죽은 때뿐입니다."

남광자의 표정이 실망감으로 일그러졌다.

"아, 아……. 그렇다면 오빠는 처음부터 진희 이외의 다른 사람한 텐 한 푼도 물려줄 생각이 없었던 거네요."

"그렇죠. 2순위는 형식적인 겁니다. 지금 아래층 사람들을 신경 쓰실 계제가 아니란 거죠. 남성룡 씨의 살날이 얼마 안 남았다면 빨리 그 문제를 사전에 상의하시는 게 나을 겁니다. 괜히 남 교수님 사후에 1순위인 조카분하고 관계가 이상해지지 않으려면요."

남광자는 힘없이 고개를 끄덕거렸다. 고진 뒤편 안쪽 방문이 열리면서 누군가가 걸어 나온 건 그때였다. 고진은 그 기척에 뒤를 돌아다보았다.

침침한 거실이 어쩐 일인지 환해져 있었다. 실제로 빛이 있은 건 아니지만 고진의 심상에서는 그랬다. 그 빛 안에 한 젊은 여자가 서 있었다. 그녀의 충격적인 미모에 고진의 동공은 한순간에 최대치로 열려 버렸다. 피부는 하얗다 못해 투명했고, 눈썹 아래에서는 유리알같이 커다란 눈이 반짝였다. 조카 남진희가 순정만화 속 주인공 같다며 자랑하던 남광자의 말이 퍼뜩 떠올랐다. 이 여성이 남진희라고 직감했다. 달리 있을 수가 없다. 눈앞에서 보고 있지 않은가. 신묘한 붓놀림으로 그려 나간 듯 도톰한 코와 작은 입술, 갸름한 턱이 이루는 선은 더할 수도 뺄 수도 없을 것 같았다. 웃는 듯 마는 듯 수줍은 미소는 신비로운 느낌마저 주었다.

고진은 그만 한참을 뚫어지게 바라보고 말았다. 시선을 거두어야 했지만 눈이 뜻대로 움직이지 않았다. 이상하게도 그녀는 넋을 잃고 바라보는 고진의 시선을 느끼지 못하는 것 같았다. 눈동자가 먼 곳을 향해 있고, 초점이 맞지 않아 보였다.

남광자가 말했다.

"진희야, 인사드려라. 고모를 도와주러 오신 분이셔."

"안녕하세요. 남진희입니다. 처음 뵙겠습니다."

그녀는 수줍은 미소를 띠고서 꾸벅 인사했다. 고진이 서 있지 않은 엉뚱한 방향이었다.

"아, 네. 감사합니다."

실언으로 응대하고 만 고진의 얼굴에 의아한 빛이 떠올랐다. 남광자는 남진희가 부엌 쪽으로 물러가는 걸 확인하고 몸을 기울여 조용히 귀띔했다.

"진희는 눈이 안 보여요."

"네? 아, 안타깝군요. 세상에 저렇게 예쁜 분이……."

자신도 모르게 탄식에 가까운 말이 흘러나왔다. 빈말은 아니었다. 아름다움과 불행. 이 조합은 분명 압도적으로 처연한 감정을 일으켰다. 아래층 서씨네 집안 아들들뿐 아니라 그녀를 아는 누구라도 감싸주고 도와주고 싶은 마음이 들 수밖에 없으리라.

"원래부터 안 보였습니까?"

"망막색소변성증인가 뭔가 하는 무서운 병이었어요."

"아, 그거. 압니다. 치료 방법도 없고 어떻게 관리해 볼 수도 없는 무서운 병이죠. 한번 발병하면 실명을 기다릴 수밖에 없다고."

"네. 발병은 예전에 됐나 봐요. 이 집에 돌아올 때만 해도 조금은 보였는데. 계속 나빠지더니만 얼마 전 실명하고 말았죠. 너무 안됐어요. 언니가 죽고도 혼자 살아보려 했나 봐요. 하지만 결국 저 눈 때문에 힘들어서 이 집에 돌아온 거예요."

"그랬군요……. 고모 되시는 처지에 맘이 많이 아프시겠습니다."

타인인 고진이 이렇게 서글픈데 남광자는 오죽하랴 싶었다.

"오빠만큼이야 하겠어요. 오빠는 제 엄마를 따라갔던 진희한테 서운한 맘이 있었지만 애가 눈이 저렇게 되고 보니까 불쌍해서라도 재산을 다 물려주고 싶어진 거죠. 표현은 다 안 했어도 마음속으로는 깊이 진희를 사랑하고 있었어요."

고진은 의뢰를 거절하고 막 일어서려던 참이었다. 유별난 가족사가 흥미를 끌기는 했지만 딱히 법적인 방책을 생각할 수 없는 마당에 향토역사학자도 아닌 그가 이 집안을 연구할 이유는 없었다. 하지만 남진희를 보고 나자, 평온한 땅에 돌개바람이 생겨나듯 불쑥이 의뢰를 받아들여야겠다고 생각했다. 두 번의 살인, 막대한 재산의 유일한 상속자, 실명한 미녀. 이런 사실들이 당장 어떤 의혹으로 연결된 것은 아니었다. 하지만, 마음이 변했다. 그렇게까지 쉽고 빠르게 생각이 변했던 이유를 명확하게 떠올릴 수는 없었다. '그냥'이라고 느낄 뿐이었다. 남진희에 대한 관심이었을까, 아니면 그녀에 닥칠 어떤 위기를 본능적으로 감지한 탓이었을까. 시간이 꽤 지난 훗날에도 판단하기 어려웠다.

"그러니까 서씨 일가로 상속 재산이 넘어가지 않도록 하고 싶다, 가능하면 남광자 씨도 일부를 갖고 싶다, 요는 그런 거죠?"

고진은 직설적으로 말하지 못하는 남광자를 대신해 그녀의 의중을 정리했다. 그녀는 얼굴을 희미하게 붉히면서 고개를 끄덕였다.

"네. 오빠한테 직접 말하기는 좀 그래요. 제가 엿들었다는 말을 할 수도 없고……. 그냥 지나가듯 말을 꺼내보려고 해도 사람이 죽지도 않았는데 상속 재산을 놓고 이러쿵저러쿵하는 것도 그렇고. 오빠는 질색할걸요. 겉으로는 온화해도 기분이 잘 상하는 사람인 데다가 한번 결정을 하면 좀처럼 바꾸지 않는 고집이 있어요. 그래서 뭔가 다른 방법이 없을까 하고……."

"상속 문제라…… 알겠습니다."

고진이 묵직하게 고개를 끄덕였다.

"아, 그럼 의뢰를 받아 주시는 건가요?"

처음으로 보인 고진의 단정적 반응에 남광자의 얼굴은 화색이 돌았다.

"일단은 이 집 가족들을 제가 한번 만나 보는 게 좋을 듯하군요."

다른 가족을 딱히 만나야 할 필요는 없다. 이런 뜬금없는 말을 뻔뻔하게 내뱉고 있는 건 혹시 남진희 때문일까?

남광자가 의뢰비 이야기를 꺼냈지만 아직은 확실한 전망이 없었기에 보류해 두었다. 대신 남진희와 잠시 둘이서만 이야기하고 싶다고 했다. 남광자는 이를 반겼다. 상속 서열 1순위인 조카와 고진이 담판을 해서 당장 결과를 보여 주지 않을까 하는 희망을 품은 모양이었다.

남광자는 남진희를 거실로 불러 고진 앞에 앉히고는 조용히 자기 방으로 물러갔다.

"저는 고진이라고 하는 변호사입니다."

"네."

남진희는 보이지 않는 시선을 어디로 향해야 할지 어쩔 줄 몰라 했다. 그 모습이 연민을 품게 했고, 사랑스러웠다. 그녀의 아름다움은 시폰 블라우스의 흰 소매 깃에도, 수수한 면치마의 끝자락에도 스며들어 있었다.

"죄송합니다만 몇 가지만 여쭈어도 될까요? 고모님을 위해서 확인할 게 좀 있어서요."

"네. 뭐든지 말씀하세요."

"진희 씨 어머님께서 별거하게 되신 경위가 알고 싶습니다. 절대로 진희 씨나 돌아가신 어머님께 누를 끼쳐 드리지는 않겠습니다. 얼마 없긴 하지만 제 명예를 걸고 약속드리죠. 조금이라도 싫은 부분은 대답을 안 하셔도 좋습니다."

남진희는 고모를 위한 일이라는 말에 고개를 끄덕이면서도 얼굴을 살짝 붉혔다. 그녀가 수줍어하는 만큼 고진은 더 조심스러워졌다.

"12년 전에 어머님을 따라 이 집을 나갔다고 들었습니다. 어머님이 왜 그때 집을 나가셨는지 말씀하시던가요?"

남진희는 천천히 고개를 가로저었다.

"아뇨. 저는 그때 겨우 중학교 1학년이었어요. 엄마가 사정 얘기를 해주시기에는 많이 어렸던가 봐요. 그 뒤로도 집 얘기 하는 것 자체를 싫어하셨어요. 저도 눈치가 보여 감히 물어보지도 못했죠. 좀 엄격한 분이셨거든요. 저는 그냥 시키는 대로 따라나섰을 뿐이에요. 아빠도 말리지 않으셨고요."

남진희가 처음으로 길게 말을 했다. 밝지 않지만 새되거나 거슬리지 않는 편안한 음성이었다. 목소리에도 겸손함과 수줍음이 깃들어 있었다. 어쩌면 무작정 그녀를 좋게 보고 싶은 고진의 마음 때문인지도 몰랐다.

"진희 씨를 보니까 마음이 여려서 어머님께 사정을 여쭤보지 못하셨을 것 같긴 하네요. 그래도 눈치란 게 있지 않습니까?"

남진희는 잠시 망설이다가 입을 열었다.

"아래층 식구들하고 안 맞았던 게 아닐까 하고 생각했어요."

"왜 그런 생각을 하셨죠?"

"서씨 집안 사람들 하고는 절대 만나지도, 연락하지도 말라고 말씀하셨거든요."

"그래요? 이유는요?"

"이유는 얘기 안 하셨어요. 여쭤 봐도 무서운 표정만 지으셨고요. 이런 말씀은 좀 그렇지만…… 꼭 아래층 식구들이 만나면 저를 죽이기라도 할 것 같은 느낌으로 말씀하셨어요."

"그 정도로 끔찍하게 싫어하셨나요…….."

고진은 묘한 기분이 들었다. 헤어진 건 남편 남성룡인데, 정작 아래층 사람들을 싫어했다? 남진희는 잠시 생각하는 듯하더니 한마디를 덧붙였다.

"그러고 보니 그런 말씀은 기억에 남아요."

고모한테 도움이 된다 하니 무언가 하나라도 기억해내려 애쓰는 모습이었다.

"어떤 말씀?"

"집 나오고 얼마 안 있어서였을 거예요. 너를 위해서 내가 허물을 뒤집어썼다, 얼핏 그런 말씀을 하셨는데 이상하게 그 말이 잊히지가 않아요."

"허물을 뒤집어썼다?"

고진은 혼잣말처럼 되뇌었다. 모친이 딸을 앞에 두고 하는 말치고는 어울리지 않는 대사다.

"제가 듣기에도 좀 의아하네요. 혹시 짐작 가는 일이라도……?"

"전혀요. 그 뒤로 다시는 그런 말씀 없으셨어요."

"그랬군요……. 부모님의 별거에 대해서는 아시는 게 거의 없으시군요."

"네. 제가 너무 어려서……."

"작년에 어머님이 돌아가신 후에 다시 이 집에 들어오셨고요."

남진희는 잘못을 책망받은 사춘기 소녀처럼 얼굴을 수줍게 붉혔다.

"엄마가 갑자기 병으로 돌아가시고 나니까 갈 데가 없었어요. 부끄럽게도 스물다섯이나 됐어도 혼자 살 자신이 없더라고요. 무엇보다 눈이 거의 안 보이게 되니까 뭘 어떻게 해야 할지도 막막하고…… 아빠한테 올 수밖에 없었어요. 그러기까지 갈등은 많았어요. 아무리 어릴 때라지만 아빠를 버리고 나갔잖아요. 그런데 이제 눈이 안 보이고, 혼자가 되고 나니까 찾아간다는 게 너무 죄송했어요."

남진희의 여리고 착한 마음이 전해져서 고진은 콧잔등이 시큰해졌다.

"너무 마음이 여리신 것 같습니다. 지금보다 열 배쯤 거칠게 사셔도 세상 평균보다는 한참 아래일 겁니다. 딸이 아버지한테 돌아오는 건 당연하죠. 아버님도 속으론 많이 기뻐하셨을 겁니다."

"네……."

남진희는 주눅 든 표정이었다. 고진은 질문을 바꾸었다.

"진희 씨도 어머님처럼 아래층 식구들을 싫어했습니까?"

"그럴 리가요, 다 좋은 분들인데……."

"가장인 서태황 씨나 아드님들이 꽤 무서운 성격이라고 들었습니다만."

"좀 무섭게 보일 수도 있겠지만 겉만 그렇지 다 좋은 분들이세요."

남진희는 서태황의 아버지인 서판곤이 자신의 할머니를 무참히 살해했다는 사실은 꿈에도 모르고 있었다.

"사람의 좋은 점만을 보는 훌륭한 능력을 가지셨군요."

비꼬기 좋아하는 고진이지만 이 순간의 이 말은 진심이었다. 남진희는 웃는 듯 마는 듯한 미소를 띨 뿐이었다.

"한 분씩 여쭤 볼까요. 서형일 씨는 어떤 분입니까?"

남진희의 볼이 다시 살짝 붉어졌다.

"무던하고 착한 사람이에요."

"서형일 씨가 서두리, 서해리 씨한테 좀 시달리지는 않았나요?"

"글쎄요, 잘 모르겠어요. 설사 그런 일이 있었다고 해도 형일 오빠는 꽁하게 마음에 두는 사람은 아니었어요."

모든 것을 좋게만 바라본다. 숨기는 눈치 따위도 없고, 위선 같지도 않다. 다른 사람들의 마음이 모두 자신 같다고 여기는 모양이다.

"서두리 씨는 어떤 분입니까?"

"좋은 오빠예요. 남자답고. 저한테 잘해 줬어요."

역시 두루뭉술하다. 하지만 그녀의 얼굴에 희미하게 두려운 빛이
스치는 것을 고진은 놓치지 않았다.

"서해리 씨는요?"

"해리요……."

처음으로 남진희의 얼굴에 망설이는 표정이 떠올랐다. 고진은 기
다렸다.

"불쌍한 아이예요……."

의외의 인물평이었다.

"어떤 의미에서인가요?"

고진의 질문에 남진희는 말끝을 얼버무렸다.

"그냥요, 그런 느낌이 들었어요. 그냥……."

아무려면 눈이 멀어 버린 사람보다 불쌍할까. 어둠으로 덮인 세상
에 있으면서 타인의 어둠을 동정하는 남진희의 심성은 경이로움 그
자체였다. 차마 더 캐물을 수가 없었다.

눈이 보이지 않는 그녀는 물론 알지 못했겠지만 고진은 대화 도
중에 남진희의 얼굴을 내내 빤히 들여다보았다. 고진은 결국 생각을
털어내듯 고개를 흔들고 말았다. 그 안에 블랙홀 같은 것이 있었다.
잘못 발을 삐끗하면 다시는 나오지 못할 그런 곳. 그 안으로 빨려 들
어가 버릴지 모른다는 두려움이 일었다. 고진의 정신에 깊은 흔적을
남기는 그녀만의 파장이었는지도 모른다. 남자의 정신에는 영원히
철들지 않는 영역이 있다. 그 약한 부분을 남진희라는 존재가 마구

잡이로 휘저어 버리는 것이었다.

대화를 끝낸 남진희가 방으로 들어갔고, 고진은 방에서 이야기가 끝나기를 기다리고 있던 남광자를 다시 불러냈다. 이번에는 들어올 때 보았던 별채의 노인에 관해 물어보았다. 하지만 그녀가 노인에 대해 갖고 있는 건 무관심이 전부였다.

"그분은 2년 전에 이 집에 들어오셨어요. 우리는 이름도 모르고 그냥 할아버지라고만 불러요. 원래 시골에는 저런 오갈 데 없는 노인들을 한 명씩 거둬 집안일도 시키고 밥도 주고 하거든요. 여긴 서울이긴 하지만 시골스런 면도 있죠."

오해를 사겠다 싶었는지 남광자는 부연 설명을 했다.

"아, 혹시 오해하실지도 모르는데 요즘 문제되는 현대판 노예라든가 그런 건 절대 아니에요. 어디까지나 할아버지가 먼저 찾아와서 오갈 데 없다면서 있게만 해달라고 사정했어요. 그래서 부득불하게…… 우리도 다 잘해주고 있어요. 아래층 식구들한테는 어떤지 모르지만 할아버지도 우리 가족들한테는 항상 친절하고, 자기 일처럼 발 벗고 나서 줘요. 아래위층 합해서 돈도 조금씩이지만 주고 있어요."

"할아버지가 먼저 찾아왔다고요?"

"네. 하필 아래층 언니가 강도한테 찔려 죽은 직후였죠. 사람이 소박해 보였고, 집도 지킬 겸해서 잘됐다 싶었죠, 우리는."

"그랬군요. 알겠습니다."

고진은 배웅 나오려는 남광자를 만류하고 혼자서 계단을 내려왔다. 정원을 가로질러 집을 빠져나가며 들어올 때 보았던 노인이 있나 살펴보았다. 그가 보여 준 적대감의 실마리를 찾고 싶었다. 노인은 별채에 들어가 버렸는지 코빼기도 보이지 않았다. 고진은 단념하고 걸음을 재촉해 대문을 빠져나왔다.

마음이 추를 매단 듯 묵직했다. 남의 인생사를 대신 짊어진 기분이었다. 남광자 때문은 아니었다. 남진희의 보이지 않는 눈이 뇌리를 사로잡았다. 그녀의 애달픈 아름다움이 못내 마음에 걸렸다.

고진은 터덜터덜 언덕길을 걸어 내려갔다. 서씨 일가와 남씨 일가의 기묘한 동거를 품은 붉은 저택은 흐린 하늘을 머리에 이고 뿌연 황사 속에서 서서히 모습을 감추어가고 있었다.

과거로부터 온 살인

며칠간 고진의 머릿속은 반숙 달걀의 노른자처럼 뻑뻑했다. 서판 곤의 이분희 살해야 40여 년 전 일이니 그렇다 쳐도, 불과 2년 전에 서태황의 아내 박은순이 살해당한 일은 아무래도 마음에 걸렸다. 두 사건에 공통된 패턴은 물론 없다. 하지만 대를 이어 발생한 살인사 건이 단지 우연일까 하는 의문을 완전히 지우지 못했다. 아마도 그 건 남진희와의 만남 때문일 터였다. 살인사건이 어떤 악의에 의한 연출이라면, 남진희가 어쩌면 다음 무대의 한가운데에 놓여 있을지 모른다는 불안감이 그 의문의 실체였다.

막연한 느낌만은 아니었다. 박은순 살인사건이 강도의 짓이 아니 라면? 그 집 안에 범인이 있다면? 그건 어떤 이유에서든 한 번 살인 에 성공한 자가 그 붉은 집 안에 도사리고 있다는 얘기가 된다. 두 번째 살인은 더 쉽고, 덜 주저할 것이다. 남진희는 이제 막 집안의 알맹이가 되는 재산을 고스란히 상속하려는 참이었다. 어둠 속의 악마가 눈을 번쩍 뜰지도 모른다. 맹인인 그녀는 최소한의 자기 방어 능력도 없다. 살인이 있은 지 2년. 한동안 엎드려 있을 만한 시간이기도 하지만 또 다른 죽음이 있어도 연관돼 보이지 않을 만한 시간일 수도 있다.

남진희는 남이다. 고진의 의뢰인도 아니다. 하지만 그녀의 안위에 신경이 쓰였다. 고진으로서는 대단히 드문 일이었는데 스스로도 이상하게 여기지 않고 있다는 사실이 어쩌면 더 이상했다. 남진희를 떠올리면 먼저 아련했고, 더불어 늘 비애감에 사로잡혔다. 그녀에게는 어쩐지 비극을 부를 것만 같은 조마조마한 분위기가 있었다. 할 수만 있다면 비극을 막고 싶었다. 실체도 없고 일어나지도 않은 정체 모를 그 비극을. 아직은 가능성뿐인 위협이지만, 만약 일어난다면 결과는 되돌릴 수 없이 처참하다. 고진은 위험을 감지하고 막을 기회가 있었던 유일한 사람이면서, 아무 일도 하지 않은 사람이 되는 셈이다. 더구나 그 대상은 남진희다. 팔짱을 끼고 사건이 일어나기를 기다리고 있을 수만은 없었다.

문제는 지금 범인의 정체는커녕 그자가 존재하는지조차 확실하게 알지 못한다는 점이다. 먼저 서태황의 아내 피살사건을 조사해 볼 필요가 있었다. 범인이라고 의심할 만한 자가 존재하는지부터 밝혀내야 했다.

고진은 이유현에게 전화를 걸기로 했다.

이유현은 경찰대학 출신으로는 별나게도 현장 근무를 선호하여 강력계 형사로 출발해 서초경찰서 강력팀장까지 이른 인물이었다. 정통 코스를 밟아 온 경찰과 뒷골목 변호사. 어느 모로 보아도 어울리는 짝은 아니었다. 기질적으로도 유사점을 거의 발견할 수 없다. 나이 차도 있다. 그런데도 묘하게 요철이 맞았다. 이유현은 고진의 독특한 직관을 높이 샀지만, 실은 그것보다는 주변에서 찾아볼 수 없는 흥미로운 인간 정도로 본다는 것이 진실에 더 가까울 것이다.

두 사람은 같이 맞닥뜨린 어떤 기묘한 사건으로 인해 서로 알게 되었다. 그 사건이 계기가 되어 3년 전 고진은 판사직을 그만두었고, 소식이 끊겼다. 그를 다시 만나게 된 건 우연이었다. 이유현의 외숙모가 악성 세입자로 골치를 앓다가 해괴한 인물을 통해 손쉽게 사건을 해결한 일이 있었다. 그 사실을 전해 들은 이유현은 법의 뒤안길에서 암약하는 존재에 분노했다. 그자를 법률 브로커 정도로 생각하고 체포하려 접근했다. 마침내 그 '악당'을 대면한 이유현은 깜짝 놀랐다. 그는 바로 수년 전 모습을 감추었던 고진이었던 것이다.

전화를 받는 이유현의 목소리에 반가움이 묻어났다.

"형님, 오랜만입니다. 거의 넉 달 만이네요."

고진은 전날 헤어진 애인처럼 뻔질나게 연락을 하다가도 이처럼 몇 달씩 통 전화를 않기도 했다.

"어? 벌써 그만큼 됐나."

"어쩐 일입니까."

"다짜고짜 어쩐 일이냐? 전혀 반가워하지 않는군."

"뭔가 바라는 게 있는 모양인데요?"

"맞아."

고진은 순순히 인정했다.

"목마른 사람이 우물을 판다고, 내가 아쉬워서 전화했지."

"뭡니까?"

"어떤 사건이 좀 궁금해서 말이야. 2년 전 우면동에서 박은순이라는 여자가 칼에 찔려 죽은 사건 알아? 서초서 관할일 텐데."

"글쎄요, 갑자기 말해서 좀 헷갈리는데. 찾아보고 연락드릴게요."

잠시 후 이유현에게서 전화가 걸려왔다. 그가 잘 아는 사건이었고, 서초서 팀장으로 오기 바로 직전에 있었던 사건이라 거의 초기부터 수사에 관여했다는 이야기였다. 고진은 전화를 끊고 부리나케 서초경찰서 강력팀 사무실로 달려갔다.

이유현은 막 형사들에게 지시를 마치고 돌아서다 사무실 문을 열고 삐죽이 들어서는 고진을 발견했다.

"이거 놀랐는데요."

"뭐가."

"형님같이 게으른 사람이 웬일입니까. 전화하자마자 달려오고."

이유현은 어지간히 의외였던지 덩치에 어울리지 않게 작은 눈을 크게 떴다.

"그렇게 빨리 왔나? 나도 좀 놀라워."

고진은 헛기침을 했다.

"일단 사건 설명을 해줘."

고진은 이유현의 책상 옆 간이 의자를 당겨 앉으며 재촉했다. 이유현은 몸을 뒤로 물렸다.

"혹시 의뢰를 받은 건가요? 아직 수사 중인데……."

이유현이 의심스러운 듯 말했다. 경찰이 함부로 정보를 흘릴 수야 없다. 친분과는 별개의 문제다. 고진도 진행 중인 수사 정보를 얻어 가려는 마당에 납득할 수 있는 최소한의 설명은 해야 했다.

"너무 경계하지 마. 개인적인 비즈니스가 아냐. 그런 일이라면 내가 이렇게 부탁할 리 없지."

"그럼요?"

"사람의 생명이 걸린 문제일 수도 있어."

"생명이 걸렸다고요?"

이유현이 눈을 휘둥그레 떴다.

"아니, 뭐 아닐 수도 있고……."

고진은 머쓱해하면서 한발 뺐다. 이유현은 김샌다는 듯 말했다.

"역시 말을 부풀리는 재주는 여전하시네요."

"그런 것만은 아냐. 실은 박은순의 주변 사람과 법률 문제로 상담을 좀 하게 됐어."

"그런데요."

"그 상담 내용이 왠지 박은순 피살사건과 연관되어 있을 것 같은 기분이 든단 말이야……."

"그 사건하고 연관이 있다고요?"

이유현도 관심을 드러냈다. 어쩌면 미결 살인사건의 실마리가 될 이야기일지도 모른다는 기대감이 들었기 때문이다.

고진은 남광자의 의뢰를 받아 우면동 집을 방문한 일, 선대인 서판곤, 이분희의 비극적인 사건, 서씨 일가와 남씨 일가의 기묘한 동거에 대해 이야기했다. 남성룡이 상당한 재산가이며 여생이 얼마 남지 않았고, 딸인 남진희가 상속하게끔 되었지만 2순위자가 있어 미묘한 문제가 얽혀 있다는 점도 밝혔다. 이어 만일 박은순을 살해한 범인이 집안 식구 중에 있다면 이번에는 유산 문제로 남진희를 노릴 수도 있다는 가설을 펼쳤다. 다만 2순위자가 '서씨'이며 남광자가 그 유언내용을 엿들었다는 부분은 말하지 않았다. 아무튼 그녀는 비밀을 지켜줘야 할 엄연한 고객이었다.

남진희가 위험할 수도 있다는 우려에는 이유현도 어느 정도 수긍했다.

"윗대에서도 비슷한 살인이 있었다니……. 그것까지는 몰랐네요. 예사로운 집안이 아닌데요."

이유현은 팔짱을 끼고서 고개를 끄덕거렸다.

"어쨌든 선량한 시민의 희생을 막는 게 우선이니깐 알려 드리죠. 박은순 사건은 사실 수사 자료가 별로 없어요. 워낙에 단서가 적어요. 간단히 요점만 이야기하면……."

이유현이 정리해서 들려준 박은순 살인사건의 개요는 대강 다음과 같았다.

2년 전 1월 28일 월요일, 59세의 여성 박은순이 자택의 부엌에서 피살되었다. 아침에 우면산에 운동하러 갔다가 돌아온 남편 서태황이 발견해서 경찰에 신고했다. 부검 결과 사망 시각은 아침 9시에서 10시 사이고, 심장을 칼에 찔려 즉사한 것으로 밝혀졌다. 부엌과 안방을 뒤진 흔적이 있고, 패물 몇 개가 없어졌으나 그리 값나가는 것은 아니었다. 흉기는 발견되지 않았고, 현장에는 같이 사는 가족들 것 외에는 일체 타인의 신발 자국이나 지문, DNA 따위가 나오지 않았다. 칼자국의 모양새나 깊이로 보아 범인은 칼을 다루는 데 아마 추어이면서도 힘이 좋은 남자로 추정된다.

"경찰은 어느 쪽으로 보고 있어? 외부인의 침입인지, 내부인인지."

"둘 다 가능성은 있지만 오리무중이에요. 처음엔 가족들 쪽에 초점을 맞추고 조사해 봤죠. 근데 다들 동기가 없어요. 박은순의 죽음으로 이익을 보는 사람이 아무도 없는 겁니다. 원한을 가질 만한 갈등도 전혀 없었고요. 그래서 강도나 외부인 쪽으로 수사를 진행하고 있는데, 솔직히 막막합니다. 단서가 없어요. 외딴 집이라 CCTV가 있는 것도 아니고. 이렇게 깨끗이 뒤처리를 하고 간 범행도 드물 겁니다. 실은 지금 거의 손 놓고 제보만 기다리는 형편이에요."

"가족들 알리바이는 체크해 봤겠지?"

"물론이죠."

이유현은 마치 암송하듯이 조사한 사항을 줄줄 읊었다.

"남편인 서태황은 그때 우면산에서 운동 중이었대요. 투 스타로 예편한 전직 장성인데, 은퇴한 뒤로 체력 관리 삼아 우면산을 매일 아침 오르내린답니다. 군인인 만큼 한번 하기로 계획을 세우면 예외가 없었나 봐요. 주중이건 주말이건 우면산 등산은 빼먹지 않았다니까요. 등산 갔다가 돌아와서 처가 죽은 걸 발견한 겁니다. 하지만 이건 사실 알리바이가 불분명하다고 봐야겠죠. 그 시간에 우면산에 있었단 건 본인 주장이니까요."

"흠, 살인이라는 중대 작전이 예정되어 있다면 등산 일정 정도는 얼마든지 바꿀 수 있겠지."

"그렇죠. 그다음, 첫째아들인 서형일이 입양된 친구인 건 아시죠? 서형일은 당시 30세였는데 그 무렵 꽤 큰 정수기 회사에 취직하게 됐나 봐요. 입사를 앞두고 여행이나 실컷 하자며 한 달째 유럽 배낭여행 중이었다니까 얘는 패스. 사건이 있고 열흘이나 지나서 한국에 들어왔어요.

둘째 서두리는 당시 27세로, 갓 설계사무소에 입사해서 쫄따구 노릇을 하고 있던 때였죠. 적응을 잘 못했는지 금방 나오긴 했지만 어쨌든 그땐 사무실에 출근해 있었대요. 그런데 이게 좀 재밌어요. 회사 사람들의 진술을 보면 서두리가 아침에 회사에 얼굴을 들이민 건 확실해요. 근데 설계팀에서는 서두리가 감리팀 일을 보조하러 가 있었다 하고, 감리팀에서는 홍보팀 일을 도우러 가 있었다 하고, 홍보팀에서는 서두리가 설계팀에 가 있었던 것 아니냐, 이런 식이에요. 각각 팀별로 사무실이 달라서 체크가 잘 안 되는 거죠. 카드 돌려 막기식이랄까요? 중간에서 사람이 잠깐 사라질 수 있는 구조였단 거죠."

"그럼 알리바이가 없는 거잖아."

"그래서 우리도 의심을 했는데, 나중에 홍보팀장 김청희란 여자가 불쑥 나와서는 확실하게 증언해 줬어요. 서두리가 회사에 있었다고."

"음. 결국 알리바이가 있단 거잖아. 왜 쓸데없이 긴 얘기를 해?"

고진의 질책에 이유현이 불퉁스럽게 말했다.

"중간 수사 과정에서 고생했으니까 생각난 김에 말한 건데. 뭐, 알겠습니다. 싫으면 그만두죠."

고진이 황급히 양손을 내저었다.

"아, 알았어. 전부 다 얘기해 줘. 또 다른 사람들은?"

이유현은 뻐기듯 목을 빼고는 말을 이었다.

"셋째 서해리는 당시 24세. 이 여자애가 좀 문제아였나 봐요. 어디서 이상한 남자친구를 데리고 와서는 부모하고 대판 싸운 후 이태원 부근에서 월세방을 얻어 동거 중이었어요. 그날 아침에 뭐했냐고 물으니까 늦게까지 자고 있었답니다. 서해리 알리바이는 남자친구의 증언에 의한 거니까 확실한 거라고는 볼 수 없죠."

"위층 남씨네 가족들은 어때?"

"남성룡 교수는 집에 있었대요. 은퇴하고는 거의 집에 틀어박혔던가 봐요. 대학교수들이 활동성이 떨어지니깐 나다니지도 않고 따분하게 살아왔던 모양입니다."

"집에 있었으면 아래층에서 나는 무슨 소리라도 듣지 않았을까?"

"아무 소리도 못 들었답니다. 나이 들어 청력이 떨어진 탓도 있고요. 남 교수 말로는 원래 1, 2층 간에 말소리도 다 들릴 정도였는데 1층에서 2층 올라가는 계단에 문을 만들어 놓은 다음부터는 1층 소리가 거의 들리지 않는답니다. 게다가 그날은 아침부터 서재에 틀어박혀 책을 보고 있었대요."

이유현은 이어 말했다.

"남 교수 여동생 남광자도 있죠. 그땐 외출 중이었답니다. 그 나이에도 쇼핑을 좋아하는지 시내를 쏘다니고 백화점 구경도 하고 그랬다네요. 남성룡 교수도 동생은 집에 없었다고 증언했고요."

고진은 고개를 모로 꼬며 중얼거리듯 말했다.

"하지만 누이동생이 나갔다가 다시 몰래 돌아오지 않았다는 장담은 할 수 없겠지."

"당연하죠. 그래서 남성룡은 물론 남광자 역시도 용의 대상에서 제쳐놓지는 않았어요."

"남진희나 별채에 있는 영감은? 아, 남진희는 그때 그 집에 살고 있지 않았지. 박은순 살인사건은 2년 전에 있었고, 남진희는 1년 전에 집에 돌아왔으니까. 별채 영감도 박은순 사건 뒤에 그 집에 들어왔고."

"네. 남진희하고 별채 영감님은 수사 대상에서 제외했어요. 남진희는 나중에 그 집에 왔으니까 저는 얼굴도 못 봤고요."

"정말 절묘한 시간대에 범행이 있었군."

고진이 혀를 찼다.

"그렇습니다. 알리바이가 확실한 사람은 서형일, 서두리뿐이라고 봐야죠. 알리바이가 한두 명 정도 없으면 의심의 폭이라도 줄일 텐데, 가족들 대부분이 없으니 수사할 방향을 잡기도 어려워요. 허공에다 대고 주먹질을 하는 셈이죠."

생각에 잠긴 듯 먼 산을 바라보는 고진을 향해 이유현은 경찰의 공식 입장을 대변하듯 말했다.

"알리바이는 둘째치고 다들 동기가 없어요. 서태황, 박은순 부부는 사이가 그리 나빴던 것 같지 않아요. 은퇴한 서태황 입장에서도 처가 죽으면 노년에 힘들 거고. 박은순 명의의 재산도 거의 없었어요. 생명보험도 없었고. 자녀들도 혐의를 두고 저울질해 보긴 했는데, 아무렴 설마 친아들이 엄마를 죽였을까요? 아, 물론 가능성을 곧장 부정해선 안 되겠죠. 유산을 노리고 부모를 살해하는 사건도 있긴 하니까요. 근데 유산이 목적이라면 박은순과 서태황 둘 다를 죽여야죠. 박은순만 살해해 봤자 소용이 없어요.

서형일은 양자니까 다르긴 하겠죠. 맘속으론 이를 갈면서 박은순을 엄마로 생각 안 했을 수도 있고요. 가족들 내의 일이야 모르는 거니깐. 그래도 갓난아기 때 입양해서 키워 준 부모인데, 별다른 이유도 없이 살인을 한다는 건 좀 그렇지 않습니까? 서해리는…… 남자친구 문제 때문에 부모와 좀 다투기는 한 모양인데 그 정도로 부모를 죽인다는 것 역시 생각할 수 없고."

"2층 남씨 일가는?"

"더더욱 동기가 없죠, 위층하곤 거리를 두고 지낸 모양이에요. 김해련이라고, 그 남성룡 교수 부인 있잖습니까? 김해련이 집을 나가기 전에는 그래도 여자들끼리 음식도 나눠 먹고 친하게 지냈대요. 그랬다가 김해련이 12년 전 집을 나간 뒤로 박은순은 위층하고 왕래가 확 줄어들었대요. 그냥 가까이 사는 이웃 정도? 남성룡하곤 서로 어려운 사이라서 거의 마주치지도 않았다 하고, 남광자하고는 잘안 맞았던 것 같아요. 남 교수 부인이 나간 뒤에 1, 2층을 잇는 거실계단 입구에도 말소리가 들려 시끄럽다는 둥 박은순이 우겨서 문을달아 버렸고요. 데면데면하게 지내면서 서로 큰 충돌도 없었는데, 살해할 동기는 없겠죠. 말하자면, 살인할 만큼 친하지가 않았던 겁니다. 경제적 동기란 건 더더욱 있을 수 없고."

고진은 무표정하게 있다가 불쑥 한마디를 던졌다.

"가족들이 아니라면 어떨까?"

"가족들 말고 누구요?"

"이를테면 서해리의 남자친구. 여자친구의 부모가 거세게 반대했다. 그래서 자존심도 상했고 애인과의 결혼도 어려웠다. 그건 동기가 될 수 있지 않을까?"

"글쎄요. 김병윤인가 하는 그 친구도 어쨌든 알리바이가 있어요. 서해리의 알리바이와 사실 같은 거긴 하지만요. 그날 아침 서해리하고 동거하는 방에서 늦잠을 실컷 잤답니다. 서해리가 거짓말하는 걸 수도 있겠지만, 자기 엄마가 살해됐는데 남자친구를 감싸려 했을까요?"

고진은 고개를 끄덕이다가 문득 물었다.

"혹시 이분희 살인사건 기록이 남아 있을까?"

"전 세대에 있었다는 그 건요? 그게 왜 궁금합니까?"

"이유는 없어. 한 집안에 대를 이어 살인사건이 있었다는 게 아무래도 신경 쓰여서 말이야."

이유현은 고개를 저었다.

"기록이야 당연히 없죠. 40년도 훨씬 넘은 일인데. 기록보존연한도 한참 지났고, 지금은 소각되었을 겁니다."

"아쉽군……."

고진은 곰곰이 생각하다 말했다.

"그럼 혹시 당시 사건을 담당했던 경찰관이나 형사를 수소문해 볼 수는 없을까?"

"그건 찾아보겠지만……."

이유현은 말을 끊고 고진을 향해 야릇한 웃음을 지었다.

"형님답지 않게 왜 이렇게 열심이실까요?"

"뭔 소리야."

"아무리 봐도 이분희 사건까지는 관련이 없는데. 남진희한테 당장 위험이 닥친 것도 아니고. 늘 게으르고 무심하던 형님이 왜? 혹시……."

"무슨 말을 하고 싶은 거야."

"남진희가 굉장한 미인이었던 거 아닙니까?"

고진이 피식 웃었다.

"못 본 새에 추리력이 늘었군. 공상도 추리에 포함된다면 말이야."

"미인이 아닌데 형님이 이럴 리가 있냐 말이죠."

"미인이기 때문만은 아니야."

고진이 체념한 듯 말했다.

"단단히 빠졌네요. 후후."

"그럼 나의 성(聖) 마리아라고 해두지. 이제 됐나?"

"어디 보자……. 남진희하곤 나이차도 겨우 10여 년 정도인 데다……."

고진은 쓴웃음을 지으며 이유현의 끈질긴 신소리를 잘랐다.

"살인이 어디 흔한 일이야? 우리나라 전체로 보면 하루에 겨우 한 건 정도로 발생해. 교통사고 사망보다 훨씬 드물다고. 근데 이 집안에서는 대를 이어 두 건이나 살인이 일어났어. 내가 오컬트 마니아는 아니지만 뭔가 으스스해. 이 집 아래에서 피 묻은 톱니바퀴가 삐걱삐걱 돌아가는 느낌이 든단 말이야."

"그래도 아직은 막연한 불안감 수준 아닙니까?"

"뚜렷한 근거가 없다 뿐이지, 막연한 건 아냐. 이분희 사건은 자료가 남아 있지 않으니까 그렇다 치고, 2년 전 박은순 사건만 해도 그래. 강도나 외부인 짓이라고 보기는 어렵지 않을까?"

"범인이 가족 안에 있다고 단정할 근거도 없죠."

"단정할 수야 없지만…… 일단 범행 시간이 이상해. 강도질이라면 대개 밤에 하겠지. 그런데 벌건 대낮도 아니고 아침 시간에 일을 벌였거든."

"그 점에는 우리도 주목했죠. 그래서 외부인이라고 단정하진 않아요."

이유현이 시큰둥하게 말했다.

"더구나 타이밍도 너무 절묘해. 하필 서태황은 우면산에 운동하러 갔고, 서형일은 해외 배낭여행 중이었고, 서두리는 회사에 출근, 서해리는 가출한 상태였어. 1층엔 박은순 혼자 있었지. 사망추정시각인 9~10시 사이는 서두리가 출근하고, 서태황은 우면산 등반에서 돌아오기 전 공백의 한 시간이야. 우연히 강도가 안성맞춤의 시간에 침입하는 행운을 거머쥐었다기보다는 범인이 그런 내부 사정을 다 알고 있었다고 보는 게 더 자연스럽지 않을까? 더구나 그 집 2층에는 남 교수 남매가 있어. 대문에 남성룡 문패도 있어서 외부인도 그 집에 두 가족이 살고 있단 걸 알 수 있었고. 그런데 하필 1층에서 2층으로 연결되는 계단 입구에 방문짝을 달아 놔서 소음이 차단된 상태였지. 어지간한 소리가 나더라도 2층까지는 들리지 않아. 그래서 범인이 그런 사정을 다 알고서 2층 사람들을 개의치 않고 오로지 1층 식구들이 비는 시간을 노린 거라면?

그 집이 긴 언덕길 위에 있는 건 알지? 혼자 걸어가면 눈에 띌 수 있어. 그런데도 범인은 위험을 감수하면서 벌건 아침 시간을 택했어. 가족들이 대부분 밖에 있는 걸 알아서 안심할 수 있었단 이야기 아닐까. 외부인이 이런 사정을 다 알기는 힘들다고 봐. 우연에 맡기고 되는 대로 범행했다고 생각하기도 어렵고."

이유현이 반박했다.

"하지만 범죄에는 무엇보다 동기가 중요하지 않습니까? 더구나 살인인데. 그런데 아무리 조사해 봐도 가족들은 동기가 없어요. 그저 마음이 내키지 않아 죽였다고 할 수도 없는 일이잖아요. 내부인 이라고 하기도 애매해요."

고진은 한동안 시선을 흐리다가 입을 뗐다.

"그 집안에 흐르는 '무서운 피'가 이유일 수도 있겠지."

"무서운 피라고요?"

"사람의 기질도 유전된다는 남성룡 교수의 이론에 따른다면 말이야."

고진은 이유현을 보며 싱긋 웃었다.

"웬 운명론입니까. 롬브로조의 생래적 범죄인론 같은 게 생각나네요."

"그거하곤 달라. 남 교수 이론은 사람의 다른 재능처럼 범죄의 성향도 물려받을 수 있다는 거야."

"동의하기 어렵네요. 전과자 자녀라도 착하게 사는 사람이 대부분입니다."

"물론 필연적으로 유전된다고까지 주장하는 건 아니야. 다만, 그 이론에선 환경인자와는 무관하게 격세유전이든 선별적 유전이든 '어떤 기질'의 상속이 이루어질 가능성이 있다고 보는 거지. 말하자면 A의 자녀가 모두 A′가 되는 건 아니지만, A′가 있다면 그 선조 중엔 반드시 A가 있다는 얘기야."

"대체 무슨 얘길 하고 싶으신데요?"

"서판곤은 아내인 이분희를 칼로 난자해서 죽였어. 광기 그 자체였던 것 같아. 그런데 아들인 서태황의 아내 박은순 역시 칼에 찔려 비명횡사했지. 과연 우연일까? 어떻게 생각해?"

"그럼 서태황이 자기 아버지처럼 미쳐서 아내를 죽였단 겁니까?"

"아니, 꼭 그렇단 건 아니야. 하지만 후손 중 누군가는 광기를 물려받는 사람이 나올 수도 있는 거 아닐까."

"형님은 그쪽 이론에 관심이 아주 많아 보입니다."

이유현이 어이없다는 눈빛으로 고진을 쳐다보았다.

"광기도 일종의 병이라고 본다면 더 그럴듯하겠지. 혈우병이 선별적으로 유전되듯이 말이야……."

이유현은 고개를 도리도리 저었다. 고진이 불쑥 말했다.

"내일 같이 그 집에 가보지 않겠어?"

"내일요?"

이유현을 눈알을 굴리다가 대답했다.

"……휴일이라서 괜찮긴 한데, 뭐 짚이는 거라도 있습니까?"

"전혀 없어. 그래서 가보려는 거야. 우리 이 반장하고 가면 문전박대야 안 당하겠지. 박은순 사건을 수사한다는 명분도 있으니까."

이유현은 두말 않고 동의했다. 리모컨을 손에 쥐고 TV 프로를 뒤적거리는 것보다는 늘 현장이 더 좋은 열혈 경찰이었다.

　다시 찾은 우면동의 붉은 집은 인상이 판이하게 달라져 있었다. 첫 만남이 잔뜩 찌푸린 얼굴이었다면 이날은 진득하니 미소 짓는 얼굴이었다. 며칠간 숨죽인 황사 덕에 화창한 봄날이 되살아났다. 이유현은 운동 삼아 언덕길을 걸어 올라가자고 했지만, 고진은 언덕길이 길다는 걸 절감했던 터라 이번에는 우겨서 차로 집 앞까지 올라갔다. 전날 이유현이 방문하겠다고 남광자에게 미리 알려 놓았다. 휴일이어서 서해리를 제외하고는 전부 집에 있을 거라 하였다. 서해리는 남자친구와 동거 생활을 시작한 이후로 통 집에 오지 않는다고 했다.

　고진은 정원을 가로지르며 별채 쪽을 두리번거렸다. 지난번의 그 노인은 보이지 않았다.

　반쯤 열어 놓은 현관문 안쪽에 청년 둘이 우두커니 서 있었다. 서형일과 서두리였다.

　서형일은 흰색 티셔츠에 청바지 차림이었다. 역삼각형 얼굴에 팔자눈썹, 입가에 깊이 팬 주름이 어우러져 사람 좋은 인상을 풍겼고, 체격이 당당했다. 덩치 크고 마음 약한 화이트칼라 같은 느낌이었다. 고진과 이유현을 번갈아 보며 눈알을 굴리는 품이, 꽤나 주위 눈치를 보는 성격 같았다.

　서두리는 서태황을 빼닮은 짙은 눈썹과 각진 턱, 검게 그을린 피부가 단단한 근골질의 체형과 함께 강인한 이미지를 자아냈다. 군용 카키색 라운드 셔츠 사이로 굴곡진 상체의 근육선이 비쳤고, 고탄력

트레이닝 바지에 낀 허벅지가 터질 듯이 도드라져 있었다. 남광자는 그를 그다지 좋지 않게 묘사했지만, 남자답고 호쾌한 첫인상은 호감을 살 만했다.

짧게 인사를 나눈 후 서형일이 안방으로 들어가 서태황에게 손님이 왔다고 알렸다. 잠시 후 서태황이 무표정한 얼굴로 걸어 나왔다. 전날과 같은 가운을 걸치고 있었다. 아들 형제는 보디가드처럼 양옆으로 갈라섰다.

이유현은 박은순 수사로 이들과는 구면이었다. 그가 나서서 서씨 일가에 고진을 소개했다. 변호사인데 박은순 피살사건 관계로 경찰과 중요한 협력 중이니 조사에 협조해 달라고 적당히 둘러댔다. 그런 협력 관계가 있을 리 없고 말도 안 되는 소리지만, 모인 사람들은 그러려니 했는지 별 의문 없이 수긍하며 고개를 끄덕끄덕했다. 오히려 경찰이 아직도 사건을 끈기 있게 수사하고 있고, 더구나 강력팀장까지 찾아와 줬다는 생각에 은근히 만족하는 눈치였다. 고진에게도 그 급의 대우를 하기로 한 듯하다. 적어도 적대적인 눈길은 보내오지 않았다. 서태황은 무표정했지만 지난번에 비하면 확실히 우호적으로 바뀌어 있었다.

"나도 군인이었지. 경찰 업무의 고충에 대해선 모르는 바가 아니오."

점잖게 한마디 건네기까지 했다. 서형일이 냉장고에서 캔 음료수를 꺼내왔다. 남자 세 명이 사는 집, 차 대접 따위를 기대할 수는 없는 분위기였다.

고진은 먼저 서태황과 단독으로 얘기하고 싶다고 청했다. 두 아들은 일제히 서태황을 바라보았다. 그 눈길에서 아버지의 심기가 불편해지지나 않을까 하는 두려움이 배어 나왔다. 그 장면에서 서태황이 집안에서 차지하는 위치를 짐작할 수 있었다. 서태황은 별말 없이 고개를 끄덕이고는 서재로 뚜벅뚜벅 걸어 들어갔다. 고갯짓, 몸짓 하나에도 무게가 실렸고, 그 중량감은 질 좋은 연고처럼 몸에 완전히 스며들어 있었다.

거실에 이유현과 서형일, 서두리를 버려둔 채 고진은 서태황을 따라 서재로 들어갔다. 서태황은 고진이 지난번 남광자를 만나러 왔을 때의 그 불청객이라는 걸 모르고 있는 듯했다. 눈도 침침하고, 총기도 사라지기 시작할 나이다.

고진은 서재에 들어서자마자 스스럼없이 말했다.

"연세가 믿기지 않게 아주 몸이 탄탄하십니다."

서태황은 대답 없이 형형한 눈빛으로 쏘아보았다. 고진 나름대로는 긴장감을 해소하려 던져 본 가벼운 말투를 다소 무례하다고 느낀 것 같았다. 고진은 자신의 말이 잘 먹히지 않자 슬그머니 화제를 돌렸다.

"부인께서 피살되신 아침 시간에도 우면산에서 운동하고 계셨다고요?"

서태황은 서재 의자에 등을 꼿꼿하게 세워 앉은 채 실눈을 떴다. 맞은편 의자에 대충 걸치듯이 앉은 고진을 관찰하듯이 들여다보았다.

"그건 경찰에 이미 얘기했는데."

표정과 달리 답변은 무심했다.

"혹시 그날 운동하실 때 만난 분이라도 있으신가요? 동네 주민이

나……."

"전혀. 운동하러 왔으면 운동을 해야지, 사람 만나 수다 떨면서 시
간 낭비하는 건 별로 좋아하지 않소."

결국 알리바이는 없다는 이야기였다. 하지만 서태황의 태도는 자
신만만했고, 딱딱한 말투는 그와 어울렸다.

"무슨 운동을 하십니까?"

"매일 아침 등산을 해요. 시민공원에서는 가볍게 웨이트도 하고."

"어떤 때 운동을 쉬십니까? 가령……."

"쉬지 않소."

서태황이 잘라 말했고, 고진은 씩 웃었다.

"그럴 리가 있습니까, 아무렴. 은퇴하셨다고 해도 약속도 있고, 급
한 일도 있으실 텐데."

"약속이건 볼일이건 운동 끝난 시간을 이용하니까."

"운동이 그리 중요합니까? 아, 물론 당연히 그렇지요. 그래도 시간
은 바꿀 수 있는 것 아니겠습니까? 다른 급한 일이 생긴다면."

"그렇게 안 해요."

"왜 그렇게까지 운동 시간을 지키려고 하십니까?"

서태황은 단호한 어조로 말했다.

"내가 결정했기 때문이오."

고진은 목이 꽉 막혀 오는 것을 느꼈다. 규칙은 지키기 위해서 존
재하는 것이다. 규칙은 있기 때문에 지키는 것이다. '왜?'라는 질문
없이 룰에 바쳐 온 인생. 자신과는 모든 면으로 정반대인, 서로 간의
접점과 공감은 1퍼센트도 찾아볼 수 없는 인간과의 대면에서 느끼

는 갑갑함이었다.

"외람되지만, 사람들은 누구나 대충 조금씩은 규칙을 어겨 가면서 적당히 구부러져 사는 거 아니겠습니까?"

"그건 결국 모자란 인간이지. 남자라면 그래선 안 되는 거요."

"군인으로서는 정말 이상적인 분 같습니다. 장군님 같은 분이 계셔서 우리나라가 그동안 안전했던 거군요."

전형적인 군인 기질이라고 인정할 수밖에 없었다.

"다른 분 얘길 좀 여쭤 보겠습니다. 마당 별채에 꼬부랑 영감님이 계시던데 일하는 분입니까?"

"허드렛일 같은 걸 하는 영감님이오. 언젠가 불쑥 찾아와서는 잡일을 하고 지낼 테니 자기를 거두어달라고 합디다. 몸도 한쪽이 마비가 왔는지 불편해 보였어요. 마침 집사람이 변을 당한 뒤였고, 집이 좀 큰 편에다 일손도 원래 딸리던 참이라 그냥 받아 주었지."

"이름이나 신상 같은 건 모르시고요?"

"모르오. 워낙 말도 없고 무뚝뚝해서. 우린 그냥 영감님이나 할아버지 정도로 불러요. 아래위층이 조금씩 돈을 내서 용돈도 주고 있고."

"식사는 어떻게 합니까?"

"밥은 위층 광자가 해주고 있소."

"그래서 별채 영감님이 위층 식구를 더 좋아한 모양이군요. 위층 식구들한테는 싹싹하게 굴었고, 그 집안 일에는 발 벗고 나서 주었다던데요."

서태황은 눈을 치켜떴다.

"그런 건 모르겠소. 영감님은 평소에 있는 듯 없는 듯해서 행동이 어떤지 신경 쓰지도 않았으니까."

"어쨌든 좋은 일 하신 거군요."

"그렇지요. 영감님이 하는 일이라야 정원 관리나 집 주변 청소 정도인데, 그리 큰 도움 안 돼. 살날도 얼마 안 남은 듯 보이지 않습디까? 안된 말이지만, 우리는 조만간 영감님 상까지 치러 줄 각오로 받아들인 거요."

서태황은 규율을 중시하는 한편으로 그런 따뜻한 마음을 지녔다는 점을 부각시키고 싶은 듯했다. 고진은 다시 화제를 바꾸었다.

"부인께 원한을 품었을 만한 사람이 혹 있을까요?"

"전혀. 집사람은 착하고 순한 사람이었소. 내 말을 한 번도 거역한 적이 없었지. 그런 사람한테 원한을 품는다면, 그건 미치광이뿐일 거야."

"장군님은 어땠습니까? 부인의 말씀을 좀 들어 드리는 편이었습니까?"

"아내의 뜻을 항상 존중했지. 가정은 군대가 아니니까."

"훌륭한 말씀입니다. 일터와 가정을 혼동하는 허접데기들한테 들려줬으면 좋겠군요. 그럼, 서형일 씨 입양도 부부가 상의하신 겁니까?"

서태황은 눈썹을 찌푸리며 불쾌감을 드러냈다.

"도대체 그게 사건과 무슨 상관이 있소?"

"아, 상관은 없습니다. 불쾌하게 느끼셨다면 죄송합니다. 하지만 주변 조사라는 건 별다른 이유 없이 기본으로 하는 거니까요."

고진은 이 자부심 강한 전직 장성의 심기를 건드리지 않도록 말투를 정중하게 다듬어야 했다.

"아이가 없어서 내가 양자를 들이자 그랬소. 고아원에 가서 착하고 몸이 튼튼해 보이는 애로 하나 데려왔지. 그때만 해도 내가 벌써 서른여섯이었나, 형일이는 세 살이었고."

"몸이 튼튼한 걸 중요시하셨나 보군요. 역시 군인다우십니다."

"체력은 모든 것의 기본이오. 요즘 젊은 애들 보면 키는 커졌는데 말라비틀어져서 못써."

"좀 일방적으로 결정하신 거 아닌가요?"

"아내 동의는 미리 얻었지. 아이만 내가 직접 가서 골라 데려온 거고."

"입양한 뒤에 친아들, 그러니까 두리 씨가 태어났습니다. 형일 씨를 입양한 게 후회되지는 않으시던가요?"

서태황의 표정이 굳어졌다.

"얘기가 너무 곁가지로 흐르는구만. 당신들은 내 아내가 피살된 사건 때문에 온 거 아니오? 아님 혹시 무슨 복지기관에서 나온 거요? 아까 영감님 얘기도 그렇고 형일이 얘기도 그렇고, 우리가 학대했을까 봐 그러는 거요?"

서태황은 목청을 높여 말하다가 퍼뜩 무언가를 깨달은 듯했다.

"아, 그렇군. 당신들은 강도가 아니라 우리 가족 중에 범인이 있다고 생각하고 조사하러 온 거로군."

"그건 아닙니다. 오히려 전혀 짚이는 것이 없기 때문에 모든 조사를 하려는 것뿐입니다."

서태황은 알겠다는 듯이 오른손을 가볍게 들었다.

"알았소. 가족들의 혐의를 벗으려면 일단 답을 해라 이거군. 얘기하지요. 우린 피해자 가족이지 범인이 아니란 걸 빨리 알게 해줘야 경찰이 강도를 잡으러 나가시겠구만. 내 아이가 태어났다고 해서 전혀 입양을 후회하지 않았소. 그건 집사람도 마찬가지였고. 그 사람은 마냥 착하기만 한 사람이었어. 누굴 차별하거나 할 사람도 아니었지. 우린 형일이를 예전과 똑같이 대했고, 다른 아이들도 괜히 텃세 부리지 못하도록 철저히 가르쳤소."

"다른 자녀들이 형일 씨를 구박하지 않았다고는 장담하기 힘든 거 아닐까요? 부모들은 모르는 게 있을 수 있죠."

"아니요."

서태황은 딱 잘라 말했다.

"형일 씨나 두리 씨가 돈이 궁해서 부모님께 손을 벌리지는 않았습니까? 한창 뭐라도 해보려고 할 나이인데."

"난 애들을 그렇게 키우지 않았소. 돈 때문에 부모를 어떻게 했다는 천한 상상은 그만뒀으면 해요."

"돈 문제가 아니더라도 평소에 엄마하고 말다툼 같은 거는 종종 있지 않았을까요?"

"있을 수 없소. 감히 어머니에게 대들다니. 그런 건 내가 용서 안 하지."

"그럼, 서해리 씨는 어떨까요? 남자친구와의 교제를 부모님이 극력 반대했다고 들었습니다만."

서태황은 이마를 찌푸렸다. 생각하기도 싫은 듯하다.

"그 아이 얘긴 하고 싶지 않소. 확실한 건 그딴 하찮은 이유로 부모를 어떻게 할 아이는 아니란 거요."

이 엄격한 전직 군인은 살인자인 아버지에 대해서는 어떤 생각을 하고 있을까? 자신에게 피를 나누어 준 그 아버지에 대해서?

"선대에 불행한 일이 있었다고 들었습니다."

목석같던 서태황의 얼굴이 붉어졌다. 순식간에 관자놀이에 퍼런 핏줄이 불거졌다.

"그건 내 아내 사건하고 아무 관련이 없어요."

"그럼 이건 어떻습니까? 이 집은 원래 이분희 씨 앞으로 등기가 되서 위층 남 교수님 남매가 상속한 걸로 압니다만, 어떤 연유로 서 장군님께서 살고 계신지……."

"그런 식으로 동떨어진 얘기 할 거면 그만합시다."

서태황은 양손으로 무릎을 한 번 탁 치더니 의자에서 천천히 몸을 일으켰다. 이어 뚜벅뚜벅 걸어가 서재 방문을 열었다. 강렬한 눈빛으로 고진을 그윽이 쏘아보았다. 어서 나가 달라는 재촉이었다. 수문장처럼 문가에 선 서태황의 입은 다시 열리지 않을 것 같아 보였다.

고진이 쫓겨나다시피 거실로 나왔을 때 이유현과 서씨 형제 사이에는 어색한 침묵이 흐르고 있었다. 이유현은 예전 박은순 피살사건 수사차 들러 이미 두 사람의 진술을 받았고, 오늘은 고진의 용건으로 따라온 것이니 딱히 할 말이 없는 것이다. 고진은 이유현 옆 소파에 털썩 걸터앉았다. 그 앞 소파에 서형일과 서두리가 뻣뻣하게 앉아 있었다. 고진이 입을 뗐다.

"집안에 여성이 없으니 전원 버튼이 없는 기계 같네요. 성능은 좋은데 돌아가지 않는……."

아무도 대꾸하지 않았다. 고진은 헛기침을 하고 말을 이었다.

"남자 세 분이서 이 큰 집에 사시는 데 힘드시겠어요. 식사 문제 같은 게 클 텐데, 특히. 왜 도우미 아줌마를 쓰시지 않죠?"

"아버지가 괜한 낭비를 싫어하세요. 군 생활 하실 때 근무지를 옮겨 가면서 혼자 사시는 데도 익숙해지셨고요. 밥도 혼자 잘해 드십니다. 저희는 대충 밖에서 해결하죠. 이젠 익숙해요."

서형일이 싹싹하게 대답했다.

"서형일 씨는 지금 하시는 일이?"

"정수기 회사 다녀요. 영업직이죠."

"그렇군요. 말씀이 매끄러운 게 영업 쪽 일이 적성에 맞으실 것 같네요."

고진은 가벼운 미소로 화답하는 서형일에게서 시선을 돌려 서두리를 향했다.

"서두리 씨는 무슨 회사 다니시죠?"

"취업 준비 중입니다."

서두리가 딱딱하게 대답했다.

"그러시군요. 사건이 있던 때도 마찬가지였습니까?"

"그때는 선돌 건축설계사무소라고 꽤 큰 건축설계회사에 다녔습니다. 금방 나오긴 했지만."

"왜 나오셨습니까?"

서두리의 얼굴에 당황한 빛이 떠올랐다가 금세 사라졌다.

"그냥요, 어차피 임시직이었으니까요. 적성에도 맞지 않고 혼자서 건축일도 좀 해보고 싶어서요."

"거기서 무슨 일을 했습니까?"

"정식 직원이 아니니깐…… 그냥 여러 팀에 기웃거리면서 이것저 것 잡일을 좀 했어요. 솔직히 힘쓰는 일도 좀 했고요."

"사건이 일어났던 때가 아침이니까, 그 시각 서두리 씨는 사무실 에서 일하고 있었겠네요."

"그렇죠."

"정확히 무슨 일을 하고 있었습니까?"

서두리가 이마를 찌푸리며 언성을 높였다.

"왜 내가 그런 질문에 답해야 합니까? 알리바이 조사입니까? 예전 에 경찰에서 다 확인한 걸로 압니다만."

성격도 아버지를 빼닮았다더니 역시나 그렇다. 서태황이 젊었을 때는 저런 불뚝 성질이었을까. 옆에 있던 이유현이 말했다.

"아아, 신경 쓰지 마십시오. 영화에서도 많이 보셨잖아요. 그냥 묻 는 거니깐."

서두리는 이유현 쪽을 쳐다보다가 마지못한 듯이 대답했다.

"뭐, 여러 가지 업무를 도와주고 있었으니 딱히 뭘 하고 있었다고 꼬집어 말할 수는 없습니다."

이유현이 다그치듯 물었다.

"근데 회사 사람들 얘기는 좀 이상해요. 설계팀에서는 서두리 씨 가 감리팀에 가 있었다 그러고, 감리팀에서는 홍보팀에, 홍보팀에서 는 감리팀에 가 있은 것 아니냐 그러거든요."

"김청희 홍보팀장님 일을 도와주고 있었어요. 다른 사람들은 저한 테 신경 안 썼던 거죠."

"회사가 꽤 크다면서 확실한 증인이 달랑 한 명이라……."

고진이 고개를 갸웃거렸다. 서두리의 이맛살이 또 한 번 찌푸려졌다. 서형일이 불쑥 끼어들어 말했다.

"두리가 엄마를 죽이기까지 할 이유는 없어요."

언뜻 들으면 동생을 변호하는 말 같지만, 그 뉘앙스는 살인에 이를 정도는 못 되어도 뭔가 갈등이 있었다는 것으로도 해석될 수 있었다.

"그럼 작은 갈등은 있었나 보죠?"

고진이 대놓고 물었다. 노골적인 그 말에 서두리가 발끈해 서형일을 향해 말했다.

"거참, 말이 좀 이상하네. 형이야말로 엄마한테 불만 있었겠지. 그무렵 엄마가 유달리 형한테 무심했잖아."

이번에는 서형일의 목 언저리가 빨개졌다. 사실무근은 아닌 모양이다. 하지만 더 이상의 흐트러짐은 보여 주지 않았다. 영업으로 단련된 사람답게 서형일의 어조는 매끄러웠다.

"내가 말을 좀 실수했네, 미안해."

그러고는 이유현을 돌아보며 말했다.

"갈등 같은 건 없었어요. 말이 좀 잘못 나왔네요."

하지만 어차피 이미 던져진 말이다. 되돌릴 순 없다. 서형일의 말에 심사가 완전히 비틀린 듯, 서두리의 얼어 버린 표정은 조금도 풀리지 않았다. 결국 그의 입에서 돌발적인 발언이 쏟아졌다.

"형사님, 형이 그때 유럽 배낭여행 갔다지만 몰래 한국에 미리 들어왔는지 모르잖아요. 형의 알리바이도 조사해 보셔야죠."

고진과 이유현은 어떻게 표정을 지어야 할지 몰라 당황할 지경이었다. 서형일이 조용하지만 차가운 어조로 말했다.

"말조심해라."

서두리는 아랑곳 않고 밀어붙였다.

"한국에 몰래 일찍 들어와 놓고 집에만 열흘 뒤에 들어온 걸 수도 있지."

"그만해!"

서형일의 언성도 높아졌다. 보다 못한 이유현이 끼어들었다.

"싸우지 마십시오. 저희는 그냥 확인만 하러 온 겁니다. 여러분들을 범인으로 의심해서도 아니고요. 알리바이가 없다고 해서 범인인 것도 아니잖습니까? 서두리 씨도 좀 자제하시고."

하지만 서두리는 또 입을 열었다.

"엄마가 그 무렵 형한테 차갑게 대했어요. 형이 뭔가 실수를 했겠죠. 집안의 돈을 말아먹었든가. 엄마가 나무라니 꿍생원인 형이 오히려 불만을 품었을 수 있어요. 형사님은 잘 모르겠지만 형한테는 상당히 질이 안 좋은 친구가 한 명 있습니다. 사기나 문서 위조로 감방에도 갔다 온 박관행이라는 사람인데요, 형이 배낭여행 갔을 때 그 사람도 유럽에 있었어요. 박관행이 형의 여권을 위조했을 수도 있지 않습니까? 그러면 형의 출입국 날짜를 속일 수 있는 거 아닌가요? 경찰이라면 그런 가능성도 일단은 조사해 봐야 하는 것 아닙니까?"

거실에는 침묵이 흘렀다. 형에 대한 반감에서 마구잡이로 내뱉는 말이라고 치부해 버릴 수만은 없는 정연한 논리가 서두리의 말 속에 있었다. 흥분한 채로도 속사포처럼 쏟아붓는 언변이 놀라웠다. 생각에 빠진 이유현의 양미간에 주름이 팼다. 고진이 짧은 정적을 깼다.

"서두리 씨는 참 머리가 좋으신 것 같네요."

서두리가 뜨악한 표정으로 고진을 쳐다봤다.

"평소에도 형을 의심해 왔습니까?"

"아뇨. 그랬다면 정식으로 경찰에 고발했겠죠. 지금 욕을 얻어먹고 보니 오히려 형이 그럴 수도 있다는 생각이 들었어요."

"서로 여권의 사진을 바꿔서, 서형일 씨가 박관행 씨의 여권을 갖고 먼저 입국해서 박은순 씨를 죽였다, 그리고 박관행 씨가 서형일 씨의 여권을 갖고 사건이 벌어진 후에 입국해서 서형일 씨의 알리바이를 만들어 주었다, 그런 시나리오인가요? 재밌네요."

고진은 잠시 말을 끊었다가 혼잣말처럼 중얼거렸다.

"여권 위조가 쉽지는 않을 텐데. 전자칩 같은 게 들어 있지 않나."

옆에 있던 이유현이 불쑥 말했다.

"전자여권으로 바뀐 다음부터는 위조가 거의 불가능해졌어요. 하지만 전자여권으로 바꾸지 않고 구여권을 소지하고 있었다면 위조는 비교적 쉽습니다. 사진을 바꿔 붙이고 뒷마무리만 기술적으로 잘하면 감쪽같으니까요. 유럽에서는 예전에 한국 여권이 거의 1000만 원 가까운 가격에 팔렸어요. 여권만 있으면 위조가 얼마든지 가능했기 때문이죠. 서두리 씨 의견은 가능성 있는 얘깁니다."

이유현은 이어 서형일에게 고개를 돌리고 물었다.

"배낭여행 갔을 때는 어떤 여권이었습니까?"

서형일의 얼굴이 벌레 씹은 듯한 표정으로 바뀌었다.

"……그땐 구여권이었습니다. 얼마 전에 전자여권으로 바꾸었지만요."

마지못해 대답하고는 서형일이 얼굴을 찡그렸다.

"그럼 저도 알리바이가 불분명한 건가요. 여권을 바꾸지 않았단 이유로 용의자가 되어 버렸군요. 네, 물론이죠. 저는 핏줄이 아니고, 친아들도 아니니까요."

그의 자조 섞인 말에 아무도 대꾸하지 못했다. 서형일은 입술을 깨물고 있다가 뭔가 생각이 떠올랐는지 고개를 번쩍 들고 말했다.

"꼭 그렇지는 않겠네요. 제가 여행 다니면서 한국에 보낸 엽서가 있습니다. 돌아가신 엄마한테 주로 보낸 건데요. 유럽 도시를 이동할 때마다 간단하게 소식을 적어 보냈거든요. 여권은 어떨지 몰라도, 필적 위조는 불가능하잖아요."

"그런가요. 그럼 그 엽서 좀 봅시다."

이유현이 말했다.

"철없는 동생 말만 듣고 정말 저를 의심하시는 겁니까?"

"의심하지 않기 위해 확인하려는 거죠. 유럽에서 보낸 엽서가 있다면 이 자리에서 보여 줘서 빨리 혐의를 벗는 게 좋지 않겠습니까?"

서형일은 눈썹을 모은 채 잠시 생각하다가 고개를 끄덕였다.

"할 수 없죠. 엽서는 엄마가 편지를 모아 두는 함이 있는데, 거기에 있을 겁니다. 지금 가져오죠."

서형일은 성큼성큼 안방으로 들어가더니 잠시 후 넓적한 편지함을 들고 왔다. 거실 탁자 위에 놓고 뚜껑을 열자 유럽 도시의 사진이 박힌 엽서 몇 장이 눈에 띄었다. 서형일이 엽서 뭉치를 집어 들어 고진에게 건넸다. 고진은 엽서를 건네받아 쭉 훑어보았다. 거의 매일 혹은 이틀에 한 번 꼴로 엄마인 박은순에게 소식을 전하고 있었다.

"참 다정다감한 성격이시네요."

옆에서 같이 보던 이유현이 서형일을 쳐다보며 한마디 했다. 고진은 그중에서도 사건 일자와 가까운 몇 장의 엽서를 찾아내 유심히 보았다.

—1월 27일. 파리에서 벨기에로 건너왔어요. 한국은 오늘 눈이 온다던데 유럽은 맑기만 하니……. 갑자기 눈이 보고 싶네요. 뒷면 사진은 브뤼헤라는 도시예요. 벨기에의 멋진 중세 도시를 감상하세요.

—1월 29일. 내일은 덴마크로 가보려고 해요. 한국은 오늘 따뜻하다던데 전 자꾸만 더 추운 나라로 가네요.

"1월 29일은 어머님이 돌아가신 다음 날인데 그것도 모르고 엽서를 보내셨군요. 서글픈데요."

고진은 엽서 한 장을 더 빼 보았다.

—1월 30일. 덴마크 코펜하겐까지 와버렸어요. 여기 신문은 난리가 났어요. 이곳 부두에 있는 유명한 인어공주 동상에다가 어젯밤 누가 돼지 피를 들이부었대요. 끔찍하죠? 여기 원래의 아름다웠던 인어공주 동상 사진이 나온 엽서를 보냅니다. 에리얼을 추억하며.

"황당하네."

이유현이 말했다.

"인어공주 조각상에 돼지 피라니. 비뚤어진 놈은 세계 어디에나 있군."

고진도 혀를 찼다. 엽서는 귀국할 때까지 몇 장이 더 있었다.

— 2월 1일. 한국에는 눈이 왔다던데. 베를린은 맑은 겨울 하늘뿐이에요.

엽서 앞면에 나온 사진은 엄마도 잘 아시는 베를린 장벽이에요. 꽤 멋있

죠? 한국에 가면 얘기 많이 해드릴게요.

— 2월 3일. 밤기차로 하이델베르크에 입성, 한국은 이제 많이 따뜻하다면

서요? 여기는 이제부터 다시 추위가 시작되려나 봐요. 이곳이 엄마가

좋아하는 『황태자의 첫사랑』 배경이 된 도시예요.

— 2월 5일. 이제 내일, 귀국이네요. 한국이 다시 추워졌다는데 걱정이에

요. 아쉽기도 하고. 마지막 유럽 사진이 될 것 같네요. 프랑크푸르트는

좀 멋없지만 엽서는 예쁘죠?

엽서에는 보낸 도시의 우체국 소인이 찍혀 있었고, 우체국 도장의 날짜는 모두 서형일이 기재한 날짜와 일치했다. 한국과의 시차를 고려하면 오후까지 보낸 엽서는 한국과 같은 날짜일 것이고, 저녁 시간에 보낸 것은 한국보다 하루 늦은 날짜일 것이다.

"하지만 이런 것만으론 알리바이가 있다고 할 수 없죠."

서두리가 또다시 나섰다. 서형일은 기가 막힌다는 듯 입을 벌렸다.

"너 도대체 왜 그래?"

서형일이 울컥했지만, 서두리는 꿈쩍도 하지 않았다. 이유현은 형제간의 싸움을 중재하려는 듯 나섰다.

"서두리 씨, 무슨 얘길 하려는 겁니까. 엽서에는 그곳 우체국의 소인과 날짜가 나와 있어요. 그 날짜에 거기서 써 보낸 게 맞는 겁니다."

"꼭 그렇다고 장담할 수는 없습니다."

서두리가 또 말했다.

"왜요?"

"박관행도 유럽에 있었잖아요. 형이 열흘 일찍 박관행의 여권을 갖고 귀국을 하면서, 유럽 도시의 엽서를 구해 미리 써놓고 박관행에게 맡겨 놓는 겁니다. 그 뒤엔 박관행이 귀국한 형 대신 도시를 옮겨 다니면서 엽서를 차례차례 그 도시의 우체국에서 부칠 수도 있는 거죠."

고진과 이유현은 내심 놀라고 있었다. 몸으로 인생을 사는 것처럼 보였던 서두리가 보여 준 상상력도 의외였고, 당사자인 서형일을 앞에 두고 눈 하나 깜짝 안 하는 배짱도 못지않게 감탄스러웠다.

"으음, 그러네요. 그렇다면 역시 서형일 씨의 알리바이가 확실치는 않게 된다는 건가……."

이유현이 머뭇거렸고, 서형일이 눈을 부릅떴다. 아무래도 이유현은 서형일을 자극하려 작정한 듯했다.

고진이 갑자기 "컴퓨터 좀 빌립시다."라고 했다. 서형일은 화가 치민 얼굴을 하면서도 곧바로 일어나 방에 가더니 노트북을 들고 나왔다. 고진은 탁자 위에 노트북을 놓고 인터넷에 접속해 무언가를 검색하기 시작했다. 한참을 모니터와 엽서를 번갈아 보더니 상체를 일으켰다.

"으음, 틀림없는데."

"뭐가요?"

"알리바이를 확인해 봤어. 엽서에 날씨 얘기가 많잖아. 그래서 2년 전 1, 2월의 한국 날씨를 찾아봤어. 다 맞아. 27일에는 눈이 왔어. 물론 이때는 서형일 씨, 박관행 씨 둘 다 유럽에 있을 때니까 틀릴 리가 없지. 그런데 서형일 씨가 만약 박관행 씨의 여권을 갖고 박은순 씨 살인이 있던 날 전날에 입국했고, 그 뒤로는 박관행 씨가 서형일 씨 대신 유럽 각 도시에 들러 서형일 씨가 미리 써놓은 엽서를 부쳤다고 한다면, 박은순 씨 살인사건이 있은 후에 날아온 서형일 씨 엽서에는 날씨 얘기를 정확하게 쓸 수가 없어. 점쟁이도 아니고. 그런데 1월 29일에도 서형일 씨가 엽서에 쓴 대로 한국은 날씨가 풀려 따뜻했어. 2월 1일에는 눈이 왔고, 3일은 따뜻했고, 5일에는 다시 추웠어. 다 일치해."

고진은 엽서를 주섬주섬 주위들더니 앞에서 굳은 표정으로 돌처럼 앉아 있는 서두리의 코앞에 들이밀었다.

"이 엽서들이 서형일 씨의 자필인 건 맞습니까?"

서두리는 엽서를 잠시 들여다보더니 무표정하게 "형의 글씨체인 건 맞습니다."라고 했다.

"그래요? 우체국 소인에는 해당 도시 이름과 보낸 날짜가 정확히 들어가 있어요. 그렇다면 그 날짜에 서형일 씨가 그 도시에서 엽서를 사서 한국의 날씨를 인터넷으로 확인하고, 직접 자필로 엽서 내용을 써서는 그 도시의 우체국에서 엽서를 보냈다는 건 움직일 수 없는 사실이 됩니다. 여덟, 아홉 시간 정도의 시차를 고려한다 해도 그래요. 한국의 그날 하루의 날씨가 어땠는지를 유럽에서는 오전에 알 수 있거든요. 엽서를 오후에 썼다고 하면 한국은 그 시각 이미 하루가 저물었을 때니까. 한국의 그날 날씨를 쓴다는 건 자연스럽죠."

서두리는 고개를 빳빳이 든 채 굴하지 않았다.

"하지만 그것도 확실할 수는 없죠. 인터넷에는 일주일치 날씨 같은 것도 미리 다 예보되니까요. 1월 27일에 유럽 현지에서 한국행 비행기를 탔다면 2월 5일 정도까지의 날씨는 예보에 맞춰 미리 엽서를 써놓을 수 있습니다."

"날씨는 확률로 예보하는 거죠, 결코 정확하지 않아요. 더구나 며칠 뒤 예보는 더욱 확실성이 낮죠. 다 맞아들어 가기가 오히려 어려울걸요. 만약 이런 알리바이 조작을 하기로 했다면 결코 그런 불확실성에 기댈 수 없지 않겠습니까. 또 인어공주 사건도 있고. 이건 절대 미리 예측할 수 없는 사건이죠. 여기 봐요."

고진은 해외 사이트를 띄워 서두리에게 어떤 기사를 보여 주었다. 해외 포털사이트에서 검색어를 입력하여 해외 유명 통신사의 기사로 직접 연결된 모양이었다. "A little mermaid got red"라며 인어공주가 빨갛게 되었다 혹은 화났다는 중의적 의미로 해석될 수 있는 재치를 부린 타이틀을 단 영문 기사였다. 깨알 같은 영문 기사 내용까지 읽어 보지 않더라도 빨간색으로 범벅이 된 코펜하겐의 명물 인어공주 조각상의 사진과 '1.30.'이라는 날짜가 금방 눈에 띄었다. 1월 29일 밤에 사건이 발생해서 그다음 날부터 기사가 실리고 일반에 알려진 모양이었다.

고진의 증명에 집요한 서두리도 드디어 말이 없어졌다. 서형일이 던진 말에 불쾌한 나머지 '아니면 말고' 식의 의혹 제기를 해본 것뿐이었을까. 서두리는 배부른 짐승처럼 무표정했다. 반면 낯선 손님들 앞에서 체면을 구긴 서형일은 얼굴이 붉으락푸르락했다. 그 역시 말 끝에 날이 퍼렇게 서 있었다.

"이제 속이 시원해? 형사님들 앞에서 이렇게 망신 주고. 부끄럽지 도 않냐? 그렇게 따지면 넌 그때 돈이 좀 궁했지? 네 알리바이도 불 확실하지 않아? 너하고 친했던 팀장 말뿐이잖아."

굳은 표정으로 듣고 있던 서두리의 목 아래쪽부터 위로 붉은 기가 서서히 퍼져 나갔다. 그는 벌떡 일어나 소리쳤다.

"이 자식아, 무슨 소리야! 그럼 내가 엄마를 죽였단 거야!"

서두리가 흰자위를 번득이며 서형일에게 덤벼들었다. 행동이 빠 른 이유현이 서두리의 양팔을 붙잡아 자리에 앉혔다. 서두리는 비교 적 쉬이 제자리에 앉았지만 분을 참지 못하고 한동안 씩씩댔다. 당 장의 싸움은 말렸지만 상황이 우스워졌다. 어머니가 죽은 집에 수사 를 한답시고 외부인이 들이닥쳐 괜히 형제간에 알력만 일으킨 셈이 되어 버렸다.

이유현이 고진을 향해 팔을 벌려 곤란하다는 제스처를 취해 보이 고는 둘을 향해 말했다.

"진정하시죠. 의혹이 있어서 찾아온 게 아닙니다. 싸울 이윤 없어 요. 서형일 씨도 불쾌하겠지만, 이번 기회에 확실히 의혹을 풀었으 니 차라리 잘됐다고 생각해 주시고."

서형일도 감정을 추스르기 어려운 듯 격해진 목소리로 말했다.

"네, 그렇습니다. 오히려 잘됐어요. 핏줄이 아니란 이유로 나를 의 심하는 시선이 있다는 걸 알고 있었습니다. 이번에 선생님들 덕택에 확실히 밝혔으니까 차라리 잘됐어요. 하지만 한 가지 남은 건 있네요. 두리의 알리바이도 다시 확인해 주세요. 그날 같이 일했다는 팀장이란 사람, 젊은 여자인 모양이던데."

"입 조심해."

서두리의 눈에서 불꽃이 튀었다.

고진과 이유현은 2층의 남씨 일가를 만나 보겠다며 황망히 일어섰다. 두 사람이 가고 나면 형제 사이에 어떤 소동이 벌어질지 알 수 없을 판이었다. 이유현은 나 몰라라 하는 얼굴로 수사에 참고하겠다며 서형일의 엽서만을 받아 챙겼다.

거실 옆면 계단실 입구에 박은순이 원해서 설치했다는 문이 달려 있었고, 그 문을 열어젖히자 미끈하게 니스 칠이 된 계단이 드러났다. 두 사람은 조심조심 계단을 밟았다. 중간 지점의 계단참에서 고진은 이유현의 팔꿈치를 가볍게 잡아 멈추고는 소곤거리듯 말했다.

"자네도 참 희한한 친구야, 그 판국에 엽서는 왜 또 보자고 했어? 형제간에 싸움 붙일 일 있나? 알리바이 같은 거야 출입국 내역 조회해 보면 금방 알 수 있을 텐데."

"서두리 성격 봤잖아요? 우리가 자기 말을 들어주는 척이라도 해야 분이 풀릴 겁니다. 서형일한테도 그쪽이 나을 수 있어요. 보통 기가 센 집안이 아닌 것 같은데, 그 지경이면 서형일이 견디기 힘들걸요? 우리가 나서서 상황을 확인해 주면 오히려 더 좋은 거고. 그래서 일부러 엽서를 보자고 한 거예요."

"호오, 알고 보니 시민의 감성까지 신경 쓰는 좋은 경찰관이었군."

고진은 이죽거리는지 뭔지 모를 말을 했다.

"참, 나. 형님이 형제간 싸움 붙여 놓은 거잖아요? 그 뒷수습을 내가 했는데 그런 말이 나와요?"

"그럴 줄 알고 같이 오자 그런 거야."

고진은 히죽 웃었다.

나머지 계단을 걸어 오른 두 사람은 계단 끝에 유령처럼 서 있는 남광자를 발견하고 흠칫 놀랐다. 그녀는 고진과 눈이 마주쳤지만 이유현을 의식해선지 처음 보는 양 인사를 꾸벅 하고는 부엌으로 향했다.

뒤이어 남진희가 방에서 나왔다. 흰색 블라우스에 치마를 입은 수수한 차림이었다. 그녀를 본 고진의 얼굴은 표정이란 것을 처음 배우는 아기처럼 어색해져 있었다. 마음을 빼앗긴 여성에게 어떤 얼굴을 해야 할지는 전혀 학습이 안 되어 있는 게 분명했다. 이유현은 그 모습에 비칠비칠 몰래 웃다가 남진희를 보고서는 웃음을 거두었다. 천진난만한 얼굴을 하고서 보이지 않는 눈을 끔벅거리는 모습은 뭐라 말할 수 없는 안타까움을 자아냈다. 남진희는 수줍게 인사만 하고는 벽을 더듬거리면서 방으로 들어가 버렸다. 고진은 고개를 옆으로 돌리고 작게 한숨을 내쉬었다.

남성룡은 칼라가 있는 회색 티셔츠에 헐렁한 면바지 차림으로 거실에 앉아 있었다. 키는 자그마하고, 평평하고 넓적한 얼굴에는 주름이 별로 보이지 않았다. 서태황이 세월에 깎여 온 바위 같은 얼굴이라면, 연구실에서만 살아온 남성룡은 세상 풍파로부터 조용히 비껴 지내 온 화분 같은 얼굴이었다. 지하철에서라도 만난다면 조금도 시선을 주지 않을 법한 평범한 인상이었다. 사람들은 그가 서울대학교 교수란 걸 알고 나서야 비로소 얼굴을 쳐다볼 것이다. 서태황과 나란히 서면 아무도 형제간이라고 생각 못 할 것 같다. 물론 실제로도 피 한 방울 섞이지 않은 사이지만. 비쳐 들어오는 가을빛을 역광으로 받아 그늘이 평온하게 드리워져 있었다.

남광자가 차를 가져다놓고 부엌으로 물러갔다. 고진, 이유현, 남성룡은 거실 소파에 기역 자로 앉았다. 서로 가볍게 인사를 나눈 후 고진이 먼저 입을 열었다.

"아래층 서태황 씨하고 형제간이시라고요?"

"예, 그렇습니다."

"서태황 씨 부친이셨던 서판곤 씨하고 남 교수님 모친이셨던 이분희 씨하고 재혼하셔서 그런 거죠?"

"네. 경찰에서 이미 다 조사해 갔죠. 그런 내용들은."

"서판곤 씨와 이분희 씨 사이에 비극적인 일이 있었던 것도 알고 있습니다만."

"비극이라는 표현보다는 끔찍한 범죄라고 하는 게 맞겠죠. 저희 어머니는 비극을 만든 주인공이 아니라 단순한 피해자였습니다."

교수답게 정확한 언어 사용에 신경 쓰고 있었다. 목소리는 조용했지만 억양 끝이 날카로웠다.

"실례지만 모친께서는 왜 이혼하신 겁니까?"

이유현은 엉뚱한 화제를 꺼내는 고진 때문에 조금 긴장했다. 하지만 남성룡은 조금도 안색을 바꾸지 않고 대답했다.

"직접 알지는 못합니다. 그때 저희 남매는 겨우 세 살, 두 살인 때였어요. 어머님께서도 겨우 스물넷, 젊은 나이셨고요. 나중에 커서

들었는데, 정확히는 이혼이 아니라 아버지가 갑자기 집을 나가신 겁니다."

"그랬군요. 아버님이 남패전 씨였죠. 그런데 그분은 왜 갓난아기들까지 버려두고 집을 나가신 건가요?"

남성룡은 어이없다는 듯이 허허 웃었다. 이유현은 고진의 허리를 쿡쿡 찔렀다.

"그런 것도 사건과 관련이 있나요? 무슨 다른 용건 때문에 오신 것 아닙니까?"

부드러운 어조였지만 언짢아하고 있음이 느껴졌다.

"모든 사실은 들어 보고 확인하기 전에는 사건과 관련이 없다고 단정할 수 없습니다. 특히 살인사건에서는요. 일종의 데이터베이스 구축이라고나 할까요? 인문과학을 하시는 교수님도 잘 아시지 않습니까? 모든 것은 관련되어 있다는 명제. 아니면 나비효과라고 해도 될까요?"

고진이 주절주절 말을 늘어놓자 교수는 빙긋이 웃더니 대답했다.

"알겠습니다. 뭐, 부끄러운 일이지만 지금 와서 숨길 것도 없죠. 나중에야 어머니를 통해 알게 됐지만, 아버지는 노름에 빠지셨어요. 예전엔 다 그랬지만 어머니는 일찍 결혼하셨습니다. 열아홉 살에. 아버지도 겨우 스물한 살이었으니까 두 분 다 아무 철이 없을 때였죠. 아버지는 일찍부터 노름에 맛을 들여서는 돈 한 푼 벌어 오시지 않았고, 어머니가 남의 집 일해서 힘들게 품삯 받아 근근이 우리 둘을 키우셨어요. 아버진 기어이 끝까지 가버리셨습니다. 어느 날 그나마 남아 있던 돈이니 패물이니 싹 쓸어 가지곤 그 길로 나가 버리신 거예요……. 다시는 돌아오지 않으셨어요.”

남성룡은 허허로운 얼굴이 되었다. 어지러웠던 시절, 그리 드물지 않던 가정사였지만, 이 남매에겐 쓰라린 기억을 극복하기 위해 상당한 방황과 고뇌의 시간이 있었으리라. 지금은 그마저 무심히 회상할 수 있는 옛날 일이 되어 버렸다.

“그럼 가출일 뿐 이혼이 안 된 상태인데, 재혼은 어떻게 하신 건가요?”

“어머니는 전형적인 옛날 여인이셨어요. 남편이라는 이유만으로 섬기고 따라야 한다는 불합리한 이데올로기가 지배하던 시대. 어머니는 그런 못난 아버지라도 계속 기다리셨습니다. 주위에 좋은 남자들이 많이 접근했는데도 거절했어요. 그러다 기껏 만난 게 그 미치광이 서판곤 씨예요. 어머니가 혼자 사신 지 거의 10년이 다 된 때였죠. 서판곤 씨가 소금 장사를 해서 돈은 있었어요. 그 양반이 좀 저돌적으로 밀어붙였던 모양입니다. 결국 어머니는 우리 남매 때문에라도 서판곤 씨와 재혼하기로 했어요. 그러면서 결국 호적을 정리하게 됐죠.”

“재혼하실 때 나이가 어떻게……?”

“서판곤 씨와 어머니는 동갑으로 모두 서른셋이었을 거예요. 태황 형님이 그때 열넷, 제가 열둘, 광자가 열하나, 아마 그런 걸로…….”

전자계산기처럼 정확한 수치가 줄줄 흘러나왔다. 가족사 역시 교수의 방식으로 체계화해서 기억하고 있는 모양이었다.

“재혼하시고 금방 이 집에 이사 오신 건 아니죠?”

“7년 정도 지났을 무렵일 겁니다. 사실 투기 목적도 있었고 겸사 겸사 이사 왔다가 그냥 눌러앉은 거죠."

"이 동네가 뜬 건 그때부터 10년은 지나서인데, 역시 서판곤 씨처럼 돈을 버는 분은 남들과 다르시네요……. 그럼, 이사 오고 나서 그 끔찍한 살인이 있었던 건가요?"

"……그렇죠. 이사 오고 바로 1년 뒤였어요."

"그런 일이 있었는데도 왜 서태황 씨를 아래층에 살게 해주셨습니까? 집이 이분희 씨 명의로 되어 있어 남 교수님 남매가 상속한 걸로 압니다만. 그 집에 어머니를 살해한 사람의 아들을 살게 한다니 저 같은 보통 사람은 꿈도 못 꿀 일입니다."

남성룡이 온화한 미소를 머금었다.

"살인은 서판곤 씨가 한 거고, 태황 형님이 한 게 아니잖아요. 미워할 이유는 없죠. 몇 년을 친형제처럼 지냈어요. 형님은 제가 존경하는 분입니다."

고진이 고개를 끄덕이다가 뜬금없이 물었다.

"혹시 어머님 사진을 갖고 계세요?"

남성룡은 의아해하면서도 부엌에 있던 남광자를 불러 사진을 가져오도록 했다. 사진관에서 찍은 것인 듯 나뭇잎 모양으로 커트된 흑백 사진 안에서 굳은 표정으로 정면을 보고 있는 작은 사진이었다. 바랜 색조로도 감출 수 없을 만큼 윤곽이 뚜렷한 미인이었다.

"미인이시네요. 따님인 남진희 씨도 할머니를 닮아서 그렇게 예쁜 거군요. 격세유전인가요."

"저희 딸은 할머니보단 제 엄마를 쏙 빼닮았지요."

"그래요? 혹시 사모님 사진도 좀 볼 수 있을까요?"

남성룡은 고진이 거듭 부탁하자 할 수 없다는 듯 느릿느릿 일어났다. 그는 서재에서 한참을 뒤적뒤적하더니 사진을 몇 장 가져와서 보여 주었다. 김해런이 집을 나가기 전인 40대에 찍은 사진인 듯했다. 이미 저물어 버린 나이였지만, 한때는 인근 남성들의 마음을 홈쳤을 청순한 미모가 엿보였다. 남성룡의 말대로 남진희와 생김새가 흡사한 부분이 많았다. 20년쯤 세월이 흐른다면 남진희가 이렇게 변할 것 같기도 했다. 하지만 고진은 그 모습을 상상하지 않기로 했다. 사진을 넘겨 보던 고진이 말했다.

　"사모님, 그러니까 김해런 씨가 12년 전 집을 나가셨다고 들었습니다. 왜 별거하시게 됐죠?"

　"아니 정말, 그런 것까지 수사에 필요한 겁니까?"

　드디어 남성룡의 언성이 날카로워졌다. 그의 협조적 태도도 한계에 다다른 것 같다. 옆에 앉은 이유현이 더 당황했다. 이 사람은 그저 호기심에 남의 집 가족사를 들추려는 거 아냐? 별거하다 죽은 아내를 떠올려 봤자 달갑지 않을 게 분명하지 않은가.

　하지만 남성룡은 답을 바라는 집요한 고진의 눈빛에 결국은 지고 말았다.

　"아마…… 아래층 형님네와 같이 사는 게 싫었나 봅니다."

　"트러블이 있었나요?"

　고진이 눈을 번득였다. 남성룡은 고개를 저었다.

　"눈에 띄는 다툼은 없었어요. 형수님은 순한 분이셨고, 두루두루 잘 지냈지요. 아래층 애들도 뭐 그럭저럭 그 사람을 숙모 대접 해줬고. 하지만 피붙이도 아닌데 시집 식구들처럼 바로 아래층에서 같이 사는 일이 못내 거북했던가 봐요. 이사 가자, 못 간다 하다가 부부싸움으로 번졌어요. 그게 원만히 해결이 안 되서 그만…… 기어이 진희까지 데리고 나가 버린 거예요. 그런 극단적인 행동까지 할 줄 알았으면 차라리 이사를 가버리는 건데 내가 너무 쉽게 생각했어요. 그렇게 갔으면 잘 살기라도 해야 할 텐데, 진희만 남기고 덜컥 죽어버렸으니……. 어찌 보면 참 불쌍한 사람입니다. 제 평생에 후회되는 일이에요."

회한 어린 남성룡의 절절한 이야기에 고진과 이유현도 숙연해졌다. 어머니에게 일어났던 끔찍한 사건을 순순히 이야기해 주었으면서도 아내의 일에는 곤두서 있던 교수의 태도가 그럴 만하다고 느꼈다.

이유현이 이제 그만 마무리하고 가자는 눈빛을 고진에게 보냈다. 고진도 끄덕였다. 일어서려던 고진은 잊어버린 것이 생각났다는 듯 남성룡에게 질문을 던졌다.

"마당 별채에 사시는 영감님은 어떤 분입니까?"

"그분요? 아는 건 별로 없어요. 아래층 형수님 돌아가시고 우리 집에 들어왔는데 오갈 데 없다며 하도 사정하길래 살게 해줬죠. 적어도 위험해 보이지는 않는 분이셨으니까요. 근데 생각보단 그분이 여러 모로 도움이 되고 있어요. 우리도 나름대론 잘해드리고 있습니다."

"네, 그렇군요. 오늘 여러 가지로 실례가 많았습니다. 감사합니다."

고진과 이유현은 일어섰다. 두 사람은 남광자와 가볍게 인사를 나눈 후 붉은 집을 떠났다.

차를 타고 미끄러져 내려오는 언덕길에는 잔돌이 여기저기 흩어져 있었다. 고진은 조심스럽게 운전대를 돌리며 조수석에 앉은 이유현에게 불쑥 말했다.

"하필 박은순이 피살된 직후에 그 집에 들어온 게 우연일까?"

"뭐가요?"

고진이 혼자만의 상념에 빠져 있다 불쑥 꺼낸 질문에 이유현이 되물었다. 그러다 아, 했다.

"별채 영감님이요? 뭐 그럴 수도 있겠죠."

"지나가던 길에 난데없이 집에 들어가 살게 해달라고 하는 게 흔한 일은 아니잖아?"

"생각하기 어려울 수도 있죠. 아닐 수도 있고."

이유현은 관심 없다는 듯 말했다.

"무성의하게 그럴 거야?"

"사람들 사는 모습이야 다양한 거지, 뭐. 그럴 수도 있는 거 아니겠어요?"

"하필 박은순이 피살된 직후란 말이야, 이게 어떤 이유든 연관이 있는 거라면?"

"형님도 참."

이유현이 답답하다는 듯 말했다.

"그 영감님마저 의심하는 겁니까? 그 양반은 몸이 거의 반신불수예요. 힘은 애만도 못할걸요."

이유현이 핀잔을 주자 고진은 말없이 생각에 잠겼다. 그러다 불쑥 딴소리를 했다.

"이제 서해리하고 동거남, 둘만 남았군."

"서해리도 만나 보시게요? 그럴 필요는 없을걸요."

"왜, 엄연히 그 집 가족이고 용의자인데."

"상처의 깊이 같은 걸로 보아 칼을 찌른 범인은 남자라는 감식 결과였다니까요."

하지만 고진은 말이 없었다.

이틀 뒤 고진은 기어이 서해리와 대면하고 있었다. 서해리가 저녁 시간 전에만 시간이 난다 하여 남자친구와 동거하는 이태원 월세방을 저녁에 방문한 것이었다.

"변호사시라면서 왜 살인사건 조사를 하고 다녀요?"

좁디좁은 부엌 한쪽을 비집고 구겨 넣은 듯한 식탁 테이블 가에 앉은 서해리는 쉰 듯한 목소리로 맞은편의 고진에게 도전적으로 물었다. 화장을 진하게 하고 프릴이 잔뜩 달린 블라우스를 입고 있는 걸로 보아 외출하기 직전인 것 같다. 얼굴은 미인 축에 든다고 할 만하나 서태황이나 서두리의 잔상이 느껴지는 억센 선과 툭 불거진 광대뼈는 다소 부담스러웠다. 남자친구 김병윤은 부스스한 머리카락을 하고 트레이닝복 차림으로 서해리 옆에 쭈그리고 앉아 고진이 사온 음료수 박스를 마치 처음 보는 양 괜히 이리저리 만져보고 있었다. 큰 키에 얼굴도 길쭉한 미남형이었으나 살짝 벌어진 입술 때문에 그다지 영리해 보이지는 않았다. 서해리가 덧붙였다.

"변호사는 사무실하고 법정만 왔다 갔다 하는 걸로 알았는데."

"저는 사무실도 없고 법정에도 나가지 않습니다. 그런 곳에 없는 재밌는 사건들만을 주로 상대하죠. 그런 탓에 '어둠의 변호사'라는 별명으로 부르는 사람도 있고요."

　귀찮아하는 기색이 역력한 서해리의 주목을 이끌어 내기 위해 고
진은 공격적으로 자기를 소개했다. 그 방법은 성공적이었다. 서해리
는 주먹에 턱을 괴며 눈빛을 반짝였다.

　"재밌는 분 같군요. 우리 집안에서 어떤 어둠을 보셨나요?"

　"어둠은 어느 가정에나 있죠. 그게 살인의 경지까지 올라가는 집
은 극히 적겠지만요. 지금의 조사는 앞으로 일어날 사건을 막기 위
해서입니다."

　고진은 내심의 동요를 살피려는 듯이 서해리를 뜯어보았다. 하지
만 그녀는 고진의 자극적인 말투에 전혀 구애받지 않는 듯했다.

　"앞으로의 사건을 막을 수 있다고 생각하세요?"

　"상당히 의미심장한 말이군요. 앞으로 어떤 사건이 일어날지 미리
아신다는 건가요?"

　서해리는 의미가 담긴 듯한 눈빛을 마주 보내고는 말을 이었다.

　"전 몰라요. 하지만 지금까지 살면서 안 건 있어요. 운명을 이기는
사람은 없단 걸요. 아무리 잘난 사람도요. 변호사시니까 상당히 머
리가 좋으시겠지만, 만약 어느 날 하늘이 갑자기 눈을 멀게 해버린
다면 어떨까요? 아무것도 할 수 없을걸요."

　"말하시는 걸 들으니 많은 걸 겪어 오신 모양이군요. 혹시 남진희
씨가 실명한 걸 보고 운명론에 빠지신 겁니까? 하긴, 그렇게 예쁜 분
의 눈이 멀어 버렸으니 운명이란 걸 생각하지 않을 사람이 없겠죠."

　서해리는 대답 없이 쓸쓸하게 웃었다.

　"돌아가신 어머님은 어떤 분이셨나요?"

"착한 분이셨죠. 하지만 꽉 막혀 있기도 했어요. 자기 인생이 가는 좁은 길 외에는 이해할 수 없었던 사람이었죠."

"이분, 김병윤 씨라고 했죠? 이분과의 교제를 반대한 걸 염두에 두고 하시는 말씀 같군요."

고진은 옆에 앉은 김병윤을 눈짓으로 가리키며 말했다. 서해리는 말없이 담뱃갑을 집어 들어 담배를 꺼낸 후 라이터를 켜서 불을 붙이고 깊숙이 한 모금을 빨았다. 일련의 그 동작은 능숙했고 멋있기까지 했다. 개성만은 확실한 여자라고 고진은 생각했다.

"딸의 진짜 행복은 생각을 안 한 거지."

김병윤이 머리를 긁으며 혼잣말처럼 끼어들었다. 서해리는 김병윤을 흘겨보았다.

"그래도 우리 엄마야. 자기까지 그러지 마."

기가 약한 남자인 모양이다. 그는 서해리의 톡 쏘는 말에 금세 풀이 죽었다.

"김병윤 씨는 하시는 일이 뭡니까?"

"그냥 놀아요."

김병윤은 입을 헤 벌린 채 아무 거리낌 없이 대답했다. 고진은 '생활비는 누가?' 하고 물으려다가 그만두었다. 서해리가 벌고 있을 수밖에 없다. 그녀가 집을 나와 동거에 들어가고서부터 서태황의 원조는 일체 없었다고 했다.

"사건이 있기 전 집안 분위기는 어땠습니까?"

"집안 분위기?"

"쉽게 말하면 갈등, 싸움, 미움 같은 거 말입니다."

"훗, 아무리 집을 나왔대도 그 집안 가족인 나한테 그런 걸 묻다니 대담하시네요. 변호사님한테는 실망스럽게도, 평온했어요. 아아주."

"두리 씨 말로는 어머님이 형일 씨를 좀 섭섭하게 대했다던데요?"

"글쎄요, 그랬었나? 전 모르겠네요. 제 일에만 관심 있다 보니."

"그럼 어머님과 두리 씨하곤 문제가 없었습니까? 사업 자금이라든가 여자 문제 같은 거, 어느 집안이고 부모자식 간에 흔한 스토리지 않습니까?"

"그것도 모르겠어요. 다시 말씀드리지만 제 코가 석자예요. 남 일은 별로⋯⋯."

"그래도 형제간인데 남이라고 쉽게 표현을 하시는군요."

"그렇다고 그 사람들이 '나'는 아니잖아요."

서해리는 강한 자의식과 극단적인 개인주의로 무장한 것처럼 보였다. 그게 일관되다 보면 언젠가는 도덕의 테두리도 넘어설지 모른다. 그녀는 '선악의 피안'에 도달했을까? 서해리가 덧붙였다.

"형일 오빠는 여린 성격이어서 괜히 혼자서 서운하게 느끼는 일이 종종 있어요. 두리 오빠는 남자답고 정열적이어서 여자들이 많이 따랐고요. 근데 뭐, 그런 것들이 엄마하고 충돌할 이유가 될까요? 글쎄요. 이런 데서 살인의 동기를 구한다면 지나친 오버일걸요."

"서해리 씨의 경우는 어떻습니까? 부모님과 가장 심하게 충돌한 분은 서해리 씨인 걸로 아는데."

공격적인 질문에도 서해리는 그저 생긋 웃었다.

"난 충돌할 것 같으면 피해 버려요. 맞서 싸워서 상대방을 꺾는다든가, 반대로 양보하고는 뒤에서 내 마음을 달랜다든가 그런 것들이

딱 귀찮아요. 안 보면 그만인데 왜 한 곳에 모여 서로 달달 볶으면서 살아요? 인생 피곤하게."

"편한 사고방식이 부럽습니다. 그래서 부모님을 설득할 생각은 않고 이렇게 집을 나와서 남자친구와 사시는군요."

서해리는 말없이 고개를 돌려 담배 연기를 재차 길게 내뿜었다. 고진은 옆에 앉은 김병윤을 향해 물었다.

"김병윤 씨는 서해리 씨의 부모님을 만나신 적 있으신가요?"

"당연히 있죠. 특히 아버님은 날 죽이려고 하시던데요."

"왜 그렇게까지 반대하셨을까요?"

김병윤은 들고 있던 성냥갑을 툭 내던지며 불쾌한 듯한 표정을 지었다. 그 일을 떠올리면 곧바로 언짢아지는 모양이다.

"내가 해리한테 접근하는 게 아무래도 정상적으로 보이지 않았던 거죠. 분명 다른 속셈이 있는 거라면서, 날 사기꾼 취급하더만요."

"정상적으로 보이지 않았다는 건 무슨 말씀……."

고진이 질문을 꺼내려는데 일순 서해리가 김병윤을 향해 싸늘한 눈길을 쏘아 보냈다. 김병윤은 말실수했다 싶었는지 급히 손을 내저었다.

"아무것도 아닙니다. 오해를 하셨다 그거죠."

상황을 보아하니 더 묻기는 틀렸다. 고진은 화제를 바꿔 다시 서해리에게 물었다.

"남진희 씨하고는 친하게 지내나요?"

"그냥 그저 그래요. 걔는 착하긴 한데, 저하고 통하는 게 별로 없어서."

그렇긴 할 것이다. 남진희의 마음이 봄의 꽃밭이라면, 서해리의 심상은 회색 밤의 사막이다. 어울릴 리가 없다.

"사실 진희하고는 커서 거의 만나 보질 못했어요. 전 2년 전에 집을 나왔고, 진희는 그 1년 뒤에 집으로 들어왔으니까요. 전 그 뒤로 집에 들른 적이 없어요. 밖에서 오빠들하고 같이 잠깐 한번 만난 게 다예요. 그것도 한 1년 전이에요. 진희가 눈멀기 전."

"남진희 씨는 서해리 씨더러 불쌍하다고 하시더군요. 왜 그랬을까요?"

"글쎄요. 알 것 같지만, 전 특별히 말하고 싶진 않네요."

서해리는 심드렁하게 대답했다.

고진은 더 이상 여기 있어 봤자 수확이 없다는 판단을 하고 일어섰다.

서해리는 그나마 방문 앞까지 배웅을 나왔는데, 김병윤은 테이블에 앉은 채로 고개만 까딱했다. 혹시 고진이 불쾌하게 느낄지 모른다고 생각했는지 서해리가 들릴 듯 말 듯한 목소리로 속삭였다.

"저 사람, 다리가 불편해요."

그제야 김병윤의 앉은 본새를 보고 고진은 한쪽 하의가 헐렁하다는 것을 깨달았다. 아예 다리 한 짝이 없는 모양새였다. 고진은 의아한 생각이 들었다.

김병윤은 어딘가 맹하고 뒤틀려 보였고, 불편한 신체 탓인지 변변한 경제 활동도 않고 지낸다. 반면에 서해리는 남자들의 시선을 받기에 충분할 만큼 늘씬한 몸매와 쿨한 성격의 소유자였다. 서해리는 왜 굳이 저 남자를 택했을까.

소득 없는 조사에 의욕이 떨어진 고진이 패스트푸드점에서 사온 햄버거로 집에서 저녁 식사를 때우고 있을 때 전화벨이 울렸다. 이유현이었다.

"저녁이 햄버겁니까? 정크 푸드 좀 그만 드세요."

"내 몸이 정크인데 뭐. 무슨 일이야?"

"조사해 보니 재밌는 것들이 좀 나왔어요. 마침 형사들도 다 퇴근하고 비었는데, 사무실로 나와 보실래요?"

"고마워, 기대되는군. 지금 가지."

고진은 먹던 햄버거를 팽개치고 택시를 탔다. 서초경찰서까지는 지근거리였지만 퇴근하는 차량의 홍수로 도로가 막혔다. 괜히 택시를 탔다는 후회가 뒤늦게 밀려왔다. 그답지 않게 마음이 초조했다.

서초경찰서 입구 쪽 별관에 위치한 강력팀 사무실은 반쯤 어둠에 잠겼고, 이유현이 있는 창가 책상 위에만 형광등이 두 개 켜져 있다. 이유현은 혼자 컴퓨터 모니터를 노려보며 앉아 있었다.

"경찰서야, 귀신의 집이야? 좀 밝게 살지. 사무실이 당최 괴기스러워서, 원."

"공공 전기인데 아껴야죠."

"그러려면 퇴근해."

"우리 집 전기는 더 아까우니까요."

"오랜만에 마음에 드는 소릴 하는군. 그간 자네의 공무원 마인드에는 질린 참이었거든."

이유현이 의미심장한 웃음을 지었다.

"그건 그렇고, 요즘 형님이 자꾸 부지런해져요. 왜일까요?"

"젠장, 그만 놀려 먹어. 나도 어떤 면으론 자네 못지않게 현장 체질이야."

"햄버거 집어 먹다 뛰어온 오늘 밤만은 인정해 드리죠. 제2의 살인을 막으려는 이 눈물겨운 노력을 남진희가 알아줄까요?"

"남진희는 세상에 얼마 안 남은 인류야. 오래 살아남아야지. 모르고 있었다면 몰라도 내 눈앞에서의 살인은 자존심이 허락 못 해."

이유현은 두 팔을 번쩍 위로 쳐들어 보였다. 그는 냉장고에서 캔커피를 꺼내 고진에게 건네주고는 다시 자리에 앉았다.

"일단 서형일은 알리바이가 확실하다고 할 수밖에 없어요. 출입국 기록을 조회해 보니깐 박은순 사건이 일어나기 한 달 전에 유럽으로 출국해서 사건 있은 지 열흘 뒤에 한국에 입국한 게 확인됐어요. 그리고 박관행이라고, 서두리가 말한 서형일 친구 있죠? 위조 전문가라는. 행여나 싶어 그 친구도 조회했어요. 박관행은 그 전에 유럽에 있었는데, 이 친구도 박은순 사건이 있은 지 15일인가 후에 한국에 입국한 게 확인됐어요. 뭐, 서두리 식으로 말하면 박관행이의 여권이 입국한 거지만요. 어쨌든 간에 서두리 말대로 둘이 여권을 위조해서 바꿨다 하더라도 둘 다 박은순 살인이 발생한 뒤에 한국에 들어왔으니깐 의심의 여지가 없어요. 서형일이가 박관행이의 여권으로 사건 전에 몰래 한국에 들어왔다는 따위의 조작은 있을 수 없단 거죠."

"박관행이는 그 뒤로 쭉 한국에 있는 거야?"

"아뇨. 유럽에 정착한 모양이에요. 뭔가 돈벌이라도 찾은 거겠죠. 한국에는 잠깐 다니러 온 건지 그 일주일 뒤에 다시 유럽으로 출국해서는 그 뒤로 입국하지 않았어요."

"흠. 서두리의 공격이 완전히 헛스윙으로 끝났군. 꽤나 예리하게 휘둘렀는데…… 서두리 쪽 알리바이는 어땠어?"

이유현은 의자를 당겨 앉았다.

"이게 좀 재밌어요. 설계사무소에 출근했다고 했잖아요. 특히 홍보팀장 김청희가 확실하게 진술했죠. 서두리는 그때 홍보팀에서 일하고 있었다고."

"그랬지, 분명."

"이번에 김청희를 상대로 새로 진술을 들었거든요. 그랬더니 말이 조금 달라졌어요. 회사에만 있었던 건 아니래요. 김청희가 아침에 외근 나가면서 서두리를 기사로 쓸 겸 데리고 나가 이리저리 일을 보았답니다."

"흠. 김청희는 어떤 여자야?"

"당시 36살, 기혼이고요. 능력 있는 커리어 우먼으로 인정받고 잘나갔답니다. 서두리를 데리고 들른 거래업체가 어디냐고 물어보았죠. 업체 측에 확인해 보려고요. 그랬더니 업체에 들른 건 또 아니래요. 그럼 둘이서 어딜 간 거냐고 했더니 실은 한숨 돌리려고 적당히 업무 핑계 대고 아침에 나와 점심까지 먹고 다시 회사로 들어갔다고 그러더군요. 서두리는 그냥 운전만 시키려고 데리고 나왔다 하고."

"김청희가 허위 진술을 했을 가능성은 있겠군, 이를테면 서두리와 특별한 관계에 있었다든가……."

"그런 게 먼저 떠오를 만한 상황이죠. 그래서 사건 당시의 휴대폰 통화 기록을 조회해 봤는데 그다지 통화한 기록이 없어요. 가끔 한

두 통 있긴 한데 회사 내 다른 사람들하고도 그 정도는 했거든요. 업무상 통화한 횟수 정도랄까요. 서두리가 회사를 나온 뒤로는 그마저도 없었고요. 남녀관계라든지 그런 특별한 관계였다는 흔적이 없어요."

"더 추적은 안 돼?"

"좀 어려운 상태예요. 서두리에게 혐의를 지울 건덕지가 전혀 없는 상태니까요. 뭔가 혐의점이 하나라도 있어야 법원에서 영장을 발부해 줄 텐데. 휴대폰 추적 영장도 검찰이 법원에 특별히 사정을 설명해서 겨우 받아낸 거예요."

"흠. 근데 그게 재밌는 일 전부야? 우아한 저녁 식사를 방해하기엔 좀 기대 이하인데."

고진은 먹다 버린 햄버거가 아쉽다는 듯 입맛을 다시며 기지개를 켰다. 팔을 내리고는 이유현에게 말했다.

"서두리는 도대체 뭘 노린 걸까?"

"네?"

"서형일의 알리바이가 의심스럽다고 난리 친 거 말이야. 단순히 형제간의 감정싸움인가 했는데, 아주 집요하게 의혹을 제기했어. 즉흥적인 생각도 아닌 것 같았어. 논리적이고 그럴듯한 이야기를 했고, 덕분에 자네도 번거롭게 여러 가지 조사도 해야 했지. 괜한 심술로만 보긴 좀 이상하잖아."

"글쎄요. 알 수 없죠. 원래 유족들은 의심이 많아지는 법이에요. 괜히 음모론도 제기하고. 그런 거겠죠. 근데, 그러는 형님은 왜 서두리를 그렇게 비뚤게 봅니까?"

"아니, 비뚤게 보기보다는…… 뭔가 께름칙한 부분이 있어."

"성격적으로 좀 세 보이긴 하지만 살인까지 할 인물은 아니지 않을까요."

"살인은 현대에서는 비즈니스에 불과해. 이익이 위험보다 크다면 누구나 가능성은 있어."

고진은 컴컴한 사무실 구석으로 멀거니 시선을 던졌다. 이유현이 크게 기지개를 켜며 한탄하듯 말했다.

"하여간 이 사건만큼 단서가 없는 사건도 일찍이 없었어요. 외부인의 소행으로 보려니 납득 안 가는 점이 많고, 가족 중에 범인이 있나 싶어도 그럴듯한 동기가 없고. 알리바이도 애매하고."

"그래서 문제인 거야. 범인은 지나치게 안전하거든. 아무 단서도 안 남겼어. 한 번 성공한 범인은 자신감을 갖게 되고, 다음 범행에서는 첫 범행보다 훨씬 덜 갈등하게 될 거야."

다음 날 저녁, 일찍 귀가해 늘어져 있던 고진은 이유현으로부터 또 전화를 받았다. 의기양양한 이유현의 목소리가 수화기를 타고 넘어왔다.

"찾았어요."

"뭘?"

"이분희 사건 수사했던 담당 형사요."

"아, 그래? 대단하네."

고진이 얼굴을 확 폈다.

"요즘 경찰에게 그 정도는 일도 아니죠. 이방남이란 분인데 다행히 아직 살아 계세요. 근데 좀 멀리 살아요."

"어디?"

"강원도 고성이요."

"강원도 고성?"

고진이 가슴을 쓸어내렸다.

"그게 멀어? 멀다길래 난 또 알래스카라도 되는 줄 알았네."

"스케일 큰 척 하실 겁니까? 강원도만 해도 게으른 형님은 꿈도 못 꿀 거리일 텐데요. 전화번호 알려 드릴까요? 통화해 보셔야죠."

"주소도 같이 불러 줘. 직접 만날 거야."

"허 참, 도대체 요즘 웬일입니까! 형님 같지가 않아요. 변했네, 변했어."

"객담 그만하고 빨리 가르쳐 주면 더 고맙겠네."

고진은 부리나케 연락처와 주소를 받아 적었다.

은퇴한 전직 형사 이방남이 사는 곳은 정확히는 속초에서 고성 가는 길 해변에 있는 작은 포구였다. 속초까지 고속버스를 타고, 속초에서 다시 시외버스로 갈아타서 한참을 달려야 하는 외딴 마을이었다. 아침나절에 출발했건만 버스 연계가 좋지 않았고 중간에 점심도 느긋하게 먹다 보니 오후 늦게 도착하고 말았다.

고진은 버스에서 내리자마자 곧 이방남이 왜 말년을 보내는 장소로 이곳을 택했는지 이해가 갔다. 맑은 공기와 마음이 편안해지는 그림 같은 풍경이 거기 있었다. 바닷바람에 고개를 돌려보면 에메랄드 색 잔물결이 봄볕을 받아 수많은 비늘처럼 반짝인다. 하늘에서 부챗살 무늬를 그리고 있는 구름을 배경으로 한 폭의 그림이 완성되어 있다. 그림 속에서 정겨운 낡은 선창과 바다로 힘차게 쭉 뻗은 방파제, 장난감 같은 고기잡이배가 어우러졌다. 사는 사람에게야 치열한 삶의 현장이겠지만, 지나치는 손님의 눈에는 조용하고 평화롭기만 한 마을이었다.

이방남은 넉넉하고 건장한 몸집의 노인이었다. 70세 중반이 넘은 나이가 무색하게 호방한 걸음걸이, 밝은 표정과 걸걸한 목소리를 과시하고 있었다. 시간이 다소 이르지만 고진은 그를 포구의 막걸리 집으로 안내했다.

"낮술인가? 조오치."

이방남은 껄껄 웃으며 성큼성큼 자리에 가 앉았다.

"변호사시라고? 내 젊었을 때 변호사들 땜에 고생 많이 했어. 나쁜 놈 잡아 놓으면 풀어 주고, 잡으면 또 풀어 주고. 자, 하여튼 한잔 받으쇼."

이방남은 공기 좋고 풍광 좋은 곳에 살면서도 사람, 특히나 젊은 사람이 그리웠던 듯 고진의 방문을 반겨 주었다. 고진도 걸쭉한 막걸리 한 사발을 단번에 비우며 장단을 맞추었다.

"오늘도 좀 귀찮게 해드리려고 왔습니다. 예전 일을 좀 들려주십사 해서요."

"뭐든지 말해 보쇼."

이방남은 옛날 무용담을 얘기하고 싶어 늘 입이 근질거렸던 모양이다. 사람이 직접 찾아오기까지 해서 들려달라니 무척 신나 했다.

"40여 년 전에 있었던 살인사건인데요, 서판곤 사건 기억하십니까? 당시에 담당 형사셨다고 들었습니다만."

"40여 년 전? 그땐 내가 30대 초반이었는데. 그렇게 오래된 건 기억 못 하지. 살인 사건이 한두 건도 아니고."

"잘 한번 떠올려 주십시오. 피해자는 이분희라고 서판곤의 아내였고요. 당시에 마흔하나였을 겁니다."

"아! 이분희."

이방남은 무릎을 탁 쳤다.

"그거 알지, 알아."

"기억나셨습니까? 다행입니다."

이방남은 막걸리가 묻은 입가를 손으로 훔치며 허허 웃었다.

"그 여자가 워낙 예뻐서 말이야. 나이는 그때 마흔인가 그랬는데 아직 얼굴도 탱탱하고, 물론 나야 죽은 얼굴만 봤지만 그렇게 예쁠 수가 없었어. 근데 몸은 칼로 완전히 난도질당했단 말이야. 정말 묘했어. 그래서 기억에 남지. 어떤 미친놈이 이렇게 예쁜 마누라를 죽였나, 하고 말이야. 배, 가슴, 팔, 다리 할 것 없이 마구 찔렀더라고."

"그랬군요. 사건 얘기를 좀 더 듣고 싶습니다만."

"남편이 점심 잘 먹고는 설거지하던 마누라를 칼로 아주 난자를 했어. 저녁 무렵에 그 집에 들렀다가 시체를 보고 혼비백산한 아랫마을 아낙네가 경찰에 신고를 했는데, 가보니깐 이건 완전 미친놈 소행이더라고. 나도 시체는 꽤 봤지만 그런 난장은 없었어. 얼굴은 안 찔러서 다행이었지만서두."

"현장 상황은 어땠습니까? 기억이 좀 나시는지."

"부엌 바닥에 여자가 쓰러져 있었어. 갑작스럽게 당했나 봐. 그 자리에서 절명했더라고. 피가 거실에서 마당까지 점점이 찍혀 있었지.

그건 남자가 찔러 놓고 도망치면서 흘린 거였어. 남자 몸에도 피가 많이 튀었겠지."

"남편인 서판곤은 소금 장수였다면서요?"

"글쎄, 뭐 소금쟁이였는지 소금 장수였는지는 몰라도 아편 장사도 같이했지. 그걸로 돈을 그만큼 번 거야."

"아편이요?"

고진은 화들짝 놀랐다.

"그 집 뒤로 돌아가면 뒷마당이 있었어."

"네, 잘 압니다. 우면동에 그 집, 지금도 그대롭니다. 저도 몇 번 갔습니다."

"그렇지, 그 뒷마당에 양귀비를 몰래 심어 놓았더라고. 다른 꽃에 섞어서 숨겨 갖고 말이야."

"……그런 일이 있었군요."

"그, 서판곤이라고 했나? 그 인간 잡으려고 엄청 고생했어. 그놈은 마누라를 찔러 죽여 놓고는 그 길로 내빼 버렸지. 친구나 친척, 거래처 같은 데를 살살이 추적하고 뒤졌어. 근데 아무리 뒤져 봐도 흔적이 없는 거야. 손 놓고 있는데 산에서 발견됐어. 6개월쯤 지났을 거야. 가평 유명산 어딘가 동굴 안에서 죽은 채로 발견됐어. 죽기는 벌써 죽었던가 봐. 시체가 많이 썩었더라고. 굶어 죽었대."

고진은 말하느라 목소리가 갈라진 이방남의 빈 사발에 막걸리를 부어 주었다.

"유서 같은 건 없었습니까?"

"유서 쓸 정신이나 있는 놈이었겠소? 마누라를 칼로 난자하고는 정신 차려 보니까 더럭 겁이 나서 산으로 대책 없이 뛴 거야. 그랬다가 그냥 굶어 죽은 거지."

"애들도 있었잖아요. 둘은 재혼이었고, 각각 전 부인, 전 남편 사이에 애들도 있었어요. 서판곤이가 데리고 온 애가 서태황이고, 이분희가 데리고 온 애가 남성룡, 남광자고."

"애들 이름까진 기억 못 하겠어. 애들은 그때 군대를 갔나, 학교를 갔나 하여간 다들 집에 없었던 것 같아."

"살인의 동기는 뭐였습니까?"

"별거 아니었어. 부부 싸움하다가 그냥 욱했든지, 그랬다고 보기엔 너무 심하기도 하고……. 아니면 그거 아니겠나."

"그거라뇨?"

"마누라를 숫제 회를 떠버릴 정도로 화난 일이라면 그것밖에 없지. 이분희가 바람난 거야. 샛서방이 생긴 거지. 서판곤이가 그걸 알고는 홱 돌아 버려 그런 거겠지."

"바람피운 상대는 확인됐습니까?"

"아, 아니, 증거는 전혀 없어. 그냥 추측이야. 그래도 남자가 그 정도 돌 일은 그거 하나뿐이지. 그리고, 여자가 엄청 예뻤잖아. 반드시 얼굴값을 한다고."

이방남이 막걸리 두어 사발을 연거푸 들이켤 동안 고진은 고개를 숙이고 뭔가에 정신이 팔린 듯 생각에 잠겨 있었다. 그러다가 불쑥 물었다.

"서판곤의 시체인 건 확실했습니까?"

"엉? 무슨 소리요, 그게."

"시체가 많이 썩어 있었다고 하셨지 않습니까. 당시에야 DNA 같은 건 대조 못 했을 텐데, 그 시체가 서판곤인지 어떻게 알 수 있었을까요?"

"주변 사람들이 보고 확인했지. 키나 생김새가 흡사했다더만. 달아날 때 입은 옷이랑 시계, 반지 같은 거 다 그대로였어."

"그런 거야 갈아입히면 그만인데, 그 시체가 서판곤이 아닐 수도 있지 않겠습니까?"

"응?"

이방남은 사각지대에서 잽을 얻어맞은 권투선수처럼 당황한 빛을 띠었다.

"그런 건 한 번도 생각해 보지 못했는데. 그래도 당시에 조금도 의심을 품지 않았던 걸 보면 뭐 확실한 사정이 있었겠지. 지금 와서 그런 걸 다시 뒤집자고 들면 뭐 끝이 없는 거고."

이방남에게서 그 이상의 정보를 얻기엔 세월이 이미 너무나 많이 지나 있었다.

고성에서 돌아온 뒤 고진은 이유현에게 전화를 걸어 이방남에게서 들은 이야기를 전했다. 이유현은 "오호라, 그 집 뒷마당이 아편을 재배할 수 있는 토양이란 걸 40년 만에 밝혀내셨군요. 대단하십니다." 하며 빈정거릴 뿐이었다.

직접 부닥쳐 보니 고진은 경찰이 박은순 사건에서 손을 놓고 있는 사정이 이해가 갔다. 한 집안에 대를 이어 발생한 두 건의 살인사건은 남진희의 신변에 위험이 닥칠지 모른다는 불안감을 드리웠지만, 실마리를 던져 줄 수 있을 박은순 사건의 진상은 손에 잡히지 않는 구름에 불과했다. 현재는 혐의를 둘 마땅한 대상도 떠오르지 않았다. 고진은 우면동 저택을 한 번 더 방문해보기로 했다.

이번 대상은 별채의 노인이었다. 그 역시 어엿한 한 사람분의 생활을 가진 사람이다. 얼마든지 용의자가 될 수 있고, 목격자도, 증인도 될 수 있다. 하지만 남씨와 서씨 가족 누구도 그 노인의 존재에 주의를 기울이는 사람은 없었다. 그렇기 때문에 오히려 별채의 노인에게 눈길이 갔다. 그의 엷은 존재감이 범인의 방심이나 실수로 이어졌을 수 있지 않을까. 박은순 살인이 있던 때는 그가 집에 들어오기 전이어서 정보를 기대할 순 없다. 하지만, 지금 어둠 속에서 암약하며 살인을 준비하는 범인이 있다면, 그래서 그 전조 혹은 징조가 있다면, 하루 종일 그 집 안을 유령처럼 떠다니는 그 노인이 무언가를 보고 들을 가능성이 있지 않을까.

다시 습격해 온 황사로 하늘은 회색빛으로 덮였고, 저택은 첫 만남 때의 시한부 위엄을 되찾고 있었다. 기관지가 약한 고진은 긴 손수건으로 목과 입을 칭칭 감은 채 집 앞에 마주 섰다. 대문의 벨을 누르려다 문득 손길을 멈추었다. 대신 집 바깥 담벼락 오른편을 돌아 별채가 붙어 있을 언저리에 가 섰다. 부근에서 단단한 나뭇가지를 주워 벽을 세게 치기 시작했다. 쿵, 쿵. 별채에서 부스럭 소리가 났다.

잠시 후 대문이 조용히 열리더니 노인이 나와 어기적어기적 오른편 담벼락 쪽으로 다가왔다. 허름한 작업복을 걸치고 오른손에는 단단하고 짧은 막대기를 들고 있었다. 왼팔이 마네킹 팔처럼 어색하고 움직임이 없었는데, 어떤 장애가 있어 보였다. 왜소한 몸은 난데없이 벽을 쳐 대는 불한당을 퇴치하겠다는 결의에 차 있었다. 가까이 다가올수록 거무튀튀한 얼굴에 심하게 팬 주름이 선명하게 보였다. 젊었을 때 겪은 심한 고생의 흔적이 얼굴에 화석처럼 남아 있었다.

"뭐요?"

처음으로 노인의 목소리를 들었다. 그것은 첫날에 느꼈던 적대적인 눈길만큼 강렬하지는 못했고, 오히려 노인 특유의 쉬고 잠긴 목소리였다.

"실은 할아버지를 따로 뵙고 싶어서 제가 청한 겁니다."

"무슨 일이오?"

여전히 쉰 목소리다. 고진은 미소를 지어 보였지만 노인은 의심이 가득한 시선으로 고진을 훑어볼 뿐이었다.

"저는 변호사인 고진이라고 합니다. 이 집안 식구를 위해서 어떤 조사를 하고 있습니다만."

노인은 눈가에 경계심이 여전히 비쳤으나 무슨 말을 하려는 건지 들어나 보자는 듯 넌지시 고진의 얼굴을 들여다보았다.

"이 집 가족 중에 위험한 인물이 있습니다."

노인은 별다른 반응을 보이지 않았다. 고진이 계속 말했다.

"할아버지가 오시기 전이지만, 벌써 사람이 한 명 죽었습니다. 아래층 아주머니 말입니다. 악행은 끝나지 않았어요. 이 집안 누군가 또 횡액을 당할지 모릅니다. 지금 당장 말씀드리긴 그렇지만, 어떤 이유가 있어서 전 충분히 그럴 가능성이 있다고 생각하고 있습니다. 그런데 지금으로서는 그게 누군지, 어떤 일이 벌어지려 하는지 알 수가 없어요. 하지만 불행한 일을 반드시 막고 싶습니다. 할아버지가 도와주실 수 있다고 생각하고요."

고진은 잠시 말을 끊고 노인의 기색을 살폈다. 그는 텅 빈 눈빛으로 서 있을 뿐이었다.

"이 집 가족들은 할아버지를 의식하지 않고 지내고 있습니다. 오히려 그래서 할아버지 앞에서는 진짜 얼굴을 내비쳤을 수 있습니다. 이를테면, 다른 누구도 아닌 할아버지만 보고 들으신 일이 있을 수 있어요."

"……그래서요?"

노인은 겨우 한마디를 떼고는 고진을 힐끔 올려다보았다.

"이 집안 식구들 중 무언가 이상한 말이나 위험한 행동을 보인 사람은 없었습니까? 어떤 거라도 좋습니다. 그저 조금 거슬리는 일, 고개를 갸우뚱거릴 만한 일이요. 들려주시면 감사하겠습니다."

갑작스러운 이야기의 내용도 내용이지만, 연극조인 고진의 말투는 마치 무성 영화 시대의 변사가 읊는 대사처럼 들릴 법도 했다. 노인은 끝까지 멀뚱멀뚱 서 있었다. 첫 대면의 적대감은 사라져 있었지만 그렇다고 호감 역시 보이지 않았다. 노인의 감정은 깊은 주름의 골 속에 파묻혀 보이지 않았다.

고진의 말이 끝나자 노인은 어떤 응답을 보여야 할지 생각하는 듯한참을 머뭇거렸다. 끝내 결정하지 못한 모양이었다. 노인은 뭔가 말하려는 듯 입을 오물거리다가 그만두었다. 그러다 다시 입술을 열어 조그맣게 말했다.

"없소."

그러고는 몸을 휙 돌려 왔던 길을 어기적거리며 되돌아가 집 안으로 들어가 버렸다.

참으로 멋쩍은 대면이었다.

"이 집 식구 어느 누구보다 더 속을 알 수 없는 인물이로군."

고진은 품 안에서 담배를 꺼내 물었다.

이제 그가 더 할 수 있는 일은 떠오르지 않았다.

천국의 계단

거의 6개월이 흘렀다. 어렴풋한 낮잠처럼 우면동의 불길한 저택도 시간이 지나면서 망각 속으로 슬그머니 가라앉아 갔다. 고진은 2대에 걸친 살인의 이력과 남진희를 둘러싼 위험을 저울질하며 의혹에 사로잡혔었다. 애꿎은 이유현을 귀찮게 하기도 하고, 가족들을 일일이 만나 이야기도 나눠 보았다. 하지만 끝내 별 단서가 나오지 않았다. 그사이 다른 의뢰 건들도 있던 데다가 반년이라는 꽤 긴 시간 동안 그 집에서 아무런 변고도 일어나지 않았으니, 과민했었나 싶은 생각이 들면서 서서히 잊어버리게 되었다. 가끔 남광자가 전화로 진행 상황을 물어왔지만 오빠와 잘 얘기해 보라는 말을 해주는 게 고작이었다.

극적인 아름다움이 늘 그렇듯이, 앞이 보이지 않는 남진희란 여성의 존재는 고진의 뇌리에 길고 깊은 잔향을 남겼다. 하지만, 기억 속 그녀의 모습은 붉은 집의 존재와 함께 아지랑이처럼 희미하게 바래 있었다. 그로 하여금 그 기억들을 다시금 생생한 현재형으로 되살린 것은 느지막이 일어난 쌀쌀한 가을 아침에 눈길을 뺏은 한 신문기사였다.

10월 5일 아침 부산 해운대구 달맞이고개 부근의 별장에서 요양 중이던 남 모 씨(여, 25세)가 별장이 있는 언덕 아래에서 숨져 있는 것을 인근 주민이 발견해 경찰에 신고했다. 경찰에 따르면 남씨는 얼마 전 망막색소변성증으로 시력을 잃고 서울에서 내려와 해운대 부근 언덕 위 별장에서 요양 중이었는데, 사고 당일 아침 별장을 나오다 발을 헛디뎌 언덕 아래로 떨어져 숨졌다고 한다. 경찰은 남씨가 앞이 보이지 않아 실수로 추락한 것으로 보고 별장 도우미와 관리인, 주변 주민들을 상대로 자세한 사건 경위를 조사 중이다.

그녀가 틀림없었다. 망막색소변성증, 맹인, 남씨라는 성, 25세……. 남진희가 우리 나이로 스물여섯이라고 했으니 만으로는 25세일 터였다.

고진은 얼이 빠진 듯 굳어 있다가 천천히 손을 뻗어 한동안 멀리했던 담배를 한 개비 꺼내 물었다. 한참 동안 창가에 서서 썰렁하고 황량하기만 한 바깥 경치를 내다보았다. 오늘따라 혼자 사는 아파트 안이 휑뎅그렁하게 느껴졌다.

고진은 순순히 인정하기로 했다. 그는 그녀가 좋았다. 자기 마음을 자신에게 속일 필요는 없었다. 그렇다고 연애의 대상은 아니었다. 그럴 마음도 없었다. 말하자면 암실에 숨겨 둔 혼자만의 명화처

107

럼, 찬탄과 감상의 대상이었다. 떠올리면 잠시나마 마음에 위안을
주는 비밀의 화원이었다. 길에서 우연히 만나 건넨 인사 한 번에 단
테에게 영원의 여성으로 남은 베아트리체 같은 존재였는지도 모른
다. 소설가가 아닌 고진이 받은 감동은 창작의 원천이 되지는 못했
지만, 그녀의 청초한 자태는 그의 대뇌피질에 어떤 형태로든 깊은
흔적을 남겼다. 그녀가 보여 준 조그만 미소는 자아를 주장하며 서
로 으르렁대는 현대의 정글에 숨은 안식처와도 같았다. 여자의 웃음
한 번을 위해 목숨을 던지는 바보가 되는 게 남자들이다. 너의 미소
를 위해 살고, 너의 키스를 위해 죽는다는 어떤 머저리의 노래도 있
지 않은가. 한동안이지만 그녀는 고진에게 열일곱 소년의 감정을 느
끼게 해주었다. 이유현은 언젠가 고진에게 그랬다. "형님은 늙은 채
로 태어난 것 같습니다." 하지만 고진에게도 물론 열일곱 살이 있었
다. 남진희는 그때의 고진으로 잠시 되돌려 주었고, 그것은 청춘의
그루터기만 남은 그에게는 소중한 경험이었다.

그랬던 그녀가 세상에서 사라졌다. 신문은 사고사라고 했지만 분
명 누군가가 살해했다. 이런 일이 있을지 모른다고 우려했기에 낭패
감은 더 컸다. 심지어 고진은 의혹을 감지하고 주변을 조사하기까지
했었는데. 그래서 더 심정이 쓰라렸다. 물론 미지의 범인은 고진의
개입을 알 리 없었겠지만 그의 눈앞에서 보란 듯이 남진희를 살해했
다. 본의 아니게 도전받은 셈이다. 자존심에 심각한 스크래치가 남
았고, 그건 참을 수 없는 일이었다. 고진은 남진희를 향해 돋아나는
애틋한 마음을 애써 부정하기 위해 자존심의 논리로 바꾸어 스스로
를 자극하고 있었지만, 자각하지는 못했다.

고진은 오래된 LP판 무더기를 뒤적거려 케이트 부시의 「폭풍의 언덕」을 찾아 턴테이블에 걸어 보았다. 캐서린의 유령이 안으로 들여보내 달라고 흐느끼는 부분에서는 남진희의 모습이 겹쳐 잠시 오한이 일었다.

도대체 어떤 놈일까.

이미 두 건의 무자비한 살인이 일어났던 집이다. 남성룡이 유언을 남긴 지 불과 몇 개월 만에 또다시 사건이 벌어졌다. 그녀의 죽음으로 이익을 얻는 자가 분명히 있다. 남진희의 죽음으로 횡재를 한 '상속 2순위자'는 남광자가 엿들은 바로는 분명 서씨였다…….

다음 날 신문의 부고난이 재차 알려 주었다. '망인 남진희.' 빈소는 예의 그 우면동 집으로 되어 있었다. 장례식장은 가족들의 반응을 가까이서 엿볼 수 있는 현장이기도 하다. 고진은 부조금 봉투를 준비하고 검은 양복과 검은 넥타이를 꺼내 손질하기 시작했다.

"역시 오셨군요."

붉은 집 거실과 마당에 마련된 조촐한 장례식장에서 만난 이유현은 고진의 방문을 예상했다는 듯 말을 걸어왔다.

"어떻게 된 건지 아나? 실족사라니……."

고진은 분향을 마친 후 밥상머리에 앉아 이유현에게 속삭이듯이 물었다.

"우리 관할이 아니라서 저도 잘 몰라요. 장소가 달맞이고개니깐 보자…… 부산 해운대서가 관할일 텐데."

"결국 막지 못했네……."

고진의 어두운 낯빛을 바라보던 이유현이 위로했다.

"저도 신문기사 보고 많이 놀랐어요. 형님이 몇 달 전부터 우려했던 일이 정말로 벌어지다니. 그래도 너무 자책하지 마세요. 정말 단순한 사고일지도 모르잖아요. 하필이면 우연한 시기에 실족사를 한걸 수도……."

"자네도 실족사라고 생각지 않는다는 건 알고 있어."

"……."

이유현은 부정하지 않았다.

"내가 어리석었어. 아니면 너무 게을렀든가. 일이 벌어질지 모른다고 생각하면서도 설마 하는 안이한 생각으로 피하고 말았어."

고진은 술잔을 들다 말고 싸늘한 눈빛으로 가족들을 관찰하기 시작했다.

남진희의 아버지, 남성룡은 슬픔을 꾹꾹 눌러 참고 있는 것처럼 보였다. 눈가가 벌게져 있었지만 조문객들을 접대하면서 의연함을 잃지 않으려 애쓰고 있었다.

고모인 남광자는 주위 사람이 보기 측은할 정도로 몸을 가누지 못했다. 가끔씩 "진희야, 진희야." 하고 부르며 소리 내어 구슬프게 울기까지 했다. 한때는 조카와 상속 재산을 놓고 경쟁심을 품었지만 죽음이라는 엄연한 현실 앞에서는 모든 게 덧없다고 깨달은 것일까.

고진은 서씨 가족으로 눈길을 돌려보았다. 서태황은 돌처럼 굳은 표정으로 서 있었다. 이 상황에 다소 곤혹스러워하는 빛도 떠올라 있었다. 남진희는 그를 큰아버지라 불렀지만 실은 피가 섞인 친척이 아니니 찾아온 객을 접대할 이유도, 자격도 없다. 그의 역할이 애매

할 수밖에 없었다. 범인이 아니라면 슬프지 않을 리야 없겠지만 그의 얼굴에서 인간의 약한 감정을 엿보기에는 그가 평소에 구축해 올린 엄격한 자아가 너무 두터워 보였다.

남진희와 유달리 친했다던 서형일의 눈은 해오라기처럼 빨개져 있었다. 남몰래 조용한 눈물을 흘린 자욱이 얼굴에 역력했다. 그는 문상객들을 열심히 접대하면서 남진희의 오빠 노릇을 톡톡히 하고 있었다. 친척, 핏줄 같은 개념의 벽은 적어도 그의 머릿속에는 없는 듯했다.

서두리의 태도는 깊은 슬픔을 억누르고 있다는 느낌을 준다는 점을 제외하고는 그가 빼닮은 서태황과 흡사했다. 그 역시 문상객을 접대하고 있었지만 서형일만큼 적극적이지는 않았다. 그의 표정에서는 어쩐지 분노를 억누르고 있는 듯한 느낌마저 전해졌다. 이유현도 그렇게 보았던 듯 "형님, 서두리는 왠지 화가 나 있는 것 같은데요." 하고 말을 건넸다. 고진은 고개를 끄덕이며 시선을 돌려 버렸다. 이유현은 고진이 남진희의 죽음 때문에 과민해져 있다고 생각하고 입을 다물어 버렸다.

서해리는 장례식장에 가장 녹아들어 가지 않는 인물이었다. 유족이 입는 상복에 버선발 차림이 아니라 검은색 투피스를 입고 검은 스타킹을 신었다. 늘씬한 몸매 탓에 더욱 눈에 띄었다. '나는 남진희의 가족이 아니라 문상객이다'라며 주장하는 것 같았다. 그녀의 표정은 속내를 짐작하기 어려울 만큼 무심했다. 서해리에게서 좀 떨어진 곳에 예의 그 다리가 불편한 남자친구, 김병윤이 앉아 있었다. 이상한 약물이라도 들이켠 듯 아무 생각이 없어 보이는 표정과 눈동자

111

는 여기가 장례식장인 것조차 모르는 것처럼 보였다.

장례식장 한구석에 별채의 노인이 웅크리고 있는 것이 고진의 눈에 들어왔다. 장례식장 정리라든지 음식을 나른다든지 하는 일로 분주할 거라 생각했었기에 멍하니 앉은 노인의 모습은 의외였다. 쭈글쭈글한 얼굴에서 표정을 읽어 내기는 어려웠다. 고진은 그에게로 다가갔다. 그는 고진이 다가오는 것을 보더니 자리를 스윽 옮겨 버렸다. 하지만 주름지고 삭은 노인의 눈가에 약간의 물기가 번져 있는 것을 고진은 놓치지 않았다.

자리에 돌아온 고진은 이유현에게 시선을 맞추며 말했다.

"자네 경위 계급 좀 빌려줘."

"예?"

"남진희가 추락했다는 별장엘 한번 가봐야겠어. 현지 경찰의 협조를 얻으려면 자네가 필요해. 같이 가주지 않으려나."

"……살인이라고 확신하시는군요."

이유현은 막 들이켜던 음료수 잔을 내려놓고 넌지시 말했다. 고진은 고개를 끄덕이며 잔에 가득 찬 소주를 입안에 털어 넣었다.

부산의 달맞이고개는 전국적으로 알려진 데이트 명소다. 해운대구에 있는 이 고갯길은 벚나무와 소나무가 늘어선 드라이브 코스가 일품이고, 언덕 위에서 내려다보는 바다의 전망이 또한 절경이라, 그 값어치를 놓칠 리 없는 카페와 식당들이 경쟁하며 들어서 있다.

장례식이 있은 지 며칠 후, 고진과 이유현은 KTX를 타고 부산으로 내려갔다. 부산역에 도착한 그들은 택시를 잡아타고 해운대로 향했다. 투명한 가을 하늘, 따스한 볕, 얼굴을 어루만지는 가벼운 산들바람이 마음을 들뜨게 했지만, 그들은 그 명소를 지나치면서도 별말이 없었다. 고진은 무엇을 생각하는지 통 말이 없었고, 이유현은 그를 내버려 두었다.

유명한 언덕길을 통과하면 바다와 나란히 달려 청사포, 용궁사, 그리고 기장으로 이어지는 몇 갈래의 도로가 나온다. 이쪽 바닷가는 도심지 인근치고는 꽤 험한 지형이 늘어서 있다. 남진희가 기거하던 별장은 그 인근 언덕배기 위에 마치 조립식 주택처럼 덩그러니 놓여 있었다.

입지가 희한했다. 마치 깨진 유리조각이 박힌 것처럼, 단단한 대지를 뚫고 언덕이 거의 수직으로 7, 8미터 정도나 불쑥 솟아 있는데, 그 언덕 위 별장은 절벽 쪽으로 바싹 붙여 만들어져 있었다. 집 바로 아래가 조그만 절벽인 셈이다. 몸이 성치 못한 남진희를 위해 오로지 요양만을 위한 목적으로 그렇게 만들어 놓은 의도는 이해할 수 있었지만 여백의 미라든가 안정성을 고려치 않은 치명적 단점이 건축 문외한인 고진의 눈에도 보였다.

두 사람은 해변을 걸어 절벽 아래 남진희가 추락한 지점으로 다가갔다. 주변에 노란 선이 쳐져 있어 바로 알 수 있었다. 신문 보도와는 달리 경찰에서 완전히 사고사로 결론 내린 것은 아닌 모양이었다. 일반인의 출입을 금지헤 놓은 걸 보면 타살의 가능성 또한 열어 두고 수사를 진행 중인 것이다.

"이유현 경위님이십니까?"

빠르고 거친 부산 억양이 들렸다. 고진과 이유현을 훌쩍 내려다볼 정도로 몸집이 거대한 남자였다. 해운대서에서 이유현을 맞이하러 보낸 형사였다. 그는 이유현에게 가볍게 경례를 붙이고는 걸쭉한 목소리로 자신을 이동배라고 소개했다.

이동배는 땅에서 페인트로 하얗게 표시된 부분을 가리켰다.

"남진희 씨가 떨어진 데가 여깁니다."

사람 모양을 만들고 있는 하얀 페인트 선은 초가을의 황금빛 햇살을 받아 눈이 부실 정도로 반짝였다. 돌과 흙으로 이루어진 단단한 땅에 검붉게 착색된 남진희의 핏자국이 하얀 선 부근에 점점이 남아 있었다.

두 사람은 남진희가 추락사한 지점 옆에 서서 언덕 위 별장을 올려다보았다. 철계단이 거기서부터 별장 벽면까지 가파르게 이어졌고, 계단 맨 위에는 별장으로 들어가는 문짝이 달려 있었다. 아래에서 보니 거의 수직에 가깝게 느껴졌다. 이동배는 계단 위 문을 손가락으로 가리켰다.

"저기는 침실입니다. 남진희 씨는 사고일 아침에 저 문을 열고 철계단을 내려오려다 실족해서 떨어진 것으로 보입니다. 원래는 거의 사용하지 않던 계단인 모양인데, 아직 맹인 생활에 익숙지 않은 탓에 내려오려다 헛디딘 거죠. 아침에 동네 주민이 발견했습니다. 잠옷 차림으로 피를 흘리며 죽어 있었대요. 이쪽 해변은 사람들이 많이 지나다니는 곳이라 일찍 발견된 건 좋았는데 그래도 늦었어요. 즉사였으니까."

이동배의 말은 대체로 표준말이기는 하나 억양은 영락없는 부산 토박이 말이었다. 그가 덧붙였다.

"부검 결과로는 사망 시간이 아침 7시에서 8시 사이로 밝혀졌습니다."

고진은 '부검'이라는 단어를 듣고는 하얀 페인트칠과 핏자국을 번갈아 들여다보았다. 좋지 않은 상상이 들어 고개를 들고는 먼 바다 쪽으로 눈길을 돌렸다. 이유현이 물었다.

"외상이나 저항한 흔적은 없었던 모양이죠?"

"예. 전혀요. 사고사일 가능성이 높다고 보고 있습니다. 자살은 아닌 것 같습니다. 유서도 없고, 계단에서 뛰어내린다는 것도 자살 방법으로는 생각하기 어려우니까요. 타살 가능성에 대해서도 별도로 수사하고 있습니다만 거의 가능성이 없다고 보고 있습니다."

고진은 고개를 갸웃했지만 입을 열지는 않았다.

언덕 아래에서 별장으로 들어가기 위해서는 철계단을 직접 올라가든지 아니면 별장의 오른편으로 빙 둘러 만들어진 우회로를 통하든지 해야 했다. 철계단은 원래 별장에서 일하는 사람이나 관리인용으로, 우회로는 주로 남진희가 이용하도록 만들어 놓은 것이라 했다. 그들이 나중에 알게 된 거지만, 이 철계단이야말로 설계 변경으로 흉측하게 남겨진 실패작 중의 실패작이자 남진희를 하늘로 보내 버린 'stairway to heaven'이었다.

우회로는 사람 서넛 정도가 어깨를 부딪치지 않고 걸을 수 있을 만큼 충분힌 너비로 다져진 흙길이었다. 고진 일행은 이동배의 안내를 받아 우회로를 걸어 올라갔다.

별장은 단층이었고, 구조는 단순했다. 별장도 덩그렇지만 현관문이 오붓하니 안쪽에 들어서 있어 은밀한 느낌을 주었다. 사람들 눈

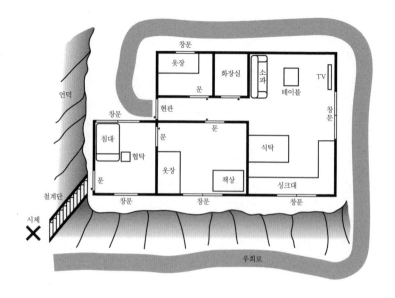

에 띄지 않게 접근하기도 쉽고, 눈에 띄지 않게 빠져나오기도 편한 통로였다.

현관을 지나자 오른쪽에 큰방이 하나, 왼쪽으로 작은 방이 하나 있었다. 왼쪽 방 앞으로 화장실, 그리고 그 앞으로 거실이 있고, 오른쪽 큰방 앞이 부엌인데, 거실과 구분되어 있지는 않다.

왼편의 작은 방은 허연 삼나무로 된 큰 옷장이 놓여 있을 뿐 텅 비어 있다. 옷장 안에는 가을옷 몇 벌이 걸려 있었다. 사계절 옷을 준비하기도 전에 변고를 당한 것이다.

거실에는 베이지색 2인용 가죽 소파와 모서리가 둥근 원목 탁자, 조그만 은색 LCD TV가 놓여 있었다. 눈이 보이지 않는 남진희가 부딪치는 경우를 생각해 모서리가 둥근 걸로 마련한 모양이다. TV는 눈이 보이지 않는 남진희에게는 무용지물이 아닌가 싶었지만, 대화만으로도 재밌는 프로도 있고, 눈이 성하던 시절에 즐겨 보던 프로도 있으리라.

부엌에는 냉장고와 싱크대, 4인용 나무 식탁이 구비되어 있었다. 고진은 지금껏 눈에 스친 가구와 집기 대부분이 하얀색 계통이라는 데에 생각이 미쳤다. 어두운 색이 때도 덜 타고 청소도 편하련만. 이 불편한 밝은색에는 남진희의 쾌유를 비는 마음이 담긴 게 아닐까 싶었다.

거실을 둘러본 후 현관 옆 큰방의 문을 열었다. 휑했다. 침대도 없고 창문 아래에 책상과 컴퓨터, 옆에 큰 삼나무 옷장 정도가 들어차 있을 뿐이었다.

"이상한데, 침대는요?"

이유현이 묻자 이동배가 "여깁니다." 하면서 오른편에 있는 또 다른 방문을 열었다. 안으로 들어서자 바로 침대가 보였다. 고진은 갑자기 눈앞이 환하게 밝아지는 것을 느꼈다. 방 양쪽으로 큰 창문이 두 개나 있었다. 커튼도 활짝 열려 있다.

방 안에 있는 또 다른 방. 이중의 밀실로 동화 같은 느낌을 주고 싶었던 걸까. 독특하지만 고개를 갸웃거리게 하는 설계였다.

거칠거칠한 질감의 생나무 바닥재가 깔려 있어서 마치 분위기 좋은 카페 같은 느낌이 났다. 원목 싱글 침대는 오른쪽 구석에 벽을 따라 놓여 있었다. 그 옆에는 나이트테이블로 사용되는 작은 흰색 협탁이 딸려 있었는데, 역시 모서리가 둥글게 마감되어 있었다.

오로지 잠만 자기 위한 공간인 듯 그 외엔 아무것도 없었다. 남북으로 창문이 각각 나 있어 채광이나 환기로는 별장 안에서 최고의

청정 지역이었다. 경관도 물론 더할 나위 없을 방이었다. 물론 눈만 보인다면. 왼편 안쪽으로는 들어올 때 열었던 방문과 비슷한 방문이 또 하나 달려 있었다.

이유현이 성큼성큼 걸어가서 확 젖혀 보니 바로 조금 전 언덕 아래에서 보았던 철계단이 모습을 드러냈다. 위에서 보니 훨씬 아찔했다. 떨어진다면 죽음을 피할 도리가 없어 보였다.

"이거 위험하긴 하겠는데."

이유현이 혼잣말처럼 중얼거렸다.

방문 앞에 한참 서서 바닷가 전망과 철계단을 번갈아 내려다보던 고진이 문득 이동배를 향해 고개를 돌렸다.

"아까, 타살 가능성은 거의 없다고 하셨는데, 그건 왜 그렇죠?"

이동배는 그를 곁눈질로 힐끔 쳐다보고는 말했다.

"신고를 받고 출동했을 때 현관문이나 방문이 다 잠겨 있었어요. 방문은 안에서 잠금 버튼을 누르고 밖에서 닫으면 잠기는 방식이지만, 현관문은 밖에서 열쇠로 잠가 줘야 하는 구조입니다. 자동으로 잠기는 방식은 대부분 번호키라 눈이 안 보이는 남진희한테는 더 불편했던 모양입니다. 아무튼 열쇠가 없으면 몰래 들어올 수도 없고, 잠그고 나갈 수도 없었습니다. 확인해 보니 열쇠를 갖고 있는 외부인은 없었어요. 도우미 아줌마도 열쇠는 없었대요. 남진희가 집에만 있으니 도우미가 별도로 열쇠를 갖고 있을 필요가 없었던 거죠."

"현관 쪽 말고 이 계단을 내려와 빠져나갈 수도 있지 않을까요?"

이유현이 철계단을 손으로 가리키며 말했다.

"그건 아닙니다. 보시다시피 이 별장이나 철계단은 바닷가 일대에서 워낙 눈에 띕니다. 특히 바깥 계단은 어디서든 훤히 보이죠. 바닷가에는 아침 산책을 하는 사람들이 꽤 있었습니다. 범인이 있다면 안전한 현관을 놔두고 그쪽으로 도주할 리가 만무하죠. 또 그랬다면 분명 목격자가 있을 법한데 전혀 나오지 않았어요. 현장 주변엔 남진희의 시체를 발견하고 다가온 목격자의 것 말고는 변변한 발자국도 없었고요. 타살 가능성은 거의 없습니다."

이동배가 단호하게 말을 맺었지만, 고진과 이유현 두 사람은 딱히 동조하지 않고 시선을 돌리며 딴청을 피웠다.

"편리함도 좋지만, 대체 안전은 어떻게 된 거야. 눈먼 사람더러 저 가파른 철계단을 이용하란 건가? 설계를 이 따위로 한 인간이 누구야?"

이유현이 고진을 대신해 투덜거렸다.

"평소에는 이 잠금장치를 안에서 잠가 놓고 있었답니다. 이 문은 일종의 비상용이었던 모양입니다. 평소에는 사용을 거의 안 한 거죠."

이동배가 가리키는 곳을 보니 철계단 쪽 방문 손잡이 아래 30센티미터쯤에 별도로 작은 잠금장치가 달려 있었다. 문짝에 달린 작은 레버를 밀어 벽면에 있는 홈에 끼우는 간단한 장치지만 밖에서는 절대 열 수 없는 자물쇠였다. 많이 사용하지 않은 듯 광택이 살아 있었고 당겨 보니 꽤 뻑뻑했다.

"그럼 사고가 일어났을 때는 이 잠금장치가 벗겨져 있었나요?"

"네. 그렇습니다. 남진희 씨는 이 레버를 안에서 벗기고 방문을 열고 철계단을 내려오려다 발을 헛디딘 거죠. 어떤 사정이 있어 해변으로 급히 내려가려 하지 않았나 싶습니다."

이동배의 이 말에 이유현과 고진은 서로 마주 보았다.

"현관을 거치는 안전한 우회로를 놔두고 군이 이 위험한 철계단으로 내려왔다? 대체 어떤 급한 일이 있었단 말이야?"

이유현이 고개를 갸웃거리며 독백하듯 말했다. 고진 역시 철계단 쪽 방문을 보며 이해가 가지 않는다는 표정을 짓고 있었다.

"이 별장이 건축설계 과제물이라면 C학점 이상은 도저히 못 받겠구먼. 여러 가지로 애는 많이 썼는데 허점이 너무 많아. 열심히는 했으나 재능이 받쳐주지 못한 전형적인 예로군."

고진이 현장에 없는 설계자를 향해 비아냥댔다. 마침내 참지 못하고 이유현이 이동배에게 물었다.

"이 별장을 누가 지었는지 아십니까?"

"죽은 여자 오빠라고 그러던데요……. 이름은 뭐더라. 잘……."

"남진희의 오빠요?"

고진이 고개를 돌려 이동배에게 물었고, 이동배는 댁이 누군데 자꾸 끼어드느냐는 듯한 불만스런 얼굴로 고개를 끄덕였다. 고진이 다시 물었다.

"이 별장 청소나 관리는 누가 했습니까?"

"도우미 아줌마가 매일 왔어요. 관리인은 특별히 없고 별장이 만들어질 무렵, 그러니까 한 달쯤 전에 서울에서 아버지하고 늙은 영감님이 같이 내려와 이곳저곳 손봐 주고 간 적은 있답니다."

"늙은 영감님요?"

남성룡이 별채의 노인을 데리고 왔나? 고진은 잠시 생각하다가 확인하기 위해 물었다.

"혹시 나이는 여든이 훨씬 넘은 쭈글쭈글하고 몸이 좀 불편하신 영감님 아니었습니까?"

"그거야 직접 못 봤으니까 저는 모르죠."

"도우미 아줌마를 좀 만나 볼 수 있겠습니까?"

"그러지요, 뭐. 연락 한번 해보죠."

이동배는 민간인 같아 보이는 사람이 자꾸 질문을 해대니 그 정체에 의문을 품으면서도, 이유현이 당연한 듯 수수방관하고 있으니 좌우지간 협조는 해야겠다고 마음먹은 모양이었다.

경찰의 연락을 받은 도우미 이연화가 곧 별장으로 달려왔다. 다른 집에서 가사 도우미 일을 하고 있다가 양해를 구하고 오는 길이라 했다. 40대 중반에 수수한 인상인 이 조선족 여인은 들어올 때부터 조금 겁을 집어먹고 있었다. 레이스가 달린 노란 블라우스와 감색 치마를 입었다. 거실 소파가 2인용에 불과해서 신문은 식탁 의자에 네 사람이 궁색하게 앉은 채로 진행되었다.

고진이 부드러운 표정을 지으며 질문했다.

"바쁘신데 정말 죄송합니다. 여기 살던 눈이 안 보이는 아가씨가 떨어져 불쌍하게 죽은 사고 아시죠? 그 건으로 몇 가지만 여쭤 보려 합니다."

"네."

여자는 기어들어 가는 목소리로 대답했다.

"여기서 일한 지는 얼마나 됐나요?"

"한 달밖에 안 됐어요. 별장이 세워진 것도 그 정도니까, 아가씨가 들어오면서 저도 그때부터 일하게 된 거예요."

"그럼 사정을 누구보다 잘 아시겠군요. 일하시는 시간은요?"

"월요일부터 금요일까지예요. 오후 3시에 왔다가 6시쯤 저녁 해놓고 퇴근하는 걸로요."

"사고는 10월 5일 화요일 아침이었으니까 그 전날에도 와서 일하셨겠네요?"

"그랬죠."

"이상한 점은 없었나요? 불안해한다거나 우울해한다거나. 이를테면 자살할 사람처럼 보인다거나 아니면 누군가를 두려워한다거나 하는 거요."

질문의 내용이 심각해서인지 이연화의 눈에 두려움의 빛이 떠올랐다.

"전혀요. 평소하고 똑같았는데……."

"긴장하실 필요는 없습니다. 그냥 묻는 거니까요. 느낀 대로만 말씀해주시면 돼요."

이연화는 눈을 껌벅거렸다.

"별장이 완공된 직후에 말이죠, 아가씨 아버님하고 늙은 영감님이 서울서 내려와서 이것저것 손봐주고 갔다고 그러더군요. 혹 보신 적 있나요?"

"네, 알고 있어요. 따라온 늙은 영감님은 눈도 밝고 손재주도 아주 좋던데요."

"쭈글쭈글하고 몸이 불편한 영감님 아니었습니까?"

"맞아요. 꼬부랑 영감님이었어요. 나이가 그리 먹어 갖고……."

한국은 노인을 그렇게 부려 먹느냐는 말을 하려다가 삼킨 것 같았다. 그 노인은 우면동 집 별채 영감이 분명했다.

"그 뒤로 찾아온 사람들은 또 누가 있었습니까?"

"거의 없어요. 이쪽엔 아는 친구도, 친척도 없었나 봐요. 가끔 서울서 오빠들이라면서 내려온 게 다였죠."

"오빠들 누구요?"

"한 명은 형일이라 하고, 다른 한 명은 두리고 그렇던데요. 형일이란 총각은 인상도 참하고 말도 예쁘게 했어요. 그래선지 내려오면 아가씨도 얼굴이 환해졌어요. 두리란 총각도 잘해주긴 했는데, 아가씨가 그다지 내켜 하는 것 같지는 않았어요."

"내켜 하지 않았다는 건 어떤 뜻입니까?"

이유현이 불쑥 대화에 끼어들었다. 이연화는 자기만이 줄 수 있는 정보에 경찰이 관심을 보이기 시작하자 은근히 신이 난 듯했다. 말투에서 긴장감이 엷어지고 말이 빨라졌다.

"거 왜 있잖아요. 거친 남자들. 두리 총각이 뭘 해주면 아가씨가 좋아하는 척 웃었지만 기분 상하지 않게 하려고 그러는 게 보였어요. 보면 알잖아요."

"두리라는 청년은 눈치를 못 채던가요?"

이유현이 재차 물었다.

"별로 그런 거 같진 않았어요. 고집이 워낙 센 사람 같던데요……. 뭐든지 자기 맘대로 하는 스타일. 에이, 나 같으면 별로예요. 잘해줘도 싫어."

이연화는 잠깐 쉬었다가 뭔가 생각이 났는지 말을 덧붙였다.

"아, 참. 그런 적은 있어요. 두리 총각이 지난번에 왔다가 아가씨가 형일 총각한테 감사 쪽지인지 뭔지 그런 걸 써놓은 걸 우연히 본 거예요. 얼굴이 붉으락푸르락해선 그 길로 서울로 올라가 버리데요. 자기한텐 쪽지가 없었다 이거겠죠. 오빠끼리 질투하는 건지. 호호호."

이연화는 완전히 긴장이 풀렸는지 동네사람 뒷담화를 하듯 웃음소리까지 덧붙였다. 고진이 물었다.

"그런 일이 있었군요. 언제 일인가요?"

"한 열흘 됐으니까…… 사고 나기 한 5일 전인가?"

"그러고는 사고가 날 때까지 다시 안 왔습니까?"

"네. 안 왔어요. 하긴 뭐, 내가 퇴근한 뒤에 왔다면 알 수 없겠지만요."

"형일이하고 두리하고 둘이 같이 온 적 있습니까?"

"그런 적은 없었어요."

"그럼 사고일 이전 며칠간 이 집에 온 다른 사람은요?"

"없었어요."

이연화가 단정적으로 말했다.

"저녁에 퇴근하신 뒤로는 알 수 없는 거 아닙니까."

"그렇긴 한데요. 사고일 전날, 그러니까 10월 4일이겠네요. 낮에 아가씨하고 얘기하는데 그러더라고요. 요 며칠 아무도 안 오니까 되게 심심하다고. 그러니까 사고 나기 전에 며칠간은 아무도 안 온 거겠죠."

"그 말이 맞네요. 아주 똑 부러지십니다."

고진은 칭찬했다. 이연화는 들어올 때와는 달리 경찰들의 배웅을 받으며 가벼운 발걸음으로 별장을 떠나갔다.

이유현이 이동배에게 말했다.

"해운대서에서 조사한 기록 좀 볼 수 있을까요?"

이동배가 대답했다.

"안 그래도 그 기록은 지금 경위님 관할서인 서초서로 올라가 있습니다. 타살이든 사고사든 일단 가족들 진술을 들어야 하는데, 가족들 집이 서울 아닙니까. 조사의 편의를 위해 사건을 통째로 서울로 보냈습니다. 경위님도 그래서 현장을 보러 내려오신 줄 알았는데요."

"아, 그렇게 됐군요. 잘됐습니다."

고진이 이유현 대신 대답했다. 하지만 이유현의 표정이 썩 밝아 보이지는 않았다.

서울로 올라오는 KTX 안은 무척 조용했기에 고진과 이유현은 목소리를 낮추어 대화해야 했다. 누군가의 죽음에 대해 의혹을 나누는 이야기는 남들이 들으면 곤란한 화제다.

"어때요? 현장만 보면 단순 실족인 것 같지 않아요?"

"실족사일 수도 있고, 실족사처럼 보이게 만든 걸 수도 있어. 반반 아닌가. 그렇다면 타살의 확률도 반 있는 거야."

"그런 엉터리 확률론을 늘어놓으시는 걸 보니 형님도 궁지에 몰리셨군요."

"범인이 노리는 대로 춤춰 줄 수야 없으니까."

"범인? 타살이라고 확신합니까?"

"도저히 우연이라곤 생각되지 않아. 2대에 걸쳐 살인이 있었어. 거기다 6개월 전의 유언, 가려진 상속인, 실명한 미녀. 사건의 무대가 다 갖춰진 것 같지 않아? 좋지 못한 예감에 조사도 했어. 그런데 우려했던 일이 때마침 사고로 일어나 버렸다? 그런 확률론에 대해서는 어떻게 생각해? 이 사건 뒤에는 분명히 뿌리 깊은 악의가 흐르고 있어."

"솔직히 저도 의심은 돼요. 어차피 자살, 타살, 사고사 셋 중 하나일 텐데, 일단 자살은 배제해야 할 겁니다. 유서도 없고, 평소에도 밝았다고 하고, 자살하려고 계단에서 구른다는 것도 영 이상하니까요. 결국 타살 아니면 사고사 둘 중 하나예요. 근데 이번 사건만 떼어놓고 보면 사고사 가능성이 큽니다. 하지만 형님 말대로 선대의 살인이나 상속 문제며 그런 것들을 연결시켜 보면 계획적인 살인 쪽으로 무게가 실려요."

"그게 자네의 개인적인 견해가 아니라 경찰의 공식적인 입장이었으면 좋겠네만……. 경찰이 살인사건으로 보고 수사하기는 현실적으로 힘들 거야."

"그렇죠. 당분간은 어려울 거예요. 남진희 사건은 아마 강력팀이 아니라 일반 형사팀에서 맡을 겁니다. 상황만 보면 누가 봐도 실족사거든요. 살인으로 의심하는 건 그 집안의 특수한 내력 때문이잖아요. 그게 객관적인 자료 형태로 수사에 반영되지 않는 한 현재 실족사로 내려져 있는 결론을 뒤집기는 어려워요."

"공공 조직이 낳은 시장 실패로군."

이유현은 고진의 푸념을 무시하고 잠시 말을 끊었다가 화제를 돌렸다.

"만약 단순 실족사가 아니라면."

"아니라면?"

"가족들을 우선 의심해 봐야겠죠."

"으음, 이번엔 자네의 추리를 들려줄 시간인가. 청해 듣겠네."

고진은 만족한 표정으로 엉덩이를 쭉 빼고 열차 의자에 몸을 파묻었다. 그 나름의 경청하는 자세였다.

"살인이라면 기술적으로 생각할 수 있는 방법은 그것뿐이에요. 범인은 철계단 쪽 문 잠금장치를 벗기고 남진희를 문 아래로 밀어 버린 거죠. 그런데 문제는, 남진희의 시체에 아무런 저항의 흔적이 없었다는 거예요. 아무리 맹인이라도 범인이 억지로 철계단 쪽으로 끌고 가서 밀었다면 반항이 아예 없었을 순 없겠죠. 흔적이 없었다는 건 범인이 남진희를 자연스럽게 유인할 수 있었다는 이야기입니다. 즉, 범인은 아침에 남진희의 침실에 들어와, 그녀를 철계단 쪽으로 데리고 간 다음, 문을 열고 아무런 의심 없이 바깥을 내다보도록 할 수 있었던 사람인 거죠. 다른 친구들도 통 없었다고 하니 가족들 말고는 생각하기 어려워요.

그렇게 보면 또 하나의 문제가 자연스럽게 설명이 돼요. 경찰이 출동했을 때 별장 현관문이 잠겨 있었잖아요. 그건 범인이 남진희를 살해하고 현관문을 잠그고 나갔다는 말이 됩니다. 철계단으로 내려갔을 수도 있겠지만 이동배 형사가 말했듯이 살인 직후에 바닷가 일대 전체에서 훤하게 목격되는 그 철계단으로 내려갔을 거라고는 도저히 생각하기 어렵고, 실제로 목격자도 없었고요. 어쨌든 밖에서 잠그는 방식의 현관이니, 열쇠가 있어야 합니다. 남진희를 제외하고 별장의 현관 열쇠를 갖고 있거나 열쇠를 몰래 복사할 기회가 있었던 사람은 서울의 가족들뿐입니다. 서씨와 남씨, 그 가족들 말이죠. 결국 이들 중에 범인이 있다면 현관문이 잠겨 있었던 사실도 자연스러워집니다."

"순전히 기술적으로라면, 바깥 계단에서 남진희를 아래로 끌어당겨 떨어뜨리는 방법도 가능하지. 범인이 철계단을 올라가 방문을 두드리고, 남진희는 무슨 일인가 싶어 잠금장치를 벗기고 방문을 열어 바깥을 내다봐. 그때 범인이 남진희의 옷깃이나 팔을 확 잡아당겨 아래로 떨어뜨리는 거야. 이건 어때?"

"또 마구잡이식 추리를 던지는군요."

"뭐 물리적으로 불가능하지 않으면 생각해 볼 수도 있지, 안 그래?"

이유현은 말도 안 된다는 듯 손을 내저었다.

"그 아침에 바닷가에서 운동하는 사람들한테 범행 순간이 목격될 위험이 있는데 계단 위로 걸어 올라가 범행을 한다는 건 생각하기 어렵죠. 또 이 방법을 썼다면 뒤에서 밀어 버리는 것과 달리 잡아당길 때 옷이 찢어지고 늘어지거나, 아님 팔을 잡았다면 손톱에 긁히거나 거머쥔 자국이 남을 수 있는데, 그런 흔적이 전혀 없었죠. 사고 현장 주변엔 발자국도 변변한 게 없다지 않습니까?"

"하긴 그래."

고진은 조금 들었던 머리를 다시 뒤로 기댔다.

"만약 그 방법이 가능했다 해도 역시 결정적인 시사점이 있어요. 그 아침 시간에 철계단 쪽 방문을 누가 두드린다고 해서 남진희가 그냥 열어 봤을까요? 평소에 거의 사용하지 않고, 낭떠러지로 직접 이어지는 위험한 문입니다. 남진희는 순하지만 바보는 아니에요. 적어도 그 목소리가 친숙하고 안전한 사람이었기에 그 위험한 방문을 열어 줬을 것입니다. 그게 누구일까요? 도우미 아주머니? 아니죠. 역시 가족들 중 누군가라고 보는 게 자연스럽습니다.

범행 방법을 어떻게 보든 범인은, 아, 물론 사고사가 아니라 범인이라는 게 있다면 하는 가정 하에서 하는 말이지만, 가족 중 누군가가 아닐까 하는 결론에 이르게 돼요."

"흠. 그래서?"

"가족들의 알리바이 확인이 최우선 과제입니다. 다행히 알리바이 확인이 필요한 시간대는 그리 넓지 않아요. 해운대는 서울에서 KTX나 비행기를 탄다고 해도 최소 다섯 시간은 걸리는 곳입니다. 기차 타는 시간이 세 시간, 역에서 우면동 집과 해운대 별장까지의 이동 시간이 각 한 시간, 도합 다섯 시간쯤 되죠. 승용차로는 교통 체증을 고려하면 더 걸리면 걸렸지 더 빠르게는 안 될 겁니다. 비행기는 탑승자 명단이 남으니 만약 범행을 마음먹었다면 이용하지는 않았으리라 생각합니다만 어쨌든 항공사에 협조를 요청해서 확인은 해봐야겠죠.

일단 KTX나 승용차를 이용했다고 보면, 서씨나 남씨 가족 중에 범행 시간인 아침 7시에서 8시를 중심으로 앞뒤 다섯 시간 이상 알리바이가 없는 사람이 용의대상이죠. 앞뒤로 넓혀 보아도 그날 새벽 3시부터 오후 12시까지입니다. 서울에 도착하는 대로 즉시 그 무렵 가족들이 어디서 무얼 하고 있었는지를 확인해서 용의자를 추려내야겠죠. 행적이 불투명한 사람이 1차적인 혐의자입니다."

"상식적이고 합리적인 추리야. 나도 동의해. 다만……."

129

"다만, 뭡니까?"

이유현은 고진이 또 무슨 뒷다리를 잡으려나, 하는 표정으로 쳐다 보았다.

"왠지 범인이 알리바이에 쉽게 허점을 만들어 놓지는 않았을 것 같아."

이유현은 고진의 넘겨짚기 병이 도졌다고 생각하고는 대꾸 없이 좌석을 눕혀 잠을 청했다.

알리바이, 알리바이

"알리바이는 어때?"

부산에 다녀온 지 일주일 만에 이유현을 만난 고진은 다짜고짜 수사의 진행 상황부터 물었다. 교대역 뒷길 횟집은 제철을 만난 전어를 먹으려 몰려든 손님들로 북적대고 있었다.

"형님, 목이나 축이고 시작하시죠."

이유현은 왼손을 내젓고는 소주잔을 들어 쭉 들이켰다. 남진희 사건은 외견상 실족사여서 형사팀이 맡았다. 강력팀이 나서서 별 근거도 없이 살인이라며 일을 벌일 수는 없기에 며칠간 이유현이 따로 물밑에서 내사를 진행해 왔다. 사건과 관련해 고진을 만나 의논하는 것도 주로 저녁이나 주말 시간대를 이용하기로 방침을 세운 상태였다. 저녁 시간대를 이용하자니 자연스레 주점이 그 무대가 되었다. 어디에나 있는 술집이 이유현, 고진 두 사람만의 수사본부가 되고 있는 셈이었다.

"어째 힘이 없어 보여."

"수사가 잘 진행이 안 되네요."

"행동은 누구보다 빠른 이 반장 아닌가? 알리바이 확인쯤은 벌써 끝냈을 텐데."

"그렇긴 한데 별로 건진 게 없어서 힘이 안 나나 봐요."

"뭐야, 설마 다들 알리바이가 있었나?"

"있는 셈이에요."

"있는 셈이라……."

고진은 잠시 멍해 있다가 소주잔을 휙 비웠다. 이유현이 잔을 채워 주고서 말했다.

"남진희가 사망한 시각은 10월 5일 화요일 오전 7시에서 8시 사이. 그날 남성룡은 오후의 학회 준비를 위해 아침 10시 넘어 외출해서 11시에 동료 교수 장민호를 만나 점심 식사를 하고 학회에 참석할 때까지 같이 있었어요. 남광자는 남성룡의 출타를 도와주고는 집에서 청소하고 쉬었고요.

서태황은 습관대로 우면산 등산을 갔다 왔어요. 8시부터 10시까지요. 그 뒤로는 집에서 쉬다가 자신이 회장으로 있는 무슨 친목회의 점심 모임에 낮 12시부터 참석했습니다. 서형일은 8시 30분에 회사에 출근해서 내리 근무했고, 서두리는 전날 친구들하고 밤새 술 마시고 새벽 6시 가까이 되어서 들어와서는 내리 잠을 잤다고 합니다. 서두리가 새벽 6시에 들어올 때 서형일이 깨어나 스쳐 지나면서 서로 보았대요. 서형일은 8시 조금 전에 출근을 위해 집을 나가면서 서태황에게 인사를 했고요. 서태황은 10시에 운동 마치고 집에 와서 서두리의 방을 열어 봤는데, 그때 서두리가 깨어 서로 얼굴이 마주 쳤다고 합니다.

서해리는 전날 술을 많이 마셔서 대낮이 될 때까지 집에서 잠을 잤답니다. 김병윤이하고 같이 사는 그 이태원 월세방에서요. 물론 김병윤과 서해리의 알리바이는 서로가 증언해 주는 것뿐입니다. 그 건 박은순 사건 때와 똑같죠.

별채 영감님은 그날도 일찍 일어나 정원 손질을 했다는데 그날 아침나절에 남광자하고 서로 얼굴이 마주친 것 말고는 본 사람은 없어요. 있는 듯 마는 듯한 사람이니 신경 쓴 사람도 없었던 모양이에요. 너무 늙어서 멀리 움직일 힘도 없는 영감이라 특별히 더 확인해 보진 않았어요."

"알리바이가 불분명한 사람이 없긴 하군."

고진은 김이 샌다는 듯이 또 소주잔을 집어 들었다.

"가족이 증언하는 알리바이까지 포함하면 모두 확실하다고 봐야죠. 남진희가 죽은 시각인 아침 7시와 8시 사이를 기준으로, 우면동 집과 해운대 별장 간에 소요되는 다섯 시간 정도를 앞뒤로 더해 계산해 보면 새벽 3시부터 낮 12시 사이에 알리바이가 없는 사람이 용의 대상이 되는 거죠. 하지만 다 소재가 확실했어요. 거의. 거의라고 한 건 서해리와 김병윤이 그나마 애매하기 때문이에요. 서로 증언해 주는 거에 불과하니까요."

"자네 생각은 어때?"

"제 생각보다는, 형님 생각에 따르면 서해리와 김병윤 역시 범인

133

일 수가 없을 겁니다."

"그건 왜?"

"형님은 서태황의 처인 박은순을 죽인 범인이 남진희도 살해했을 거라는 생각을 하고 계시잖아요. 그렇죠? 그런데 박은순을 죽인 범인은 남자예요. 칼자국의 깊이나 찌른 힘으로 보아 여자일 리 없다는 부검 결과가 있잖습니까. 그러니까 서해리는 일단 제외되어야겠죠. 김병윤은 가족도 아니고 남진희하고는 잘 알지도 못하는 사이예요. 남진희를 찾아가 자신을 믿게 한 다음 계단에서 밀어 버리는 범행도 사실상 어렵고요."

고진은 맥 빠진다는 듯이 몸을 뒤로 눕히며 말했다.

"전원 알리바이 성립, 혹은 혐의 극히 미약함, 뭐 이런 결론이 되는 건가? 막히는군."

"일단은요. 이렇게 되면 원점으로 돌아가 사고사 가능성을 고려해야 되지 않을까 싶기도 합니다."

"왜 일찍 포기하지? 자네답지 않은데. 이 반장 별명이 원래 서초서의 핏불 아니던가? 한 번 물면 놓지 않는다고."

"없는 상대를 놓고 싸울 순 없잖아요."

고진은 소주잔을 내려놓고 마치 제사를 지내듯 고개를 한동안 숙이고 있었다. 이 사람이 뭐하고 있나, 이유현이 의아해할 즈음 고진이 불쑥 머리를 들고 몸을 앞으로 기울이며 물었다.

"그럼 월요일의 알리바이는 어떨까?"

"월요일이면…… 사고 전날요?"

이유현은 뒷머리를 쓰다듬으며 곤란하다는 표정을 지었다.

"남진희가 죽은 날이 화요일인데, 월요일의 알리바이가 필요합니까?"

고진은 천천히 고개를 끄덕였다.

"화요일의 살인 가능성이 사실상 사라진 시점이니까. 트릭이나 어떤 장치를 썼을 수도 있잖아? 도우미 이연화가 퇴근하기 전인 오후 6시까지는 아무도 내려온 사람이 없다고 했으니까, 그날 밤부터 화요일 아침까지의 알리바이를 전원 조사해 보는 건 어때? 만약에 범인이 어떤 트릭을 썼다면 월요일 밤밖에 없을 테고, 알리바이 조사를 해보면 거꾸로 트릭도 밝혀질 가능성이 있다고 보는데."

이유현은 어처구니없다는 듯 머리를 가로저었다.

"트릭? 대체 무슨 트릭이요? 살인이라는 생각에만 너무 집착하시는 거 아닌가요? 형님은 지금 논지가 모순되어 있어요. 지난번 추리는 그거였잖아요. 만약 '살인'이라면 상황으로 보아 가족일 가능성이 극히 높다, 이거죠. 근데 가족들은 전원 알리바이가 있거나 혐의점이 약해요. 그렇다면 살인이라는 전제를 의심해야 하는 게 논리적으로 맞지 않습니까? 가족들 알리바이를 조사한 건 살인을 전제로 출발한 건데, 알리바이가 다 확실하다면 거꾸로 살인이라는 전제를 뒤집어야죠. 형님은 무조건 가족이 살인범이라고 결론을 내려놓고 거기에 알리바이든 뭐든 끼워 맞추려 하고 있어요. 알지 못할 요상한 트릭으로 살인했다고 전제하면 어떤 사건에서든 알리바이란 건 쓸모가 없어져요."

이유현의 말이 끝나기 무섭게 고진이 입을 열었다.

"범행은……."

그는 말을 잠시 멈추고 잔을 기울여 소주를 완전히 비웠다.

"선 하나만 그으면 돼."

"네? 그건 무슨 말입니까."

"확실한 건 없어. 그저 하나의 가능성일 뿐이니까. 월요일 알리바이 조사 결과를 본 다음 얘기해 볼게. 만약 월요일 밤에도 전원 알리바이가 성립한다면 그때는 정말 실족사로 갈 수밖에 없을지도 몰라."

이유현은 잠깐 생각하더니 전어 서너 점을 한 젓가락으로 집어 초장을 듬뿍 묻힌 후 입으로 가져가서 우적우적 씹었다.

"흠, 뭐 당장 동의하진 않지만…… 형님이 생각 없이 그러진 않을 테고. 일단 그 부분은 새로 한번 조사해 보죠. 저도 살인의 가능성이 완전히 사라졌다고 생각하진 않으니까."

"마음을 돌려준 데에 사의를 표하는 바이네."

고진은 넘치도록 이유현의 잔을 따라 주었다. 이유현이 맞장구치 듯 말했다.

"적어도 별장을 위험하게 설계한 점은 마음에 걸려요. 남진희의 추락사를 원했던 게 아니었나 싶기도 하거든요."

"흠, 그럴 수도 있지. 애당초 별장 설계를 한 사람은 누구였어?"

"서두리였어요. 내부 집기나 가구를 사서 채운 거는 서형일하고 서두리가 같이 했답니다."

"호오."

"서두리가 그래도 남진희를 많이 아꼈나 봐요. 남진희는 좀 부담스러워한 것 같지만요. 그 친구가 설계사무소에도 다닌 적 있고 건축한답시고 기웃거렸던 때도 있었잖아요. 요양하기 좋은 별장을 직접 지어 주겠다고 나선 모양이에요. 남성룡은 고맙게 받아들였죠."

"그럼 별장 부지도 서두리가 고른 거야?"

"남성룡이 원래 갖고 있던 땅이랍니다. 남성룡 교수가 전국에 땅이 꽤 있더라고요."

그 얘기는 처음에 남광자에게도 들은 바 있었다. 고진은 잠시 생각하다가 재차 물었다.

"그 해괴한 침실은 어떻게 된 거야? 왜 하필 그렇게 만들었대?"

"거기까진 못 물어봤어요. 알리바이 위주로 탐문하다 보니."

고진은 갑자기 소주잔을 탕 내려놓고는 힘주어 말했다.

"내일 서두리를 같이 만나 보지. 별장 설계에 관해서 좀 확인해 봐야겠어."

"그러시죠. 안 그래도 알리바이도 재조사해야 되고. 다른 물어볼 것도 있고 해서 다시 갈 참이었어요."

고진이 이유현을 지그시 바라보다가 목소리를 낮추어 말했다.

"이 시점에서 아무래도 내가 왜 1순위로 남진희의 가족들을 의심하는지, 그 직접적인 이유를 얘기해줘야 할 것 같군."

"그래요? 뭡니까?"

"실은 말이야……."

고진은 남광자가 방문 앞에서 남성룡의 유언 녹음을 들었다는 사실을 알려 주었다. '1순위는 남진희, 2순위는 서……'에서 남광자가 더 이상 듣지 못했다는 것까지도. 이유현은 펄쩍 뛰었다.

"아니, 그런 얘기를 왜 이제야 해주세요?"

"그동안엔 어쩔 수 없었어. 벌어지지도 않은 일 때문에 프라이버시를 누설할 수는 없잖아. 남성룡의 유언은 원래 공개적으로 한 것도 아니고 남광자가 방 밖에서 엿들은 거야. 비밀스런 의뢰랍시고 내가 그걸 전해 들었는데, 내 판단만으로 외부에 얘기할 수는 없지. 그런데 지금은 사정이 달라졌어. 1순위자인 남진희가 실족해 죽어 버렸잖아. 물론 난 살해라 보고 있지만. 상속인에 대한 범죄까지 엄연히 일어나 버렸으니 이젠 숨겨서는 안 되게 됐어. 경찰도 당연히 알아야 할 일이고. 그래서 얘기하는 거야."

남진희가 단순히 남성룡의 상속인이라는 정도로만 알고 있던 이유현은 2순위 상속인의 존재를 알고는 갑자기 의욕에 차올랐다.

"그렇다면, 남진희의 사망이 범죄라면…… 제1급 용의자는 그 2순위 상속인 서 모 씨가 되겠군요. 남성룡의 유산이라는 거대한 범행 동기가 있으니."

"남진희가 다른 원한을 산 일이 없는 한 그렇다고 봐야지."

이유현은 각오에 찬 어조로 말했다.

"내일 꼭 만나야 할 사람이 한 명 더 있군요."

"그렇겠지."

"남진희 다음의 상속인이 누구인지를 알려면 말이죠."

"응. 남성룡을 만나서 무슨 수를 쓰든 입을 열게 해야 돼."

다음 날 두 사람은 우면동의 붉은 집을 다시 찾았다. 서두리 혼자 있었다. 서태황은 외출했고, 서형일은 회사에 출근했다. 이유현의 연락이 없더라도 별달리 하는 일이 없는 서두리는 홀로 집을 지키고 있을 수밖에는 없으리라. 지칠 줄 모르는 스태미너를 타고났지만 발

산할 곳이 없다. 야성 넘치는 육체로 집에 죽치고 있는 그를 보자 측은한 생각마저 들었다. 갈색 트레이닝복을 대충 걸친 그의 모습은 우리에 갇힌 육식동물을 연상시켰다.

거실 소파에 걸터앉은 고진의 입에서 옆에 있던 이유현이 깜짝 놀랄 정도로 공격적인 말이 튀어나왔다.

"별장은 대체 왜 그렇게 설계했습니까?"

'그렇게'는 '그 따위로'로 들렸다. 거기다 한심하다는 듯 쳐다보는 고진의 눈빛이 불쾌감의 상승 작용을 일으켰으리라. 서두리의 좁은 이마에 굵고 깊은 가로줄이 파였다. 그렇지만 의외로 차분하게 대답했다.

"진희가 편하게 지내도록 맞춤 설계한 겁니다. 뭐 잘못된 거 있습니까?"

고진의 공격적인 질문이 이어졌다.

"침실을 말하는 겁니다. 방 바로 앞이 절벽이에요. 가파른 철계단이 바로 앞에 붙어 있고, 방문까지 달아 놓으셨더군요. 위험하단 생각은 안 했습니까?"

"사정을 모르시니까 그렇게 생각하실 수 있겠지만, 어쩔 수 없었어요."

"어쩔 수 없었다?"

"네. 거긴 원래 베란다로 설계했던 곳이에요. 진희가 나가서 바닷바람과 볕을 쬐면서 쉴 수 있도록 특별히 널찍하게요. 생나무로 침실 바닥이 되어 있었던 것도 그 이유입니다. 맨발로 나갈 수 있는 베란다로 만들 작정이어서 공사하면서 미리 깔아 놨던 겁니다. 철계단은 애초부터 진희를 위한 게 아니라 베란다에서 아래로 내려가는 용도로 만들었던 거고, 게다가 비상용이었어요."

고진은 어투를 조금 누그러뜨렸다.

"그런 사정은 몰랐네요. 근데 왜 베란다를 침실로 바꾸었습니까?"

"진희가 그렇게 해달랬어요."

뜻밖의 답변이었다.

"남진희 씨 본인이요?"

"네. 본인이요. 자기가 원하는데 어떡합니까. 진희가 살 집이고 쉴 집이니까, 진희 맘에 들어야잖습니까."

진위 여부는 확인할 수 없지만 어쨌든 남진희 본인이 원한 거라면 서두리도 설계가 이상하다는 둥 소리를 듣는 건 억울할 터였다. 고진이 주춤하는 사이 서두리의 말이 이어졌다.

"그때 베란다 쪽은 이미 철계단하고 생나무 바닥까지 시공되어 있는 상태였어요. 그대로 침실로 개조하면서 철계단 쪽에 출입문을 달아 비상시에 사용할 수 있도록 한 겁니다. 생나무 바닥은 그것대로 건강에 좋고 괜찮겠다 싶어 그대로 놔둔 거고요."

"그렇다면야 서두리 씨를 나무라기 힘들겠군요."

서두리는 당연하다는 듯 멀뚱멀뚱한 표정이었다. 그게 마음에 안 들었는지 고진이 또 한 번 자극했다.

"……만약 사실이라면 말이죠."

"그 말씀은 무슨 뜻입니까?"

서두리가 조용하지만 강한 어조로 되물었다. 그것만으로도 충분히 분위기는 얼어붙었다. 역시 서두리의 캐릭터에는 중량급 이상의 무게가 있었다. 옆에 있던 이유현이 상황을 무마하려 화제를 바꾸었다.

"사고 전날은 뭐하셨습니까?"

"사고 전날요?"

서두리는 눈길을 창문 바깥쪽으로 돌리고는 기억을 짜내려는 모습을 보였다.

"그건 지난번에 말씀드린 내용하고 연결되네요. 전날엔 낮에 외출했다가 저녁에 술 한잔 했습니다. 마시다 보니 다음 날 새벽이 되더군요. 한번 마시면 끝장을 보는 편이라서요."

"누구하고 마셨습니까?"

"저녁에는 이종규라는 군대 동기와 만나서 한잔했습니다. 울적하기도 했던지라 제가 주도해서 새벽 5시까지 마신 거 같습니다."

이유현은 이종규라는 군대 동기의 인적사항을 받아 적었다.

"체력이 대단하군요. 새벽 5시까지라."

"썰렁한 집에 들어가기도 싫고, 여러 가지로 기분도 울적하고 해서…… 좀 그렇게 됐네요."

남진희가 죽는 날 왜 하필 술 마시고 새벽에 들어왔냐고 따질 수도 없는 일이었다. 잠시 물러나 있던 고진이 또 끼어들었다.

"차를 갖고 있지요?"

"……있기는 있어요. 형이 취직한 뒤에 할부로 산 중고찬데, 거실에 키를 걸어 놓고 다 같이 쓰고 있어요."

"아버님은 차가 없으십니까?"

"예. 아버지는 차 타는 걸 싫어하세요. 전철이나 버스를 좋아하십니다."

"별장 열쇠도 갖고 있으시죠?"

"네, 물론."

"별장에 갈 때 열쇠를 갖고 가셨나요?"

"아뇨, 진희하고 미리 연락하고 가는데 그럴 필요 없어요. 열쇠는 그저 예비용이에요."

"서두리 씨가 관리합니까?"

"아뇨. 부엌 열쇠함 안에 넣어 놓았어요."

"그럼 가족분들 아무나 쓸 수 있는 거군요."

"그야 당연히…… 아니, 그런데 그런 건 왜 물으시죠?"

이상한 낌새를 눈치 챈 서두리가 울컥하자 이유현이 또 흐름을 끊어 버렸다.

"그렇군요. 이야기 감사합니다."

두 사람은 적당히 인사를 건네고는 일어서서 밖으로 나왔다.

고진과 이유현은 마주 보고 눈길을 교환했다.

"별로 얻은 게 없죠?"

서로 익히 알고 있는 말을 이유현이 입 밖에 꺼냈다.

"지가 설계한 게 아니라니, 참."

고진도 입맛을 다시며 고개를 끄덕였다.

두 사람은 집 외벽을 돌아 외부 계단을 통해 2층으로 올라갔다.

약속을 해두었기에 남성룡과 남광자는 집에서 기다리고 있었다. 사랑하는 딸과 조카를 잃은 슬픔이 크련만 손님을 맞는 그들은 어디까지나 차분했다.

남광자는 거실로 차를 가져다주고는 슬금슬금 자기 방으로 돌아가려 했다. 고진이 잠깐 앉아서 같이 이야기를 나누자고 하니 얼른 소파에 엉덩이를 붙였다. 고진의 권유를 은근히 반가워하는 눈치다. 아마도 조카가 죽은 지금 드러내 놓고 말은 못 하지만 오빠 남성룡의 상속에 관한 의견이 바뀌었는지 어떤지 바짝 신경을 기울이고 있음이 틀림없다. 그런 얘기들이 오가는 현장에 있고 싶었으리라.

고진과 이유현은 거실에 앉아 몇 마디 위로의 말을 건넨 후 본론으로 들어갔다. 고진이 남성룡에게 질문했다.

"별장은 왜 부산에 지으셨어요?"

"마침 해운대에 땅이 있었어요. 멀리 바닷가 근처에서 요양하는 게 좋겠다는 생각도 들더군요. 형일이도 직접 부지를 보고 와서는 좋겠다며 적극 추천했어요."

"두 오빠분이 신경을 많이 써준 모양이네요."

"어릴 때부터 둘 다 진희를 좋아했죠. 늘 잘해 줬어요."

고진은 목을 빼 거실 창밖을 두리번거리다가 문득 말을 꺼냈다.

"별채 영감님도 교수님하고 같이 가서 도와준 걸로 압니다만."

"네. 맞습니다. 같이 가셨어요."

"나이 든 분이 부산까지 왔다 갔다 하기 힘들 텐데 굳이 데리고 가셨습니까?"

고진은 힐난조가 되지 않도록 억양을 낮추어 물었다.

"영감님이 자청했습니다. 저희는 좀 의외긴 했지만 하도 강하게 원하셔서 그러시라고 했죠. 나중에 보니 감탄할 만큼 세세한 것까지 손봐 주셨더군요. 같이 가길 잘했다 싶었어요."

"그랬군요."

고진은 납득한 듯 말했지만 고개를 갸웃거렸다.

"별장 열쇠는 물론 갖고 계시죠?"

"하나 받아 놓은 게 있는데 어디 놔뒀는지는 모르겠네요. 뭐 굳이 필요하지는 않을 것 같아서 신경을 안 썼어요. 아래층 애들한테도 여벌 키를 하나 맡겨 놓았지요. 수시로 가서 좀 신경 써주라고."

"그렇군요. 그런데 이것 참 죄송합니다만, 사건이 일어나기 전날에 어디 계셨는지 여쭤 봐도 될까요? 물론 단순한 절차입니다만."

이유현이 물었다. 알리바이는 그의 전담 분야였다.

"전날요? 어디 보자. 아, 그날도 모임이 있었어요. 낮에 학회에 참석했다가 저녁에는 회원들끼리 회식이 있었어요."

이유현이 남성룡이 불러 주는 학회의 내역을 수첩에 받아 적으며 말했다.

"건강이 안 좋으신데도 학문 활동은 여전히 정력적이시군요."

옆에 있던 남광자가 대신 대답했다.

"오빠는 올해부터 갑자기 학회다 뭐다 활동이 많아졌어요. 평생을 공부해 놓고도 안 지겨운지…… 못 말려요. 건강도 안 좋은데 걱정이에요. 전에는 사람 만나는 걸 싫어했었는데. 오빠가 몸이 아프더니 외려 생각이 많이 바뀐 모양이에요. 밝은 쪽으로. 참 다행이죠. 은퇴하고도 학회나 모임 같은 걸 꼭 챙겨 나갔어요. 예전에 그렇게 했더라면 노벨상은 몰라도 대학총장 정도는 했을 거예요."

오빠에 대한 남광자의 자부심과 경외심은 대단해 보였다.

"내가 뭘 그리……."

남성룡은 남광자를 못 말리겠다는 듯 빙그레 웃고만 있다가 말을 받았다.

"살날이 얼마 안 남았다는 생각을 하니 보통 사람들의 생각과는 마음이 달리 움직이더군요. 학자로서 큰 업적을 쌓진 못했어도 마지막까지 조그만 미련이 남는달까요."

"겸손의 말씀이십니다. 전 요즘 교수님의 이론에 다시 심취하고 있거든요. 아주 흥미롭더군요."

남성룡의 얼굴에 화색이 돌았다.

"이거 반갑군요. 제 견해에 관심을 가져 주시다니."

"환경이 모든 걸 결정한다는 학계의 주류 트렌드에 교수님이 제기하신 결정론적인 학설이 대단히 신선한 자극을 주었던 걸로 기억합니다."

"자극이라기보다 파문을 일으켰죠."

남성룡이 온화하게 웃었다.

"제가 원래 이단을 좋아해서요."

'이단'이란 말에 남성룡의 눈썹이 꿈틀했는데, 그걸 본 사람은 이유현뿐이었다. 고진은 씩 웃고는 남성룡의 표정이 변하는지 괜찮은지 살피지도 않고서 남광자에게 고개를 돌렸다.

"남광자 씨는 전날에 뭘 하셨는지 혹시 기억나십니까?"

남광자는 고진을 쳐다봤다.

"글쎄요. 아마 그날이 계모임 하는 날이었을 거예요. 그냥 친목계인데."

남광자의 계모임 내역을 수첩에 받아 적는 이유현을 물끄러미 보다가 고진은 재차 남성룡에게 물었다.

"그때 아래층 식구들이 집에 있었는지는 모르시고요?"

"그건 전혀 알 수 없어요. 계단에 문이 달린 뒤로는 소리도 전혀 안 들리고."

"설마 남진희 씨한테 원한을 가질 만한 사람은 없었겠죠?"

이유현이 물었다.

"있을 수 없는 일입니다. 미치지 않고서야. ……잠깐 혹시, 그럼 사고가 아니라 진희가 타살됐을 가능성도 있다는 겁니까?"

남성룡이 그답지 않게 놀라서 물었다. 그제야 눈치 챈 경찰의 의중이 충격이었던 듯 몸이 가늘게 떨리고 있었다.

"아니요. 단정 짓는 건 아닙니다. 의심하는 건 경찰의 업무거든요."

고진이 옆에서 얼버무렸다.

"요즘 부쩍 우울해한다거나 하지는 않았나요?"

남성룡은 한숨을 쉬었다.

"이번에는 자살 의혹입니까? 그것도 아닙니다. 진희가 비록 시력은 잃었지만 늘 밝고 긍정적인 아이였어요. 외모는 코스모스처럼 연약해 보여도 내면이 강했죠. 자살 충동 따위에 몸을 내맡길 리가 없어요."

남광자도 옆에서 두어 번 고개를 끄덕여 동의를 표시했다.

"남진희 씨가 피살된 거라면, 그런데도 원한을 가질 만한 사람은 없다면……."

고진이 몸을 앞으로 숙이며 중요한 밀담을 나누듯이 말했다.

"돈이 유일한 동기가 될 수 있겠죠."

"돈이라고요?"

"유산 말입니다. 남진희 씨가 죽으면 남 교수님의 재산은 누구한테로 가도록 되어 있습니까? 혹시 미리 남겨 놓으신 유언 같은 건 없습니까?"

남광자는 남성룡과 변호사가 서재에서 녹음 유언을 만든 그날, 방 밖에서 내용 일부를 들었다. 1순위를 남진희, 2순위를 '서……'로 하는 그 유언을. 하지만 남성룡 앞에서 고진이 그 사실을 아는 척할 수는 없었기에 그의 설명을 구하는 것으로 바꿔 물었다. 남성룡의 낯빛이 푸르죽죽하게 변했다.

"유산이라…… 유언을 미리 만들어 놓긴 했습니다만."

그는 고개를 천천히 가로저었다.

"상속 재산 때문이라면 그것도 동기가 될 순 없습니다."

"그럴까요? 남진희 씨가 죽으면 이익을 볼 사람이 분명 있지 않겠습니까?"

"그렇지 않습니다. 굳이 그 부분은 말씀드릴 필요는 없을 듯하군요. 개인적인 거니까."

"그건 반드시 그렇지가 않습니다. 따님인 남진희 씨가 죽었으니 공동 상속인 아니면 후순위자가 이제 모든 재산을 넘겨받게 되었습니다."

"아뇨, 터무니없는 생각입니다. 2순위자를 지정해 놓긴 했지만 유산 때문에 진희를 해친다는 건 절대 있을 수 없어요."

옆에 있던 이유현이 보다 못해 거들었다.

"교수님, 2순위자로까지 지정한 사람을 믿는 마음은 이해합니다. 오죽하면 동생분을 제쳐 두고 따님의 다음 순위로 지정하셨을까요.

하지만 사람의 마음이란 건 모르는 일입니다. 그건 수많은 사건 사고를 보아 온 제가 교수님보다 더 잘 아는 몇 안 되는 사실 중 하납니다."

"설마 내 유언내용까지 경찰이 조사한 겁니까?"

남성룡은 의심과 불쾌감이 뒤섞인 어투로 물었다. 답답한 마음에 앞서 나갔던 이유현은 서둘러 덮었다.

"아뇨, 저희는 모릅니다. 다만 지금 2순위자를 지정했다고 말씀을 하셨기에 여쭙는 겁니다."

남성룡은 이유현의 설명을 일단 받아들였지만 여전히 조개처럼 입을 꾹 다물었다.

"프라이버시를 마구잡이로 헤집는 것 같아 말하기 싫군요. 어쨌든 내 개인적인 유언내용은 이번 사건과 아무런 관련이 없습니다."

남성룡을 제외한 세 사람은 숨 막히는 듯한 답답함을 느꼈다. 아무리 성정이 온화하다지만 역시 학문의 외길을 걸어온 교수답게 한번 고집을 피우니 요지부동이었다.

"그건 저희가 듣고 판단해 보겠습니다. 절대 비밀은 지키겠습니다. 2순위자로 지정한 사람이 누군지만 말씀해 주십시오."

이유현이 거듭 말했다. 이유현과 고진의 열성적인 얼굴을 빤히 번갈아 쳐다보던 남성룡은 이윽고 할 수 없다는 듯 큰 한숨을 내쉬었다.

"내가 아무리 관련이 없다고 말해도 납득을 못 하시는 눈치군요. 할 수 없죠."

"저희도 단정하는 건 아닙니다. 관련이 있을 가능성 때문에 여쭙는 겁니다."

"왜 관련이 없다고 말씀드리냐 하면, 2순위는…….."

고진, 이유현, 남광자 세 사람 모두는 침을 삼키며 다음 말을 기다렸다.

"사람이 아닙니다."

"네? 사람이 아니라고요?"

"2순위자는 서울맹인복지회입니다."

"옛?"

세 사람은 동시에 놀랐다. 남광자의 표정이 특히 볼 만했다. 어이없음, 황당함, 대상 없는 분노, 그 모든 것의 집합체였다. '상속 2순위로 서……'를 지명한 것은 아래층 일가의 성씨인 '서'가 아니라 서울맹인복지회의 '서'였단 말인가. 경악한 세 사람을 상대로 남성룡의 말이 이어졌다.

"딸아이의 눈이 그렇게 되고 나서 느끼는 바가 컸어요. 강단에서 학생들을 가르치면서 틈틈이 재테크에도 관심을 기울여 말년이 걱정되지 않을 정도로 재산도 모았습니다. 하지만 모든 게 덧없더군요. 그 돈을 다 쓴다 해도 딸아이의 눈을 돌이킬 수는 없었어요. 그래서 맹인들의 복지에 관심을 갖게 되었지요. 제가 죽기 전에 동생 광자한테는 말년을 보낼 만큼 미리 떼 줄 생각이었습니다. 나머지는 전부 눈이 안 보이는 진희한테 가는 걸로 하고요. 만약에, 생각해 보지도 않은 거였지만 혹시 진희한테 무슨 일이라도 생긴다면, 그때 맹인들을 위한 복지에 모든 돈을 쓰자고 2순위로 복지단체를 지정해 놓은 겁니다. 그게 진희가 바라는 것일 수도 있고요. 조만간 가족들한테도 공개하려고 했습니다. 그 전에 진희가 저리 되어 버렸네요."

남성룡의 말이 이어지는 동안 모두가 착잡한 심경을 느꼈다. 예상치 못한 상황이었다. 다만 남광자는 자신에게 미리 재산을 떼어 주려고 했다는 부분에서 적이 안심한 표정을 지었다. 고진은 조심스럽게 물었다.

"유언시 입회한 변호사한테 좀 확인해 봐도 될까요?"

"네. 물론입니다."

남성룡은 변호사의 이름과 연락처를 알려 주었다. 고진은 그 자리에서 다이얼을 눌렀다. 이유현이 만류했다.

"형님, 그런 건 나중에 차차 확인해 보시죠. 이 자리에서 왜 그러세요."

"나중에 제3자인 우리가 변호사한테 가서 유언장 보자, 그러면 그럽시다, 하고 보여 줄 리가 없잖아. 지금 남 교수님 본인이 변호사한테 직접 말씀해 주셔야 공개를 해주지 않겠어?"

고진은 변호사 사무실에 전화를 걸어 남성룡을 바꿔 주었고, 남성룡은 유언의 공개를 해도 좋다고 허락했다. 곧 변호사는 유언내용을 확인해 주었다. 남성룡의 말대로였다. 1순위는 남진희, 2순위는 서울맹인복지회.

고진은 우면동 집을 나오면서 배웅 나온 남광자에게 목소리를 낮추어 물었다.

"혹시 처음에 잘못 들은 그 유언내용을 저 말고 다른 사람한테 얘기하신 적 있습니까?"

"2순위를 서씨 집안사람이라고 오해했던 거 말씀이죠? 없어요. 선생님 말고는 이 집안에 의논할 상대도 없는걸요."

남광자는 잘라 말했지만 고진이 찬찬히 그녀를 들여다보니 왠지 자신 없어 하는 눈치였다.

"이것 참, 갈수록 오리무중인데요. 정말 단순 사고사인 것 아닙니까?"

우면동 집을 나와 고진의 차를 타고 돌아가는 길에 이유현이 투덜대기 시작했다.

"별장을 위험하게 지어 실족사를 유도하지 않았나 의심하기도 힘들어요. 땅은 남성룡이 갖고 있던 거고, 부지 선정에는 서형일이 관여했고, 별장 건축은 서두리가 주도, 별장 내부를 꾸민 건 서형일과 서두리, 베란다를 침실로 바꾸길 원한 건 남진희 본인이었어요. 별장 건축에 한 사람만의 의지가 작용한 게 아니지 않습니까? 알리바이도 사건 당일에는 다들 있고. 물론 본인들 말뿐인 것도 있지만."

핸들을 잡은 고진은 말이 없었다. 이유현은 평소에 고진을 '떠버리'라고 생각해 왔다. 그런 고진이 이번 사건에서는 유독 말을 아꼈다. 그에게도 이번 사건의 진상이 터럭만큼도 잡히지 않는 것이든가 아니면 다른 꿍꿍이를 숨기고 있든가 둘 중 하나라고 넘겨짚을 뿐이었다. 고진이 대답을 하건 말건 이유현은 말을 계속했다.

"가장 결정적인 건 바로 그거 아닙니까? 동기가 없다는 거. 2순위 상속인이 서울맹인복지회라니요, 거 참. 아무튼 오늘의 최대 소득은 그거네요. 남진희의 죽음을 둘러싼 최대의 동기가 날아가 버렸다는 거요. 2순위로 상속을 받는 사람이 남진희의 죽음으로 제일 이득을 보는 자이고 제1급 용의자일 텐데, 그 2순위는 엉뚱하게도 복지법인이에요."

고진이 결국 입을 열었다.

"꼭 그렇지만은 않을 수도."

"왜요?"

"남광자가 오해한 대로 2순위 상속인이 서씨 집안 누군가라고 잘못 알려졌다면?"

"글쎄요. 2순위가 '서……' 아무개라는 유언이 소문났다 해도, 아래층 서씨 사람들은 동기를 생각하기 어려워요. 서씨는 모두 네 명인데, 2순위 '서'씨가 자기일지 아닐지 모를 상황에서 살인까지 나설 인간은 없을 테니까요. 남광자는 처음부터 동기가 전혀 없어요. 오히려 남진희의 죽음으로 피해를 보는 입장이죠. 자기가 들었던 대로라면 오빠의 재산이 그나마 가족인 남진희가 아니라 피가 섞이지 않은 아래층 서씨 일가의 누군가한테로 가버리게 되니까요."

고진은 반박하지 않았다. 충혈된 눈으로 전방의 도로를 노려볼 뿐이었다.

상속 2순위자가 복지법인이라는 사실은 사건 조사에 찬물을 끼얹어 버렸다. 상속 2순위자로 지명된 '서 아무개'가 그 사실을 어떤 경위로 알게 되어 1순위 상속인인 남진희를 제거했다, 이런 가설이었는데, 상속 2순위자는 엉뚱하게도 서울맹인복지회라는 법인이었다. 유산이라는 동기를 가질 사람이 없는 것이다. 남광자가 잘못 들은 대로 '서씨' 중 누군가로 잘못 알려졌다고 가정해도 그렇다. 아래층 서씨는 네 명이다. 그중 누군가 상속인으로 지정됐을 가능성은 4분의 1이다. 그 확률에 걸어 범행에 나선다는 건 생각할 수 없다.

살인사건이 일어나기 전에는 오히려 확실해 보였던 동기가 손가락 사이로 스르르 흘러내리는 모래처럼 어느새 자취를 감추어 버렸다. 남진희가 살해될 동기가 유산에 있지 않다면, 그녀의 죽음에 도대체 누가, 어떤 이유를 가질 수 있을까? 증발해 버린 범행 동기가 새로운 난제가 되어 눈앞을 가로막았다.

그날 밤 고진은 남광자에게서 걸려온 전화를 받았다.

"고 선생님, 조카가 그렇게 되고 이런 말을 꺼내서 절 어떻게 생각하실지는 모르지만……."

그녀는 쭈뼛쭈뼛 용건을 꺼냈다. 뭔가 단서가 될 이야기를 해줄지 모른다고 생각한 고진은 분위기를 편하게 이끌었다.

"네, 편하게 말씀하세요."

"오빠의 유언이 만약 없다면, 상속은 어떻게 되는 건가요?"

"남 교수님이 그 녹음유언을 철회할 마음이 있으신 건가요?"

"아뇨, 그건 아닌데, 그런 경우에 어떻게 되나 그냥 궁금해서요."

"아내도 별거 중에 죽었고, 이제 남진희 씨마저 죽었으니 법률상으로는 동생인 남 여사님이 전부 상속받게 돼요."

"그렇게 되는 거군요. 밤 시간에 죄송했습니다. 감사합니다."

전화를 끊는 남광자의 목소리에 희망의 기색이 역력했다. 왜 전화를 했을까, 고진은 생각해 보았다. 액면 그대로만 받아들이면 상속 욕심에 밤늦게까지 이리저리 궁리하다가 법률 관계를 알아보려

전화한 것이다. 만약 그게 아니라면, '나는 남진희가 죽은 뒤에 만약 남성룡이 유언을 철회라도 한다면 전액을 상속받게 되는 유리한 입장에 선다는 점을 모르고 있었다'는 변명을 암암리에 각인시키기 위함은 아닐까. 하지만 그건 좀 과한 상상인 듯싶었다. 만약 남성룡이 맹인복지회를 2순위로 지정한 유언을 철회한다면 남광자는 상속 법률에 따라 자연스럽게 남성룡 사후에 전 재산을 물려받게 된다. 즉 남진희의 죽음으로 최대의 수혜자가 될 기회를 갖는 것이다. 하지만 그건 글자 그대로 하나의 '기회'일 뿐이다. 남성룡이 유언을 철회할지 어떨지는 전적으로 본인의 의사에 달려 있다. 동생인 남광자가 사정한다고 해서 고집불통인 그가 마음을 움직인다는 보장이 없다. 초로의 여인이 그런 불확실성에 승부를 걸어 조카를 살해했다고는 생각할 수 없었다.

남광자 입장에서 그런 동기를 상정하기 어렵다면 다른 가족들은 어떨까? 남성룡의 유언에서부터 시작해 범행 동기를 따져보니 앞길이 뿌옇기만 하다. 그렇다면 시각을 바꿔 본다면 어떨까. 서씨네와 남씨네 가족들 개개인의 입장이 되어 유언과 동기를 바라본다면 다르게 볼 수도 있지 않을까?

고진은 소파에 몸을 깊이 묻은 채 시간을 잊고서 밤을 새우고 있었다.

이튿날 밤에 연락을 받은 고진은 이유현의 사무실로 급히 달려갔다. 꽤 중대한 사태의 진전이 있었다는 전갈이었다. 늦은 저녁, 강력팀 사무실엔 몇몇 형사가 들락날락하고 있었지만 고진과 이유현의 대화를 신경 쓰는 사람은 없었다.

"차례대로 얘기할게요. 먼저 지난번 남성룡, 남광자 씨의 알리바이는 확인이 됐구요."

"월요일의 알리바이 말이야?"

"예. 남진희가 죽기 전날 밤. 남성룡 교수가 학회 모임에 참석한 거 하며, 남광자 씨가 계모임에 참석한 거 하며. 그날 만났던 사람들한테 물어보니 다 맞답니다."

"흠, 그건 별문제가 없겠고, 그럼 또 다른 건?"

"서두리하고 술 마셨다는 이종규란 녀석 있죠? 벌벌 떨면서 불었어요. 서두리 부탁으로 거짓말했다고."

"그래? 역시, 서두리 쪽에 구멍이 있었군."

고진은 흥분을 감추지 못했다.

"그럼 월요일, 그러니까 남진희가 죽기 전날 저녁에 만나 새벽까지 술 마셨다는 건 몽땅 거짓말이었나? 아예 만나지도 않았다는 건가?"

"아뇨, 만나기는 했는데 가볍게 소주 마시고 저녁 9시도 되기 전에 헤어졌다는군요. 한 8시 반 정도? 이종규는 서두리의 군대 후임병이었는데, 군대 때 얼마나 무섭게 당했는지 지금도 서두리 말이라면 벌벌 떨더군요. 서두리가 새벽까지 술 마셨다고 진술하라기에 뭔지도 모르고 시키는 대로 했답니다. 그냥 서두리가 사고를 친 모양이다, 어디서 사람 좀 팬 모양이구나, 그 정도로만 생각했대요. 살인 사건이라고 겁주니깐 금방 불더군요. 하하. 그 정도로 심약한 녀석이니까 서두리가 시키는 대로 휘둘렸겠지요."

"좋은 뉴스야. 서두리는 뭐라고 변명해?"

"지금부터 만나서 족쳐야죠. 보기보다 꽤 머리가 좋은 놈인 건 맞는데 거짓 알리바이가 드러난 판국에 어떻게 변명할지 기대되네요. 지금 서두리를 불러냈어요. 일단 공식적으로 야간에 소환하기는 그렇고 해서 그냥 참고 진술을 듣는다는 명분으로 우면동 집 아래 커피숍으로 나오라고 했어요."

고진이 반색했다.

"지금 만날 거면 나도 같이 가지."

"그러시죠 뭐. 어차피 비공식 수산데, 서두리가 덤비면 형님이 옆에서 좀 거들어라도 주시겠죠. 그 녀석 힘도 좋아 보이던데."

이유현의 차에 올라타자 한결 느긋해진 고진이 말했다.

"내가 청해서 가는 거지만, 오늘 서두리와의 만남엔 아마 내가 꼭 필요할 거야."

"어째 갑자기 거만해지셨는데요. 그동안 쭉 헤매 놓고."

"이제 그럴 일은 없을걸."

"호오. 서두리가 범인이라고 생각하는 겁니까?"

"확신까진 아니지만 근거는 몇 가지가 있어."

"그래요? 그럼 서두리를 만나기 전에 어디 한번 형님의 견해를 들어 보죠."

"그럴까……."

고진은 정말 거만하게 뒷말을 끌더니 검지를 바짝 세우고 말했다.

"첫째는 동기야."

"동기? 서두리한테 동기가 있다고요?"

"그래. 남성룡의 재산을 이을 2순위 상속인이 서울맹인복지회란 걸 확인하고는 나도 정말 어이가 없더라고. 그래서 꽤 고민했어. 도대체 남진희가 살해될 이유가 어디에 있는가 하고 말이야. 범인이 누구든 간에 남진희가 죽어 봤자 하등 이익이 없단 말이지. 하지만 그날도 얘기했듯이, 중요한 건 실제의 유언이 아니라 가족들이 어떻게 믿었냐는 것 아닐까. 남광자는 2순위를 '서……'로만 듣고 서씨 집안 사람들이라고 믿었어. 그런데 만약 그게 어떤 경로로 알려졌다면? 남광자는 좀 욕심이 많긴 하지만 외부인인 나한테 털어놓고 자문을 구할 정도로 마음 약한 아낙네야. 본인은 부인하지만 이곳저곳 얘기하다가 가족들한테까지 흘러들어가지 않았다고 장담할 수는 없어."

"좀 무리한 추측 같은데요. 가령 그런 잘못된 소문이 돌았다고 하더라도 2순위가 '서씨'라고만 알려졌다면 자기가 장본인인지 아닌지는 알 수 없지 않습니까. 그런 불확실한 상태에서 살인까지 할 수는 없죠."

"그래서 생각해 본 거야. 유언에서부터 동기를 추적하는 방식에서 발상을 전환해 봤지. 가족들 개인의 입장에서는 유언이 어떻게 보일까 하는 걸 추측해 봤거든."

"그래서 결론이 서두리다?"

"그래. 자기가 2순위라고 믿을 만한 사람은 서두리뿐이지 않을까 싶어."

"그럴 리가요. 단순히 확률적으로만 봐도 4분의 1인데. 서태황, 서형일, 서두리, 서해리. 다 쟁쟁한 후보들이에요."

"서두리는 굉장히 자기중심적인 사고가 강한 친구야. 그 유언내용을 듣고 생각해 봤겠지. 장남 서형일이는 입양된 자식이니까 설마 남성룡이 재산을 물려주리라곤 믿지 않았을 거야. 동생 서해리는 딸이니까 남아선호의 세례를 받은 세대인 남성룡이 전 재산을 물려줄 대상으로는 생각 안 했을 거라고 믿을 수 있어. 아버지인 서태황은 가능성이 있지만, 같이 늙어 가는 손위 사람한테 유산을 물려준다는 건 좀 상식에 반하지. 어차피 그가 죽으면 자녀들이 또 물려받을 건데 세금만 이중으로 손해야. 그래서 서씨라면 자기밖에 없다, 그렇게 판단했을 수 있어. 그리고 그건 시간이 지나면서 점점 확신으로 바뀌어 갔겠지."

"뭐, 사람 마음이야 모르니까 그럴 수도 있겠죠. 하지만……."

"그럼 거꾸로 생각해 볼까? 적어도 서형일과 서해리는 '서씨'라고만 듣고 자기라고 확신할 수 있는 위치에 있지 않았어. 서형일은 핏줄이 아니라는 자각을 늘 갖고 있는 친구고, 서해리는 거의 나가 살고 있어서 소문을 들었을 가능성조차 희박하고 말이야. 서태황이 그 소문을 들었다면 당장 동생이나 다름없는 남성룡을 찾아가 직접 물어보지 않았을까?"

"으음, 그렇긴 하네요. 그렇게 소거법 식으로 하나하나 지워가 보니 그 소문을 듣고 유산 욕심을 낼 수 있는 사람은 서두리뿐이겠군요."

이유현은 핸들을 잡은 채 곰곰이 생각을 곱씹었다.

"뭐, 아직은 하나의 가설이지만 충분히 가능성이 있지 않겠나 싶어. 두 번째 근거는 바로 자네가 밝혀낸 거야. 서두리는 알리바이를 조작했어. 물론 남진희가 사망한 화요일에는 새벽 6시에 집에 들어온 걸 서형일이 봤고, 아침 10시에는 서태황과도 서로 얼굴을 봤으니까 완벽해. 남진희가 죽은 아침 7시에서 8시 사이에는 부산 해운대에 있을 수 없었지. 하지만 전날 밤 8시 30분에 군대 후배 이종규와 헤어졌다면 다음 날 새벽 6시까지 9시간 30분가량 비어. 서두리는 차를 쓸 수 있었어. 액셀을 죽도록 밟는다면 교통 상황에 따라서는 서울에서 해운대까지 갔다 오는 게 가능한 시간이지 않을까? 별장도 뜻대로 출입할 수 있었어. 별장과 차 열쇠는 가족들 중 아무나 사용할 수 있도록 각각 부엌과 거실에 놓여 있었거든. 아, 물론 남진희가 죽은 시각 이전에 범행이 완성되었다는 내 가설 하에서의 이야기야.

더 중요한 건 가만히 있어도 서두리는 화요일의 알리바이에 전혀 문제가 없는데 왜 굳이 이종규한테 겁을 줘 가면서까지 전날 밤의 알리바이까지 조작했는가 하는 거야. 그건 전날의 알리바이가 사건에서 중요하다는 걸 알고 있었기 때문이지. 왜냐, 자신이 범인이니까. 그리고 전날 밤이 이 살인에서 대단히 중요한 날이란 걸 알고 있었으니까. 이런, 너무 확신에 차 얘기해 버렸군. 어디까지나 가설이야, 가설."

이유현은 가설 이상으로 진지하게 받아들이는 눈치였다.

"평소에 남진희를 동생으로 많이 아꼈던 것 같은데, 유산 때문에 눈먼 동생을 무참히 살해했을까요?"

고진은 잠시 뜸을 들이다가 나지막이 말했다.

"조부 서판곤의 악마성이 서두리에게서 발현된 건 아닐까."

"네? 할아버지의 악마성이요?"

이유현은 떨떠름한 표정을 지었다.

"악마성이라……. 그런 걸 물려받았다 쳐도요, 범죄의 성격이 너무 다른 것 같지 않아요? 서판곤이는 미친 개처럼 아내를 칼로 도륙해 버린 광인이고, 남진희의 죽음은 형님 얘기대로라면 유산이라는 경제적 동기가 개재된 치밀하고 교활한 계획 범죄인데."

"서판곤은 광기가 흐르는 사람이었지만 소금 장사를 한다면서 뒤뜰에 양귀비를 기를 정도로 약은 인물이기도 했어. 이번 범행에서는 그 악마의 두 가지 속성이 합쳐졌다고 보면 어떨까.

여기서 한 가지 생각해 볼 수 있는 점이 그거야. 남진희 별장의 가사 도우미 있잖아. 이연화라던가, 그 여자가 말했지. 남진희가 죽기 5일쯤 전에 서형일한테 고맙다고 남긴 쪽지를 서두리가 우연히 보고는 씩씩대면서 서울로 올라가 버렸다고. 이연화는 오빠끼리 질투한다며 웃어넘겼지만 그건 보통 사람의 경우지. 만약 서두리가 유별난 광기나 증오심을 물려받은 인물이라면 우리가 상상하지도 못할 만큼 질투와 증오심에 사로잡혔을 수 있어.

별장은 서두리가 고생해서 설계하고 지어 줬어. 가구도 서형일과 같이 채워넣어 줬어. 남진희의 쾌유를 빌며 전부 밝은색으로 했고, 부딪혀서 다칠까 봐 모서리가 둥그런 걸로만 골랐지. 성격이 거친 그로서는 최고의 선의를 다했던 거야. 그랬건만 남진희는 서형일에게만 고맙다며 편지를 남겼어. 별 한 것도 없이 그저 다정한 말 몇 마디로 기분을 맞춰 준 것밖에 없는 서형일한테 말이야. 극도의 배신감에 불타올랐을지 몰라. 남진희한테 극진했던 만큼 더 격렬한 증오심도 같이 말이야. 그래서 악마가 깃든 거야. 조부 서판곤이 자신에게 물려준 그 무서운 피 말이야. 광기가 세대와 사람을 골라

격세유전된 건지 모르지. 아무튼, 성의를 몰라주고 배신한 남진희를 죽여서 유산이나 차지하자, 그런 생각이 일었을 수도 있어. 별장도 성심성의껏 지어 준 걸 보면 처음부터 그런 생각을 가졌던 건 아닐 거야. 그러다 그 사건이 유산 쪽으로 마음을 돌려 버리는 계기가 되지 않았나 싶어. 물론 이것도 상상에 불과하지만."

"형님은 참 상상을 그럴듯하게 말하는 재주가 있으세요. 요즘 남성룡 교수의 이론에 심취해 있으시다더니. 서두리가 바로 광인 서판곤의 재림이다? 무슨 오컬트 같기도 하고……."

이유현은 고개를 흔들다가 생각난 듯이 말했다.

"그럼 박은순 사건은요? 서두리가 미쳐서 친어머니까지 죽였단 건가요?"

"그 점은 아직 미스터리야. 동기가 외부에서는 보이지 않아. 어떤 계기로 범죄자의 광기가 발현됐다면 친어머니라고 예외는 아니었겠지. 일단은 그 정도로만 생각하고 있어. 어쨌든 그 사건에서도 서두리 알리바이는 홍보팀장이라는 여자의 진술밖에 없어. 불분명해."

이런저런 대화 끝에 어느새 차가 우면동 언덕 아래에 도착했다. 적당한 곳에 주차한 후 약속된 커피숍에 들어가자 먼저 와 있던 서두리가 두 사람을 보고 일어섰다. 밤 시간에 어울리지 않게 캐주얼 정장을 입고 있는 걸로 보아 꽤 무거운 마음으로 나온 듯했다. 낯빛도 어딘가 결의에 차 있었다.

"거짓말을 하셨더군요."

이유현이 자리에 앉자마자 기세등등하게 칼을 뽑았다.

"거짓말이라뇨?"

서두리는 떨리는 목소리로 되물었다. 거짓말이 탄로 난 것을 알고 있는 모양이다. 이종규가 경찰에게 불었다고 미리 그에게 연락을 해 주었으리라.

"남진희 씨가 죽기 전날 밤 일에 대해서 말입니다."

"……."

서두리는 말이 없었다. 무언가 그럴듯한 변명을 생각해 내기 전에 다그쳐서 쐐기를 박아야 한다. 이유현은 몰아붙였다.

"왜 거짓말을 했습니까?"

서두리는 이유현의 추궁에 어떤 태도를 취할지 마음을 굳힌 모양이었다. 어느새 평정을 되찾고 차분하게 대답했다.

"미안합니다. 사생활이 좀 있어서요."

그러고는 이유현이 뭐라 말을 꺼내기 전에 재빨리 부연 설명을 했다.

"어차피 진희의 사고와는 아무런 관련이 없는 일이라서요. 괜히 시끄럽게 되는 것도 피하고 싶고요."

"사고와 관련이 있는지 아닌지는 경찰이 판단할 문제입니다. 어디 갔었습니까? 부산에 갔죠?"

서두리는 입술을 깨물고 고개를 저었다.

"제가 용의자인 겁니까? 군대 후배한테 그깟 거짓말 좀 시켰다고?"

"그럼 재미로 거짓말했습니까? 경찰 상대로."

"아뇨……."

서두리는 고개를 숙이고 한참을 망설였다. 다음에 나올 변명에 타당성을 부여하기 위한 연기처럼 보이기도 했다.

"사실은…… 여자를 만났습니다."

"여자요?"

고진과 이유현은 일제히 목청을 높였다.

"그렇습니다. 요즘 경찰에서는 비밀로 해주신다고 들었습니다만, 좀 그게 그래서요. 김청희 씨라고."

이유현은 서두리를 가만히 쏘아보았지만 고진은 금세 알아듣지 못하고 되뇌었다.

"김청희가 누구더라……?"

"형님도 다 됐군요. 거 왜 서두리 씨 예전 직장 상사 있잖아요. 홍보팀장."

이유현이 보다 못해 대신 대답했다.

"아, 그랬지. 박은순 씨 사건이 있던 날 서두리 씨를 기사 삼아 데리고 다녔다는 여자."

"네, 그 여자요."

고진이 서두리에게 물었다.

"그분은 가정이 있는 걸로 아는데 밤 9시에 갑자기 연락해서 만났다는 겁니까?"

"네. 적절치 못한 건 알고 있어요. 그래서 속인 겁니다. 어차피 사생활이고, 진희 사건하고는 관계없는 거 아닙니까?"

서두리의 열띤 변명을 앞에 두고 고진은 빙그레 웃으며 말했다.

"자신 있습니까? 지금 김청희 씨한테 확인해 봐도."

"그건 좀……."

서두리는 난감해했다.

"왜 망설이실까요?"

"갑자기 경찰에서 전화하면 상황을 모르니까 놀랄 겁니다. 제가
미리 얘기해 놓을 테니까 내일 확인하십시오."

"그건 안 됩니다."

옆에 있던 이유현이 단호하게 잘라 말했다. 제아무리 서두리가 강
한 성격이라 해도 경찰에 거짓말한 것이 탄로 나 궁지에 몰린 판국
에 별 도리가 없었던 모양이다. 주섬주섬 휴대전화를 뒤지더니 번호
를 알려 주었다.

이유현은 면전에서 곧장 꾹꾹 휴대전화 버튼을 눌렀다. 갑작스런
경찰의 전화를 받은 김청희가 당황하고 놀라워하는 반응이 수화기
건너편에서 여실히 느껴졌다.

이유현이 짧은 통화를 끝내고는 씩 웃으며 서두리를 보고 말했다.

"아니라는군요. 서두리 씨."

하지만 서두리는 굴하지 않았다.

"갑자기 불륜 사실을 추궁하면 인정할 사람이 어디 있겠습니까."

이유현과 고진은 서로 눈짓을 교환했다. 더 이상 대화가 진전이
안 되니 이쯤에서 끝내자는 뜻이었다. 자리를 뜨려던 고진이 갑자기
생각이 난 듯 등을 빙글 돌려 서두리를 불러 세웠다. 서두리는 얼굴
이 벌게진 채 긴장된 눈으로 고진을 바라봤다.

"해운대 별장 열쇠 좀 빌릴 수 있을까요?"

기가 죽은 서두리는 고개를 끄덕였다.

다음 날 저녁 무렵, 남진희가 인생의 마지막 시간을 보냈던 부산 해운대 별장 안을 유령처럼 어슬렁거리는 그림자가 있었다. 키 크고 깡마른 체격의 두 발 달린 그 유령은 고진이었다. 그는 전날 서두리에게서 건네받은 별장 열쇠로 현관을 열고 들어가 마치 제집처럼 유유히 거닐고 있었다. 사건이 있은 지 시일이 지나 별장에 둘러져 있던 노란 폴리스라인도 이젠 제거되어 있었고, 경찰의 허락을 얻자마자 가족이 내려와 소파, TV, 식탁, 침대 등 일체의 가구를 처분해 버려 별장은 텅 비어 있었다.

저녁나절의 어둠이 절반쯤 스며든 별장은 음산했다. 고진은 별장 이곳저곳을 들여다보다가, 침실에 이르러서는 바닥을 유심히 들여다보기도 했다. 그가 특히 주의를 기울여 보고 있는 것은 생나무 자재로 된 바닥에 나 있는 몇 군데의 미세한 홈집이었다. 짧은 별장 탐험을 끝낸 그의 얼굴에 만족스러운 미소가 떠올랐다. 비뚤어진 입술 때문에 웃음조차 시니컬하게 보였다.

그의 만족감은 마침 전화를 걸어온 이유현의 풀죽은 목소리에 깨졌다.

"어디예요?"

"해운대 별장이야."

"기어이 내려가셨군요. 거긴 왜 또 가셨어요? 사람이 죽은 별장에서 부자 기분 내보고 싶었던 건 아닐 테고."

"후후, 뭐 좀 찾으러 왔지."

"기분이 좋아 보이네요."

"내가 예전에도 말했지? 범행은 선 하나만 그으면 가능하다고."

"그런가요. 그래, 선은 찾으셨어요?"

고진의 밝은 목소리는 이유현의 심드렁한 반응에 식어 버리고 말았다.

"왜 이리 목소리가 힘이 없어? 자네답지 않게."

"김청희가 불었어요."

"그럼, 서두리 부탁으로 거짓 진술했다고 불었다는 건가?"

높아진 고진의 목소리에 기대감이 묻어 나왔다.

"아뇨. 불륜 사실을 인정했어요."

"불륜? 그럼 월요일 밤에 서두리를 만난 게 맞단 말이야?"

"네. 김청희는 남편하고 따로 살고 있대요. 부부 사이가 벌어진 건 아니고 남편이 사업차 중국에 가 있답니다. 목동 아파트에 혼자 사는데 저녁에 서두리가 술이 얼큰하게 들어가니까 갑자기 생각이 나서 김청희한테 전화해 만났답니다. 그 길로 모텔에서 새벽 5시 넘어서까지 같이 있었대요. 그 뒤에 서두리가 우면동 집으로 돌아간 거예요."

"이런……."

낙담한 고진은 잠시 할 말을 잊었다. 퍼뜩 생각난 듯 물었다.

"그럼 박은순 사건 때는 어땠는데?"

"그것도 마찬가지랍니다. 서두리하고 있던 게 맞대요. 근데 회사 일을 본 건 아니고, 그날도 아침부터 서두리하고 같이 회사를 빠져나와 모텔에서 시간을 보내고 오후에 회사로 들어온 거랍니다."

귀에 휴대전화를 대고 있던 고진의 얼굴빛이 어두워졌다.

"으음, 확실해?"

"원래 박은순 사건 때도 김청희의 진술이 다른 팀원들하고는 달랐고 내용도 바뀌었잖아요. 이번에도 서두리가 또다시 김청희하고 있었다고 하고. 그래서 오늘 소환해서 집중적으로 조사에 들어갔어요. 신문 잘하는 노련한 강력팀 형사 한 명이 결국 밝혀냈죠. 박은순 사건이 있던 날, 김청희하고 서두리하고는 모텔에 있었어요. 증거도 있고. 형사가 들이대니까 결국 자백했어요.

둘은 직장 상사와 부하 직원에서 불륜 관계로까지 발전했던 모양입니다. 서두리 엄마가 살해당하고 경찰한테도 불려가고 하면서 자연스럽게 관계가 멀어졌나 봐요. 그러다가 서두리가 퇴사하면서 일단은 끝이 났고요. 그런데 지난봄에 우리가 서두리한테 찾아가서 박은순 사건 때 알리바이를 꼬치꼬치 캐물었잖아요? 우리가 가고 난 뒤에 서두리가 급히 이메일로 김청희한테 연락했나 봐요. 홍보팀 몇 명이 자기를 설계팀에 가 있은 거 아니냐, 못 보았다고 그러고 있으니 혹시 경찰이 김청희한테 다시 물으면 자기를 데리고 나간 것으로 진술해 달라고요. 그래서 김청희가 진술을 또 그렇게 바꿨던 거래요. 김청희가 가정이 있으니깐 들키지 않으려고 원래부터 둘이 휴대폰으로는 거의 연락 안 했나 봐요. 회사에서 서로 신호해서 따로 만나거나, 아니면 이메일로 연락하고 그랬대요. 그래서 그때 통화 내역 추적에도 안 나왔던 겁니다. 어쨌든 김청희는 서두리와 같이 있었던 건 맞으니까 부탁대로 진술해 준 거래요. 자기도 모텔 갔다는 것보단 그게 당연히 나을 거고요.

그걸 밝혀내니까 이번 사건에서도 진술이 술술 나오더군요. 남진희가 죽기 전날 밤부터 다음 날 새벽까지 서두리하고 같이 있었다고 분명하게 진술을 했습니다. 김청희는 남편과 아이들이 있는 여자예요. 물론 우리가 비밀로는 해준다 했지만 자기 가정이 파탄날 일을 서두리를 위해서 거짓말하지는 않겠죠."

"젠장……."

고진은 입술을 실룩거렸다.

"참, 별장에서는 뭐 성과가 있으셨어요?"

"소용없게 됐어. 적어도 당분간은……."

알리바이를 조사해서 아니라면 아닌 거겠지만, 아쉬운 결과였다. 서두리는 범행 동기가 가장 근사치에 있었고, 알리바이도 불안정했다. 그런데 깨지기 쉬워 보이던 유리 같은 알리바이가 의외로 단단했다. 남진희가 죽은 화요일도, 전날인 월요일도 모두 철벽의 현장부재증명 성립. 맥이 풀렸다. 숨이 턱에 차도록 달려 결승점을 앞두었던 레이스가 무효 선언되고 또다시 출발선으로 돌아가 버렸다.

이유현의 전화는 별장에서의 성과를 덮는 것이었던 듯 그날 고진의 얼굴에 다시는 만족스러운 미소가 떠오르지 않았다.

지평선 아래로 가라앉은 석양과 교대하며 어둠이 서서히 덮쳐 왔다. 고진과 이유현은 서초동 예술의 전당 맞은편 건물 8층에 있는 작은 바 테이블에 마주 앉아 있었다.

서형일을 기다리는 중이었다. 강력한 용의자였던 서두리의 알리바이가 확실해진 이상 다른 서씨 가족을 대상으로 넓혀 조사를 진행할 수밖에 없었다. 고진은 서두리 다음으로 서형일을 지목했고, 개별적으로 만나 보자고 제안했다. 정식 참고인으로 소환하기보다는 사석에서 편하게 만나는 쪽이 낫다는 그의 의견을 이유현이 받아들였다.

약속 장소는 서형일이 정했다. 몸에 맞지 않는 옷을 입은 듯, 두 사람은 20대 취향인 바의 분위기에 어색해했다. 그나마 재즈로 편곡된 비틀즈 곡이 흘러나와 고진은 심취해 있을 수 있었지만, 음악에도 큰 관심이 없는 이유현 쪽의 괴리감은 심해 보였다. 그래도 장소가 멋지다고는 느낀 모양이다. 이유현은 불빛이 번져 오는 창밖으로 시선을 던지며 말했다.

"전망 괜찮네요. 데이트는 이런 데서들 하는 모양이죠?"

고진은 거의 반쯤 옆으로 쓰러진 자세로 푹신한 의자에 몸을 파묻은 채 말을 받았다.

"이렇게 유행에 뒤처져서야. 요즘은 이런 라운지 바 스타일이 인기라고. 자네 여자친구도 누가 될지 모르지만 참 안됐네."

이유현은 고진을 보며 대꾸했다.

"누구일지 모르지만 형님 여자친구한테는 비밀로 해드리죠."

"뭘."

"형님이 아는 가장 최근의 걸그룹이 국보자매란 걸요. 아, 펄시스터즈인가요."

고진은 이유현을 물끄러미 쳐다보다가 혀를 끌끌 차며 허리를 세웠다.

"그동안 나머지 가족들 알리바이 조사한 거 있으면 꺼내 봐."

"월요일 것 말이죠? 야아, 참. 정말 집요하시네요."

"난 화요일 아침이 아니라 월요일 밤에 범행이 이루어졌다고 생각해. 가족들의 유산상속이 날아간 판국에 범행 동기란 걸 도저히 알 수 없으니깐 그쪽은 포기하고, 알리바이부터 다시 시작해서 좁혀 보자고."

"그러죠, 뭐."

이유현은 잠시 귀찮다는 표정을 지었지만 이내 자세하게 설명하기 시작했다.

"서두리, 남성룡, 남광자는 지난번에 같이 확인했죠? 다시 정리하면 그렇습니다. 서두리는 저녁에 군대 후임 이종규를 만났다가 밤에는 김청희를 만나 새벽까지 있었죠. 남성룡 교수는 학회 회원들끼리 저녁 늦게까지 식사했고, 남광자는 친목 계모임에 참석했어요.

서태황은 저녁 7시쯤 외출했습니다. 군 후배들과 저녁 식사 약속이 있었대요. 이건 그날 모임에서 만난 사람들한테 다 확인한 사항입니다. 그러고는 밤 11시에 귀가했어요. 서형일은 구로동 회사에 출근했다가 오후 5시 전에 외근 나가서는 곧장 퇴근했어요. 영업직이라 출퇴근이 비교적 자유로운 모양이에요. 퇴근 후에 뭐했는지는 오늘 만나서 물어보면 답이 나오겠죠.

서태황이 그날 밤 11시에 귀가했을 때는 서형일을 보지 못했는데, 새벽 4시쯤 잠이 깨어 일어나 화장실 갔다 오다 서형일이 들어왔나하고 방을 들여다보니 자고 있더랍니다. 그때 서형일도 문 여는 소리에 깨어 두 사람은 서로 얼굴을 보았다 하더군요. 가족끼리의 증언이긴 하지만 어쨌든 그럭저럭 새벽 시간의 알리바이는 확인이 된셈이죠. 뭐 설마 둘이 공범이겠어요? 대충 그 정도입니다."

"서해리가 빠졌네."

"아, 맞네요. 참 한심한 여자예요. 남자친구하고 같이 오후 늦게까지 집에 있다가 저녁에 같이 외출했답니다. 사건이 있을 때마다 늘 똑같아요."

이유현은 맥주로 목을 축이고서 다시 말했다.

"……굳이 형님 말대로 월요일의 알리바이를 갖고 얘기하자면 서두리 알리바이가 분명한 것만은 아니라고 생각해요."

"흠, 역시 그렇겠지?"

고진은 조그만 눈을 빛냈다.

"김청희가 서두리의 알리바이를 증언한 건 동시에 자신의 불륜을 고백하는 셈이 되니 신빙성이 있다고 볼 수 있어요. 하지만, 그건 일반적인 경우의 이야기일 뿐입니다. 애당초 박은순 사건 때 김청희가 알리바이를 증언했던 것부터가 자신의 이익을 위해서라기보다 서두리가 무서워서였을 수도 있어요. 부탁을 안 들어줬다간 가족들한테 다 말해 버릴지 모른다고 겁먹었을 수도 있지요. 서두리 성격이 어디 보통 저돌적이라야 말이죠. 이번에도 마찬가지로 서두리가 무서워 경찰에 거짓으로 말했을 가능성을 배제 못 해요. 서두리가 자기 가족들한테 불륜 사실을 알리게 하느니 차라리 그가 요구하는 대로 경찰한테 거짓 진술을 해주는 쪽을 택했을 가능성이 있습니다."

"내 생각도 마찬가지야. 그래서 지난번에 그 집에 차가 몇 대 있냐고 물어봤지. 서형일의 차를 가족들이 공용으로 사용하고 있었어. 차 키는 거실에 늘 걸려 있었고. 요는, 서두리는 월요일 밤에, 그러니까 군대 후임 이종규하고 8시 반에 헤어진 뒤에 그 차를 이용해서 부산으로 날랐다 올 수도 있었다는 거지. 새벽 6시에 귀가했다고 하

171

니까 시간은 얼추 가능해. 그동안의 빈 시간은 김청희를 어르고 달래서 같이 있었다고 진술을 시키고 말이야."

"하지만 그건 어디까지나 한계가 있는 얘기예요. 월요일 밤에 범행이 가능했다는 형님의 가설에 서서 논하는 알리바이일 뿐이죠. 사건이 있었던 화요일 아침 10시에 서두리는 자기 방에서 곯아떨어져 있었어요. 그건 분명합니다."

고진은 양미간을 찌푸린 채 말이 없었다. 이유현이 말했다.

"이쯤에서 말해 보시죠."

"뭘."

"대체 사고 전날에 무슨 범행이 어떻게 있었다는 겁니까."

"하나의 가능성이야. 남진희가 죽던 날 아침에 가족들이 모두 알리바이가 있잖아. 그래서 다른 범행 방법을 가정해 본 것뿐이야……."

말을 흐리는 고진을 보며 이유현이 불만스러운 듯 말했다.

"좀 더 사건을 있는 그대로 봐야 하지 않을까요? 사망 추정 시각이 엄연히 있는데, 왜 자꾸 다른 시간대를 팝니까? 혹시 남진희에 대한 연심 때문에 총기가 흐려지신 거 아닌가요? 원래 주식도 욕심 때문에 망하고, 바둑이나 장기도 옆에서 훈수 뜨는 사람이 더 잘 보잖아요. 형님은 개인적으로 얽혀 버린 거예요, 이 집안 사건에, 남진희에. 그래서 객관적인 시각을 못 가지는 겁니다. 아닙니까?"

"연심 때문에 총기가 흐려졌다?"

고진은 킥킥 하며 웃었다. 어딘지 쓸쓸해 보였다.

"역시 나한테 한 방 먹일 수 있는 건 자네뿐이야. 하지만 남진희가 단순히 사고를 당한 게 아니라면 어떻게 범행을 했는지 정도는 알 것 같아."

"그래요? 역시 아직 형님이 죽지 않은 모양이군요. 뭡니까?"

이유현은 별 기대감이 없는 억양으로 물었다.

"아직은 가설일 뿐이야, 해결되지 않은 게 너무 많아서…… 말하기에 민망한 수준이야."

"그래도 들어나 보죠. 말해 보세요."

고진은 이유현을 멀뚱히 바라보다가 몸을 앞으로 숙였다.

"그럴까, 실은 말이야……."

이때 서형일이 나타나는 바람에 대화가 끊겼다. 큰 덩치에 어울리는 말쑥한 감색 정장, 갈색 넥타이 차림이었고, 여전히 사람 좋은 얼굴이었지만 남진희 죽음의 여파 탓인지 웃음기는 없었다. 이유현은 고진과 마주 보고 앉아 있다가 고진 옆으로 자리를 옮겼다. 서형일은 마주 보는 의자에 조심스럽게 앉았다.

고진이 가볍게 위로의 말을 전한 후 질문을 시작했다.

"남진희 씨가 사고를 당한 전날, 그러니까 10월 4일에는 새벽에 들어오셨더군요."

"그렇습니다."

"그때까지 뭐하셨습니까?"

"……."

서형일은 주저하다가 되물었다.

"저기…… 사고 전날에 뭐했는지는 왜 물으시는 겁니까?"

"그저 정황을 파악하기 위한 겁니다. 괜찮습니다. 어떤 말씀이라도. 비밀은 절대 보장됩니다."

"그날은 한 시간 정도 일찍 퇴근했어요. 한 5시쯤이었나요. 이것 저것 회사 밖에서 일이 좀 있었어요. 일 끝내고는 사무실에 들르지 않고 곧장 집으로 퇴근한 거죠."

"집으로 가셨다고요? 죄송합니다만, 부친인 서태황 씨는 그날 밤 11시에 귀가하셨는데 서형일 씨를 보지 못했다고 하시던데요? 집에 안 계시고 어디 있었습니까?"

이유현도 고개를 들어 고진과 함께 서형일을 쳐다보았다. 서형일 은 잠시 머뭇거리다가 답했다.

"일단 집에 들어왔다가 밤늦게 다시 외출했습니다."

"밤늦게요? 그 시간에 약속이 있으셨나요. 어디로 외출하신 거죠?"

"제가 좀 이것저것 걱정이 많습니다. 남들은 오지랖이 너무 넓다 고 웃는데. 밖에 나가 사는 동생 해리가 걱정이 돼서 잠깐 가봤습니 다. 아버지가 엄해 보이셔도 해리를 많이 걱정하세요. 저한테 늘 해 리가 어찌 지내는지 좀 살펴주라고 하시거든요."

"서해리 씨 집에 갔다는 건가요?"

"그건 해리의 개인적인 문제라 제가 직접 말씀드리는 건 곤란합 니다."

"말씀해주셔야 합니다. 이건 경찰의 공식적인 질문이니까요."

이유현이 정색을 하며 다그쳤다. 서형일은 찔끔하는 기색이었다.

"자꾸 물으시니까 일단 제가 갔던 곳을 말씀드리는 걸로 대신할 수밖엔 없네요. 청담동에 있는 '레인보우'라는 술집입니다. 그날 밤 에 거기 잠깐 가 보았습니다."

"서해리 씨가 일하는 곳입니까?"

"네……."

"몇 시에 거기서 나왔습니까?"

"거의 밤 11시 반에 들어가서 잠깐 있다 나온 게 아마 밤 12시 조금 넘어서일 겁니다. 술은 그다지 많이 마시지 않았어요. 그러고는 곧장 집으로 가서 잤죠."

서형일은 왠지 곤란해하는 눈치가 역력했다. 고진은 그 모습을 보며 의문을 숨기고 다른 질문을 했다.

"남진희 씨의 부산 생활은 어땠나요?"

"나쁘지 않았을 겁니다. 진희는 혼자서 시간을 잘 보냈어요. 외로움을 그다지 타지 않았죠. 파도 소리가 참 좋다고, 바다가 꼭 눈앞에 보이는 것 같다고 좋아했습니다. 저도 주말이면 가끔 내려가서 돌봐주었죠."

생전의 남진희 생각을 하는 것만으로도 아련한 추억에 젖는 서형일이었다.

"아무리 그래도 본인은 내심 많이 힘들지 않았을까요? 어떻습니까?"

"내색은 안 했지만 당연히 그랬을 겁니다. 매일 밤마다 수면제를 먹고 잔 걸 보면 알 수 있어요. 되게 독한 약이라더군요. 그거 먹고 나면 잠은 겨우 들 수 있는데 일어나면 어질어질하대요."

"밤에는 이것저것 괴로운 생각이 많았나 보군요."

"네, 그래서 제가 차라리 일찍 자라고 시켰어요. 밤 10시 넘으면 무작정 자리에 눕는 버릇을 들이라고."

고진은 남진희가 겪었을 끝없는 불면의 밤을 상상했다. 밤이나 낮이나 똑같은 어둠이었을 것이다. 그래서 잠도 의미가 없었던 건 아닐까.

"남진희 씨는 서형일 씨를 많이 따랐다고 하던데요. 동생한테 잘해 주셨던 모양입니다."

"아뇨, 맘만 앞섰지, 능력도 별로 없어서. 지금은 그마저도 할 수 없게 돼 버렸죠……."

"서두리 씨가 그런 점을 질투하지는 않았을까요?"

"질투요?"

서형일은 그런 말은 처음 들어 본다는 듯 눈썹을 쳐들었다.

"그렇습니다. 오빠로서."

"……잘 모르겠습니다. 진희는 누구한테나 좋은 마음을 가지고 대하는 착한 아이였어요. 그런 걸 질투하는 놈이 있다면 정신이 이상한 거죠."

서형일의 이마가 꿈틀했다. 가상의 적이라도 떠올린 모양이다.

"그렇군요. 감사합니다. 가족을 잃고 힘드실 텐데 여기까지 나와 주셔서 감사합니다."

서형일이 돌아간 뒤 고진과 이유현은 동시에 얼굴을 마주 보았다. 서로 뭐 건진 것 없나, 할 때 늘 짓는 표정이었다. 이유현이 먼저 말을 꺼냈다.

"서해리는 술집에 다니고 있었던 모양인데요. 서형일은 서태황의 당부도 있고 해서 신경을 쓰고 있었던 것 같고요. 어쩐지 서해리가 늘 오후 늦게까지 잠만 자더라니."

"남자친구 김병윤은 백수야. 서해리 혼자 벌어서 생활이 되는 걸 보면 역시 술집 정도겠지. 룸살롱이 아닐까."

고진과 이유현은 또다시 멀뚱멀뚱 얼굴을 마주 보았다. 결국 이유현이 참지 못하고 다시 입을 열었다.

"청담동 '레인보우'에 가야 된다고 말하시려는 거죠? 서해리의 일터이자 서형일이 그날 밤 있었다고 하는 곳."

"당연하지 않겠어?"

"뭐, 좋습니다. 시작한 바에야 끝까지 파헤쳐야죠."

이유현은 고개를 끄덕였다.

"조금 기다렸다가 한 밤 10시 넘어서 출동해 볼까?"

고진은 이어 말했다.

"참, 그리고 당장 부산 해운대서의 이동배 형사한테 전화해 봐."

"왜요?"

"사고 직후 출동했을 때 수면제를 발견했는지 말이야."

이유현은 즉석에서 휴대전화를 걸었다. 이동배는 퇴근 시간 이후 뜬금없는 전화를 받아 다소 당황한 듯했지만 그날 상황만은 그 와중에도 즉답할 수 있을 만큼 똑똑히 기억하고 있었다.

"네, 있었습니다. 침대 옆 나이트테이블에 수면제 약병이 있었어요. 물 잔도요."

얘기를 전해들은 고진의 표정이 어두워졌다. 그를 위로라도 하듯 이유현이 진중한 말투로 말했다.

"그 젊은 나이에 눈이 멀었으니 맘이 오죽 괴로웠겠어요. 잠이 잘 오는 게 이상하겠죠."

"다음 날 어지러울 정도였다면 꽤 독한 수면제였던 모양인데."

"그랬겠죠. 그건 그렇고 어쩌면 우리가 지금까지 해온 게 다 헛수고 아닐까요?"

"왜?"

"남진희는 단순히 실족사한 걸 수도 있습니다."

"왜 또 그래? 잊을 만하면 실족사 설을 꺼내서 사람을 긴장시키는군."

"형님은 자꾸만 예전 살인사건하고 상속 문제를 이번 사건에 연결시키려 하니까 의혹이 생기는 거죠. 선입견을 버리고 이번 사건만 떼어놓고 보면 사실 사고사일 가능성이 훨씬 커요."

"또다시 같은 논쟁의 반복인가? 근거를 대 봐. 나도 사고사라고 설득당했으면 차라리 좋겠어."

"별장 현장 보셨잖아요. 단순 그 자체입니다. 전 사건 자체도 단순하게 봐야 된다고 생각해요. 알리바이란 게 뭡니까? 범행 시각에 그곳에 있을 수 있었냐, 이거 아닙니까? 아시다시피 남진희가 죽던 날 남성룡, 남광자의 알리바이는 확실하고, 서태황, 서형일, 서두리도 삼자가 꼬리를 물며 알리바이가 성립하고, 서해리는 여자니까 박은순을 죽인 범인일 수 없다는 점에서 혐의 대상에서 일단 제외돼요. 그렇다면 여기서는 처음의 출발선을 의심해 볼 수밖에 없지 않을까요. 남진희의 죽음이 타살이라는 전제 말입니다.

남진희는 눈이 먼 지 얼마 되지 않았어요. 겨우 몇 개월이죠. 시력은 인간이 얻는 정보의 90퍼센트를 담당합니다. 그것을 잃었는데 겨우 몇 개월로 익숙해질 수는 없는 일이겠죠. 더구나 그 별장은 남진희가 입주한 지 겨우 한 달밖에 안 되었어요. 지내는 데 서투르고 실수가 많았을 것은 당연합니다. 실족사는 충분히 있을 수 있어요. 게다가 독한 수면제를 상용해서 아침에는 어지러웠다잖아요. 전혀 이상하지 않습니다."

고진은 묵묵히 맥주잔을 들이켜기만 할 뿐 표정이 영 신통치 않다. 이유현은 그가 여전히 자신의 견해에 동의하지 않는다는 걸 알았다. 그는 또 다른 가능성을 내놓았다.

"뭐, 다른 가능성도 있긴 있어요. 남진희를 죽이기로 마음먹은 누군가가 자칫하면 맹인이 실족하기 딱 좋은 구조로 별장을 만들어 놓은 겁니다."

"그건 재밌는 생각이군."

고진은 그제야 빙긋이 웃었다.

"사실 그 별장의 침실 구조가 얼마나 황당합니까? 채광이나 환기는 좋아요. 원래 베란다로 설계된 곳이니까요. 그런데 여기에다 침실을 만들어 놓은 게 문제였어요. 외벽 쪽 방문을 열면 바로 가파른 철계단이 나오고 거긴 절벽이나 마찬가지입니다. 눈이 안 보이는 사람이 떨어지면 천운이 없는 한 살아남기 힘들어요. 그 별장의 그런 구조 자체가 함정이었던 건 아닐까요? 야생 토끼를 잡으려고 함정을 파놓고 기다리는 사냥꾼처럼, 위험한 건축물을 만들어 놓고는 남진희가 언제 떨어져 죽나, 하고 기다렸을 수도 있다는 거죠.

물론 사고가 생길지, 아니면 생기더라도 언제 생길지 그건 전혀 알 수가 없는 거니깐 확실한 살인을 하기엔 많이 부족한 방법이에요. 하지만 그게 오히려 이 방법의 제일 큰 장점이 될 수 있어요. 만약 남진희가 의도한 대로 실족해서 죽는다고 해도 절대로 살인이란 걸 입증할 수가 없어요. 그냥 과실 실족사지. 죽기를 원해서 위험하게 만들어 놓았다고 본인이 설사 자백한다 해도 법정에서 처벌할 수 있을지가 의문이에요.

인과관계의 문제라든지 고의의 문제라든지 많은 법적인 장애가 있어요. 실족을 유도하기 위해 그런 별난 구조의 별장을 지었다고 해도, '그런 구조의 집에서는 통상 맹인들은 과연 떨어져 죽는 것인가'라는 상당인과관계의 문제라든가, '미필적 고의냐 아니면 인식 있는 과실이냐' 하는 법리적 문제 따위가 생길거고요. 이런 걸 문제 삼아 법정에서 다투기 시작하면 유죄를 입증하기란 하늘의 별 따기예요. 그건 형님이 더 잘 아시잖아요. 결론적으로 이 방법은 확실하진 않지만 얻어걸리면 대박인 거예요. 범인은 오랜 기간 인내할 각오를 하고서 그런 확률에 걸어 본 거죠."

"그 가설 하에선 범인이 극히 좁혀지겠군."

"제일 유력한 자는 역시 설계를 담당한 서두리예요. 베란다를 왜 위험하게 침실로 개조했냐고 물으니까 남진희가 원해서 그랬다고 했지만, 정말 그래서인지는 남진희가 죽은 지금으로선 알 수 없는 일이 됐잖아요. 서두리의 말뿐이니까요."

"서두리라……."

고진은 약간 망설이는 듯하다가 입을 열었다.

"솔직히 아까도 말했듯이 김청희의 알리바이 증언이 있다 해도 서두리는 여전히 후보 중 하나라고 생각해. 인정해. 근데 말이야."

고진은 비스듬한 자세를 곧추세우면서 말했다.

"이 사건의 범인이 서두르든 누구든, 그런 확실치 않은 방법을 사용해서 운에 맡길 리는 없다는 게 내 생각이야. 유산상속이 범죄 동기라면, 남성룡이 죽어서 유언의 효력이 발생하기 전에 1순위 남진희를 해치워야 해. 그런데 그렇게 마냥 기다리고 있었을 리가 없어."

"뭐, 이 얘기는 하나의 가능성으로만 생각해 본 거죠. 저도 그렇게 단정한 건 아닙니다."

이유현이 불만스럽게 말했다.

"살인인 것 같다가도 수사해 보면 자꾸 막히고, 그러다 보니 남진희는 눈이 먼 생활에 익숙하지 않아서 실족한 게 아닌가 하는 쪽으로 기울게 돼요. 물론 이것도 그냥 추측이지만."

고진은 맥주를 쭉 들이켜 잔을 비우고는 불쑥 말을 내뱉었다.

"문 잠금장치는?"

"네?"

"실족사라면, 생활 속 실수에 불과하다면 문 안쪽에 달린 잠금장치는 어떻게 설명할 거야? 그 문은 사용하지 않고 있었어. 그 방문을 열려면 잠금장치를 안에서 먼저 벗겨내야 해. 남진희가 아무리 맹인이지만 그것까지 실수로 벗겼을까. 성한 사람도 작은 손잡이를 힘들게 붙들고 꽤 용을 써야 할 만큼 작고 뻑뻑한 레버였는데."

"하긴……."

이유현은 잠시 눈을 굴리다가 뭔가 생각났다는 듯 몸을 테이블 앞으로 당기고 말했다.

"그럼 이건 어떨까요? 실족사라는 조금 전의 제 결론하곤 다른 겁니다만, 이런 방법이 갑자기 생각이 나네요."

"뭐?"

"잠금장치를 남진희가 스스로 벗기고 철계단 쪽 방문을 열고 뛰쳐나오도록 유도했다면? 그러다가 철계단에서 발을 헛디뎌 추락한 거라면요?"

"어떤 방법으로?"

"이를테면 밖에서 '불이야!' 하고 소리를 지를 수도 있겠죠. 놀란 남진희가 급하게 잠옷 차림으로 뛰쳐나오다 추락사할 수도 있고, 아니라면 철계단에서 기다리고 있다가 아까 얘기한 방법처럼 확 잡아채 떨어뜨릴 수도 있고. 해변 사람들한테 목격당할 위험이 있으니까 불완전합니다만 그래도 영 불가능하진 않아요."

"그렇다면야 가족이 아니라도 범행은 가능하겠지."

"그렇겠죠."

"하지만 그래도 이상한 점은 있어."

"뭡니까?"

"경찰이 출동했을 당시 현관뿐 아니라 침실과 큰방 문은 모조리 안에서 잠겨 있었다고 했지?"

"그랬죠."

"그렇다면 이상하지. 밖에서 '불이야!' 하고 소리를 질렀다고 해서 남진희가 다짜고짜 위험한 철계단 쪽 문을 열어젖힐까? 실제로 불이 난 건 아니잖아. 불길도, 연기도 느끼지 못한 상태야. 일단은 거실로 나가서 어떤 상태인지 알아보려고 하겠지. '불도, 연기도 없는데 무슨 일일까?' 하고 의아해하며 말이야. 그렇다면 사건 현장에선 거실로 이어진 반대쪽 방문이나 그다음 큰방의 문이 열려 있었어야 해.

그런데 모두 닫혀 있었거든. 불이든 산사태든 해일이든 거짓 비명으로 겁을 줘서 철계단으로 뛰쳐나오게 했다고는 상상하기 어려워."

"뭐, 것도 그렇네요."

"기본적으로, '불이야!'라고 외친다고 해서 남진희가 서두르다가 철계단에서 반드시 추락한다는 보장이 없어. 그런 건 길 가다 간판이 떨어져 죽기를 바라는 거나 마찬가지야. 철계단 밖에서 기다리고 있다가 떨어뜨린다는 방식도 문제가 있어. 남진희가 철계단 쪽 문을 열고 나오리라고 장담할 수 없는 판에, 계단에서 낚아챈다는 그런 범행은 애당초 미리 계획할 수가 없거든."

"역시…… 그 방법은 좀 무리겠죠?"

이유현이 힘없이 말꼬리를 내렸다.

이래저래 10시가 거의 되었다. 시계를 들여다본 이유현은 서해리를 만나러 갈 시간이 되었음을 깨달았다.

'레인보우'로 가는 길은 멀었다. 거리는 얼마 안 되었지만 밤늦은 시간에도 이어진 강남 특유의 정체 때문에 택시는 가다서다 거북이 운행을 반복했다. 가게를 찾기도 생각보다 쉽지 않았다. 대로변 뒷길 지하에 위치해 있었고, 업종 표시도 없는 간판이 덩그러니 달려 있을 뿐이었다. 단골 위주로 장사하는 모양이다.

계단을 내려가 대기하고 있던 종업원이 열어 주는 문을 열고 안으로 들어갔다. 소박한 외관에 대비되는 화려한 내부 인테리어에 두 사람은 눈이 휘둥그레졌다. 오크색 목재로 덮인 복도가 은은한 조명 아래 그들을 맞이했고, 양옆으로 육중한 도어를 단 방들이 줄지어 있었다. 화려하게 치장한 미녀들이 한구석에서 서성였고, 그들과 대화하는 젊은 남자들의 풍요로운 행색은 마치 은하계의 존재들 같았다. 닫힌 방 안으로는 어떤 주지육림이 펼쳐지고 있을지 상상조차 안 되었다.

두 사람은 자그마한 방으로 안내되었고, 웨이터가 음료수를 담은 쟁반을 어깨에 이고 들어와 주섬주섬 테이블에 올려놓았다. 이 정도 업소이리라곤 생각 못 했기에 슬그머니 술값 걱정이 일었다.

잠시 후 서른 초반 정도의 마르고 키가 큰 마담이 들어왔다. 다행히 요사스런 빛이나 손님을 재는 듯한 시선은 없다. 그녀는 대신 생긋 웃으며 메뉴판을 내놓았다. 이유현이 슬쩍 훑어보니 제일 싼 양주가 18만원부터 시작한다. 거기에 안주, 기타 비용까지 더하면…….

이유현이 솔직히 주머니 사정을 고백했다.

"우리 그냥 맥주만 마시고 가면 안 될까? 오늘은 지나가다 분위기만 보러 들어왔는데. 아가씨도 안 부를 거고."

아가씨를 꼭 부르지 않아도 마담이나 웨이터를 잘 구슬리면 서해리에 대해서 알아볼 수 있으리라. 마담은 의외로 시원하게 말했다.

"그러세요. 저희는 악을 쓰고 비싼 양주 팔겠다며 덤비는 곳이 아니랍니다. 젊은 분들이나 색다른 걸 원하는 분들을 위한 신개념 바라고나 할까요? 재밌게 쇼도 보시고, 주머니가 가벼우면 가벼운 대로 편하게 와서 즐기시고, 또 돈 생기면 비싼 양주도 좀 드시고 그러시면 돼요."

어찌 보면 한층 수완이 높은 마담이었다. 고진이 물었다.

"재밌는 쇼란 건 뭡니까?"

"어머, 그거 때문에 오신 거 아니셨어요? 저기 홀로 나가시면 무대가 있어요. 어떤 손님들은 룸에 안 들어오시고 무대 앞 바에 앉아 맥주만 몇 병 드시다 가기도 해요. 지금도 하고 있는데 한번 보세요. 신선하실 거예요."

신기한 것이라면 견디지 못하는 고진은 마담의 말이 끝나기 무섭게 일어섰다. 이유현도 따라 일어났다. 마담이 붙여 준 웨이터의 안내를 따라 요리조리 구부러진 복도를 짚어 나갔다. 다소 느린 템포의 댄스 음악이 서서히 울려왔다. 복도를 다 지나자 큰 홀이 나왔다. 한가운데에는 커다란 ㄷ자 모양의 무대가 높게 설치되어 있어 아래에서 위로 올려다보게끔 되어 있었다. 그 각도가 알코올에 젖은 남자들에게는 더 유혹적으로 보이는 이유가 있었다. 무대 위에서는 늘씬한 무희들이 반라의 몸을 음악에 맞춰 흔들고 있었던 것이다.

고진과 이유현은 무대 바로 앞쪽 바에 앉아 웨이터에게 맥주를 가져오게 했다. 쇼의 구성이 색달랐고, 무희들도 어딘지 독특해 보였다. 경극 배우처럼 화사하고 짙은 화장을 했다. 그들이 추는 춤은 색욕을 자극하기 위한 것이라기보다는 오직 보여 주기 위한 몸짓 혹은 다소 현실감이 결여된 연극 속의 춤사위 같기도 했다. 나이트클럽에서 흔히 보는 쇼나 춤과는 확실히 색다른 분위기가 흘렀다.

"와우, 이거 마음에 드는군."

고진이 만족한 미소를 지으며 맥주잔을 기울였다. 특이하고 희소성 있는 것에는 무조건 높은 점수를 주는 그였다. 그보다는 좀 더 현실적 안목이 있는 이유현이 고진에게 귓속말을 하듯이 속삭였다.

"형님, 이거 트랜스젠더 쇼입니다."

"엉, 그랬어?"

고진이 화들짝 놀랐다.

"어쩐지 분위기가 다르더라……. 그러고 보니 댄서들이 보통 여자들보다 키가 훨씬 큰 거 같네."

고진은 생전 처음 보는 쇼에 푹 빠져서는 이곳에 온 목적을 잊어버릴 만큼 넋을 잃어 갔다.

새우처럼 작은 그의 눈이 왕방울만 해진 것은 자리에 앉은 지 10여 분이 지나 한 팀이 물러나고 두 번째 팀이 등장한 때였다. 그 옆에 앉아 냉정한 눈길로 무대를 둘러보던 이유현은 그보다 더 놀라 머금고 있던 맥주를 흘려 버렸다.

"저거…… 서해리잖아요!"

"으음, 확실히 그렇네."

고진의 말은 짓눌려 숫제 신음처럼 들렸다. 서해리는 둘째 줄에 서 있었던 탓에 첫눈에는 알아보지 못했지만, 분명했다. 고진이 이유현의 옆구리를 쿡쿡 찔렀고, 두 사람은 마치 죄를 지은 사람처럼 일제히 고개를 푹 숙이고는 어지러운 복도를 돌아 황망히 자신들이 있던 방으로 돌아갔다.

"많은 것들이 설명되는군."

고진이 남은 맥주를 들이키며 말했다.

그들은 마담에게 서해리의 쇼가 끝나는 대로 잠깐 불러 주도록 부탁했다.

"어머, 해리하고 아시는 사이였군요. 잠깐 인사 올리도록 시킬게요."

"서해리는 몸매도 늘씬하고 외모가 제일 낫던데 왜 뒷줄에 세웠어요? 하마터면 못 알아볼 뻔했어."

고진이 지나가듯 물으니 마담이 호호호 웃었다.

"해리야 몸매는 알아주죠. 근데 걘 이상하게 무대 앞에 나서는 건 싫어해요. 자기가 싫다는데 어떡해요. 그래서 뒤로 돌렸어요."

"서해리는 매일 출연합니까? 쉬는 날 없이?"

"저 일도 힘듭니다. 토, 일에는 쉬어요."

"그럼 최근에 쉰 날은 없었어요?"

"해리는 개근상 줘야 해요. 그런 날은 없었어요. 원래 여기서 쉬는 사람은 없어요. 팀에서 한두 명 맘대로 쉬어 버리면 공연 못 하거든요."

마담은 싹싹하게 대답한 후 방을 나갔다. 잠시 후 서해리가 무대에서보다는 많은 옷을 걸치고 들어섰다. 짙은 화장은 그대로였다. 그녀는 엷은 웃음을 띠며 먼저 말했다.

"아까 무대 위에서 봤어요. 형사님들은 밤에도 일하시나요? 그것도 참 힘든 직업이네요. 남들 놀 때 파수꾼 노릇을 해야 하니."

고진은 서해리를 자기와 이유현의 가운데에 앉힌 다음 맥주를 가득 부어 주었다.

"서해리 씨야말로 힘드시겠군요. 밤늦게까지 일을 하시고. 저희는 오해했습니다. 늘 물어보면 오후까지 잠만 잤다고 해서서 참 팔자 좋다고만 생각했지요."

"뭐, 수면 시간이 좀 남들과 다르다는 것뿐이지, 괜찮아요. 오히려 옛날보다 마음은 편해요."

서해리는 담배 연기를 천장으로 시원하게 뿜어 보내면서 야릇한 미소를 지어 보였다. 그 옆얼굴을 지켜보던 고진이 물었다.

"부모님과의 갈등도 이런 문제 때문이었나요? 그러니까 성전환에 대한 반대라든가."

"뭐, 어쩔 수 없죠. 어느 부모님이 좋아하시겠어요. 특히 군인으로 살아온 아버지한텐 용납이 안 되는 일이었죠. 남자친구를 데리고 갔을 때가 절정이었어요. 볼 만했죠."

"언제 수술을 하신 건가요?"

"3년 가까이 됐어요. 이름도 서해명에서 서해리로 바꾸고 주민증 성별까지 여자로 완전히 바꿨죠. 그 과정에서 가족들하고 트러블도 심했고, 더 이상 그 집에 못 있겠데요. 나와 버렸죠. 그러고는 남자친구가 혼자 살던 지금 방으로 들어간 거예요. 그 뒤로 엄마까지 그런 일 당하고 보니 이제 그 집으로는 영 돌아가고 싶지가 않아졌어요."

"실례지만, 외모는 그렇다 쳐도 목소리마저 어찌 그렇게 완전히 여자 목소리입니까? 아, 표현이 좀 그랬나요. 죄송합니다. 처음부터 여성이었던 사람 같다는 겁니다."

"후훗, 목소리 성형이라고 있어요."

"목소리도 성형이 됩니까? 몰랐네요. 저도 목소리 참 맘에 안 드는데 생각해 봐야겠군요."

"아뇨, 일반적인 게 아니고 트랜스젠더 목소리 성형이란 게 있어요. 성대를 가늘고 짧게 만들어서 목소리 톤을 높이는 거예요. 저도 한 반년 전에야 했어요. 예전에 변호사님이 봄에 절 찾아왔을 때가 막 수술한 직후였죠."

"아, 그랬군요."

고진은 곧바로 서형일의 행적을 확인했다.

"혹시, 남진희 씨가 죽기 전날, 그러니까 10월 4일 월요일이에요. 그날 밤에 서형일 씨가 여기로 찾아온 적 있나요?"

"아뇨, 못 봤어요."

"서형일 씨는 그날 서해리 씨가 걱정돼서 여기로 왔다고 하던데."

서해리를 얼굴을 오만상 찌푸렸다.

"참, 그 오빠답네요. 사람은 착한데 센스도 없고, 짜증나요. 대체 뭐가 걱정된다고 와요? 아무리 그래도 오빠 앞에서 벗고 춤추면 얼마나 민망해요? 또 왔으면 아는 체라도 할 것이지. 뭐, 방에 들어가 있든지 어두운 구석에서 술만 홀짝거리다 간 모양이죠. 하여튼 전 보진 못했어요. 거의 계속 무대에만 있었거든요."

확실히 센스 없다 할 만했다. 그는 서해리가 예전 남자였을 때만을 생각하고 별생각 없이 밤에 일하는 동생이 걱정되어 와 보았으리라. 하지만 서해리는 이제 여자의 몸이다. 마음은 예전부터 여자였고. 그런 점에까지 섬세한 배려가 미치지 못하는 서형일에게 짜증이 날 법도 했다.

"그렇군요. 서형일 씨가 신경 써 주는 방식이 맘에 안 드시나 봐요?"

"별로. 신경 꺼줬으면 좋겠어요."

서해리는 더 얘기하고 싶지 않은 것 같았다.

이유현은 레인보우를 나와 차로 고진을 집으로 바래다주는 길에 혀를 끌끌 찼다.

"왜 그래?"

"서해리가 새로운 용의자로 떠올랐잖아요."

"흠. 그런가."

"박은순 사건에서요, 칼자국이 남자의 힘이라고 해서 여자인 서
해리를 제외해 놓았었죠. 근데 상황이 달라졌어요. 서해리는 성별은
바뀌었지만 남자였던 때의 힘을 완전히 잃진 않았을 테니까요."

고진은 별다른 반응이 없었다. 이유현이 계속 말했다.

"알리바이도 동거남의 증언 정도뿐이고. 박은순, 남진희 사건 둘
다 공교롭게도 사건이 아침에 일어났어요. 서해리의 퇴근 시간 이후
란 말이죠……. 이렇게 된 판에 당장 몇 가지 확인해 봐야 할 것 같
아요."

"무슨 확인?"

"과연 서해리한테 범행의 기회가 있었는지를 말이죠. 형님이 좀
뛰어 주세요."

"내가?"

"내일은 제가 다른 일로 바빠서요."

"그러지, 뭐. 안 그래도 사람들 한 번쯤 더 만나보려 했으니까."

고진은 고개를 끄덕였다.

다음 날 고진은 점심시간 북촌의 한식집에서 홀로 서태황을 만나
고 있었다. 서태황이 특히 좋아한다는 홍어찜으로 그곳까지 유인해
냈다. 그의 음식 취향은 남광자로부터 힌트를 얻었는데, 성공적이었

다. 서태황은 보쌈에 홍어를 싸서 연신 입에 집어넣으며 한껏 만족한 표정을 지었다. 음식을 먹는 도중에 종업원을 불러 막걸리를 주문하기도 했다. 몇 마디 가벼운 잡담을 주고받은 뒤 고진은 피할 수 없는 이야기를 끄집어냈다.

"서해리 씨가 원래는 서해명 씨였죠?"

서태황은 잠시 말이 없었으나 크게 동요하지는 않았다.

"……숨겨 봤자 경찰에서 모를 리는 없겠지. 맞소."

그는 이내 반발하듯 머리를 뻣뻣하게 세웠다.

"하지만 그건 사건과 아무런 관련이 없소. 그래서 굳이 말하지 않았지. 경찰에서 왜 그런 걸 파헤치는지 모르겠군."

"맞는 말씀입니다. 관련이 없죠. 그리고 전 경찰이 아닙니다. 변호사죠. 경찰과는 다른 관점에서 제 일을 하는 시민에 불과합니다. 지금 잠시 일이 겹치고 있긴 하지만요. 제가 무슨 말을 하건 걱정하실 일은 없습니다."

서태황은 묵묵히 막걸리 사발을 들이켰다.

"남진희 씨가 지내던 별장에 가 보신 적은 있으십니까?"

"아니요."

"큰아버지나 마찬가지신데 한 번도 안 가 보셨다고요?"

"내가 너무 무심했지. 곧 한번 내려가서 뭐 필요한 거라도 사 넣어 주려고 하고 있던 참에 애가 사고를 당해 버린 거요."

"마음이 아프시겠습니다. 남진희 씨는 매일 밤 수면제를 먹고서야 잠들 수 있었다고 그러던데요. 겉으로는 웃음을 지어도 맘이 괴로웠던 거죠."

고진이 말을 던진 후 기색을 살폈으나, 서태황은 무표정한 채 별다른 말이 없었다. 울적한 마음을 겉으로 드러내지 않기 위해 일부러 담담한 표정을 꾸며 내는 건지도 모를 일이었다.

"가 보려면 언제든지 훌쩍 가실 수 있었죠? 별장이 어디 있는지도 아실 테고."

"위치는 알고 있었소. 원래 성룡이가 별장 지으려고 해운대에 갖고 있던 땅이었고."

"별장 열쇠도 가족들이 갖고 있었죠?"

"그랬지요. 두리하고 형일이하고 진희 별장의 여벌 키를 받아 와서는 주로 관리했어요. 키는 거실 열쇠함에 걸어 놓았고."

"서해리 씨는 남진희 씨의 해운대 별장을 알고 있었을까요?"

"글쎄……. 해리는 해운대 별장이고 뭐고 몰랐을 거요. 자기 일만 해도 벅찬 애라서. 하긴 뭐 형일이나 두리한테 알려고 굳이 물었으면 알 수도 있었을 게요."

"서해리 씨가 최근 집에 들른 적이 있었습니까?"

"해리가 집에? 들르기는커녕 연락이라도 하고 살면 괜찮겠소만. 2년이 넘도록 집하곤 완전히 발길을 끊었소. 어디서 이상한 놈팡이하고 같이 사는가 본데 그놈이 대체 뭐가 좋다고. 그래도 아비 된 맘에 형일이한테 가끔 들러서 어떻게 사는지 신경 써주라고 시키고는 있지만…… 해리는 영 집에서 맘이 떠난 거 같아."

서해리의 얘기를 하면서 낯빛이 어두워졌다. 무쇠 같은 서태황을 무너뜨린 걸 보면 서해리의 일이 그의 마음속에 박아 넣은 가시가 얼마나 깊은지 알 수 있을 것 같았다.

"서해리 씨도 만나 보니 겉으로만 강한 체할 뿐 속은 여린 분이더군요. 외로움을 많이 타고."

"해리는 말투가 톡 쏘긴 해도 착하고 여린 아이였어. 그래서 여자로서의 인생이 어쩌면 그 아이한테 더 맞는 건지도 몰라……."

서태황은 자식의 가출에 백기를 들고, 마침내 마음으로 받아들일 준비를 하게 된 걸까. 고진은 왠지 측은한 생각이 들었다.

"남성룡 씨의 부인 김해련 씨가 12년 전 집을 나가신 것에 대해선데요……."

고진이 이야기를 꺼내자 서태황은 어이없다는 표정을 했다.

"대체 남의 집안일에 왜 그리 관심이 많으신 거요?"

"집안일에는 관심이 없습니다. 살인사건에 관심이 있을 뿐이죠."

"제수씨가 집 나간 일이 사건과 관련이 있다는 말이오?"

"전 장군님도 뭔가를 알고 계시리라 짐작하고 있을 뿐입니다만……."

"난 아무것도 아는 게 없소. 안다고 해도 집안일을 남한테 얘기할 생각은 없고."

그 말이 채 끝나기도 전에 고진이 불쑥 말했다.

"김해련 씨는 남진희 씨를 데리고 나가면서 그랬답니다. 아래층 서씨 집안하고는 상종하지 말라고."

"뭐?"

서태황은 깜짝 놀라더니 침울한 낯빛으로 서서히 시선을 아래로 떨어뜨렸다.

"지금 장군님께서 뭔가를 납득하신 것 같은데요. 이유가 짚이시는 것 아닙니까?"

"사람을 관찰하는 게 취미신가? 거 참, 홍어무침이 다 소화가 안 되는군. 아니요."

"김해련 씨는 장군님 부인, 그러니까 박은순 씨하고는 친했던 모양입니다만……."

"그랬지요. 두 사람은 잘 맞았지. 집 안에 나이 비슷한 여자가 그 둘이 있으니……."

여기서 서태황은 입을 다물었다. 남광자의 존재를 잊어버렸다는 생각이 떠올랐을 것이다. 고진이 그 틈을 파고 질문했다.

"남광자 씨도 나이가 비슷합니다만, 좀 따로 지냈던가 보죠?"

"사람마다 죽이 맞는 사람은 따로 있지 않겠소?"

"장군님은 뭔가를 숨기고 계신 듯합니다."

"숨기고 말고 할 것도 없소. 말하고 안 하고는 내가 결정하는 거요."

"지당한 말씀입니다, 제가 자꾸 돌아가신 사모님을 생각나게 해드린 것 같네요. 죄송합니다."

서태황의 안색을 살피던 고진은 가벼운 어조로 물었다.

"사모님이 돌아가셨을 때 많이 슬퍼하셨다고 들었습니다. 통곡을 할 정도로."

서태황은 그 얘기가 불편한지 표정이 뚱해졌다.

"두 분 금슬이 아주 좋으셨던가 봅니다."

"금슬이야 뭐. 그 사람이 늘 잘 따라 줬으니까. 그 무렵에 작은 의견 차이는 있었지만 별건 아니었고."

서태황의 입에서 처음으로 집안 사정이 흘러나왔다.

"작은 의견 차이라고요? 어떤 거였습니까?"

"정말 집요하시군. 부부간 문제요. 그만합시다."

서태황은 실언했다고 생각했는지 황급히 입을 다물어 버렸다. 더이상 어떤 대답을 이끌어내는 건 불가능했다.

서태황과 헤어진 후 고진은 서형일과 서두리에게 각각 전화를 걸어 보았다. 두 사람에게 서해리가 해운대 별장의 위치를 알고 있는지, 별장의 키를 가지고 있는지 물어보았으나 대답은 모두 '아니다'였다. 내친 김에 서해리와 남진희가 자주 만났는지를 물었으나 1년 전에 모두 다 같이 자리를 만들어 한 번 만난 적이 있을 뿐 그 외에는 없을 거라는 대답이었다.

"서해리 씨한테 별장 구조에 대해서 이야기해 준 적이 있습니까?"

"그런 이야기를 도대체 왜 할 이유가 있겠습니까? 별장이 어디 있는지조차 해리는 몰랐다니까요."

역시 두 사람 다 딱 잘라 부정했다.

통화를 마친 고진은 이유현에게 다시 전화를 걸어 저녁 약속을 잡았다. 교대역 뒷골목 소줏집이었다.

이유현은 여전히 야근이었고, 소줏집에서 저녁 식사도 같이 때우게 되는 셈이었다.

"좀 만나 봤습니까?"

"응. 서태황을 만났어."

"서형일하고 서두리는요?"

"전화 통화를 했지."

"겨우 전화 통화? 무성의한데요. 하여간 자기 맘이 안 내키면 정말 게으르시다니깐."

"그러지 마. 그 둘은 만나서 할 얘기가 그다지 없었어. 우리 서태황 장군님 만나는 것만으로도 기운이 다 빨렸어."

"서태황도 지금쯤 비슷하게 느끼고 있을걸요."

"내가 어때서?"

이유현은 더 이상 대꾸하지 않았다.

고진은 이유현에게 그동안의 성과를 알려 주었다. 성과라고 해 봐야 사소했고, 그나마 서해리 범인설에는 부정적인 단서들이었다. 서태황, 서형일, 서두리 모두 입을 모아 서해리는 별장의 위치도 몰랐고, 간 적도 없으며, 별장 열쇠를 갖고 있지 않았다고 증언한다는 것, 그들이 알기에는 서해리가 남진희와 만난 지 1년이 넘었을 만큼 데면데면했다는 것 등등.

고진의 말을 곰곰이 듣고 있던 이유현이 소주잔을 탁자 위에 거의 내려치면서 분한 듯 말했다.

"서해리가 범인일 수는 없겠네요."

"단정할 수 있을까? 알리바이는 동거남의 증언뿐이니까 믿을 게 못 되는데."

고진이 기색을 떠보듯 이유현의 얼굴을 들여다보며 말했다.

"박은순 사건에서는 용의자가 될 만해요. 서해리라면 남자가 칼로 찔렀다는 감식 결과를 통과할 수 있고, 알리바이도 동거남의 증언 말고는 변변찮으니까. 하지만 남진희 사건에서는 불가능해요."

"흠."

고진은 낮은 신음과 함께 팔짱을 꼈다. 이야기를 재촉하는 뜻이었다.

"사건 전날인 월요일 밤에는 레인보우에서 공연 중이었어요. 마담이 말했죠. 평일 공연에 빠진 일은 없었다고. 그렇다면 형님이 말하는 월요일엔 아예 해운대에 와 있는 게 불가능했어요. 적어도 서해리의 경우엔 화요일 아침만이 범행할 수 있는 시간대가 되죠. 화요일 아침에는 동거남인 김병윤하고 아침까지 잤다는 증언뿐이니까 이걸 믿지 않는다고 쳐도, 서해리는 별장 위치조차 몰랐다는 데야 어떡하겠습니까. 하긴, 그래도 가족이니까 알려면 얼마든지 알 수 있었다고 해보죠. 하지만 별장 열쇠도 갖고 있지 않았잖아요. 범인은 열쇠로 현관문을 잠그고 나갔는데, 열쇠가 없던 서해리는 그렇게 할 수가 없었어요. 뭐 그것도 범행을 저지른 후 철계단을 내려가서 도주했다고 하면 물리적으로야 말이 되지만, 오붓한 현관 놔두고 굳이 목격될 위험도 크고 여러 가지로 불편한 철계단으로 도주할 이유가 없겠죠. 더구나 현관을 잠가 두고 가면 가족 중에 범인이 있다고 의심받을 텐데요. 실제로 목격자도 없었고, 아래 땅엔 발자국도 없었죠. 어느 모로 보나 전혀 이치에 닿지 않아요.

정말 희박한 가능성이지만, 열쇠가 없으니 남진희를 바깥으로 유인해서 살해하려 했을 수도 있긴 해요. 지난번 우리가 잠깐 얘기했던 대로 철계단을 올라가 밖에서 남진희를 부른 뒤 문을 열었을 때 확 잡아채 추락사시키는 방법 말입니다. 하지만 그때 얘기했던 여러 가지 애로점이 있고, 특히 바닷가 쪽 사람들한테 목격당할 위험이 커요. 더 근본적인 문제가 있어요. 이런 범행 계획은 철계단 바로 위에 침실이 있다는 내부 구조를 모르는 사람은 생각할 수 없는 방법 아니겠습니까. 서형일, 서두리는 서해리한테 별장 구조 따위를 얘기한 일이 없다고 말했댔죠. 그럼 서해리가 미리 내부 답사를 갔을까요? 그랬다면 남진희가 오빠들한테 해리가 왔다 갔다는 얘기를 했을 텐데 그런 말은 없었죠. 결국 서해리는 철계단을 무대로 범행한다는 범죄를 애초에 구상할 수가 없었어요.

동거남 김병윤도 마찬가집니다. 서해리가 안 된다면 김병윤도 안돼요. 별장 열쇠에 접근할 수 없을 뿐 아니라 철계단과 침실의 구조따위 더욱 알 수 없었죠. 남진희하고 일면식도 없으니 그런 범행 방법도 힘들고, 특히 한쪽 다리가 없어 제대로 걷지도 못하는데 철계단을 올라가는 범행 따위는 생각할 수도 없어요.

동기가 없다는 건 둘째치고 물리적으로 서해리나 김병윤이 남진희를 살해할 수는 없었어요. 거의. 그렇다면 박은순 사건 역시도 서해리가 범인일 가능성이 대폭 준다고 봐야겠죠."

고진은 팔짱을 낀 채 묵묵히 듣고 있다가 말했다.

"이유는 조금 다르지만 결론은 나도 같아. 서해리는 범인일 수없어."

그러고는 소주잔을 들어 와락 비웠다. 이유현은 고진을 물끄러미보았다. 고진이 고개를 쳐들고 설명하듯 말했다.

"서해리가 월요일엔 레인보우에서 공연 중이었잖아. 마담이 분명하게 증언했지. 그 말을 듣는 순간 사실 서해리는 내 용의선상에서 지워졌어. 몇 가지 더 확인했지만 금방 자네가 말했듯이 더욱 혐의에서 멀어질 뿐이었어. 어쨌든 화요일의 범행 가능성에 관해선 자네의 얘길 들어보고 싶었어."

고진 역시 서해리가 용의자 대열에서 벗어나 버린 일에 실망하고 있는 듯했다.

"그래서 말인데, 여기서 다시금 알리바이로 돌아가 보면 어떨까?"

고진이 말하자 이유현이 지겨워 죽겠다는 얼굴을 했다.

"알리바이야 지겨울 정도로 확인했지 않습니까?"

"서두리가 제기한 서형일의 알리바이 문제는 남아 있지."

"이번엔 또 서형일입니까? 서두리의 억측을 진지하게 고려하시는 거예요?"

"서두리의 포지션이 묘하긴 해. 그저 수사의 초점을 흐릴 목적으로 그러는 것일 수도 있고, 내부인으로서 실제로 뭔가를 감지했을 수도 있어. 만약 후자라면 지나칠 수 없는 문제겠지."

"6개월 전에 결론 내린 것 아닙니까. 알리바이가 있는 걸로."

"남진희 사건이 문제잖아."

"그것도 다 조사를 끝냈고요."

이유현이 질린다는 듯 술잔을 획 들이켰다.

"서형일 그 친구는 사실상 알리바이가 없는 셈이잖아."

"그거야 형님 생각이죠. 남진희가 죽은 화요일 아침의 알리바이는 확실해요. 회사에 출근했으니까. 전날 밤에 어디 있었냐고 물으면야 누구나 황당해할걸요. 그렇게 따지면 월요일엔 서태황도 알리바이가 흐릿하고요."

"서태황은 밤 11시까지 모임에 있었다고 사람들이 진술했다며. 그

199

리고 새벽 4시에 서형일이하고 집에서 서로 얼굴을 봤잖아. 그 사이에 부산에 내려가 범행하는 건 불가능하지. 하지만 서형일은 달라. 불분명한 시간대가 있어. 5시에 퇴근해서 집에 혼자 있다가 밤에 서해리가 걱정돼서 레인보우에 들렀다고 하지만 서해리는 보지 못했다고 하잖아."

"그러니까 그건 월요일 밤의 알리바이가 필요하다는 전제 하에서나 의심되는 거구요."

고진은 의자에 등을 묻었다. 양손을 이마에 대고는 마치 독백하듯 말했다.

"이번처럼 앞이 보이지 않는 사건도 없었어. 바늘 끝 같은 가능성이라도 있다면 파헤쳐 보는 게 맞지 않을까……."

그는 소주잔을 기울이고는 축 늘어졌다. 멍한 시선으로 허공을 바라보며 입을 다물었다. 연기하는 것 같기도 했지만, 이유현은 졌다는 표정을 지었다.

"좋습니다. 하려면 철저히 해야죠. 정말 끈질긴 사람은 제가 아니라 형님이에요. 제가 핏불이라면 형님은 도사견입니다. 이번에는 서형일 차례입니까. 알겠습니다. 맞는 말씀이에요. 기다리십시오. 속돌처럼 박박 밀어서 완전히 벗겨 버릴 테니까."

이유현이 호기롭게 약속했다. 그가 고진과 다른 점은 그다음부터였다. 소주잔을 비우더니 휴대전화를 꺼내들었다.

"이 저녁에 뭐하려고?"

"당장 서형일이를 불러내야지요."

"음, 역시 자네는 국내 제일의 행동파야."

고진은 엄지를 세워 보이며 감탄 어린 눈길을 보냈다.

다른 가족들의 눈을 고려해 지난번 서두리를 만났던 우면동 언덕 아래의 커피숍에서 만나기로 했다. 이유현은 술 냄새를 없애기 위해 편의점에서 구강세정제를 사서 입을 헹구었다. 퇴근 시간은 넘었지만 경찰이 술을 마시고 만난다는 것도 그렇고, 고진도 체면상 그럴 수야 없었다.

서형일은 샌들을 신고 편안한 옷차림으로 등장했지만 긴장한 기색을 숨기지 못했다. 밤중에 경찰의 부름을 받았으니 당연히 놀랐으리라.

서형일이 의자에 엉덩이를 거의 붙이자마자 이유현이 단도직입적으로 물었다.

"남진희 씨가 죽기 전날에 서해리 씨가 걱정돼서 레인보우에 들렀다고 하셨죠?

"네. 그렇습니다만⋯⋯."

서형일은 큰 덩치에 어울리지 않게 겁에 질려 눈이 휘둥그레졌다.

"서해리 씨는 서형일 씨를 보지 못했다고 하더군요. 거짓말한 거 아닙니까?"

"아, 아닙니다. 아무래도 해리가 공연하다가 절 보면 민망할까 봐 구석에서 눈에 띄지 않게 맥주 몇 병만 마시고 나온 겁니다. 전 해리가 열심히 살고 있다고 안심했어요. 걱정하시는 아버지한테도 나중에 말씀드렸어요. 술집에서 공연한다는 얘긴 안 했지만, 열심히 자기 일 하면서 잘 지낸다고요."

"그럼 레인보우를 나온 시간은 몇 시였습니까?"

"밤 12시가 좀 넘어서였어요."

"그다음엔요? 곧장 집에 들어갔습니까?"

쭈뼛거리다가 결심한 듯 내뱉는 서형일의 답변은 의외였다.

"……너무 소심하다고 생각하실지 모르지만 전날 꿈자리가 너무 안 좋았어요. 진희가 나쁘게 되는 그런 꿈……. 레인보우를 나와서는 갑자기 진희가 걱정되는 바람에 집에 가서 차를 가지고 부산으로 내려가려고 했어요. 술을 좀 마신 탓에 충동적으로 그랬나 봐요."

이유현과 고진은 '이게 뭔 소린가.' 하는 눈빛을 교환했다. 이 사람은 도대체가 지나치게 자상한 건지 오지랖이 넓은 건지 모를 일이었다.

"진희가 잘 시간인데 싶어 전화는 못 했어요. 안 그래도 수면제를 먹고 겨우 잠드는 애인데, 꿈자리가 뒤숭숭하단 이유로 깨울 순 없겠더라고요. 대신 가서 별일 없는지 조용히 눈으로라도 보고 올 작정이었습니다. 사실 바보 같은 짓이었죠. 경부고속도로를 탔다가 술기운 때문인지 피곤해져서 갓길에 세우고 깜빡 졸아 버렸어요. 정신을 차려 보니 다음 날 출근도 걱정되고 도저히 안 되겠다 싶어 수원 톨게이트로 다시 빠져나왔어요. 그러고는 집으로 와서 잤어요."

"그때가 몇 시였어요?"

"수원에서 나온 게 한 새벽 3시쯤 됐을 겁니다."

"왜 지금까지 말 안 했습니까?"

"죄송해요. 실은 레인보우에서 맥주 몇 병을 마셨으니 음주운전이잖아요. 문제가 될까 봐……. 그래도 지금은 후회합니다. 그때 그대로 내려갔더라면 진희가 사고를 안 당했을 수도 있단 생각이 자꾸

들어요……."

서형일은 고개를 푹 숙이고 소심하게 말끝을 얼버무렸다. 입가가 파르르 떨리고 있었다. 고진과 이유현은 그런 그를 보면서 한숨을 쉴 뿐이었다.

"집에서 쓰는 차는 그 한 대뿐입니까?"

"네. 제가 할부로 겨우 한 대 장만한 겁니다. 아버지는 차가 없으세요. 사람은 두 다리로 걸어야 한다면서. 차는 주로 제가 이용하지만 두리도 필요할 땐 한 번씩 써요."

"그렇군요. 이만 할까요? 밤늦게 실례했습니다."

고진이 그를 보냈다. 서형일이 일어나 나가는 것을 확인하고 이유현이 망연한 얼굴로 먼저 말을 꺼냈다.

"또 조사해야 할 것들이 쏟아져 나왔네요."

"그래. 서형일의 알리바이 확인에다가 또……."

"네. 그것도 그렇지만 여기서 한 가지가 명백해졌어요. 서형일의 말이 맞는다면 서두리는 적어도 그날 밤 자기 집 차를 쓸 수 없었다는 것. 김청희의 증언을 믿지 않는다 하더라도, 서두리는 월요일 밤에 부산까지 왕복할 수단을 갖고 있지 못했다는 겁니다. 물론 친구한테 빌리든지, 차를 렌트하든지 하면 다르겠지만요."

"그러고 보니 이번에는 렌터카 업체를 다 뒤져야겠군."

고진도 안 되었다는 듯 이유현을 바라보았다. 이유현도 한숨을 쉬었다.

나흘 뒤 이유현에게서 전화가 걸려왔다.

"형님, 서형일이는 확실해요."

"어떻게?"

"그러니까 남진희가 죽기 전날, 아니지 자정이 지났으니까 그날 새벽이겠네요. 서형일은 경부고속도로를 타고 내려가다 수원 톨게이트에서 빠져나왔다고 했잖아요? 거기서 고속도로 통행권을 분실했다고 해서 톨게이트 사무실까지 갔던 모양입니다."

"그래서?"

"막 분실사유서인가 뭔가를 쓰려는데 서형일의 호주머니에서 통행권을 찾았답니다. 그래서 그 요금을 치렀대요. 서울 톨게이트에서 수원 톨게이트까지."

"통과 시간도 기록되어 있겠지?"

"그럼요. 통행권도 받아서 지금 가지고 있어요. 서울 톨게이트를 대략 새벽 1시에 통과하고, 수원 톨게이트를 대략 3시에 빠져 나왔어요. 서형일의 말과 일치합니다. 톨게이트 직원들도 서형일이의 사진을 보더니 그 사람이 맞대요. 그날 영수증을 잃어버렸다면서 사무실까지 와서 분실사유서를 쓰다가 뒤늦게 영수증을 찾은 그 사람이라고요. 소동이 있었으니 다들 기억하고 있었던 거죠."

"황당하군. 하지만 수상해. 서울에서 수원까지 두 시간이나 걸렸다고? 원래 30분이면 충분하잖아. 더구나 밤 시간인데."

"갓길에 차를 세우고 잠깐 졸았다고 했잖아요. 한 시간 반쯤 잤던 거죠."

"음, 그건 그랬지……."

고진은 실망감에 싸여 입술을 깨물었다.

"그럼 월요일 밤 서형일이 서씨 집안의 유일한 차를 쓴 것이 확실 해졌군. 서두리가 월요일 밤에 부산을 내려갈 가장 편리한 교통수단이 없어져 버렸어. 비행기나 KTX가 다니는 시간도 아니고. 렌터카 업체 쪽은 확인해 봤나?"

"웬만한 데는 다 확인했는데 서두리가 이용한 기록은 없어요. 서 두리 친한 친구 중에 차를 갖고 있는 애들도 물어봤는데 차를 빌려 준 녀석은 없었어요."

"이걸로 서형일, 서두리 동시에 혐의를 벗어 버린 건가."

고진은 혀를 찼다.

"가능성이 없어졌다고 봐야죠. 서두리가 부산 갈 때 KTX를 이용했 을 수는 있어요. 군대 동기하고 헤어진 게 저녁 9시 전이니까 KTX를 탈 수 있거든요. 근데 올 때가 역시 문제인 거죠. 새벽이니까 KTX나 비행기는 없어요. 남은 수단은 택시밖에 없는데, 이것도 쉽진 않아 요. 그 새벽 시간에 해운대 바닷가 외딴 곳에서 택시를 잡는다는 건 보통 힘든 일이 아니에요. 콜택시를 불렀을까 봐 부산 콜택시 회사 측에도 조회했는데 서두리와 연락된 회사는 없었어요."

고진은 전화를 끊고는 방랑자처럼 맥 풀린 걸음걸이로 거리를 어 슬렁거렸다. 얼빠진 얼굴로 중얼중얼 혼잣말을 하기도 했다. 큰길을 우왕좌왕하던 그는 골목 안쪽을 힐긋 보더니 무슨 생각을 했는지 방 향을 틀어 안쪽으로 쑥 들어갔다. 건물 2층 외벽에는 게임의 한 장 면이 화려하게 그려진 PC방 간판이 내걸려 있었다.

고진은 계단을 밟아 올라갔다. 총소리, 폭발 소리가 서서히 크게 들려왔다. 10대들이 컴퓨터에 들러붙어 온라인 총질 게임에 빠져 있었다. 가게 주인은 30대를 훌쩍 넘긴 남자가 들어오자 썩 반갑지 않은 듯한 표정을 지으며 고진을 구석진 자리로 안내했다. 자욱한 담배 연기를 한 손으로 헤치며 자리를 잡은 그는 인터넷에 접속해 검색을 시작했다.

'덴마크, 코펜하겐, 인어공주상' 등을 차례로 입력했다.

"참 황당한 노릇이군."

지난봄, 알리바이를 두고 싸우는 서형일과 서두리 앞에서 노트북을 열어 '인어공주 돼지 피 투척사건'에 대해 검색을 잠깐 해 본 적이 있었다. 지금 여유를 두고 꼼꼼하게 다시 검색을 해보니 그 인어공주상은 이전에도 상당한 수난의 역사를 겪었다는 걸 알 수 있었다.

머리가 두 번 잘리고 분홍색 페인트를 뒤집어쓰기도 했다. 분홍색 페인트가 뿌려진 건 불과 3년 전이었는데, 사진도 실려 있었다. 곱게 몸단장한 듯 전체가 핑크빛으로 물들어 있었다. 어찌 보면 인어공주상의 칙칙한 색조에 불만을 품은 한 환상가가 애교스런 장난을 친 것 같기도 했다. 반면 그 1년 뒤에 있는 사건, 즉 서형일이 말한 돼지 피 사건 때의 사진을 보니 그냥 마구잡이로 피를 뿌려 댄 듯 엉망진창이었다. 아무런 미학적 애정이 보이지 않았다. 마치 인어공주에 모욕을 가하려는 것만이 목적인 듯 보였다.

그것 말고도 얼핏 보이는 기사가 또 있었다. 괴한이 밤사이 인어공주 동상에다 빨간색 페인트를 투척했다는 것이었다.

"정말 징한 놈들이야. 돼지 피에 빨간 페인트까지. 꼭 예쁜 여자한테 집적대는 거 같은데. 인어공주도 여자다, 이건가."

개탄하며 기사를 읽던 고진의 눈동자가 확대되었다.

"이것 봐라."

옆에 앉아 있던 여고생 둘은 혼자서 중얼중얼하는 고진을 불쾌한 시선으로 흘겨보았다.

빨간색 페인트를 뒤집어썼다는 기사는 1월 29일과 1월 30일자의 해외 통신사발 기사였고, 국내에서 '빨간색 페인트 사건'으로 인용한 기사 역시 같은 날짜의 해외발 기사였다. 돼지 피를 뒤집어썼다는 내용의 기사는 2월 1일 이후부터 나온 보도였다.

'덴마크 코펜하겐의 명물인 인어공주상이 1월 29일 밤 괴한에 의해 돼지 피를 뒤집어쓰는 수난을 겪었다. 인어공주상은 예전에도 수차례 머리가 잘리고 페인트를 뒤집어쓰는 등 봉변을 당한 바 있다.'

요약하면 연이은 기사들의 내용은 이것이었다. 빨간색 페인트 투척과 돼지 피 투척은 같은 사건이 분명했다. 그것이 어떤 이유인지 1월 30일을 기점으로 이전은 빨간색 페인트로, 그 뒤로는 돼지 피로 보도가 달리 나간 것이었다.

지난봄에 검색해서 서형일 형제에게 보여 주었던 1월 29일자 영문 기사를 다시 찾아내 찬찬히 읽어 보았다. 1월 29일자의 이 기사 역시 'red paint'였다. 해외 사이트에 접속하여 'the little mermaid'와 인어공주상의 덴마크 현지 명칭인 'Den lille Havfrue'를 찾아내 검색어로 넣어 보았다. 분명했다. 모든 기사가 2월 1일을 기점으로 이전은 'red paint', 그 이후는 'swine blood', 즉 돼지 피로 보도되어 있었다.

고진은 PC방을 나와 법원에 있는 예전 동료에게 전화를 걸었다.

이틀 뒤 오후 고진은 이유현에게 전화를 걸어 다짜고짜 말했다.

"지금 좀 만나지."

"경찰이 노는 줄 아십니까?"

고진은 이유현의 항의를 무시하고 말했다.

"내가 개인적으로 박관행의 범죄 기록을 좀 찾아봤어."

"박관행이요? 서형일의 친구?"

"그래. 법원에 있는 지인에게 부탁해서 박관행이의 예전 범행에 대한 판결문을 입수했어. 경찰 전과 기록에는 죄명과 형사처분만 나오지 구체적인 범행 내용은 안 나오잖아. 그래서 좀 찾아봤거든. 그거 말고도 내가 몇 가지 더 보여 줄 게 있어."

"수사 자료를 손수 구해 오셨다니 고맙긴 하네요. 근데 그게 사건과 무슨 관련이 있습니까?"

"하도 답답해서 서형일의 알리바이를 처음부터 다시 생각해 봤어. 그러다 보니 여기까지 가야 되더군. 재밌는 이야기가 있어."

"그래요? 실은 안 그래도 지금 막 우면동 집으로 가려던 참인데 거기서 만날까요?"

"그러지. 근데, 그럴 거면서 아깐 왜 뻗댔어?"

"뭐, 안 가도 돼요. 크게 아쉽진 않아요."

고진이 항복했다. 이유현에게 자료를 보여 주고 싶어 더 목말라 있는 사람은 고진이었다.

"알았어. 나도 그 집에 만나 볼 사람이 있어. 언덕 아래에서 만나서 같이 들어가자고."

황금색 가을볕이 내려쬐는 화창한 날이었다. 언덕 아래에 차를 대고 만난 두 사람은 나란히 언덕을 걸어 올라갔다. 고진은 차를 타고 싶었지만, "햇볕을 쬐면서 광합성이라도 좀 하세요." 하는 이유현의 강요에 차를 내려놓고 같이 걸어 올라갈 수밖에 없었다.

"판결문은 어땠어요? 역시 위조?"

고진은 걸으면서 품에서 둘둘 만 종이 몇 장을 꺼내 이유현에게 펼쳐 보였다. 문서 위조 및 행사죄로 집행유예, 실형 등을 받은 몇 건의 판결문에 박관행의 범죄 사실이 소상히 적혀 있었다.

"위조가 맞네요. 범행 내용이 전문가 급인데요."

걸으면서 읽던 이유현이 감탄조로 말하자 고진이 말을 받았다.

"중요한 건 내용보다 공범이야."

이유현은 다시 판결문을 들여다보았다. 박관행의 범행마다 두 살 밑의 김채문이라는 자가 공범으로 끼어들어 있었다. 전문적인 위조는 박관행이 담당했고, 김채문은 심부름이나 전화 따위의 잡일을 해 온 걸로 되어 있었다.

"그렇긴 하네요. 그런데 김채문이 박관행한테 딸려 있었단 게 왜 중요합니까?"

이유현은 시답잖다는 듯이 종이 뭉치를 다시 고진에게 건네려 했다.

"더 있어, 잘 한번 읽어 봐, 재밌는 게 있어."

이유현이 종이를 다시 들고 넘겨 보니, 인어공주 동상 돼지 피 투척 사건에 관해 웹에서 출력한 기사들이었다.

"이건 뭡니까?"

"날짜를 잘 봐. 같은 사건인데 우리의 에리얼 아가씨가 뒤집어쓴 빨간 오염 물질이 말이야, 1월 30일 이전에는 빨간 페인트로 보도되었다가 2월 1일 이후부터는 일제히 돼지 피로 바뀌었어."

"그래서요."

"덕분에 서형일의 알리바이에 큰 구멍이 생겨. 재밌는 조작을 한 거 같아."

"서형일이 알리바이를 꾸며 댔단 말입니까?"

"그럴지도 몰라."

"분명히 박은순 살인이 있은 뒤로도 서형일이 유럽에서 자필로 쓴 엽서를 보내 온 걸로 아는데요. 게다가 한국의 날씨도 정확했고."

"그것도 조작 가능한 거라고 봐. 내 추리가 맞다면 서형일이 박은순 사건의 새로운 용의자야. 범인이 아니라면 그렇게까지 공들여 알리바이 조작을 할 필요는 없을 테니까."

"그런가요."

"나머진 저 집에 가서 당사자를 앞에 두고 이야기하지."

긴가민가하던 이유현이 크게 고개를 끄덕였다.

"뭐 좋습니다. 드디어 뭔가 발견하신 모양이군요. 오늘 이 집에서 끝장을 보죠."

언덕을 거의 다 올라왔을 무렵 거짓말처럼 날씨가 돌변해 버렸다. 대기의 밝은 빛이 온데간데없이 사라졌다. 먹물처럼 검은 구름을 품고서 잔뜩 흐린 하늘은 곧 한바탕 물벼락이라도 쏟아 부을 것 같았다. 태풍의 전조일까, 세찬 바람이 언덕 밑 어디선가 불어왔고, 아랫마을은 음산한 묘지처럼 보였다. 고진은 차를 언덕 아래 두고 오자고 고집 피웠던 이유현을 비난조로 돌아보았다.

"이제 곧 이 집은 폭풍의 언덕으로 변하겠군."

두 사람은 대문 앞에 멈춰 섰다. 멀리 담벼락 바깥에 서 있는 별채 노인이 눈에 들어왔다. 왼편 담장 밖 공터 부근에서 작은 삽 비슷한 것을 들고 어슬렁거리고 있었다. 땅을 고르는 작업이라도 하려는 모양이다.

마침 남광자가 대문에서 나오다 앞에 서 있던 고진 일행과 마주쳤다. 허리가 잘록하게 들어간 블라우스에 갈색 재킷, 샤넬라인 치마에 굽 높은 신발을 신었다. 한껏 멋을 낸 차림으로 보아 그럴듯한 모임에 약속이 있는 모양이다. 왼손에 우산을 든 그녀는 고진에게 눈길을 보내며 가볍게 인사했다.

"어머, 두 분 오셨네요. 저는 먼저 실례해도 되죠? 비 오기 전에 언덕 아래로 가서 택시를 타야겠어요."

"네, 다음에 뵙겠습니다."

남광자가 언덕 아래로 걸음을 내딛는 것과 거의 교차해 검은색 제네시스가 언덕길을 올라오고 있었다. 어둑어둑한 날씨 때문에 광택이 더 눈에 띄었다.

승용차는 주차장 터에 담벼락을 마주 보고 섰다. 내린 사람은 남성룡이었다. 테 없는 둥근 모자에 말쑥한 정장 차림이었다. 차 문을 닫은 후 고진과 이유현을 발견하고는 눈인사를 보내고서 둘을 향해 걸어오기 시작했다. 이상이 생긴 건 그때였다.

담벼락 앞에 고즈넉이 전면 주차되어 있어야 할 차가 뒤꽁무니부터 슬금슬금 언덕 아래로 내려가기 시작한 것이다. 기어를 중립에 놓고 사이드브레이크를 채우지 않은 게 분명했다. 고진과 이유현은 다가오는 남성룡을 주시하느라 시야가 가려져 있은 탓에 차가 상당한 거리를 미끄러지고 나서야 겨우 알아차렸다.

"저런, 남 교수님! 차!"

이유현이 소리쳤다. 남성룡은 어리둥절해 있다가 뒤돌아보았다. 움직이는 차를 발견하고는 사색이 되었다. 차도 차지만, 그 바로 아래 쪽 언덕길을 남광자가 걸어가고 있다. 남성룡이 외쳤다.

"광자야!"

하지만 급박하게 내지르는 비명과 몸은 따로였다. 남성룡의 몸은 조금도 반응하지 못했다. 이미 노인의 대열에 들어섰고 원래부터 몸놀림이 빠른 것도 아닐 터였다. 그렇지 않더라도 워낙 돌발적인 상황이었다. 전기 충격이라도 받은 양 남성룡은 그 자리에 얼어붙어 있었다.

이유현이 소리치면서 차 쪽으로 냅다 뛰었다. 고진도 뒤이어 달렸다. 그러나 도저히 남광자를 구할 타이밍에는 미치지 못할 것 같았다. 차는 막 남광자를 덮칠 태세였다. 그제야 비로소 남광자가 뒤를 돌아보았다. 눈앞에 다가온 제네시스의 거대한 트렁크를 본 순간 그녀는 비명을 지르며 그 자리에 얼어붙었다. 초로의 몸, 예기치 못한 돌발 상황, 굽 높은 신발까지 모든 것이 남광자를 동여매어 그 자리에 못질을 한 듯 묶어 버렸다. 그녀가 할 수 있는 건 새파랗게 질린 얼굴로 비명을 지르는 일뿐이었다. 그토록 바라던 안락한 노후 생활은커녕 앞으로 얼마 남지 않은 오빠 남성룡보다도 먼저 삶이 마감될 순간이었다. 죽음은 피할 수 없어 보였다.

작은 원숭이 같은 그림자가 뛰어든 것은 그때였다. 그림자는 제네

시스의 거대한 뒤 범퍼를 가냘픈 오른쪽 어깨로 밀며 온몸을 차체 쪽으로 기울여 떠받치려 안간힘을 썼다. 별채 노인이었다. 하지만 짧은 거리라 하더라도 미끄러지기 시작해 하락 관성이 붙어 버린 대형차의 중량을 80대 노인 혼자 힘으로 이겨 낼 수는 없었다. 가볍게 노인의 무릎이 꺾이고, 다음은 허리가 꺾이면서 노인은 차체에 깔리기 시작했다. 전차의 캐터필러처럼 차 아래로 말려들어 가면서 노인은 신음하듯이 그리고 쥐어짜듯이 외쳤다.

"광자야……. 피해라……."

이유현과 고진이, 조금 늦게 남성룡이 차례로 들러붙어 차의 하강 운동을 저지한 것은 노인이 거의 깔려 버린 뒤였다. 노인이 살았는지 죽었는지 당장은 알 수 없었다. 하지만 노인이 차의 움직임을 저지한 그 짧은 순간이 남광자의 목숨을 살린 것만은 분명해 보였다.

하얀 병원 벽을 뒤로하고 병원 뒤편 출입문을 통해 고진과 이유현은 밖으로 나와 병원 안마당으로 향했다. 급히 언덕 아래에 있는 준종합병원으로 실려 온 노인은, 처음에는 이대로 죽는 게 아닌가 했는데, 의외로 크게 다친 곳은 없었다. 뼈가 부러진 곳은 하나도 없고 발과 무릎의 인대가 심하게 늘어났다는 진단이었다. 노인이 몸을 제대로 가누지 못하는 것은 외상보다는 사고 당시의 정신적인 쇼크 때문에 자율신경계에 이상이 생긴 탓이라 했다. 남성룡 남매는 노인을 1인 병실로 모시고 옆에서 아무 말 없이 안타깝게 지켜보고 있는 중이었다.

위험하지 않다는 의사의 말을 듣고, 노인의 상태가 안정되는 것을 확인한 고진과 이유현이 바깥 공기를 쐬러 밖으로 나온 참이다. 환자들로 가득한 병원 공기가 답답하다고 느껴졌다. 하지만 바깥에서도 환자를 피할 수는 없었다. 하얀 깁스를 한 환자, 휠체어를 탄 넋이 나가 보이는 환자가 멍한 시선으로 어슬렁거리고 있었고, 그 옆에는 환자복만 입었을 뿐 외관상 멀쩡해 보이는 몇 명이 둘러 앉아 담배를 피우며 담소를 나누고 있었다.

"정말 놀랐습니다. 저 영감님이 남 교수의 아버지였다니."

"남성룡, 남광자 남매의 아버지 남패전……. 어쩐지 이상한 구석이 너무 많았어."

"형님도 짐작 못 하셨죠?"

"전혀."

고진은 고개를 절레절레 흔들었다.

남패전은 아직 제대로 거동을 할 수 없었다. 침대에 누워 말하는 것 정도만을 의사에게 허락받았다. 고진과 이유현은 노인이 누워 있는 1인 병실로 들어섰다. 빨개진 눈을 하고 있던 남성룡과 남광자는 시선을 숨기며 병실 밖으로 자리를 피해 주었다. 이유현은 병실을 나서는 그들에게 자그마한 소리로 물었다.

"알고 계셨습니까? 저분이 아버지란 걸요."

"꿈에도 몰랐어요."

남광자가 들릴 듯 말 듯 대답하고는 밖으로 사라졌다.

고진은 병상 옆에 바싹 다가앉아 남패전의 앙상하고 투박한 손을 잡았다. 그나마 성하게 남아 있는 한쪽 팔이었다.

"저 아시죠? 고진이라는 변호사입니다. 봄에 한번 찾아가 할아버지한테 말을 붙이기도 했죠. 남성룡 교수님 남매를 돕고 있어요. 그동안 얼마나 고생하셨어요? 자녀들을 바로 옆에서 보면서도 아버지라고 밝히지도 못하고. 허드레꾼 노릇을 하면서라도 자녀들 옆에 있고 싶으셨던 거군요?"

남괘전의 감은 눈가에 눈물이 방울져 있었다. 곧 흘러내릴 것 같았지만 노인은 억지로 참고 있는 듯했다.

"이제는 자녀들도 다 알게 되었습니다. 아직도 숨기실 게 있나요? 못다 한 말씀이 있으시면 저희한테 해주세요."

노인은 여전히 눈을 감은 채 말이 없었다. 고진은 잠시 침묵하다가 말했다.

"남진희 씨가 얼마 전 하늘나라로 갔을 때도 많이 슬프셨겠습니다. 어여쁜 손녀가 겨우 집에 돌아왔나 했더니 눈이 멀었고, 그 얼마 후엔 세상을 떠나기까지 했으니, 얼마나 한이 되시겠어요."

이유현은 고진이 그답지 않게 감성적으로 말한다 싶었다. 아마도 몸과 마음이 약해진 노인의 심경을 건드릴 작정으로 그런 모양이었다. 마침내 남괘전의 눈에 맺혔던 눈물이 주르르 흘러내렸다. 이윽고 노인은 누운 채로 꺼이꺼이 소리 내어 울기 시작했다.

"죄 많은 이 늙은 놈이 먼저 가야 되는데……."

기어이 노인의 눈물주머니를 터트리고 만 고진은 이제 됐다는 듯이 고개를 돌려 이유현을 힐끔 쳐다보고는 말을 계속했다.

"남진희 씨가 사고로 실족했다고 아시죠? 하지만 여기 있는 이 형사반장이나 저는 그렇게 생각하지 않습니다. 살해된 거라고 생각합니다."

남쾌전의 눈이 번쩍 뜨였다. 천천히 뗀 입술에서 쇳소리가 흘러나왔다.

"살……해……라고?"

"그렇습니다. 제가 봄에 할아버지를 찾아갔던 것도 남진희 씨의 신상에 위험이 닥치고 있다는 판단 때문이었습니다. 막지 못한 저도 많이 자책하고 있어요."

"도대체 어떤 놈이……?"

"그건 아직 모릅니다. 주변을 조사 중이에요."

노인은 충격을 받았는지 눈을 감고 숨을 고르기 시작했다. 이윽고 나무 등걸 같은 손을 힘들게 뻗어 고진의 손을 꼭 감아쥐었다.

"꼭…… 반드시 꼭, 그놈을 잡아 줘요."

"물론입니다. 그래서인데, 참고로 할아버지 얘기를 좀 들려주시겠습니까? 저 선대의 일부터, 그러니까 남 교수 남매의 어머니인 이분희 씨를 만난 이야기부터……."

"그런 옛날 얘기가 사건 해결에 무슨 도움이 되겠어요?"

"분명히 됩니다. 요즘 경찰의 과학 수사를 믿으시면 됩니다. 예전처럼 사람 불러다 족치는 시대가 아니거든요. 사소한 얘기에서 단서를 찾아낼 수도 있어요."

"그럼 얘기해 보지요. 참으로 부끄러운 과거지만……."

노인은 긴 이야기를 앞두고 준비하듯이 숨을 깊게 몰아쉬었다.

"이분희…… 너무나 예쁜 여자였어요. 나도 젊었을 때는 장사로 돈도 꽤 벌었고 한량 짓도 하던 축이었지요. 그러다 이분희를 보고는 그만 첫눈에 반해 버렸어요. 결혼하자고 했죠. 이분희도 바로 좋다고 하더군요. 좀 의외였지만, 의지할 데 없는 여자라 그런가 보다 했어요. 그런데 다른 속셈이 있었더만요. 어쨌든 결혼하자마자 성룡이, 광자를 연년생으로 낳았고…… 그때는 좋았어요.

그런데 어느 날인가 갑자기 몸이 이상하고 정신이 몽롱해지면서 몸에 마비가 와서 죽을 것 같더라고요. 다행히 병원에 빨리 실려가서 겨우 목숨을 건졌어요. 의사가 얘기해 주는데 앵속을 대량으로 먹은 거래요."

"앵속이라면 양귀비 아닙니까? 아편의 재료로 쓰이는."

고진과 이유현은 의외의 이야기에 일제히 서로의 얼굴을 쳐다보았다.

"그렇죠. 그것도 거의 눈깔사탕만 한 양을 먹었대요. 근데 나는 전혀 먹은 기억이 없었거든요. 나중에 알고 보니 이분희가 음식에 섞어서 나한테 먹인 거였어요. 날 죽이고 내 돈을 몽땅 차지하려고. 몰래 뒷마당에서 다른 꽃에 섞어 길렀다가 나한테 사용한 거였어요."

"세상에, 그럴 수가."

이유현이 탄식했다. 고진은 이마에 깊은 주름을 만들고 있었다.

"난 살아났지만 결국 팔 한쪽이 마비되어 버렸어요. 아내는 내가 눈치 챈 것도 모르고 여전히 생글생글거렸지만, 그때부터 아내가 너무 무서워졌습니다. 한 번 시도했던 사람이니 언제 또 독을 넣을지 모르잖아요. 경찰에 고발하려 해도 아무 증거도 없고. 매일 두려움에 떨며 밥도 먹지 못하고 지냈어요. 그러다가 결국엔 결심했지요. 차라리 아내한테서 도망치자고."

"그랬군요. 이분희 씨는 아이들에게는 아버지가 노름에 빠져 재산을 다 들고 가출했다고 얘기했다는데 거짓말이었군요."

"자기가 독으로 남편을 죽이려 했다는 걸 숨기려던 거겠죠. 하긴 일부는 맞는 말이에요. 한 팔을 못 쓰게 되고 보니 앞으로 일도 못할 것 같았고, 어린 마음에 애들 생각도 안 하고 집에 있던 돈을 몽땅 들고 가버렸으니까요. 제가 죽일 놈입니다. 당장 제 살길만 보고. 그러고 나서 애들이 얼마나 고생했을지."

"……."

고진과 이유현은 말이 없었다. 이렇다 저렇다 판단하기 어려운 일이기도 했다. 남패전이 그 일을 뼛속 깊이 후회하고 있는 걸로 보아 원래 마음이 고운 사람인 것만은 분명해 보였다.

"그런데 어떻게 다시 그 집에 들어오시게 됐습니까?"

"애들만큼은 아니겠지만 저도 벌을 받았는지 고생깨나 했습니다. 돈은 금방 다 써버리고, 불편한 몸으로 할 수 있는 일이 별로 없더군요. 막노동도 하고, 배도 타고, 나쁜 놈 만나서 한동안 노예처럼 살기도 했습니다. 마지막엔 노숙자 신세였어요. 어느 날 신문지를 덮고 자다가 기사를 봤어요. 그 아래층 아주머니가 강도 만나 죽은 사건 기사요."

"서태황 씨의 부인 박은순 씨 사건 말이군요."

"네. 사건사고만을 다루는 무슨 주간지 같은 거였는데, 그래서인지 기사가 자세히 나와 있더라고요. 주위 가족들 진술이라면서 남성룡, 남광자란 이름이 나오는 거예요. 나이도 그렇고, 대번에 알았어요. 내 아들이고 내 딸이란 거. 기사를 보면서 울었어요. 그리고 마음을 먹었죠. 죽을 날이 가까웠는데 자식 옆에서 죽고 싶었거든요. 그 집을 물어물어 찾아갔지요. 그러고는 그냥 있게만 해달라고 무작정 사정했어요. 착한 우리 애들은 자기를 버린 아버지인 줄도 모르고 날 받아 줬어요. 너무 좋았습니다. 살날이 얼마 안 남았는데 자식 옆에서 지켜보다가 죽을 수 있게 되었으니까요."

"그 이후에 남진희 씨가 집에 왔던 거군요."

남패전의 눈시울이 다시 붉어졌다.

"손녀가 집에 찾아왔을 때는 너무 좋았어요. 성룡이가 처 떠나고 혼자 사는 게 맘이 참 안 좋았는데, 그렇게 예쁜 딸이 돌아왔으니 얼마나 다행이에요. 나도 우리 손녀가 너무 예뻤고요. 그런데 손녀마저 그렇게 죽고 말았네요……. 다 내 업보인가 싶습니다……."

병실을 나오는 고진의 얼굴은 남패전만큼 흙빛으로 변해 있었다. 이유현이 몇 마디 말을 걸었지만 고진은 제대로 대꾸하지 않았다. 이유현이 말했다.

"형님이 그렇게까지 심각해질 거야 뭐 있습니까. 뭐, 놀라운 이야기이긴 하지만."

고진이 그제야 고개를 들고서 슬그머니 물었다.

"저 할아버지 얘기에 믿음이 가나?"

"사실이지 않겠어요? 이제 와서 남패전이 저런 거짓말을 할 이유가 없고, 정황도 다 맞아 들어가요. 43년 전에 서판곤 사건을 수사했던 이방남 형사도 그랬다면서요. 우면동 집 뒤편 정원에서 양귀비꽃이 발견됐다고. 그것도 이분희가 몰래 키운 거라면 다 설명이 맞아

219

들어가지 않습니까? 이분희가 정말 무서운 여자였어요. 교활한 독부인 이분희도 미치광이 서판곤을 만나서는 별수 없이 단칼에 명을 달리해 버렸지만요. 참 세상일이란."

고진은 병원을 나오자마자 이유현에게 담배를 청했다.

"요즘 담배를 멀리하던 분이 웬일입니까?"

이유현이 묻자 고진은 거의 썩어 들어가는 듯한 낯빛으로 말했다.

"나 스스로가 바보 같아 견딜 수가 없어."

"뭐가요?"

"선입견 때문에 사건을 완전히 잘못된 각도에서 보고 있었어."

"그래요? 무슨 선입견이요?"

"서판곤이 이분희를 죽였다는 것……. 그게 모든 오해의 근원이었어."

"오해의 근원? 그게 뭔 말입니까?"

"차라리 그걸 모르고 사건을 처음부터 봤더라면……."

"그럼 지금은 보이시나요?"

고진의 심각한 반응과 달리 이유현은 시큰둥했다.

"글쎄……. 지금은 생각이 정리가 안 돼. 내일 다시 만나서 얘기하지."

고진은 등을 돌려 표표히 걸어갔다.

탁류

반쯤 불 꺼진 서초서 사무실에 어김없이 마주 앉은 두 사람의 표정은 심각해 보였다. 특히 고진의 눈동자는 퀭하면서 흐릿했고 눈아래는 거무죽죽한 반원이 드리워져 있었다. 상태를 묻는 이유현에게는 밤새 무엇인가를 생각하느라 뒤척였다고 답할 뿐이었다.

"언젠가 내가 이 집안에는 악의 피가 흐르지 않을까, 말한 적이있지."

"그랬죠. 좀 으스스한 그런 말을 몇 번 한 적이 있었죠."

"자넨 어떻게 생각해?"

"2년 전에 박은순 사건만 접했을 때야 단순하게 봤죠. 그런데 형님이 찾아와서 이분희 사건 얘기를 해줬잖아요. 서판곤이 이분희를 칼로 난자해 죽인 사건. 서태황의 아내 박은순도 칼에 찔려 죽었고요. 그리고 이번에는 이분희의 손녀죠, 남진희까지 이상하게 죽고.

악령이 들렸건 악의 피가 흐르건 간에 정상적인 집안은 아니에요. 이분희도 피해자인 줄만 알았더니 천하의 독부였잖아요. 첫 남편인 남쾌전한테 아편을 몰래 먹여 죽이려 했고. 아마도 서판곤하고 재혼하고 나서도 몰래 아편을 먹여 죽이려다가 들켜서 그만 살해당한 거겠죠. 서판곤이는 순한 남쾌전하고 달랐으니까요. 그 역시 언제든지 불씨만 있으면 살인자로 돌변할 수 있는 광기를 가진 인물이었어요. 독부가 살인마를 만나 수명이 다한 거죠. 그러고 보면 양 집안에 다 악마가 있었어요."

고진은 그 말에 선뜻 동의하지 않았다.

"난 지금까지 서판곤의 아내 살해와 서태황의 아내가 피살된 사건을 겹쳐 생각하는 바람에 내내 잘못된 선입견을 가져왔어. 게다가 하필이면 그 무렵 남성룡 교수를 만나서 그 양반 이론을 되살리고 심취하는 바람에…… 살인의 성향, 악마의 유전인자도 선별적으로 물려받는 게 아닐까 하고 말이야. 그래서 이렇게 생각했어. 서씨 집안에는 분명 살인자의 피가 흐르고 있다, 그런데 살인자의 후예인 서씨 중 누군가가 2순위 상속인으로 지목되었다, 물론 그건 서울맹인복지회를 잘못 들은 남광자의 오해로 밝혀지긴 했지만, 서판곤이 남긴 살인 유전자와 유산상속이라는 상황이 만나 화학 반응을 일으켜 조만간 무서운 사건을 빚어낼지 모른다, 그래서 실제로 일어난 것이 남진희 살인사건이다, 그런 구도로만 생각을 해왔던 거야. 그래서 살인자를 서씨 집안 사람 가운데서만 찾으려고 해왔어. 그중에서도 특히 서두리를 의심했지."

"형님은 처음부터 서두리를 미워하셨죠."

"그래서 후회되는 거야. 일단 이야기하기 전에, 난 자네하고 조금 다르게 보고 있어. 서판곤이 광기를 지닌 인물은 아닐 거라고 말이야."

"아무리 그래도 아내를 그렇게 칼로 난자했는데요?"

"필시 이번에도 아편을 먹였을 거야. 아편은 많이 먹이면 독으로도 사용되지만, 사람을 발광하게 만들기도 해. 이분희가 남패전한테 했듯이, 서판곤한테도 몰래 아편을 먹였어. 사건이 점심 먹은 직후에 일어났다지 않았나. 그런데 서판곤은 죽지 않고 미쳐 버린 거지. 아편을 먹고 발광해서는 이분희를 칼로 찔렀을 거야. 결국 이분희는 자신의 죽음을 자초한 셈이지. 서판곤은 정신이 들자 자신이 저지른 짓에 놀라 도망치다가 산속에서 죽은 걸 테고."

"음, 하긴 그런 진상이 더 그럴듯하겠군요. 그렇다면 살인마의 후예는 남씨 집안이란 건가요?"

"그렇지. 겉으로는 서판곤이 이분희를 살해한 것처럼 보이지만, 무시무시한 살인 가계의 탁류는 서씨 쪽이 아니라 실은 남씨 쪽으로 흐르고 있었다, 이거야."

"……남씨 집안 사람이라면?"

고진이 조금 뜸을 들이다가 말했다.

"남성룡은 어때?"

"남 교수가요? 설마……."

이유현은 말도 안 된다는 듯 양손을 내저었다.

"지나친 오버 아닐까요? 선입견에서 벗어나자 다시 또 다른 선입견 속으로 빠지는, 뭐 그런 거 말이에요. 원래 한번 단추를 잘못 꿰면 아래부터 다 안 맞아 들어가잖아요."

"아니, 단정한다는 건 아니고, 용의자로 생각을 해 볼 수는 있단 얘기야."

"그래도 그건 좀 아니라고 봐요. 아무렴 친딸을 죽이겠어요? 도 대체 무슨 동기로? 남진희가 재산이 있길 하나요, 아님 원한이 있어 요? 지나친 생각입니다."

"친딸이 아니라면 어떨까?"

"예?"

이유현이 흠칫 놀라며 고진을 쳐다보았다.

"친딸이 아닐 수도 있다는 생각이 들어."

"어째서 그런 생각을 하셨어요?"

"지금부터는 완전히 내 가설에 불과하지만 일단 한번 얘기해 보 지. 남진희는 12년 전 엄마인 김해련을 따라 집을 나갔어. 그러다 작 년에 김해련이 병으로 죽고 집으로 들어왔지. 벌써 11년이 흐른 거 야. 집을 나갈 때 남진희는 겨우 열네 살, 중학교 1학년이었지. 그랬 는데 어느 날 갑자기 스물다섯, 성숙한 처녀가 되어 돌아왔어. 그렇 다면 얼굴을 과연 확실하게 알아볼 수 있을까?"

"설마요, 아무래도 어릴 적 얼굴이 남아 있을 텐데. 만약 진짜 남 진희가 아니었다면 금방 알 수 있었을 겁니다."

"남진희가 김해련의 딸인 건 분명해. 김해련의 사진을 내가 봤잖 아. 참 닮았어. 남진희가 나이가 들면 김해련의 얼굴처럼 되지 않을 까 싶을 정도로 말이야. 그러니까 돌아온 남진희가 김해련이 낳은 다른 딸이라면 진짜 남진희의 언니나 동생이 되니 닮을 수밖에.

어릴 적 남진희와 빼어 닮은 여자애가 엄마가 죽었다며, 눈이 멀어가고 있다며 아빠를 찾아왔어. 남성룡이 과연 의심했다 해도 내 딸인지 의심스럽다면서 내칠 수 있었을까? 그 사람은 서울대학교 교수야. 서씨 가족들의 곱지 않은 시선은 물론이고 그런 짓이 세간에 알려졌다간 교수로서의 명예나 평판은 완전히 땅에 떨어지고 사회적으로 매장당할 거야. 남 교수는 울며 겨자 먹기로 딸로 인정하고 받아들일 수밖에 없는 상황이었던 거야."

"형님의 상상대로라면 형님이 숭배했던 그 남진희도 참 깜찍한 거짓말을 한 거로군요. 가짜가 딸 행세까지 하면서 남의 집에 들어갔으니."

"눈이 멀어 가는 두려움 앞에서 그 정도 행동은 이해되지 않아?"

고진이 동의를 구하는 눈빛으로 바라봤지만 이유현은 차갑게 대꾸했다.

"편파적인 판정입니다. 그건 그렇고, 어서 그 말도 안 되는 상상이나 계속 얘기해 보세요."

"학자란 원래 의심이 많고 예민한 직업이야. 세월이 많이 지났고, 그 남진희가 그 남진희라는 확증이 없는 한 의심 덩어리는 시간이 지나면서 계속 커져 갔겠지. 그러다가 자신을 옴짝달싹 못하게 엮어 버린 가짜 남진희에 대한 증오감이 극대화된 거야. 그때 그 무서운 어머니 이분희에게서 물려받은 악마성이 끓어올랐을지도 몰라. 그게 교수의 이성을 덮어 버린 거지. 그래서 살해했다면 어떤가?"

"으음, 충격적인 상상이지만 있을 수 없는 일은 아니네요. 그럼 범행은 어떻게 했을까요? 알리바이가 있는데."

"그건 좀 더 확인이 필요해. 일단은……."

"일단은요?"

"정말 친딸이 맞는지 아닌지 내 가설을 확인해 보는 게 우선이야."

"그렇겠군요. 친딸이 아니라면 오히려 남성룡이 가장 남진희 살해에 동기가 강한 인물로 될 거니까요. 당장 DNA 검사를 해봐야겠습니다."

"응, 하지만 공개적으로 남성룡한테 DNA 검사를 요청하는 건 좋지 않을 것 같아. 현재는 아무런 증거도 없는 나만의 공상 수준이니까 반발도 심할 거고. 일단 몰래 검사해서 친딸이 아니라는 결과가 나오면 그때 정식으로 영장을 발부받아 DNA 검사를 하면 되겠지."

이유현은 당장 작업에 착수했다. 남성룡 몰래 유전자 감식을 하는 일은 수사의 프로인 강력팀 형사들에게 그다지 어렵지 않았다. 다음 날 이유현과 강력팀 형사 두 명이 우면동 집을 방문했다. 이유현이 남성룡과 면담하며 변죽을 울리는 대화를 하는 사이, 다른 형사들이 번갈아 슬쩍 자취를 감추며 목욕탕과 서재 등에서 몰래 남성룡의 머리카락, 수염 따위를 채취했다. 해운대 경찰서에 촉탁해 비어 있는 별장에서 남진희의 머리카락을 수거하는 데는 별 어려움이 없었다.

두 사람의 유전자 정보가 들어 있는 머리카락을 나란히 국립과학수사연구원에 보내 놓고 부녀관계를 확인하기 위해 결과를 기다렸다. 그 며칠간은 고진보다 이유현이 더 초조해했다. 드디어 우면동 집의 얽히고설킨 실타래를 풀어낼 단서를 잡는가 하는 기대감과 설마 하는 우려감이 혼재된 기다림이었다.

"결과가 도착하면 알려 줘."

고진은 한마디만 해 놓고는 그동안 뭘 하고 있는지 아무런 연락도 없었다.

마침내 결과가 도착한 날, 국립과학수사연구원에서 서초경찰서 강력팀 앞으로 도착한 납작한 우편물을 뜯어본 이유현의 표정은 기괴하게 일그러졌다. 그는 즉시 고진에게 전화를 걸었다.

"어때?"

용건이 무엇인지는 말하지 않아도 이미 알고 있다.

"형님, 이번엔 완전히 잘못 짚으셨어요."

"뭐?"

"친자관계가 확실합니다. 남진희는 남성룡의 딸이 맞는다고 나왔어요."

"……"

밤을 새우며 쌓아 올렸던 자신의 새 가설이 무기력하게 깨졌다는 엄연한 사실에 큰 충격을 받은 듯 고진은 말이 없었다. 이유현이 달랬다.

"그래도 남진희가 거짓으로 딸 행세를 하지 않았단 건 다행 아닙니까?"

"그걸 위로라고 해?"

"저도 뭐 좋은 기분은 아니에요. 만약에 친딸이 아니라는 결과가 나왔다면 남성룡 교수가 그나마 동기를 가진 제1의 용의자로 수사가 쉽게 풀릴 수도 있었는데. 다시 원점으로 돌아와 버렸어요."

"그것 참……. 남 교수 가족한테도 좀 미안하네. 몰래 유전자 검사까지 하고."

"할 수 없죠. 해 볼 수밖에 없었잖아요."

"그래도……."

고진은 말을 줄이다가 다시 말했다.

"남진희 말이야……. 이미 죽어서 알 수 없다지만, 먹고살기 위해 서울대 교수의 딸 행세를 하며 깜찍하게 주위를 속여 온 여우로 믿었단 거잖아. 그렇게 생각한 며칠간이 정말 후회스럽고 미안해."

"형님답지 않게 뭘 그리 신경을 쓰세요."

고진이 너무 자책하기에 이유현이 거의 위로해야 했다.

"같이 남 교수를 만나러 가지 않겠어?"

"왜요? 이제 와서 또 뭘."

"터무니없는 공상으로 딸 잃은 부모를 의심하고 모욕한 셈이잖아. 솔직히 잘못을 인정하고 사과라도 하고 싶어."

"모르게 DNA 검사한 거니 괜찮을 텐데 그냥 넘어가죠."

"그래도 도저히 맘이 편치가 않아. 이번 참에 확실하게 확인해 봐야 할 다른 것도 있고."

이유현은 고진이 진심이라고 판단했다.

"……알겠습니다. 가시죠. 형님은 아무래도 남성룡보다는 죽은 남진희한테 미안한 모양이네요. 마음의 부담은 털고 가야죠."

"내가 이래서 자넬 좋아해."

"고백은 사양합니다. 단 조건이 있어요. 저는 옆에 서 있을 테니까 얘기는 형님이 하세요."

"……으음, 알았어."

두 사람은 전화로 남성룡이 집에 있는 것을 확인한 후 저녁에 만

나 우면동의 붉은 집을 찾았다. 문턱이 닳도록 드나든 그 집이 이제
는 정겹기까지 했다. 방문 목적을 생각하면 다소 우울했지만.

2층에는 남성룡 혼자 거실에 나와 있었다. 남광자는 계모임으로
외출 중이라 했다. 남패전은 한사코 마당 별채에 있겠다 하였으나
남성룡 남매가 2층 남는 방에 억지로 들어 앉혔다고 했다. 이날 얼
굴은 보이지 않았다.

여유 있는 모습으로 앉아 있는 남성룡과는 대조적으로 앞자리의
고진과 이유현은 불편하게 앉아 차를 마시는 둥 마는 둥 하고 있었
다. 이유현이 뭘 하고 있냐는 듯 눈빛으로 재촉하자 고진은 괜히 입
에 댔던 찻잔을 내려놓고 약속대로 어렵게 입을 떼었다.

"사실은 사과를 드리러 왔습니다."

"사과요? 무슨?"

남성룡은 이미 용서한 듯한 온유한 미소를 띠며 물었다.

"말씀드리기 참 죄송스럽습니다만, 교수님을 의심했습니다."

"의심이라면 설마……?"

남성룡의 얼굴에서 미소가 사라졌다.

"네, 남진희 씨 사건에 대해서요."

"정말 어이가 없군요. 아무리 의심이 직업이라지만 내가 딸을 죽
였다고 생각했단 말입니까?"

남성룡은 화가 난다기보다는 기가 막힌다는 표정이었다.

"죄송합니다. 혹시 친딸이 아닐 수도 있다는 생각에……."

"친딸이 아닐 수도 있다? 허허, 참. 내 평생 이렇게 황당한 얘긴 처
음 들어 봅니다."

남성룡은 불쾌감을 표출하는 대신 소파 팔걸이를 한 번 탁 내리쳤다.

"네, 죄송합니다. 저희의 오해로 그만 무례한 짓을 저질렀습니다."

"무례한 짓? 그건 또 뭡니까?"

"사실을 확인하려 교수님 모발하고 남진희 씨 모발을 몰래 채취해서 DNA 비교 검사를 했습니다."

"뭐욧?"

남성룡이 언성을 버럭 높였다.

"그런데 친자관계가 확인됐습니다. 의심해서 죄송합니다. 어쨌든 사과를 드리는 게 맞다고 생각해서 이렇게……."

노교수의 얼굴은 딱딱하게 굳어지다 못해 벌겋게 달아올랐다. 입술 언저리가 씰룩거리고 목 아래 부위에 붉은 빛이 파도처럼 차올랐다.

"도대체 당신네 경찰이란 사람들은……. 어떻게 그렇게 함부로 프라이버시를 침범한단 말이오? 당신들이 대체 무슨 자격으로 함부로 남의 친자관계 확인을 한단 말입니까? 가만있지 않겠어요!"

남성룡은 팔걸이를 꽉 붙든 채 몸 전체를 격렬히 흔들어 댔다. 늘 온화하던 그가 어지간히 화가 난 모양이었다. 이유현은 이 상황이 못내 민망하고 거북해져 고진을 곁눈질로 바라보았다. 거봐요, 내가 얘기하지 말자고 했죠. 그 눈길이 말하고 있었다.

남성룡이 진정되기까지는 고진과 이유현의 노력이 필요했지만, 다행히 격분의 시간은 오래가지 않았다. 절규에 가깝게 고함을 내지르던 남성룡은 어느 순간 연료를 소진한 내연기관처럼 갑자기 뚝 하며 기운이 끊어져 버렸다.

"나가 주시오. 당장. 앞으로는 수사에 일체 협력하지 않겠소."

"죄송합니다. 저희 경찰로서는 어쩔 수 없이……."

"나가라니까!"

대노한 남성룡이 이유현의 말허리를 잘랐다.

허겁지겁 도망치듯 빠져나오는 이유현은 차라리 잘됐다 싶었다. 군이 이런 상황을 만든 고진을 원망스럽게 쳐다보았지만 그는 모른 척 이유현의 시선을 외면했다.

누군가 뒤통수를 잡아당기는 듯한 기분을 느끼며 부리나케 우면동 집 대문을 빠져나왔다. 때마침 남광자가 어둑어둑해진 언덕길 아래에서 걸어오고 있었다.

"안녕하세요."

남광자의 인사에 고진은 웬일인지 반색을 했다.

"남 여사님, 안 그래도 한번 찾아뵈어야겠다고 생각하고 있었습니다. 마침 잘됐네요."

"네, 무슨……?"

"몇 가지 여쭈어 볼 게 있어서요."

"그럼 집 안으로 들어오세요."

"아니, 그건 좀……."

고진과 이유현은 집 쪽에 힐끔 눈길을 보내고는 질색을 하며 손사래를 쳤다.

"짧게 끝날 겁니다. 여기서 얘기하죠."

세 사람은 집 앞 공터에 잠깐 멈춰 섰다.

"돌아가신 박은순 씨하고는 친했습니까?"

남광자는 의아한 눈빛을 띠었다.

"아래층 언니하고요? ……아뇨. 저하고는 그다지. 아래층 언니는 올케언니하고 친하게 지냈죠."

아래층 언니는 서태황의 처 박은순, 올케언니는 남성룡의 전처 김해련을 지칭하는 모양이다.

"두 사람은 속을 터놓고 고민 얘기도 하는 사이였나 봐요."

그들을 떠올리면서 썩 유쾌한 기분은 아닌 것 같았다. 집안에 비슷한 나이 대의 여자 셋 중 둘이 친해 버리면 한 명은 따돌림당하는 거나 마찬가지였으리라.

"올케언니는 죽기 전에 아래층 언니한테 편지도 보내왔어요. 집 나가고는 완전히 연락을 끊었던 사람인데 유일하게 연락 온 게 그거였어요."

"네? 정말입니까?"

고진이 웬일인지 깜짝 놀라며 물었다.

"네. 아래층 언니는 그 편지를 읽더니 막 울더군요. 뭐 곧 죽는다는 이야길 썼으니 슬펐겠죠."

"편지는 그런 내용이었습니까?"

"아뇨, 내용은 몰라요. 그냥 그런 거 아니겠어요. 당연히 몸이 아프니까 죽기 전에 감상적이 되어 친했던 사람들한테 마지막으로 연락한 거겠죠."

남광자의 말투에는 불쾌감이 묻어 나왔다. 자신한테 연락이 없었다는 것에 대한 서운함일 것이다.

"혹시 그 편지를 지금 볼 수 있을까요? 죽어 가는 사람이 보낸 편지라면 박은순 씨가 고이 보관해 놓았을 것 같은데."

"지금 없어요."

"네? 왜요?"

"언니가 태워 버렸어요."

"아, 이런……."

고진의 얼굴에 역력한 실망감이 피어올랐다.

"마당에서 울면서 태웠죠. 명복을 미리 빌기라도 한 건지."

"그게 정확히 언제였습니까?"

"올케언니가 죽기 한 1년 반 전?"

"흠, 그럼 그 편지를 받은 후에 박은순 씨가 변한 건 없었나요?"

"별로. 아래층 언니는 워낙에 순하고 조용한 여자라 속내를 드러내지는 않았으니까요. 좀 달라진 거라면 태황 오빠하고 전에 없이 싸움이 잦았다는 거 정도랄까요?"

"부부싸움이 늘어난 거군요?"

고진이 눈을 빛내면서 물었다.

"늘었다기보다는 생겨났다고 하는 게 맞아요. 그 전에는 싸움 같은 건 있을 수가 없었어요. 태황 오빠가 오죽 무서운 사람이어야죠. 오빠의 기에 눌려서 언니는 변변히 말도 못 했죠. 그런데 그 무렵부터는 이상하게도 언니가 뭔지는 몰라도 좀 자기주장을 내세웠던 것 같아요. 태황 오빠도 마구잡이로 자기 뜻대로만 못 했고요. 하긴 원래 그래요. 아무리 젊었을 때 아내에게 큰소리치던 남자도 나이가 들면 죽어지내기 마련이에요. 여자의 발언권이 세지는 법이죠. 남자란 나이 들면 아내 없이 못 살거든요. 호호."

웃음으로 마무리하던 남광자는 자신이 마지막에 다소 경박했다 싶었는지 급히 웃음을 거두었다. 고진은 다른 질문을 했다.

"남진희 씨가 11년 만에 돌아왔을 때 가족들의 반응은 어땠나요?"

"다들 좋아했죠. 거의 축제 분위기였어요. 특히 아래층 형일이, 두리는 뛸듯이 좋아했고요. 해리는 그때 이미 가출해서 없었고."

"어른들은요?"

"오빠들 둘은 겉으로 표는 별로 안 냈지만 당연히 반갑지 않았겠어요. 성룡 오빠는 좀 뾰루퉁하긴 했어요. 에휴, 사람은 좋은데 속이 좀 좁아서요. 어릴 때 자기를 버리고 엄마를 택했다는 꽁한 마음이 있었나 봐요. 태황 오빠도 원래 감정 표현이 없는 사람이라 겉으로 말은 안 했지만 많이 좋아했지요. 아내도 죽고 적적한 집 안에 꽃 같은 조카가 들어왔으니 얼마나 기뻤겠어요. 저도 눈물이 날 만큼 좋았구요."

남광자는 말을 마치고 대문 안으로 들어가 버렸다.

남성룡의 문전박대로 풀이 죽었던 고진은 남광자와 대화를 나눈 후 왠지 기력을 회복해 있었다. 언덕길을 내려가는 내내 조금 흥분한 상태였다. 실실 웃음을 흘리며, "역시 오길 잘했어."라든가 "이제야 배경을 알 것 같아." 따위의 혼잣말을 해댔다. 이유현은 그런 고진을 그냥 내버려 두었다. 이번 사건에서 고진이 '유레카'를 외치다가 실패한 것이 한두 번인가. 지겨울 정도로 가설을 세웠고 그 수만큼 실망을 반복했다. 서두리부터 서해리, 서형일까지 한 번씩 다 의심의 탐조등을 비추어 보았다. 심지어는 그의 말에 홀려 남성룡과 남진희의 친자관계까지 의심했다가 오늘 민망한 타박까지 당했다. 더 이상 솔깃해지지도 않았다. 자신의 가슴이 답답해져 있는 탓에 조울을 반복하는 이웃의 이상 상태를 신경 쓸 여유가 없었다. 고진의 추리력이 이번에는 아무런 도움이 되지 못했다. 처음 시작한다는 자세로 물증과 알리바이 위주의 탐문 수사를 새로 시작해야 한다는 생각만이 새삼스레 가슴을 짓눌렀다.

기나긴 세월 가족의 얽히고설킨 애증을 보듬어 온 붉은 2층집은 어둑한 하늘을 등에 업은 채 동상이몽의 고진 일행을 말없이 내려다보고 있었다.

고진은 발로 뛰는 수사로 방침을 굳힌 이유현과는 조금 다른 생각을 한 모양이다. 이튿날 저녁 그는 언덕 아래 커피숍의 어두운 구석에서 서형일을 몰래 만나고 있었다. 퇴근길의 서형일은 양복 차림이었다. 고진은 심각한 얼굴로 조용히 서형일에게 말을 건넸다.

"서형일 씨, 오늘 아주 중요한 이야기가 있어 불렀습니다."

"네. 무슨 일이신지……."

서형일의 눈에 긴장한 빛이 떠올랐다.

"잠시 제 말대로 해주셔야겠습니다."

"네? 뭘요?"

"이유는 묻지 말고 지금부터 제가 시키는 대로 해주십시오."

고진의 말투는 내내 정중하고 진지했다.

"아무리 그래도 무슨 사정인지 말씀도 안 해주시고……?"

고진은 할 수 없다는 듯 말했다.

"아직은 다 말씀드릴 수 없습니다만……. 실은 전 몇 가지 이유로 서형일 씨를 의심했었습니다."

"의심이요?"

서형일은 소스라치듯 놀라 소리를 높였다.

"혹시…… 설마 제가 진희를 죽였다고 생각하셨단 겁니까?"

"아뇨, 2년 전 박은순 씨, 그러니까 서형일 씨의 어머님 살인사건 말이죠."

"제가 어머니를요? 어떻게 그런……."

'말도 안 되는 의심을 하셨습니까?'라는 말도 채 마치지 못하고 서형일의 입이 떡 벌어졌다. 이윽고 차분함을 되찾은 그가 물었다.

"그건 경찰 입장입니까?"

"아뇨."

고진의 짧은 대답에 서형일은 더 설명을 원하는 눈길을 보냈다.

"실은 저만의 생각이었습니다. 몇 가지 근거로 서형일 씨가 알리바이를 조작하지 않았나 의심했습니다. 그리고 알리바이를 조작한 이유는 사건의 범인이기 때문이다, 하고 단정했던 거죠."

서형일의 눈꺼풀이 파르르 경련을 일으켰다.

"정말 황당합니다. 저는 알지도 못하는 사이에 정말 엄청난 의심을 하셨군요. 간담이 다 서늘할 지경입니다."

"인정합니다. 제가 오해한 것 같습니다."

"오해한 것 같다니요. 아직도 의심이 남아 있으신 건가요?"

"지금으로서는 범인이 따로 있다고 생각됩니다. 하지만 그 의심을 해소하고 범인을 확인하기 위해서는 서형일 씨의 협조가 필요합니다. 제가 시키는 대로 해주셔야 합니다."

"제가 무슨 협조를……?"

"범인은 조만간 서형일 씨와 접촉을 시도할지 모릅니다."

"저한테요?"

서형일의 입이 다시 떡 벌어졌다.

"도대체가 이해가 안 가는군요. 도대체 범인은 누굽니까? 그리고
왜 저한테 접촉을 하려는 겁니까?"

"물론 확실하지는 않습니다. 다만 그럴 가능성이 있다는 것뿐이
죠. 수사상의 보안 문제로 지금 말씀드릴 수는 없어요."

"……범인을 안다면 왜 체포하지 않는 거죠?"

서형일의 큰 몸이 가늘게 떨리고 있었다. 목소리도 같이 떨려 나
왔다.

"솔직히 말씀드리면 증거가 없습니다. 그래서 지금 이렇게 서형일
씨를 만나자고 한 겁니다. 한 가지 해주셔야 할 일이 있어서요."

고진은 품에서 자그마한 장방형의 물건을 꺼내어 탁자 위에 올려
놓았다. 은색의 광택이 나는 작은 기계장치였다.

"이걸 가져가십시오."

"이게 뭡니까?"

"엠피쓰리 녹음기입니다."

"녹음기요?"

"그렇습니다. 구차하지만 고육지책입니다. 범인이 서형일 씨한테
접근해서 고의든 실수든 범행에 관련된 어떤 단서를 흘릴 수 있습니
다. 돌발적으로 중요한 말을 내뱉을 수도 있고요. 서형일 씨는 이 녹

음기를 몸에 늘 지니고 있다가 녹음된 내용을 저한테 넘겨주시면 됩니다. 대략 5일 정도면 용량이 다 찰 테니까 그때는 녹음된 파일을 따로 옮겨 놓고 새로 녹음하도록 하세요. 옮겨 놓은 파일은 저한테 보내 주시면 됩니다."

의구심에 찬 서형일의 눈동자가 불안정하게 흔들렸다.

"……스파이도 아니고, 도대체 왜 제가 그래야 되는 거죠? 범인이 왜 저한테 단서를 흘린단 겁니까? 말씀을 해주셔야죠."

"그건 지금 말씀드릴 수 없습니다. 일단 저를 믿고 따라 주세요. 거듭 말하지만 현재로선 이것만이 서형일 씨 자신의 혐의를 벗고 교활한 범인의 꼬리를 잡을 유일한 길입니다."

서형일은 당혹한 표정으로 한참 동안 말이 없었다. 곰곰이 무언가를 생각하는 모양이었다. 마침내 고진의 진지한 표정에 일말의 장난이나 가벼움이 없다는 것을 간파한 서형일은 숙고 끝에 그 뜻에 따르기로 결정했다. 서형일은 고진이 건네주는 조그마한 녹음기를 품 안에 넣고 조용히 고개를 끄덕였다. 고진은 만족한 얼굴로 서형일에게 말했다.

"실은 서형일 씨한테 말해 둘 또 다른 중요한 이야기가 있습니다."

고진은 몸을 숙여 서형일에게 속삭이듯 무언가를 이야기했다.

처음에는 무심하게 고진의 말에 귀를 기울이던 서형일의 표정이 서서히 변해 갔다. 엿가락이 녹듯 얼굴 근육이 뒤죽박죽으로 일그러졌다. 상당한 충격을 받은 모양이었다. 그는 핏줄이 불거질 정도로 주먹을 불끈 거머쥐었다.

서형일은 얼굴이 거의 흙빛으로 되어서는 엉거주춤 일어서서 커피숍을 걸어 나갔다. 비틀거리는 그 뒷모습을 고진은 착잡한 눈길로 쫓고 있었다.

서형일이 시체로 발견된 것은 그로부터 나흘 뒤였다.

마지막 목소리

이유현은 아침에 출근해 녹차 티백이 담긴 컵을 막 집어드려는 순
간 그 소식을 들었다. 우면동 저택의 자기 방에서 서형일이 칼에 심
장을 찔린 시체로 발견되었다는 급보였다. 컵을 팽개치고 부리나케
달려갔다. 낭패감이 온몸을 강타해 어지간히 강한 그의 정신도 혼미
한 상태에 빠져들었다. 생각을 가다듬으려 했으나 우면동 집에 도착
할 때까지도 머릿속은 혼란하기만 했다. 답답한 나머지 마침내 짜증
이 밀려왔다.

"도대체 어떻게 된 거야?"

자신도 모르게 내뱉은 혼잣말이었지만 수사를 담당한 경찰이 뱉
을 말은 아니었기에 들은 사람이 없는지 주위를 슬쩍 둘러보았다.

집에 들어서니 이미 노란 테이프가 곳곳에 쳐져 있고, 먼저 도착
한 감식반원들이 분주히 움직이고 있었다. 서태황, 서두리와 2층 식

구들은 경찰들이 따로 방에 보호하고 있어 보이지 않았다.

서형일은 자신의 방 침대 위에서 옆으로 몸을 비틀고 한쪽 팔을 침대 아래로 늘어뜨린 채 죽어 있었다. 새우처럼 웅크린 몸의 심장 언저리에는 칼이 깊숙이 꽂혀 있었고, 침대 시트는 가슴에서 흘러내린 피로 물들어 있었다. 부엌에서 흔히 쓰는 주방용 과도였다. 생전에 붙임성 있게 생글거리던 얼굴은 새하얗다 못해 푸르죽죽하게 변해 있었다. 죽어 있는 자세나 흐트러진 이불의 모양새로 보아 칼에 찔린 고통 다음에 마지막 몸부림이 있었던 것 같았다.

덩치 큰 서형일이었지만 잠이 든 한밤중에 몰래 다가온 습격자를 상대할 방법은 없었을 것이다. 한눈으로도 범행의 순간을 생생히 떠올릴 수 있는 현장이었다. 자다가 침입자의 칼을 맞은 것이 분명했다. 서형일이 자는 밤 시간에 범인은 몰래 들어와 이불을 걷어내고 주방용 칼을 그의 가슴에 박아 넣어 살해한 것이다. 하필 어젯밤은 보름날이었다. 커튼 하나 없는 큰 창문으로 흘러 들어온 환한 달빛 아래 벌어졌을 처참한 살인극을 상상하니 더욱 섬뜩한 느낌이 들었다. 서형일은 격통으로 꿈에서 깨어났지만 잠시 몸부림을 쳐보는 것 외에 달리 할 수 있는 일이 없었으리라. 예리한 칼에 두 쪽으로 갈라진 심장은 곧 찾아올 죽음을 확실히 인도할 뿐이었다. 현장은 범행에 관해 많은 정보를 주었지만, 한편으로 그만큼 범인의 자신감이 전해져 오는 것 같기도 했다. 지문이나 DNA 따위는 기대할 수 없을 것이다.

이유현의 머릿속에 떠오른 건 역시 이전의 살인사건이었다. 거의 초기 때부터 개입한 박은순 사건을 포함하면 이유현이 주시하고 있는 가운데 세 건의 살인이 연속적으로 일어난 셈이다. 경찰로서의 책임도 느끼지만, 범인의 악마성에 소름이 돋았다. 선대까지 합하면 이 집안에서 무려 네 건의 살인이 일어났다. 이제 그 살인이 외부인이나 강도의 소행이라고 거론할 여지는 없음이 명백했다.

범인은 기가 막힐 정도로 악랄하면서 그만큼 교활하기도 한 존재이다. 이유현은 눈앞이 아득해졌지만, 부하 형사들 앞에서 허탈한 심경을 드러낼 수는 없었다.

한창 수사 지휘에 바쁜 이유현에게 고진으로부터 전화가 걸려왔다. 이유현은 낙담한 어조로 서형일이 피살된 것을 알려 주었다.

"서형일이가 어젯밤 자기 방에서 자다가 칼에 찔려 살해당했어요. 자세한 얘긴 나중에 하죠."

고진은 충격으로 말문이 막힌 모양이었다. 이유현은 간략히 사실만을 전하고 통화를 마쳤다.

잠시 후 고진에게서 다시 전화가 걸려왔다.

"아, 죄송. 지금 초동수사에 바빠서……."

이유현이 적당히 휴대전화를 닫으려는데 고진이 불쑥 이상한 말을 했다.

"정말 몰랐어."

"뭘요?"

힘없는 목소리가 수화기 건너편에서 들려왔다.

"설마 죽여 버릴 줄이야……."

통화를 끝내려던 이유현의 목소리가 커졌다.

"뭐라고요? 형님은 뭔가 알고 있었습니까?"

"날 현장에 들여보내 줘. 운이 좋다면 범인을 당장 알아낼 수도 있어."

"이번엔 확실한 근거가 있는 겁니까?"

"물론."

고진이 무언가를 알고 있다고 판단한 이유현은 형사들을 지휘하여 우면동 집을 철통같이 봉쇄했다. 식구들은 갑작스런 서형일의 죽음만으로도 벅찬데 형사들이 눈을 부릅뜨고 출입을 통제하고 화장실 출입마저 감시하자 불안에 떨었다. 서태황과 남성룡도 상황의 엄중함을 이해한 듯 형사들의 유도에 묵묵히 따라 주었다.

고진은 한 시간쯤 뒤에 우면동 집에 도착했다. 입구에서 형사들이 저지했으나 이유현이 들여보내도록 했다.

참극의 현장, 서형일의 방에 들어간 고진은 아직 실려 나가지 않은 서형일의 시체를 마주했다. 고진의 얼굴은 어두웠다. 그에게도 상당한 충격이었으리라. 불편하다 못해 이지러진 얼굴에는 살인을 막지 못한 회한 같은 것이 떠 있었다. 서형일의 심장 언저리에 꽂힌 칼의 스테인리스 손잡이가 유달리 번들거렸다. 고진은 착잡한 표정으로 한참 동안 칼을 바라보더니 서형일의 마지막 가는 길에 조사를 읊듯이 중얼거렸다.

"가장 친절한 사람은 칼을 쓴다고 했던가…… 죽은 자는 이리하여 더욱 빨리 차가워지니까…….*"

---

* 오스카 와일드, 『레딩 감옥의 발라드』

"지금 시낭송할 때입니까?"

이유현이 핀잔을 주었다. 고개를 든 고진은 서형일이 죽어 있는 침대 주변을 휘휘 둘러보더니 서슴없이 이곳저곳을 뒤지기 시작했다.

"형님, 현장은 조심해 주세요, 1차 감식은 끝냈지만 보존해야 되는 건 아시잖아요."

이유현의 말에도 고진은 아랑곳하지 않았다. 그의 수색은 금방 끝이 났다. 침대 옆 작은 나이트테이블 위에 전기스탠드가 있었고, 고진은 그 전기스탠드 옆에서 조그마한 은색의 네모난 기계를 집어 들었다. 며칠 전 서형일에게 건네준 녹음기였다. 고진은 침침한 얼굴 가운데 한 줄기 희미한 웃음을 띠었다.

"그건 뭡니까?"

이유현이 물었다.

"내가 서형일한테 줬던 녹음기야. 만약 서형일이 내 말을 들었다면 이 녹음기는 범행이 있었던 시간에도 켜져 있었을 거야."

"그렇다면……?"

이유현의 얼굴이 기대감으로 물들었다.

"내 의도는 원래 그건 아니었지만, 이번 범행의 결정적인 소리가 여기에 녹음됐을 수 있어. 이를테면 범인의 목소리라든가. 다행히 서형일은 생각대로 착실한 청년이었어. 녹음기가 아직도 켜져 있군."

이유현은 마음속으로 환호성을 질렀다. 고진, 이 사람이 마지막엔 도움이 됐군. 소 뒷걸음질에 우연히 쥐 잡은 것 같긴 하지만. 고진이 서형일에게 애당초 왜 녹음기 따위를 주었는지 그 이유는 나중에 생각하기로 했다. 당장은 범행 당시에 생생하게 녹음된 소리를 들어

보는 것이 최우선이었다. 고진이 말했다.

"범인은 분명히 가족들 가운데 있어."

이유현은 대답 없는 끄덕임으로 동의를 표했다.

"일단 가족들을 1층 거실에 모아 줘. 그 앞에서 녹음을 공개하면 더 효과가 확실할 걸세."

서태황, 서두리, 남성룡, 남광자, 남패전과 소식을 듣고 달려와 있던 서해리, 김병윤까지 일곱 명이 1층 거실에 옹기종기 모여 앉았다. 소파가 모자라 부엌에서 식탁 의자를 가져왔다. 모두 안절부절못하고 있었다. 억센 서태황조차도 아들을 잃은 충격과 경찰의 거친 수사에 압도되었는지 분노한 얼굴로 이리저리 눈알만 굴리고 있을 뿐이었다. 서두리 역시 서태황과 비슷한 반응을 보였다. 화난 표정은 마찬가지였으나 숨길 수 없는 극도의 불안이 서려 있는 점이 아버지와 달랐다. 서해리는 오빠가 죽은 상황에서도 비교적 무심했고, 덩달아 딸려 온 김병윤이 오히려 다리를 탈탈 떨며 조바심을 내고 있었다. 남성룡, 남광자는 완전히 지쳤다는 듯 경찰의 지시에 고분고분 따랐다.

이유현은 고진과 함께 서형일의 방을 나와 가족들 앞에 얼굴을 내밀었다. 이유현은 가족들을 둘러보고 녹음기를 쭉 내밀며 말했다.

"이것은 서형일 씨 머리맡에 놓여 있던 녹음기입니다. 우연히 범행 당시에도 켜져 있었어요. 범행이 벌어진 현장의 소리가 그대로 녹음되어 있는 거죠. 여기에는 범인의 목소리나 숨소리가 담겨 있을 수 있습니다. 저는 범인은 여기 계신 가족 중에 있다고 믿습니다. 여기서 이 녹음을 공개하겠습니다. 가족들이라면 녹음된 목소리, 숨소리만으로도 그게 누구인지 확실히 알 수 있을 거라 생각합니다. 주의 깊게 들어 주십시오. 범인은 여기 계신 가족들이 소리를 듣고 확실히 밝혀 주시겠지요."

거실에 모인 가족들은 놀라움에 웅성거리며 질문을 해댔지만 이유현이 어떠한 대꾸도 하지 않자 이내 잦아들었다. 이유현은 녹음기를 탁자 위에 놓아둔 노트북에 연결해 파일을 복사했다. 조금 시간이 걸렸는데, 이제는 아무도 말하지 않았다. 살인과 현장의 녹음. 뒤이은 범인 색출. 급박한 상황 전개에 모두가 질려 버린 듯하다. 누군가 침을 꼴딱꼴딱 삼키는 소리가 연신 들려왔다. 복사를 마친 이유현은 컴퓨터의 녹음기 프로그램 재생 버튼을 눌렀다. 그러고는 패드를 살살 긁으며 전날 밤 서형일이 죽은 부근의 시간대로 녹음 부분을 찾아가기 시작했다. 정확한 시간대를 찾는 데는 꽤 시간이 걸렸다. 마침내 어떤 소음을 포착한 이유현이 숨소리를 죽이며 말했다.

"드디어 이 부분이네요. 자, 모두들 잘 들어 주십시오. 어느 분의 소리인지."

이유현보다 현장에 모인 가족들이 더 긴장했다. 서두리, 서해리, 김병윤, 남광자, 남패전은 물론이고, 서태황, 남성룡까지도 이맛살을 잔뜩 찌푸린 채 녹음기를 향해 귀를 기울였다.

녹음기의 녹음 감도도 좋았고, 노트북의 스피커 출력도 높았다. 볼륨을 최대로 키우자 거실 끝까지 전해질 만큼 소리가 크게 들렸다. 첫 부분에서는 싸아 하는 기계적 소음만이 들렸다. 잠시 후 삐걱하며 조용히 문이 열리는 소리가 들렸다. 범인이 방에 들어온 모양이다. 발소리를 죽여 서형일의 침대 쪽으로 다가온 듯 발자국 소리는 거의 들리지 않았다. 기대했던 범인의 목소리는 전혀 들리지 않았다. 숨소리도 없었다. 녹음기를 가까이 대고 말하지 않는 한 숨소리가 제대로 녹음되긴 어려울 것이다. 또 숨소리만으로는 아무리 가족들이라 해도 누구인지 특정하기 어렵다.

귀를 기울이던 이유현이 점차 실망감에 휩싸여 갈 때 푹 하는 자그마한 소리와 함께 흐읍 하며 숨을 들이마시는 듯한 신음이 들렸다. 범인이 서형일의 몸에 칼을 찔러 넣은 소리에 이어 서형일이 낸 억눌린 신음 소리였다. 살인의 생생한 현장. 그 무서운 소리에 사람들은 모두 진저리쳤다. 스너프 필름이란 게 있다지만 이 녹음은 청각 스너프라고 해야 할까. 귀에 집중된 전율은 영상의 충격을 넘어서는 것이었다. 서형일의 신음은 짧은 시간이지만 간헐적으로 이어졌다. 그러다가 갑자기 목소리가 들렸다. 드디어 생생하게 녹음된 목소리가 등장했다. 그 목소리는 가족들의 확인이 필요 없을 정도로 이유현도, 고진도 잘 아는 목소리였다. 피해자인 서형일의 목소리였다.

범인의 목소리는 끝내 녹음되지 않았지만 실망할 필요는 없었다. 범인의 육성 대신 서형일의 마지막 대사는 단 한 명의 범인을 간단하지만 확실하게 지목해 주고 있었다.

이유현과 현장에 있던 가족들, 경찰들 모두를 얼어붙게 만든 서형일은 마지막 말은 이것이었다.

"아……버……지…… 왜……?"

의심과 진실

서태황은 크게 저항하지 않았다. 녹음을 듣는 순간 벌써 거의 제 정신이 아닌 것 같았다. '아버지, 왜?' 하는 서형일의 음성에 뒤이어 녹음기를 집어 들었다 놓는 듯 두어 번 떨그럭거리는 소음이 녹음되어 있었을 뿐, 끝내 범인의 목소리나 숨소리는 나오지 않았다. 하지만 '아버지', 한 단어로 체포는 충분했다.

녹음을 듣고 경악한 사람들이 일제히 서형일의 아버지, 서태황을 돌아보았다. 그는 얼굴이 새하얗게 질려 있었고, 사람들의 시선이 쏟아지자 몸을 부들부들 떨기 시작했다. 이윽고 오래된 나무가 쓰러지듯 그 자리에 무너져 내렸다. 몸과 마음이 모두 강인한 그였지만, 한번 무너지니 붕괴는 한순간이었다.

휘청대며 제대로 일어서지 못하는 서태황의 양옆에서 경찰이 팔을 붙들었다. 체포라기보다는 부축에 가까웠다. 서태황은 압송되어

가는 경찰차 안에서 벌게진 얼굴로 눈을 질끈 감고 있을 뿐 별 말이 없었다.

서형일에게는 미안한 일이지만, 사실 이유현은 죽음을 막지 못한 안타까움보다 사건을 해결하게 됐다는 시원한 감정이 조금 더 앞섰다. 횡재와도 같았다. 남진희 사건은 물론 박은순 사건까지 거슬러 가면 2년 가까이 목구멍 깊숙이 박힌 가시처럼 의식 한구석에 숨어 괴롭히던 사건이었다. 어이없게 해결되어 버렸다.

녹음기에 범인의 음성은 없었지만, 피해자가 죽어 가며 남긴 한 마디가 범인을 명백하게 지목해 주었다. 서형일은 심장에 칼을 맞고 단잠을 깬 후 살인자의 얼굴을 보았다. 만월의 달빛에 비친 그는 아버지였다. 일순 상황을 파악한 서형일은 인생 최후의 가쁜 숨을 몰아쉬면서 "아……버……지…… 왜……?", 나를 찔렀습니까, 하는 의문부호만을 남기고 절명했다.

서태황은 경찰서로 도착해서 어느 정도 정신을 차린 후부터 범행을 완강히 부인했다. 전직 장성으로서 위신을 잃지 않으려 극단적인 반응은 자제했지만 눈동자 너머로 적대감과 공격성이 활활 불타올랐다. 하지만 그거 어떤 태도를 취하든 취조실에 들어선 이유현은 자신만만했다.

"이제 그만 포기하시죠. 피해자는 죽으면서 서태황 씨를 범인으로 지목했습니다."

"그거야 잘못 본 거겠지. 밤이니까."

"어젯밤은 구름 한 점 없는 맑은 날씨에 보름달까지 떴어요. 창문에는 빛을 가리는 커튼도 없었고요. 방 안은 도저히 잘못 보려고 해도 볼 수 없을 만큼 환했을 겁니다."

"아무튼 이건 오해요. 내가 형일이를 왜 죽인단 말이오. 양자라고 괜히 넘겨짚는 모양인데, 난 한 번도 형일이를 입양했다는 걸 의식해 본 적이 없어요. 내 아들과 똑같이 대했소."

이유현은 할 수 없다는 듯 고개를 저었다.

"일단 동기를 제쳐 놓고라도 이제 와서 보면 박은순 씨나 남진희 씨 살인 둘 다 가능한 사람은 서태황 씨밖에 없었어요."

"뭐요?"

서태황은 절제되지 않은 소리를 빽 질렀다.

"내가 집사람하고 진희까지 죽였다는 거요?"

서태황은 강하게 항의했지만, 이유현은 무시했다.

"동기는 둘째치고 먼저 알리바이를 볼까요? 박은순 씨가 죽었을 때 서태황 씨는 아침운동 갔다고 했습니다. 본인의 말뿐이었죠. 남진희 씨 사건 때도 마찬가지였어요. 나름대로 알리바이는 꽤 만들어 놓으셨더군요. 8시 전에 서형일 씨가 출근 인사를 했다 하고, 8시부터 10시까지는 우면산에서 운동, 10시 지나서는 서두리 씨의 방에서 서로 얼굴을 봤고, 12시에는 친목회에 참석하셨죠. 여기서요, 12시 친목회 참석은 맞다 쳐도, 우면산 운동은 역시 본인의 말뿐이죠. 그리고 그날 아침 서태황 씨를 봤다는 서형일 씨와 서두리 씨는 아들이에요. 서태황 씨는 집에서는 절대적인 존재였던 듯하더군요. 증언을 그리 하라고 아들들한테 시켰으면 뭐 벌벌 떨면서 군말 없이 따랐을 거고요. 두 아드님들의 증언을 액면대로는 믿기 어렵습니다. 남진희 씨가 아침 7시에서 8시 사이에 살해됐으니까, 살해 시각을 7시라고 치면 서태황 씨가 그 시간에 범행을 하고 서울로 차를 달려 다섯 시간 뒤인 12시의 친목 모임에 참석하는 건 충분히 가능했을 겁니다. 시간대가 맞는 KTX를 탔든지 혹은 아침에 해운대에서 택시를 잡아타고 웃돈 얹어서 서울까지 달리게 했든지요. 아들 둘한텐 8시와 10시에 각각 서태황 씨를 봤다는 진술을 강요해 놓았을 테고요. 우리는 그동안 서형일 씨와 서두리 씨를 의심하느라 그 증언이 그 두 사람의 알리바이라는 측면에서만 봤지, 서태황 씨의 알리바이를 만들기 위한 거였단 생각을 못 했단 말이죠. 그건 우리 실수였어요. 아무튼 서태황 씨는 절대 권력을 휘둘러 두 아들한테 알리바이를 거짓 증언하게 만들었던 겁니다. 서형일 사건 때야 당연히 서태황 씨는 집 안에 같이 있었으니 범행은 훨씬 쉬웠을 거고요. 세 사건 모두 알리바이가 불분명하거나 조작이 가능했던 사람은 서태황 씨, 당신 외엔 없습니다."

이유현의 추궁이 계속되자 서태황의 몸은 가늘게 요동쳤다. 그가 이 정도로 무너지는 모습은 처음이었다. 서태황은 떨리는 음성으로 말했다.

"내가 왜 가족들을 죽였다는 거요? 이유는?"

"박은순 씨는 부부였던 만큼 남들이 모르는 갈등이 얼마든지 있었겠죠."

"허어, 참."

서태황은 짐짓 어이없다는 듯 탄식을 뱉었지만 그 목소리는 여전히 불안정했다.

"남진희는 유산 때문에 죽인 것 아닙니까?"

"유산이라고?"

"네, 남성룡 교수가 유언을 하면서 남진희 다음 2순위로 '서……' 라고 지목했다는 소문을 들었을 겁니다. 남광자 씨가 알려 주었든 아니면 한 다리를 건넜든 어떤 경위로 서태황 씨의 귀에 들어온 겁니다."

"난 금시초문이오."

서태황은 역력히 당황한 기색을 띠었다.

"물론 여기서는 그런 척 말씀하셔야겠지요. 유언내용 자체는 남광자 씨의 오해로 잘못 알려진 겁니다. 하지만 서태황 씨는 잘못된 그 소문을 들었어요. 그리고 2순위 '서……'는 분명히 자신이라 믿었던 겁니다. 그리고 생각했죠. 남성룡 교수가 암으로 죽기 전에 남진희가 죽으면 유산은 내 거다, 하고. 그래서 조카나 다름없는 남진희 씨 한테 흉수를 뻗쳤어요. 서태황 씨는 요즘 경제적으로 꽤 힘든 상황이었다고 알고 있습니다. 욕심이 나겠죠."

서태황은 아예 넋이 나간 얼굴이었다.

"서형일 씨의 살해는…… 그거 아닙니까? 아직은 경찰의 추측입니다만, 서형일 씨는 남진희 씨를 동생처럼 아끼고 있었어요. 그런데 서태황 씨가 알리바이를 거짓으로 진술시켰어요. 당연히 아버지에 대해서 의심을 가졌겠지요. 그러다가 결국엔 자신의 아버지, 서태황 씨가 남진희를 살해한 진범이란 걸 눈치 챈 겁니다. 동생 같은 남진희 씨, 그리고 그녀를 살해한 아버지 사이에서 갈등했을 것이고, 서태황 씨는 그 사실을 알게 된 겁니다. 그래서 서형일 씨가 경찰에 알리기 전에 황급히 살해한 거죠. 어떻습니까?"

"……기가 막혀서. 도저히 어떻게 해야 이 오해를 풀지 막막할 뿐이오."

서태황은 한숨을 내쉬며 고개를 절레절레 저었다. 테이블 위에 올려놓은 검지 끝이 덜덜 떨리고 있었다.

서태황의 1차 신문과 폭풍 같은 초동수사가 어느 정도 끝난 때는 다음 날 거의 밤 11시가 다 된 시각이었다. 사무실로 돌아와 야근하고 있던 이유현의 휴대전화가 울렸다. 고진이었다.

"서태황이 자백했나?"

"아뇨, 끝까지 오리발이에요. 명백한 증거가 있는데도 그러고 있으니까 답답하네요. 박은순, 남진희 살인 부분은 사실 증거가 없으니 아직 갈 길이 멀고요. 참 고집 센 양반이에요."

"서태황은 절대 자백하지 않을 거야."

"왜요?"

고진은 대답을 않은 채 엉뚱한 소리를 했다.

"내 방식대로 입을 열게 할 수 있을 것 같아. 내일 한 번 더 서씨와 남씨 가족을 그 집 거실에 모아 주겠나. 서태황도 데려오고 말이야."

이유현은 당황했지만 결국은 그 제안을 수락했다. 고진은 이 사건에서 경찰이 모르는 무언가를 붙잡은 모양이었다. 어제부터는 고진이 성공을 거두고 있다는 걸 인정할 수밖에 없었다. 서형일이 살해당하리라곤 미처 생각지 못했다 하더라도 범인이 어떤 형태로든 그에게 접근할 거라 예상하고 녹음기를 맡겨 놓았다. 그 덕분에 어쨌든 범인의 체포가 가능해졌다. 이유현은 이번 사건에서 고진의 연이은 헛손질에 회의를 품었지만, 서태황을 체포하면서 그에 대한 예전의 믿음을 얼마간 회복했다. 서태황의 입을 열게 할 비책이 그에게는 있는 모양이다. 그를 한 번 더 믿어 보기로 했다.

다음 날 오전, 우면동 저택의 1층 거실에는 다시 가족들이 모여 경찰을 기다리고 있었다. 이제는 단출해진 가족이었다. 잇단 살인과 체포로 수가 많이 줄어 버린 것이다. 남성룡, 남광자, 남쾌전, 서두리, 서해리, 김병윤. 여섯뿐이었다. 이유현은 형사 두 명을 데리고 서태황을 차에 태워 우면동 집에 도착했다. 바로 조금 뒤 고진이 숨을 헐떡이며 도착했다. 언덕을 급하게 걸어 올라온 모양이다.

서씨, 남씨 가족들은 거실 소파에 각자 자리를 잡고 앉았고, 이유현과 형사들은 약간 뒤로 물러나 서 있었다. 고진은 지각을 대충 사과한 다음 바로 기세 좋게 말했다.

"모두들 참석해 주셔서 대단히 감사합니다."

일동은 말이 없었다. 고진은 그를 주시하는 얼굴들을 쭉 둘러보다가 서태황에 이르러 시선을 멈추고 말을 건넸다.

"서 장군님."

"왜요."

서태황의 대답은 불퉁스러웠다. 고진에게 좋은 감정을 가질 리 없다.

"서형일 씨를 살해하신 게 맞습니까?"

"말도 안 되는 소리!"

"경찰은 서형일 씨가 죽기 전 '아버지, 왜?'라고 남긴 말 때문에 장군님을 지목한 겁니다. 도리가 없겠지요."

"형일이가 잘못 봐도 단단히 잘못 본 거지. 칼에 찔려 정신이 없을 거 아니겠소? 대체 내가 왜 형일이를 죽인단 말이오."

"서형일 씨는 절대 잘못 본 게 아닙니다."

고진의 단정에 서태황이 멈칫했다. 고진은 서태황에게서 시선을 떼고 다시 거실에 모인 사람들을 쭉 훑어본 다음 말을 시작했다.

"먼저 여러분께 말씀드리겠습니다. 실은 녹음기는 제가 서형일 씨한테 그 며칠 전에 미리 준 것입니다. 범인이 당신에게 접근할 것이니 항상 녹음기를 켜놓고 있으라고. 그래서 범인의 말이나 단서를 녹음해 달라고."

몇몇이 웅성거렸지만 고진은 무시하고 말을 이었다.

"서형일 씨는 제 말을 들을 수밖에 없는 이유가 있었습니다. 그건 여기서 말씀드릴 수가 없지만요. 역시 서형일 씨는 착실한 청년이었어요. 살해되던 날, 잠들 때도 이 녹음기를 켜놓고 있었으니까요. 자는 도중 범인의 습격을 받으리라고는 꿈에도 생각지 못했을 테지만요. 하여튼 서형일 씨는 녹음기를 켜 둔 채로 침대 옆 나이트테이블 위에 올려놓고 잠들었습니다. 자다가 범인의 기습에 칼에 찔려 깨어난 서형일 씨는 마지막 죽음을 앞둔 순간에 범인을 보았죠. 그리고 그가 누군지를 알리려 마지막 힘을 쥐어짜 최후의 대사를 남겼습니다. '아버지, 왜?'는 절대 우연히 흘러나온 대사가 아닙니다. 그것은 녹음기가 켜져 있다는 걸 의식한 형일 씨의 다잉 메시지였습니다. 다잉 메시지 아시죠? 죽어 가는 사람이 범인을 지목한 글이나 표식. 바로 그거였던 겁니다."

이유현이 보다 못해 답답하다는 듯 끼어들었다.

"다잉 메시지라고 해도 어쨌든 아버지라고 했으니 서태황 씨가 맞잖아요. 우연한 녹음이든 다잉 메시지든 다를 게 뭐가 있어요? 엎어치나 메치나."

동행한 변호사의 말을 경찰이 나무라고 있으니 모양새가 안 좋게 되었다. 하지만 고진은 오만하리만치 자신만만한 시선으로 좌중을 둘러보며 말했다.

"그 다잉 메시지는 경찰을 향한 게 아니었습니다."

"그러면요?"

어이없다는 듯 이유현이 물었다.

"그건 바로 저, 고진을 향한 다잉 메시지였습니다."

고진의 극적인 대사는 좌중을 침묵시켰다.

"형님을 향한 다잉 메시지라고요? 그게 무슨 말입니까?"

이유현이 어리둥절해져 물었다. 모두가 고진의 다음 말을 기다리며 그의 입을 쳐다보았다.

"서형일 씨는 칼에 찔려 곧 절명하지 않고 신음하다가 '아버지, 왜?'라는 말을 남겼습니다. 자, 여기서 문제는 그겁니다. 서형일의 말 바로 뒤에 떨그럭거리는 소리가 두어 번 녹음되어 있었던 것에 우리는 주의를 기울여야 합니다. 범인은 형일 씨를 칼로 찌른 후 그 옆 나이트테이블에서 은색으로 빛나는 이색적인 물건, 녹음기에 눈길이 갔어요. 이게 뭔가 하면서 녹음기를 집어 들어 올렸다가 내려놓은 겁니다. 죽은 형일 씨가 녹음기를 들어 올릴 리 만무하니 분명히 범인이 들었다 놓은 소리였습니다. 범인은 기계를 집어 올려 살펴보고 그게 녹음기인 걸 알았어요. 녹음 중 표시도 켜져 있었을 거구요. 즉 범인은 '아버지'라는 대사가 녹음된 것을 알고도 녹음기를 그대로 두고 나왔단 겁니다. 그런데 만약 서태황 씨가 범인이라면 '아버지'라는 말이 녹음된 기계를 그냥 범행 현장에 두고 나왔을까요?"

여기저기서 "그렇지." 하는 말이 들렸다. 서태황은 얼굴에 화색이 돌며 만족한 듯 고개를 끄덕였다. 이유현이 당황해서 말했다.

"서태황 씨는 그것이 녹음기인 줄 몰랐던 것일 수 있죠. 엠피쓰리 녹음기는 그 세대에게는 생소한 물건일 테니까."

"난 바보가 아니오!"

서태황이 발끈했다. 고진이 말을 받았다.

"그렇습니다. 서 장군님이 아무렴 엠피쓰리 녹음기 정도를 모를까요. 더구나 범인이 녹음기를 들어 살펴보기까지 했는데요. 아무런 눈치를 못 채고 그대로 두고 왔다는 건 있을 수 없는 일이죠. 더구나 범인은 머리가 좋고 빈틈없는 인물이란 건 경찰에서도 인정하고 있는 바이니까요."

고진은 헛기침을 하고는 물을 한 잔 들이켰다. 이유현은 은근히 부아가 치밀었다.

"서형일 씨 입장에서도 그래요. 범인을 직접적으로 알리는 말을 남겨 봤자 어차피 범인이 녹음기를 수거하든지 녹음을 지우든지 뒤처리를 할 가능성이 높기 때문에 의미가 없죠. 살인이 있었던 방 안은 보름달 빛이 비치는 환한 상태였어요. 침대 머리맡에 떡하니 은빛 녹음기가 녹음 중 표시등을 깜박이며 놓여 있었으니 범인이 그걸 놓치길 기대하긴 어렵죠. 서형일 씨는 인생의 마지막 순간을 그런 헛짓에 낭비할 정도의 바보는 아니에요. 고통스러워하면서도 '아버지'

라는 마지막 대사를 남겼습니다. 여기에는 분명한 이유가 있습니다.

그 짧은 순간, 서형일 씨의 머리는 고도로 회전했죠. 사람은 죽기 전에 인생이 한 편의 축소된 영화가 되어 주마등처럼 지나간다고 합니다. 절벽에서 떨어지는 사람은 1초도 안 되는 사이에 수백 가지 생각을 한다네요. 죽음을 앞둔 농축된 순간에는 일상에서 상상도 못 할 정도로 머리가 돌아간다는 거죠. 서형일 씨도 그랬어요. 범인이 절대 지우지 않을 내용이면서, 사건 수사에 관여했던 저만은 알아볼 수 있는 다잉 메시지를 남기는 절묘한 수를 구사한 겁니다."

고진은 잠시 말을 끊었다. 사람들은 숨을 죽이고 있었다.

"제가 사건 며칠 전 서형일 씨를 만나서 녹음기를 건네줬단 말씀을 아까 드렸죠. 그것과 별도로 그때 형일 씨한테 어떤 '이야기'를 해주었습니다. 죽음의 순간에 서형일 씨는 그걸 떠올린 겁니다."

"무슨 이야기였습니까?"

이유현이 물었다. 고진은 즉답하지 않고 뜸을 들였다. 앉아 있는 사람들의 표정을 하나하나 천천히 살폈다.

이윽고 야릇한 웃음을 머금고 입을 뗐다.

"범인은 '아버지'가 맞습니다. 하지만 서태황 씨가 아닙니다. 서태황 씨는 법적인 아버지이지만, 양자인 형일 씨한테는 생물학적 아버지도 있겠지요."

"뭐라고요?"

이유현이 놀라 소리쳤다. 사람들이 침을 꿀꺽 삼키는 소리가 들렸다. 고진이 말했다.

"범인은 서형일의 친아버지, 남성룡 교수님 당신입니다."

여기저기서 비명과 신음이 들렸다. 이유현과 형사들은 놀라 움찔했고, 서태황은 격정으로 몸을 떨었다. 남광자는 놀라 입을 틀어막으며 남성룡을 쳐다보았고, 서두리와 서해리의 표정은 격하게 일그러졌다. 당사자인 남성룡은 벌떡 일어서 소리쳤다.

"이 무슨 모욕입니까! 지난번에는 진희하고 친자관계 검사한다면서 몰래 유전자 검사를 하더니 이번에는 뭐라고요? 형일이가 내 아들이라고요? 경찰이 정말 이것밖에 안 됩니까?"

광분한 남성룡과는 대조적으로, 앉은 채 차가운 눈길로 그를 쏘아보는 고진의 목소리는 싸늘했다.

"남 교수님은 서형일 씨가 죽기 전 '아버지, 왜?'라고 한 말에 조금은 당황했을 겁니다. 이 녀석이 어떻게 내가 아버지인 걸 알았을까. 하지만 녹음기를 발견하고는 곧 음험한 미소를 띠었을 겁니다. 서형일 씨는 '아버지'라는 말을 남기고 절명했습니다. 남 교수님은 침대 옆 테이블의 녹음기에 눈이 갔어요. 제가 준 거지만, 그걸 알리 없는 교수님은 서형일 씨가 업무 때문인지 뭔지는 몰라도 녹음기를 켜놓고 잠들어 버린 정도로만 생각했겠지요. 서형일 씨는 어떤 경위로 남 교수님이 아버지인 걸 알아냈고, 마지막 순간의 그 말은 우연히 녹음기에 남게 되었죠. 남 교수님은 그걸 위험하다기보다는 오히려 범행을 서태황 씨한테 뒤집어씌울 절호의 기회라고 생각했습니다. 그래서 녹음기를 다시 제자리에 놓고는 조용히 방을 빠져나간 겁니다. 물론 녹음기를 집었다고 해서 지문 같은 걸 남길 어설픈 교수님은 아닙니다. 범행 당시 장갑 같은 걸 끼고 있었겠지요.

하지만 정작 남 교수님은 더 중요한 한 가지를 몰랐습니다. '아버지'라는 대사야말로 서형일이 마지막 지혜를 쥐어짜 남긴 다잉 메시지였다는 것을요. 저는 며칠 전 서형일 씨를 몰래 만나 녹음기를 건네주면서 말해 주었어요. '남성룡 교수님이 사실은 당신의 친아버지다'라고요. 국과수에서 확인했다는 거짓말도 했습니다. 큰 충격을 받더군요. 서형일 씨는 그때까진 전혀 모르고 있었습니다. 서형일 씨는 교수님에게 살해될 때 녹음기를 의식하고 범인은 '아버지'란 사실을 남겼어요. 그것이야말로 범인이 지우지 않을 녹음이면서 범인을 확실하게 지목할 수 있는 유일한 말이었죠. 남 교수님은 그 녹음이 서태황 씨를 범인으로 가리키게 될 것으로만 믿고 흐뭇하게 방을 빠져나왔습니다. 하지만 그 '아버지'는 양아버지 서태황 씨가 아니라 친아버지인 남성룡 교수님 당신을 가리키는 것을 저, 고진만은 눈치 채 줄 거라고 서형일 씨는 생각했던 겁니다.

서형일 씨는 범인이 아버지란 걸 우리에게 알렸습니다. 양부인 서태황 씨가 범인이라면 그런 녹음을 그대로 두고 나왔을 리 없죠. 그런 행동을 할 사람은 알려지지 않은 숨은 아버지, 서형일 씨의 친부인 남 교수님, 당신밖에 없습니다."

남성룡은 얼굴을 실룩거리며 반복적으로 외쳤다.

"아무리 그래도 말도 안 되는 소리야! 형일이가 내 아들이라니, 말도 안 돼!"

고진의 다음 대사가 그의 저항에 쐐기를 박았다.

"그럼 이번엔 제대로 친자 DNA 검사를 해 볼까요. 그렇게 자신 있으시니 혐의를 벗기 위해서라면 응하시지 못할 이유는 없겠지요?"

단호한 고진의 말이었다.

일순 남성룡에게서 무언가가 뚝 하고 끊어져 나간 듯 보였다.

그는 멍한 표정을 짓더니 잠시 후 타들어 가는 성냥처럼 서서히 고개를 숙였다.

서초서 강력팀의 컴컴한 사무실에 외로이 마주 앉은 고진과 이유현. 두 사람은 식어 버린 커피가 담긴 일회용 종이컵을 앞에 두고 우중충한 분위기를 연출하고 있었다.

"놀랍습니다. 남성룡이 진범이었다니……. 박은순, 남진희 둘을 죽이고도 모자라 서형일까지. 지금은 묵비권을 행사하고 있지만 얼마 안 걸릴 거예요. 그건 그렇고, 형님은 그게 다 어떻게 된 일입니까? 오늘은 설명을 듣지 않고는 못 보냅니다."

"살인까지 할 줄은 몰랐어. 남성룡의 범행이란 걸 알았지만 증거가 변변찮았고, 어떤 이유로 그가 반드시 서형일한테 접근할 거라 생각했어. 직접 범행에 관한 이야기를 하든가 아니면 적어도 분명 단서가 될 말을 남길 거라고 믿었던 거야. 서형일한테 녹음기를 항상 켜놓고 있으라고 단단히 주의를 주었지. 한 번 켜놓으면 4, 5일간은 연속 녹음되는 신형 엠피쓰리 녹음기야. 사비로 돈도 좀 썼어."

이유현이 의심스러운 눈초리를 보냈다. 고진의 설명을 시원하게 납득하지 못했지만 당장 중요한 문제는 아니었기에 화제를 돌렸다.

"어떻게 남성룡이 서형일의 친부인 걸 아셨어요?"

"그건 사건의 전모와 관계있는 부분이야. 차차 얘기하지."

떠벌이기 좋아하는 고진이건만 이번 사건에 대해서는 왠지 긴 말을 꺼리는 눈치였다. 고진이 물었다.

"남성룡은 아직 아무 말도 안 하고 있나?"

"네. 뭐 그래도 서형일 살인은 빼도 박도 못 할 증거가 있으니깐 자기가 했다고 인정하고 있어요. 나머지는 그냥 눈을 감은 채 입을 다물고 있어요. 무슨 독립투사라도 된 양 착각하는 건지. 박은순, 남진희 건은 골치예요. 사건의 진상을 밝혀내야 하는 경찰 입장에서야 박은순, 남진희 건의 범행 경위를 빨리 자백해 주기를 바라지만, 사실 그 두 건은 없어도 됩니다. 남성룡이 암으로 수명이 다 됐잖아요. 서형일 살인 건만으로 형을 받아도 감옥에서 여생을 보내다 죽을 겁니다. 악마 같은 인간이에요. 딴 건 몰라도 친딸과 친아들을 살해하다니."

"난 적어도 남진희를 살해한 동기는 이해가 돼."

"딸을 죽인 동기가 이해가 된다고요? 아무리 그래도 어떻게 딸을."

마치 고진이 그랬다는 양 이유현은 탓하는 눈길을 보냈다.

"그 사람의 악에 동감한다는 게 아니야. 남 교수의 마음이 움직여 간 궤적을 설명할 수 있을 것 같다는 거지."

"그래요? 그럼 어디 한번 설명해 보시죠. 딸을 살해할 동기란 게 도대체 뭔지."

이유현은 어이없다는 표정으로 다그쳤다. 딸을 살해하다니, 어떤 동기를 갖다 붙인다 해도 이성으로는 납득될 수 없는 패악이다.

"남성룡은 남진희를 친딸이 아니라고 생각했던 거야."

"넷?"

이유현의 말문이 막혔다.

"분명해. 지난번 유전자 검사를 우리가 해보기로 했을 때 남진희가 남성룡의 친딸이 아닐 수도 있다고 추측했던 거잖아. 외부인인 우리가 했던 의심을 아버지인 남성룡이 안 해 봤을까? 그 머리 좋고 예민한 교수가?"

"그럼 역시 11년 만에 돌아온 딸아이의 달라진 얼굴에 남성룡이 친딸이 아니라는 의심을 품었단 건가요?"

이유현은 잠시 생각하다가 회의를 품은 표정으로 고개를 기울였다.

"글쎄요, 아무리 생각해도 그건 아닐 거 같은데요. 대부분은 변하더라도 어릴 적 얼굴이 조금은 남아 있어요. 더구나 갓난아기나 초등학교 저학년 때도 아니고 중학생 때 헤어진 딸을 11년이 흘렀다고 못 알아봐서 자기 딸이 아니라고 믿었을까요? 그런 상황이라면 만에 하나 딸이 아닐 수도 있다는 의심을 가질 수는 있다고 쳐도, 딸이 아니라고 확신할 수도 없는 거 아니겠습니까?"

"당연하지. 아무리 악인이라지만, 서울대학교 교수까지 지낸 지성의 소유자인 남성룡이 그런 터무니없는 생각을 할 순 없겠지. 그래서 말인데, 내 상상이지만 다른 사정이 있지 않았을까 해. 11년 만에 돌아온 딸이 바꿔치기된 게 아닐까 하는 의심을 한 건 아닐 거야. 자네 말처럼 아무렴 비록 성장기에 서로 못 보고 지냈다고 하더라도 11년 정도 지난 걸로 딸의 얼굴을 몰라볼까. 그건 현실성 없는 지나친 억측이었어."

"그러면요?"

"처음부터 자기 딸이 아니라고 생각했다면 어때?"

"처음부터요? 처음이란 언제……?"

"김해련이 남진희를 데리고 나갈 때지."

"그때부터 자기 딸이 아니라고 믿었다?"

이유현이 눈을 휘둥그레 떴다.

"그래, 가정이지만 만약 12년 전 김해련이 남진희를 데리고 집을 나갈 때 남성룡한테 사실은 '진희가 당신의 딸이 아니다'라고 선언하고 나갔다면 어떨까?"

"으음."

이유현은 손을 턱에 대고 생각에 잠겼다.

"물론 어디까지나 가설이야. 하지만 나름대로 어느 정도는 진실에 근접해 있다고 생각해. 사실의 파편을 모아 개연성 있는 스토리를 써 보면 그런 답이 나와. 김해련은 어떤 이유로 사이가 틀어져 남성룡과 아래층 서씨 집안에까지 정이 뚝 떨어져 버렸어. 그 이유도 추측은 가지만, 조금 뒤에 얘기하지. 거기다가 같이 살면서 남성룡의 점잖음 안에 깃든 악마성, 광기 같은 것을 알아 버렸는지도 몰라. 끔찍했겠지. 유일한 핏줄인 사랑하는 남진희를 데리고 무작정 집을 나왔어. 그런데 그 악귀 같은 남성룡이 남진희를 붙잡을 것 같은 거야. 두려웠어. 남진희를 악귀한테 맡기고 혼자서만 집을 빠져나간다는 게. 그래서 김해련은 자기가 구정물을 뒤집어쓰기로 한 거야. 남진희는 당신 딸이 아니다, 내가 외도해서 낳은 다른 남자의 아이다, 이렇게 말이야. 학자 특유의 의심이 몸에 밴 남성룡은 그 말을 거의 믿었을 거야. 더구나 남진희는 외탁을 해선지 남성룡하곤 너무 안 닮았어. 남성룡의 그 볼품없는 두꺼비 같은 몸과 얼굴에서 남진희 같은 미녀가 태어났다는 게 기적에 가깝다고나 할까. 적어도 외모에 관해서는 오로지 김해련 쪽 유전자의 축복이라고 봐야겠지.

황당한 가설이라고 할 거야. 하지만 근거는 몇 가지 있어. 내가 남진희를 생전에 만났을 때 그러더군. 자기 엄마가 데리고 나온 다음에 한번은 남진희 때문에 자기가 허물을 뒤집어썼다고 했다는 거야. 그게 무슨 의미였을까. 여기에 다른 상황을 더해 보니 그럴듯한 상상이 떠오르는 거야. 김해련이 남진희를 데리고 집을 나갈 때, 남성룡은 붙잡을 생각도 하지 않고 수수방관했다고 해. 무남독녀 외동딸이 돌연 집을 나간다는데 손 놓고 있었단 말이야. 그 이유는 또 뭘까. 또 남진희가 11년 만에 집으로 돌아왔을 때도 그리 반기지 않았다더군. 오히려 어릴 때 아빠를 떠났다고 꿍해 있다가 마지못해 받아들였다는 거야. 바로 곁에서 본 누이동생 남광자의 이야기니까 틀림없어. 여자들의 그런 느낌은 정확하잖아. 생이 얼마 남지 않은 말년에 딸이 집으로 돌아왔는데 꿍하고 무감동했다는 게 아무래도 이상하지. 남광자는 교수와 아버지로서의 체통을 지키느라 그랬을 거라고 하더군. 그래도 만약 아래층 서태황이 그런 반응을 보였다면 내가 이해를 했을 거야. 하지만 남성룡은 감정을 드러내는 걸 부끄럽게 여기는 그런 군인 스타일은 아니었어. 내 생각은 그래. 그건 기쁨을 감춘 게 아니라 오히려 분노와 곤혹을 숨긴 거라고. 내 딸이 아니라고 생각했다면 그런 반응들이 명쾌하게 설명이 돼. 하지만 남성룡은 아무 일 없었던 듯 조용히 맞이하는 게 최대한이었을 거야. 딸의 귀환에 기뻐하는 연기까지는 아무래도 어려웠던 거지.

또 남성룡의 인생이 얼마 남지 않았다는 걸 생각하면 눈이 먼 딸을 해운대처럼 멀찍이 떨어진 곳으로 보냈다는 것도 이상해. 조금이라도 더 곁에 두고 싶지 않을까? 남성룡 입장에서야 죽기 전에 머리맡에 있었으면 하는 사람 1순위가 무남독녀 남진희가 되어야 하지 않을까? 아무리 그가 광인의 피를 물려받았다고 한들 그런 문제는 다른 사람들과 다를 바 없을 거란 말이야. 너무나 이상했어.

그래서 친자 테스트라는 실험을 하자고 한 거야. 남진희가 남성룡의 친딸인지를 확인하려는 것도 있었지만, 더 큰 목적은 그 말을 들은 남성룡의 반응을 보려는 거였어. 예상대로였어. 그때 기억나지? 남성룡은 몸을 부들부들 떨 정도로 화를 내더군. 우리가 평소 생각했던 그 온화한 교수라고는 상상하기 힘들 정도로 말이야. 왜 함부로 프라이버시를 침해했냐고 소리를 질렀지만 그건 마음속의 격동을 숨기기 위한 위장이었어. 친딸이 아니라고 오해해 눈에 넣어도 아프지 않을 예쁜 딸을 자기 손으로 죽여 버렸다는 사실을 알게 된 남자의 통탄과 울부짖음이었어."

고진의 말을 듣고 있던 이유현의 낯빛은 풀리지 않는 의문으로 일그러졌다.

"……하지만 아무리 자기 딸이 아니라고 생각했다 하더라도 죽일 필요까지야 있었을까요? 처음부터 받아들이지 않거나 내쫓으면 그걸로 될 것을."

"지난번에도 얘기했지만 주위의 시선 때문에 남진희를 내칠 수가 없었어. 가족들과 사회의 눈길 말이지. 하지만 마음은 이루 말할 수 없이 불편했을 거야. 아마 처음에는 그래도 남진희가 친딸일 수도 있지 않을까 하는 생각이 한구석에 있었을지도 모르지. 그것도 시간이 지나면서 점차 소멸되고 친딸이 아닌 채 같이 살아야 한다는 괴로운 생각만 커져 갔을 거야. 원래 의심이란 건 시간이 지나면서 해소되는 법이 없어. 자꾸만 눈덩이처럼 불어나고 나중에는 사소한 의심이 확고한 진실로 둔갑해 버리지. 적어도 그 의심을 품은 사람의 마음속에서는 말이야. 남성룡은 처음부터 의심 정도가 아니라 친딸이 아니라고 거의 믿고 있었으니 그게 확고한 사실로 바뀌는 데는 얼마 시간이 걸리지 않았을 거야. 처가 외도로 낳은 여자아이가 자기 딸 행세를 하고 있다고 생각하니 죽도록 미웠을 거고. 그러다가 살인을 결심한 계기는 암 선고를 받고 자신의 죽음이 가까워 왔다는 걸 알게 되면서부터야. 어차피 곧 죽을 목숨이라 생각하니 범죄니 뭐니 하는 인간의 가치 판단 무게가 한층 가벼워진 탓도 있겠지만, 결정적으로는 그거라고 생각해. 신변을 정리하면서 마침내 유산 문제에 생각이 미친 거야."

"유산 문제요?"

"그래, 자기가 죽으면 일단 전 재산을 딸로 되어 있는 가짜 남진희가 상속하게 되는 거야. 그걸 견딜 수 없었던 것 아닐까. 원래 김해련하고 사이가 나빴으니까 별거하고 가출하는 것도 내버려 둔 거 아니겠어? 그 미운 여자와 다른 남자의 피를 이어받은 여자애가 친딸 행세를 하면서 자신이 평생을 걸려 이룩한 돈을 다 물려받게 되는 거야. 참을 수 없었겠지."

"그럼 유언장을 만들면 되잖아요? 남진희 말고 다른 사람이나 단체에 주는 걸로."

"유류분이 있잖아."

"아, 유류분……."

이유현은 손바닥으로 이마를 짚었다.

"그래, 따로 유언장을 만들어 남진희를 제외시킨다 해도 남진희가 딸로 되어 있는 한 법적으로 자기 상속분의 절반은 무조건 받게 되어 있어. 그게 유류분이지. 남성룡은 그것 역시도 참을 수 없었던 거야."

"그래서 마침내 살해를 결심했다, 이런 해석이군요. 그렇다면 남진희를 1순위로 하고 서울맹인복지회를 2순위로 한다는 유언은 왜 만들었을까요?"

"동기를 은폐하기 위한 술책이었어. 자신은 당당히 딸인 남진희를 1순위 상속인으로 정식 유언장을 만들 만큼 우선적으로 생각한다, 이렇게 말이야. 실은 나중에 살해할 계획을 품고 있으면서도 말이지."

"그래도 남성룡은 우리가 유언내용을 알려 달라고 할 때 안 가르쳐 주려고 애먹였잖아요."

"그거야 당연히 페인트모션이지. 유언내용은 얼핏 사건 내용과 관련도 없어 보였고, 사적인 거야. 그런데 경찰이 말 한마디 한다고 대학교수라는 사람이 덜컥 유언내용을 가르쳐 준다? 그게 오히려 이상한 거야. 그래서 이리저리 빼는 상황을 연출한 거야. 물론 자신이 궁지에 몰리면 어떤 방식으로든 공개했겠지. 난 이렇게 진희를 생각하는 아빠였다, 동기가 없다, 하고 말이야. 또 정식으로 피의자가 되면 경찰이 어떻게든 유언내용을 알아낼 거라고 예상했을 거고."

이유현은 길게 탄식을 내뱉었다.

"모든 것이 치밀한 계획 하에 진행되어 왔네요. 정말 끔찍합니다. 결과적으로 친딸을 죽이기 위해 그렇게 교묘한 계획까지 짜낸 셈이 됐으니."

"남성룡의 오해가 불러일으킨 참극이야. 김해련이 남진희를 데리고 나가려고 거짓말했던 것이 결국은 딸의 죽음을 불러온 꼴이 되어 버렸어. 김해련도 이걸 안다면 지하에서도 통곡을 할 거네."

이유현은 격정을 참지 못하고 일어나 사무실 안을 서성거렸다. 남진희의 죽음에 얽힌 안타까움과 친부의 어긋난 악의가 어지간히 둔감한 그조차도 울컥하게 만들어 버린 때문이었다.

"박은순은 왜 죽었을까요? 그때 남성룡은 2층 서재에 있었으니까 기회는 누구보다 확실한 사람이었지만 동기가 상상이 안 돼요. 본인도 전혀 입을 열지 않아요. 추측해 볼 단서도 전혀 없고."

고진은 이유현의 눈길을 피하며 앞에 놓인 커피를 한 모금 들이켰다. 웬지 말을 아끼고 있는 것처럼 보였다. 이유현은 서성이던 발길을 멈추고 다시 고진의 맞은편에 앉아 그를 빤히 들여다보았다.

"그건 해결이 이미 난 거라고 보는데……."

"범인이 잡혔으니까 실질적으로 해결이야 났죠. 뭐 형님 입장에서야 남성룡이 서형일 살인으로만 처벌돼도 충분하니깐 더 관심 없으시겠지요. 박은순, 남진희 사건을 기소 못 한다 하더라도 어차피 남성룡은 서형일 살인으로 재판을 받는 도중이건 아니면 형이 확정된 뒤건 감옥에서 죽음을 맞이할 테니까요. 하지만 진실이 이대로 묻혀도 좋은 걸까요? 경찰로서도 일이 더 있어요. 증거를 정리하고, 자백을 얻어내야 해요. 그래야 기소를 하고 사건을 종결하죠. 박은순 사건은 증거도 없는데, 본인이 털어놓지 않으면 아무것도 할 수 없어요. 특히 동기는 오리무중이고요. 확실한 건 남성룡이 그때 범행을 할 기회가 있었다는 것뿐이에요. 그것만으로 기소가 안 된다는 건 잘 아시잖아요. 검찰에서부터 당장 퇴짜를 놓을걸요."

이유현은 사건의 뒤처리가 지겹다는 듯 두 팔을 위로 쭉 뻗어 깍지를 끼며 신음 소리를 냈다. 고진은 그 모습을 물끄러미 보다가 할 수 없다는 듯 말했다.

"그런 거라면 더 이상 신경을 안 써도 될 거야. 박은순, 남진희 사건도 완전히 끝이 났어."

"어째서요? 혹시 확실한 증거라도 몰래 갖고 계신 겁니까?"

이유현이 고개를 돌려 눈을 빛냈다.

"박은순 사건은 남성룡의 짓이 아니야."

"넷?"

이유현이 놀라 상체를 벌떡 일으키며 막 잠에서 깨어난 사람처럼 소리쳤다.

"그럼 누가……?"

"서형일이야."

"죽은 서형일이가요?"

경악한 이유현의 목소리가 한층 높아졌다.

"그래. 범인은 서형일일 수밖에 없어. 며칠 전에 내가 자네를 찾아가서 박은순 사건 때에 서형일의 알리바이에 재밌는 게 있다고 하지 않았나."

"서형일이는 해외여행 중에 엽서를 보내온 확실한 알리바이가 있다는 건 형님도 잘 아실 텐데요……. 어쨌든 설명해 보시죠."

"물론 지금 내 가설엔 한 가지 확인해 봐야 할 게 있지만 난 필시 증명될 거라고 생각해. 알리바이 트릭 자체는 그리 어려운 건 아니었어. 그런데도 넘겨 버렸던 이유는 경찰이든 누구든 서형일이 그렇게까지 교묘하게 알리바이 공작을 했을까, 하는 안이한 생각으로 넘겨 버린 선 너머로 모든 게 배치되어 있었기 때문이야.

　서형일의 알리바이는 언뜻 너무나 완벽해 보였어. 박은순이 죽은 날 이후로도 덴마크, 베를린, 하이델베르크, 프랑크푸르트 이렇게 유럽 각 도시를 여행하면서 엽서를 보내왔어. 게다가 정확히 그 날짜에 한국 날씨를 언급했고. 나 역시도 처음엔 엽서에 자필로 적힌 그 날의 한국 날씨가 정확히 일치한다는 점에 마음을 놓아 버렸지. 게다가 1월 30일자 엽서엔 인어공주 동상에 돼지 피를 뿌린 사건까지 적혀 있지 않았나. 서두리가 서형일의 친구로 위조 전문가인 박관행이 여권을 위조해 바꾼 다음 입국 날짜를 속인 게 아니냐고 의문을 제기했지만, 자필 엽서를 내세운 증명 앞에는 무력했지. 더구나 나중에 자네가 출입국 조회를 해보니 서형일과 박관행 둘 다 박은순이 죽은 뒤 열흘 넘어서야 한국에 들어왔어. 의혹은 있을 수 없었지.”

　“서형일한테 살인의 공범이 있었던 걸까요?”

　“그렇게는 생각지 않아. 서형일은 그런 은밀한 범죄를 다른 사람과 공유할 인간이 아니야. 결정적으로 혼자서 너끈히 범행을 저지를 수 있는데 왜 공범을 부르겠어? 범죄를 공유한 순간 체포와 누설의 위험은 극단적으로 높아지는데.”

　“흥미롭군요. 혼자서 범행을 저지를 수 있었다고요?”

　“그래. 아주 쉽게, 유유히.”

　“어떻게요?”

　“지난번에 내가 판결문 복사한 거 하나 들고 왔었지? 박관행이 예전에 문서 위조로 처벌받았던 사건들 말이야.”

"그랬죠."

"박관행한테 늘 공범이 있었던 것 기억나? 김채문이라고."

"그랬죠."

"일종의 삼각위조라면 어떨까?"

"삼각위조요?"

이유현은 뜨악한 표정으로 되묻다가 이내 무언가를 납득한 듯 고개를 끄덕였다. 고진이 계속 말했다.

"세 명이 한 팀이란 의미에서 말이지. 서형일은 극도로 조심성이 깊고 교활한 자야. 동생인 서두리가 위조 전문가 박관행의 존재를 알고 있었잖아. 조금만 머리를 쓰면 유럽에 있던 박관행이 서형일과 자신의 여권 사진을 바꿔 붙여 입국 시간을 달리해서 들어올 수 있다는 데에 생각이 미칠 거야. 그러니까 박은순 살해일을 기준으로 박관행의 여권을 가진 서형일이 며칠 앞서 들어오고, 살해일 며칠 뒤에 서형일의 여권을 가진 박관행이 들어오고 하는 식으로 입국일을 조작한다는 말이지. 하지만 이런 직선적인 알리바이 조작은 서두리가 박관행의 존재를 알고 있다는 점을 생각해 보면 탄로 날 염려가 있어. 그 때문에 서형일이는 박관행의 꼬붕이자 추종자인 김채문이를 한 겹 더 끼워 넣었어. 서형일은 박관행 대신 김채문의 여권에 자기 사진을 붙여 위조하게 한 다음 가장 먼저 김채문인 척하고 입국했어. 물론 박은순 살해 며칠 전에 말이지. 쉽게 말하면 김채문의 여권으로 서형일이 입국한 거야.

그다음은 박은순 살해 후 며칠 뒤에 박관행과 김채문이 입국을 해. 박관행은 자기 여권으로 그냥 입국하면 되겠지. 김채문은 자신의 사진이 붙은 서형일의 여권을 들고 서형일 행세를 하며 입국한 거야. 결국 기록상은 서형일이 그 날짜에 입국한 게 되지."

"그럴듯합니다. 그런데 박관행의 공범으로 김채문이란 자가 있다는 것만으로 어떻게 그런 추론까지 나갈 수 있겠습니까?"

"출입국 기록으로는 박은순이 사망한 지 15일 뒤에 박관행이 입국한 걸로 나왔단 말이야. 그리고 며칠 뒤 다시 유럽으로 출국해서는 한국에 현재까지 들어오지 않았지. 그 사실을 보면 이런 시나리오가 자연스럽게 떠오르게 되어 있었어."

"그건 어째서죠?"

"김채문의 출국을 위해서지."

"흠……."

"박관행이 서형일의 여권 위조를 도운 직접적인 파트너였다면 이렇게 일을 번거롭게 만들 필욘 없었어. 그런데 알리바이 조작이 탄로 날 것을 두려워한 서형일이 박관행 대신 김채문을 파트너로 삼았기 때문에 박관행이 한국에 들어왔다 나갈 필요가 있었어.

박관행이 한국에 들어왔다가 열흘쯤 체류하고 다시 유럽으로 돌아간 행적이 의심스러웠어. 하필 박은순 사망 직후에 말이야. 반드시 이유가 있을 거라고 생각했어. 박은순이 죽기 전이라면 박관행은 서형일의 여권 위조 상대방이었고, 출입국 기록이 있는 게 당연하다고 설명할 수 있겠지만, 박은순이 죽은 뒤에 왜 박관행이 한국에 들어올 필요가 있었을까? 박관행의 범죄 기록을 보고 김채문의 존재를 확인한 순간 수수께끼가 풀렸어.

서형일은 박관행을 여권 위조의 직접 파트너로 택하지는 않았어.

박관행을 알고 있는 서두리가 의식되었기 때문이지. 대신 박관행과는 실과 바늘 사이인 김채문을 택했어. 서로 여권 사진을 바꿔서 위조한 다음 김채문의 여권을 가지고 먼저 한국에 들어오기로 한 거야. 어쨌든 서형일은 예정된 박은순 살해일 전에는 한국에 몸이 들어와 있어야 하니까. 그건 필수적인 부분이야. 그렇다면 이젠 알리바이 뒤처리 문제가 남았어. 김채문은 서형일의 여권을 갖고 들어왔지만 나갈 때마저 그걸로 나갈 수는 없잖아. 그랬다가는 서형일의 몸은 여기에 있는데 여권이 출국해 버린 황당한 결과가 되고 알리바이 트릭은 금방 들통날 테니까. 그래서 나갈 때는 서형일이 나중에 가지고 들어온 자신의 여권으로 나가야 하는데, 문제는 사진을 바꿔 붙인 서형일과 김채문의 여권 사진을 다시 바꿔 원상회복시킬 기술이 김채문한텐 없다는 거야. 어디까지나 위조 기술자는 박관행이고 김채문은 심부름하며 쫓아다니는 보조에 불과했거든. 그래서 박관행이 입국할 필요가 있었던 거야. 그가 들어와서 다시금 서형일과 김채문의 여권 사진을 바꿔 위조해줘야 했어. 다만 그 시기는 역시 알리바이의 의혹이 없도록 박은순 살해일 이후로 했어. 그러고는 서형일과 김채문의 여권을 받아 다시금 사진을 바꿔 위조하고는, 며칠 뒤 박관행과 김채문은 각자의 여권을 지니고 유럽으로 출국했어. 그러고는 지금까지 유럽 어딘가에서 잘 먹고 잘 살고 있겠지. 서형일은 그 위조 행각의 대가로 상당한 돈을 주지 않았을까 싶어. 그런 범죄자들이 친구라는 이유만으로 그런 위조와 출입국 행각까지 도와주진 않았을 거고. 하지만 확신하건대, 서형일은 여권 위조와 출입국을 부탁했을지언정 박은순 살인 건에 대해서는 입도 뻥긋 안 했을 거야. 박관행과 김채문한텐 적당히 다른 사정을 둘러댔을 거야. 박관행 일당도 돈만 받으면 위조를 의뢰하는 속사정이야 자기들 알 바 아니었을 거고.

김채문의 출입국조회를 아직 못 해보기는 했지만 분명 박은순 사망 며칠 전에 입국해서 사망한 날 이후에 출국한 걸로 기록되어 있을걸. 물론 입국은 실제로 서형일이가 한 것이지만."

"으음, 확실히 그렇게 될 수도 있겠네요. 일단 내일 당장 김채문의 출입국 기록을 조회해 봐야겠습니다."

이유현이 눈을 빛내며 고개를 끄덕였다. 고진이 말을 이었다.

"그다음이 자필 엽서의 벽이야. 나도 첨엔 너무 쉽게 생각해 버렸어. 자필 엽서가 있으니 알리바이가 분명하다고 말이야. 변명하자면, 그땐 서판곤이 광기에 찬 범죄를 저질렀다는 사실을 지나치게 의식했었어. 그런 광기와 범죄 성향을 후손 중 누군가가 물려받지 않았을까 하는 생각에 사로잡혔지. 정확히는 그중에서도 서두리를 의심했어. 서형일은 피를 이어받지 않은 양자였으니까 저절로 제외하게 되더군. 그런데 서두리의 알리바이가 확실해지고 유력 후보에서 멀어졌어. 그러다가 남패전 할아버지가 뒤바뀐 진실을 알게 해줬어. 그제야 독부 이분희의 후손인 서형일에게 눈길이 갔고, 알리바이를 처음부터 되짚어 보게 된 거야. 지난번에 내가 돼지 피 테러를 당한 인어공주 동상에 관한 기사, 보여 줬지? 근데 재밌는 게 말이야, 1월 29일 현지 기사에는 인어공주 동상이 붉은 페인트를 뒤집어썼다고 되어 있었는데, 2월 1일 이후 기사부터는 돼지 피를 뒤집어쓴 것으로 되어 있어. 그 이후의 기사에도 마찬가지야."

"그건 어찌된 겁니까?"

"1월 29일 기사는 아마 오보일 거야. 처음 사건이 발생하고 빨리 기사를 작성하다 보니 오류가 있었던 거겠지. 그 기사를 작성한 기자는 붉은색을 뒤집어쓴 걸 보고 자세히 확인도 하지 않고서 붉은 페인트라고만 생각해 버린 거야. 그 이전에도 인어공주 동상이 분홍색 페인트를 뒤집어쓴 일이 몇 번 있었거든. 그런데 경찰 발표나 전후 사정이 명백해지면서 그게 붉은 페인트가 아니라 돼지 피라는 게 밝혀졌어. 그래서 이틀 뒤인 2월 1일 기사부터는 붉은 페인트가 아니라 돼지 피를 뒤집어쓴 걸로 그 부분만 정정되어 보도가 된 거라고 봐야겠지."

"그렇겠군요. 그런데 그게 사건과 무슨 상관이 있습니까?"

"그때 받아 왔던 서형일의 엽서 지금 가지고 있나?"

이유현은 사무실 책상 서랍에서 예의 그 엽서를 끄집어내어 살피기 시작했다. 그때는 서형일의 혐의란 생각할 수 없었기에 증거물로도 처리되지 않고 그냥 이유현의 서랍 속에 모셔져 있었다.

"인어공주가 돼지 피를 뒤집어썼다고 써 보낸 엽서의 날짜를 봐."

"1월 30일자…… 현지 우체국 소인이 찍혀 있고……. 아!"

"그래, 1월 30일에는 적어도 신문 보도나 인터넷 기사에서는 인어공주는 붉은 페인트를 뒤집어쓴 걸로 보도된 상태였어. 오보가 정정되기 전의 날짜인 거지."

"그렇다면 이게 도대체……."

"그래, 서형일은 정정 보도가 나기도 전에 인어공주가 붉은 페인트가 아니라 돼지 피 세례를 받았다는 걸 알고 엽서에 적어 보냈어.

하지만 그 사실을 아는 건 적어도 1월 30일에는 극히 소수일 수밖에 없었거든. 경찰이거나 아니면……."

"아니면?"

"범인 자신이거나."

"……."

"인어공주에 돼지 피를 집어던진 범인은 그 사실을 누구보다 잘 알 수 있지. 페인트 따위가 아니라 생생한 돼지 피를 사용했다는 걸 말이야. 영화 「캐리」라도 보고 감동을 받았던 것일까."

"그러면 서형일이 직접 돼지 피를 집어던진 범인이기 때문에, 붉은 페인트에서 돼지 피로 정정기사가 나기 전에 돼지 피란 걸 엽서에 쓸 수 있었단 거군요."

"그렇게밖에는 설명이 안 돼. 하지만 돼지 피를 직접 던진 건 서형일일 수가 없지. 서형일은 그 시각 박은순 살해를 완료하고 유유히 국내 어딘가에 모습을 감추고 있었을 때니까. 서형일은 배후에서 범행을 교사했고, 돼지 피를 집어 던진 자는 서형일의 의뢰로 대신 실행한 공범이야. 난 이자 역시 박관행 아니면 김채문이라고 보고 있어."

"하긴 공범이라면 그 녀석일 가능성도 제일 높겠죠. 서형일이 아무리 살인에 대한 건 모르게 했다 하더라도 자신의 별난 의뢰가 노출되면 위험도 급격히 올라가는 거니까 굳이 다른 공범을 만들지는 않았겠죠."

"그래, 그리고 박관행이든 김채문이든 그자가 박은순 살해를 위해 일찍 김채문의 여권을 들고 귀국한 서형일 대신 유럽 도시를 여행하며 현지에서 서형일이 써놓은 엽서를 차례차례 부쳐 온 거야. 1월

29일 밤에는 인어공주 동상에 돼지 피를 뿌려 놓고는 다음 날 유유히 그런 내용으로 서형일이 미리 써놓은 엽서를 부쳤겠지."

이유현은 멍한 시선으로 생각에 잠겼다가 고개를 들고 말했다.

"그렇다면 한국 날씨는 어떻게 된 걸까요? 정확하게 매번 그날의 한국 날씨가 적혀 있었잖아요. 확실한 서형일의 필적으로."

"일단 서형일 알리바이의 큰 틀이 깨어진 판국에 그런 세세한 잔트릭을 조작해 내는 건 별거 아니지."

"역시 인터넷으로 예보된 한 주 간의 날씨를 미리 적어 놓은 걸까요?"

"그건 아닐 거야. 그때도 얘기했지만 날씨 예보는 확률에 불과해. 그렇게 정확할 수도 없고, 그런 불확실성에 기댈 서형일도 아니야. 엽서를 잘 봐 봐. 날씨는 크게 보면 세 가지 정도밖에 없어. 많이 춥다, 비교적 따뜻하다, 눈이 왔다, 이 세 가지야. 겨울 날씨란 게 별거 있나? 그거 세 가지 정도로 충분해. 서형일은 그 날짜에 맞춰 미리 세 가지 날씨만 달리한 세 장의 엽서를 써놓은 거야."

"앗, 그렇군요."

"'오늘은 한국이 추웠다면서요?'라든지, '한국 날씨도 많이 풀렸죠?'라든지, '오늘은 눈이 왔다죠?'라든지 적당히 한국 날씨를 언급하면서 나머지 내용은 동일한 세 가지 버전의 엽서를 써놓으면 적어도 그중 어느 하나는 실제 그날의 한국 날씨와 대충 들어맞게 돼있어. 물론 세 가지란 건 내가 임의로 설정한 거야. 꼼꼼한 서형일은 네 가지, 다섯 가지의 날씨 버전을 준비해 미리 같은 날짜의 엽서를 여러 장 써놓았을 수도 있어. 그걸 공범이 들고 유럽 도시를 여행

하면서 인터넷으로 확인한 한국의 그날 날씨에 들어맞는 엽서를 골라서 한국으로 보냈어. 기상 변동으로 이상한 날씨라면 그날 엽서는 안 보내면 그만인 거고.”

“알고 보니 굉장히 쉬운데요.”

“그래. 일단 알리바이에 의심을 품고 생각해 보면야 간파하기 쉬운 트릭이지. 서형일은 이런 여러 날씨 버전의 엽서를 미리 준비해서 부쳐 오는 트릭이 쉽게 들통 날 걸 대비해 아까 얘기한 돼지 피 사건까지 준비했어. 날씨 말고도 ‘그날 난 현지에 있었다’는 알리바이 소스를 다양화해 놓은 거지. 1월 30일은 예정된 박은순 살해일 직후니까 알리바이가 더욱 중요했거든. 그래서 인어공주 동상에 테러를 한다는 발상까지 했어. 대담한 계획이었지만, 그놈의 오보 때문에 들통나고 만 거야. 하늘의 응징인지, 재수가 없었지.

서형일이 박은순 살해일 앞뒤로 공들여 알리바이 조작을 했다는 걸 안 순간, 그가 범인이라고 확신했어. 다른 가족들은 대부분 알리바이가 있어서 범행의 기회가 없기도 했고. 유일하게 기회가 있었던 사람이 남성룡인데 하필 그날 그가 그 집에 있었다는 건 박은순 사건에서 범행의 기회가 있었다는 의미보다는 훗날 남진희 살인의 밑그림을 그리는 계기가 됐다고 봐야 돼. 그건 조금 이따 설명하지. 어쨌건 그런 식으로 소거법으로 지워 나가도 역시 남는 건 서형일뿐이야.”

이유현은 교묘한 범행 수법에 질린다는 듯 고개를 설레설레 저었다.

“도대체 왜 죽였을까요? 아무리 그래도 키워 준 엄마인데. 물론 형님 말대로 서형일이 그런 알리바이까지 조작해서 범행할 녀석 같으면야 돈이 걸리면 그런 살인도 불사할 인간이겠습니다만, 박은순을 죽인다고 유산이 넘어오는 것도 아니잖아요."

"사실 눈에 보이는 동기는 없지. 여기서부턴 약간의 상상을 가미한 영역인데, 내가 만든 스토리라도 한번 들어 보겠어?"

"당연히 경청하겠습니다. 아끼지 말고 말씀해 보세요."

격의 없던 이유현의 말투가 자신도 모르게 묵직해지고 있었다. 고진이 씩 웃고는 말했다.

"거꾸로 생각해 봤어."

"어떤 걸요?"

"유산을 받기 위해서가 아니라 유산을 지키기 위해서라면?"

"유산을 지킨다고요? 무슨 얘깁니까?"

"다시 말하지만 어디까지나 상상이야. 서형일은 같은 자식이래도 서두리와 서해리와는 다르지. 말할 것도 없지만 양자란 거야. 피로 이어지지 않은 법률적 아들이지. 그래서 법률적으로 깨지면 인연도 끝나는 거야. 서두리와 서해리는 아무리 개차반으로 굴어도 서태황과 박은순의 자녀라는 건 변함이 없어. 언젠가는 상속도 할 것이고, 정 안 되면 유류분으로 상속분의 절반은 건질 수 있어."

"그런 거야 서형일도 마찬가지 아닙니까?"

"그렇지. 하지만 어디까지나 양자로 있는 한 그런 거지."

"그렇다면……."

"양부모 관계를 끊는다면? 법률적으로는 파양이라고 하지. 서형일은 서태황 집안과는 아무런 관계없는 고아 신세로 돌아가게 돼.

박은순이 서형일을 파양하자고 서태황에게 매달렸다면, 그리고 그걸 서형일이 알게 됐다면?"

"음……."

이유현은 손을 턱에 괴고 생각에 잠겨들었다.

"서태황, 대단한 인물이지. 전형적인 군인상이야. 물론 예전에는 삐딱한 시선으로 본 적도 있지만 말이야. 다 오해였어. 서태황은 명예로운 전직 별 둘의 장성이야. 그런 투 스타의 아들이라는 배경이 있는 것과 천애고아라는 신세는 하늘과 땅 차이지. 또 비록 서태황의 재산이 별로 없다고 해도 나중에 서태황, 박은순이 죽고 나면 재산의 3분의 1은 서형일 것이야.

이리 보나 저리 보나 서태황의 아들이란 위치는 서형일의 인생에서 뺄 수 없는 커다란 버팀목이야. 인생의 출발선이 달라지게 되거든. 그런데 양모 박은순이 어떤 이유로 서형일의 파양을 주장하고 나섰어. 서태황은 고집 센 인물이니까 당장 수락하진 않겠지만, 박은순이 끈질기게 요구한다면 길게는 장담할 수 없어. 그도 나이를 먹고 은퇴한 인물이야. 예전 같을 수가 없는 거거든. 아내의 발언권은 날이 갈수록 점점 높아져만 가고, 늙어 가는 남편은 아내의 의중을 눈치 보지 않을 수 없어. 그게 나이 든 부부가 변해 가는 전형적인 모습이잖아. 서형일은 심각한 위기감을 느꼈어. 인생이 뿌리째 뒤흔들릴 정도로. 서두리가 말했지. 엄마가 죽기 전 1년쯤 전부터 서형일한테 냉담했다고, 그리고 서형일이 유럽에서 엄마한테 곰살궂은 편지를 보내온 것도 어색했다고. 홧김에 만들어 낸 말처럼 보이진 않았어. 서두리는 꽤 둔해 보이는 남자더군. 그 둔한 남자조차 느낄 정도면 확연히 뭔가가 있었던 게 아닐까? 그래서 상상해 봤어. 그 무렵 박은순이 어떤 이유로 서형일한테 정이 떨어져 입양을 되돌리려고 결심했던 게 아닐까 하고.

물론 서태황, 박은순의 의사만으로 파양이 되는 건 아니야. 서형일이 거부한다면 파양할 적법한 사유가 있는지를 두고 소송까지 가야 되고, 서형일이 법정에서 이긴다면 파양이 안 될 수도 있어. 하지만 그렇게 되면 서태황의 아들이라는 배경을 갖는다는 의미가 거의 없어져 버려. 소송 과정에서 서로 짓밟고 상처 주면서 마음이 떠나 버린 서태황과 박은순을 억지로 부모로 묶어둬 봤자 의미가 없거든. 사회적으로도 그들의 배경을 이용할 수도 없게 되는 거고. 또 소송의 공방이 진행되면서 양부모들만이 아는 서형일의 패륜성이라든가 약점이 뭐라도 드러나게 돼 있어. 경제적으로도 거의 득이 없어. 유산이라면 뭐 최소한 유류분 정도 챙길 수 있겠지만 큰돈이 안 될 것이고, 그나마도 그 전에 서태황이 정 떨어진 서형일한테 물려주기 싫어서 빼돌려 버릴 수 있어. 하여간에 소송까지 간다면 전직 투 스타 장군의 아들이라는 명예로운 사회적 타이틀이 완전히 빛을 잃게 되는 거야. 이겨 봤자 상처뿐인 영광, 아니 영광도 아니지 상처뿐인 동전 몇 닢 꼴밖에 안 나는 거야. 서형일은 위기감에 박은순의 마음을 되돌리려고 노력도 해 봤겠지만 안 됐겠지. 박은순이 결코 용납할 수 없는 어떤 사유가 서형일에게 있었던 거야. 그 사유로 추측이 가는 것도 있어……. 어쨌든 박은순의 마음을 돌리는 게 불가능하다고 깨달은 순간, 서형일은 마침내 결심했어. 박은순을 살해하기로.

하지만 절대로 자신한테 의심이 돌아올 수 없는 상황을 만들어야

282

했어. 약간이라도 틈이 있다면 서태황이 의심을 품을 수 있었어. 왜냐하면 박은순이 집요하게 서형일의 파양을 요구했다는 걸 서태황은 알고 있었으니까. 서태황은 입이 무거운 사람이라 그런 내용을 다른 식구들한테 전혀 입 밖에 내지 않았지만. 박은순이 살해당했다면, 강도 같은 외부인의 소행이 아니라면 그 집안에 당장 눈에 보이는 동기가 있는 자는 서형일뿐이라는 걸 서태황만은 금세 알 수 있었어. 그래서 서형일은 서태황이 절대로 의심할 수 없는 상황을 만들어야 했어. 그게 바로 유럽 배낭여행인 거야. 이건 알리바이 트릭으로도 훌륭했지만 사건 당시에 서형일이 아예 해외에 있었던 것으로 되니 서형일이 노리는 대로 서태황은 전혀 의심을 품지 못했어."

"서형일은 박은순 때문에 입양이 취소되어 다시 고아 신세로 돌아가는 걸 두려워했다? 그럴듯한 시나리오로군요. 그러면 박은순은 왜 서형일을 갑자기 파양할 생각을 하게 됐을까요? 입양한 직후도 아니고, 다 키워 성인이 된 자식을요."

"물론 이유는 당연히 그거겠지."

"그거라니, 뭐가요?"

"서형일이 위층 남성룡의 아들인 걸 알게 된 거야."

"으음. 그렇겠군요."

"그리고 그걸 알게 된 게 바로 남성룡의 전처 김해련의 편지 때문이고."

"김해련의 편지라고요? 잘 연결이 안 되는데."

이유현이 의아한 눈빛으로 고개를 쳐들었다.

"그걸 다 설명하려면 아무래도 설명이 길어지는데. 그 전에 서형일이 남성룡의 아들이라는 이야기도 설명이 되어야 하고."

"그럼, 이제 한번 얘기해 보세요. 어떻게 해서 서형일이 남성룡의 친아들이라고 생각하셨는지."

"처음에는 어디까지나 물증 없는 추측이었어. 내가 남성룡과 서형일이 부자관계가 아닐까 하는 생각을 해보게 된 계기는, 좀 황당하지만, 그 둘에게 있는 범죄 에너지의 유사성이었어. 남성룡의 교묘한 범죄와 그에 못지않은 서형일의 교활한 범죄. 아니, 그 이전에 이분희의 사악한 범죄. 마음으로 선을 그어보게 되더라고. 혹시 이 삼대에 걸쳐 악의 피가 이어져 내려온 건 아닐까? 남성룡과 같은 대단한 범죄자는 영화나 드라마에서 많이 묘사되지만, 실은 극히 드문 존재야. 우리 주변에서 흔히 발견할 수 없어. 그런데 한 집안에 그다음 세대에서 그를 방불케 하는 서형일이라는 또 하나의 탁월한 범죄자가 출현했어. 그게 단순한 우연일까? 그런 의문이 들었어. 유전론이나 결정론적 견해를 추종하는 건 아니야. 남진희처럼 착하기만 한 여자도 그 집안에 태어났으니까. 하지만, 대를 이어 살인사건이 벌어지고 보니 가계도상에 어떤 범죄 성향이 후손에게 무작위적으로, 혹은 선별적으로 대물림되고 있는 게 아닌가 하고 생각해 보게 되더라고. 하필 그 무렵 남성룡 교수의 이론에 관심을 가졌던 이유도 컸어.

아무튼 그래서 내가 서태황한테 우연히 물어봤었어. 박은순과 같이 고아원에 가서 서형일을 데리고 온 거냐고. 그랬더니 자기가 그냥 혼자 가서 갓난아기였던 서형일을 골라 데리고 왔다는 거야. 박은순은 양자를 들이는 데는 동의했지만, 아기를 선택하는 데는 전혀 관여를 안 한 거야. 좀 이상하더군. 아무리 서태황이 집안에서는 절대 권력자였다지만 양자를 들이는 큰일에 여자의 의사가 전혀 개입되지 않다니. 여기서 처음에는 이렇게 상상해 봤어. 서형일은 서태황의 진짜 아들인 건 아닐까? 즉 서태황의 외도로 낳은 아들을 박은순을 속여서 양자로 들인 건 아닐까 하는 거였어. 박은순이 뒤늦게야 어떤 경로로 그 사실을 알고는 도저히 서형일을 제대로 볼 수 없어 파양하자고 서태황한테 요구한 건 아닐까 하는 거야. 그런데 이 생각은 서형일이 박은순을 살해했다는 확신이 들면서 옅어지더군. 앞에서 말한 이유로 서태황 대신 남성룡의 이미지가 서형일과 겹쳐지는 거야. 그러자 '서형일은 서태황이 아니라 남성룡이 외도해서 낳은 자식이 아닐까?'라는 생각이 자연스럽게 떠오르더군. 그런 서형일을 서태황이 양자로 떠맡아 줬을 가능성을 생각하게 된 거야.

참, 여기서 서태황 집안과 남성룡 집안의 관계에 대해서도 잠깐 설명을 해야 될 거 같군. 남광자는 그랬어. 이분희와 서판곤 사건이 있고 난 뒤에 남성룡이 물려받은 우면동 집 아래층에 서태황을 살게끔 해줬다, 라고 말이야. 그 말 때문에 처음에는 남성룡에 대해 좋은 이미지를 가졌던 게 사실이야. 아무리 한때는 형, 동생으로 지냈다지만 서태황은 자신의 어머니를 죽인 남자의 아들 아닌가. 물론 진실은 거꾸로 이분희가 아편을 몰래 먹여 서판곤을 살해하려다 발광해 버린 서판곤한테 당한 거긴 하지만……. 어쨌건 남성룡이나 서태황은 그런 사정까지는 몰랐지. 누가 봐도 원수의 아들한테 큰 호의를 베푼 거야. 하지만 시간이 지나면서 어떤 의문이 생겼고, 그 의문은 남패전 영감님한테서 이야기를 듣고는 확신으로 바뀌었어.

말하자면 그때가 거의 50년 전이었다는 거야. 요즘에야 실명제가 원칙이지. 임시로 그냥 맡겨 놓았건, 세금 관계로 명의를 옮겨 놓았건 명의자가 임자란 생각이 당연한 세상이야. 하지만 그때는 그런 개념이 존재하지 않던 시대였어. 법률로는 명의신탁이라고 하지만, 꼭 그런 법을 들먹이지 않더라도, 맡겨 놓은 사람이 실제 주인이지 명의만 가진 사람은 글자 그대로 이름만 있을 뿐 아무런 권리가 없다고 생각하던 시대였어. 그러면 우면동 집은 어떨까. 서판곤이 소금 장수로 돈을 모아 산 집이라지. 그 집을 세금 관계로 이분희 앞으로 해놓았어. 이런 경우라면 당시의 통념으로는 그건 서판곤의 집인 거야. 또 서판곤이 비명횡사했다 하더라도 당연히 아들인 서태황이 상속받는다고 생각했을 거고. 당시 서태황 입장에 있던 사람이라면 소송을 해서라도 집을 독차지하고 자기 쪽 명의로 되돌리려는 게 당연한 시대였단 말이지. 그런데 실제는 어땠어? 남성룡 남매가 버젓이 2층에 살았어. 명의도 이분희에게서 남성룡에게로 이전되었고 말이야. 남광자는 남성룡이 서태황을 1층에 살도록 호의를 베푼 것으로 말했지만, 그건 요즘 기준이야. 당시로는 서태황이 파격적인 은전을 베푼 거야. 남성룡을 2층에 살게 했을 뿐 아니라 집 명의마저 그대로 넘겨줬어. 아마 자신의 아버지가 남성룡 남매의 친모를 살해했다는 죄책감이 컸을 테지. 하지만, 그만큼 커다란 집과 큰돈이 걸린 문제에서 그것만으로는 설명이 부족해. 서태황은 남성룡을 친동생처럼 생각하고 돌보는 마음이 있었다고 생각할 수밖에 없어. 그 무뚝뚝한 얼굴 표정 아래에는 한 핏줄이 아니지만 형제처럼 지냈던 남성룡 남매를 향한 깊은 애정을 감추고 있었어. 반면에 남성룡의 그 온후한 얼굴 밑에는 언제든 필요할 때가 오면 여지없이 정체를 드러내고야 말 악마의 심성이 도사리고 있었던 거고.

다시 서형일 건으로 돌아와 보지. 마찬가지로 이런 맥락에서 설명이 되지 않을까? 만약 서형일이 남성룡의 외도로 낳은 아들이라면, 그리고 아이가 없는 서태황한테 양자로 입양해 달라고 부탁을 했다면 서태황은 들어줬을 거라고 봐. 남성룡도 그땐 아이가 없었으니 서형일을 자기 양자로도 들일 수 있었을 테지만, 얘길 들어 보니 김해련은 아이가 없어도 양자를 들이는 건 극도로 싫어했다더군. 그래서 할 수 없었을 거야.

자, 그렇게 해서 서형일은 서태황의 아들, 그것도 장자로서 30년을 컸어. 그런데 어느 날 우연히 박은순이 서형일이 남성룡의 아들이란 걸 알게 됐어. 그나마 서태황이 낳아 온 자식이 아니란 건 다행이었지만, 점잖은 척 위선 떨고 있는 남성룡이 못 견디게 역겨웠을 거야. 그나마 그 집에서 자기하고 친했던 남성룡의 처 김해련마저 남성룡을 떠나갔어. 남성룡이 쫓아낸 것과 마찬가지라고 생각했을 거야. 김해련은 측은하고, 남성룡은 역겨웠겠지. 그 아들인 서형일도 더 이상 아들로 두고 있을 수 없을 정도로 느껴졌을 수도 있어. 그래서 파양을 요구했다…… 어때? 그럴듯한 얘기지 않아?"

이유현이 씁쓸하게 말했다.

"범죄 행태가 유사했다……. 그게 계기가 돼서 멀리까지 공상의 나래를 펼쳤던 거군요."

고진은 고개를 가볍게 저었다.

"공상이 아니었어. 근거라면 몇 가지 있어. 결론에 도달하기까지 과정을 말해 볼까? 첫째, 김해련은 12년 전 집을 나갈 때 자신이 외도로 낳은 아이라는 거짓말까지 해가면서 남진희를 데리고 나갔어. 물론 외도로 낳은 아이라고 했다는 건 아까도 말했듯이 내 추측뿐이지만. 둘째, 김해련은 남진희한테 이유도 없이 무조건 서씨 집안사람들과는 절대 만나지 말라고 평소에 강하게 교육했어. 셋째, 김해련이 죽음을 앞둔 얼마 전 박은순한테 편지 한 통을 띄웠어. 그 편지를 받은 박은순은 새파랗게 질려서는 마당에서 편지를 태워 버렸어.

첫째부터 볼까. 김해련은 남진희를 왜 그렇게까지 데리고 나가고 싶었을까. 물론 딸이니까 당연하지. 하지만 친부인 남성룡은 서울대학교 교수인 데다가 돈도 많은 아버지야. 그의 손에 맡겨 두는 게 남진희의 장래를 위해서는 더 좋을 수도 있어. 그런데 기를 쓰고 데리고 나온 건 바로 서형일 때문이 아닐까. 아마 김해련이 그 집을 나온 것 자체도 서형일 문제 때문이었을 거라고 봐. 서형일이 남편의 외도로 낳은 자식이고, 식구들을 다 속여서는 아래층 집에 양자로까지 들여와 몇 년을 키웠어. 그 사실을 알게 된 김해련은 도저히 참을 수도, 용서할 수도 없었겠지. 서울대 교수이자 돈 많은 남편을 버리고 나올 정도면 그 정도의 충격적 사연은 있어야 되지 않겠어? 나올 때 아무런 미련은 없었겠지만, 남진희가 맘에 걸렸어. 자라면서 서형일과 유달리 친했어. 혹시라도 배 다른 남매인 걸 모르는 둘 사이에 남녀의 감정이라도 생긴다면? 절대로 있어서는 안 될 비극이지. 김해련은 자신이 구정물을 뒤집어쓰는 거짓말을 해서라도 남진희를 데리고 나올 수밖에 없었어.

두 번째, 김해련은 남진희한테 남성룡을 욕하기보다는 서씨 집안 사람들을 가까이 하지 말라고 단단히 교육했어. 차마 서형일이 배다른 오빠라는 충격적 사실을, 자기 아버지의 역겨운 비밀을 순진무구한 딸한테 밝힐 수는 없었던 거지. 하지만 김해련이 서형일과 가까이해선 안 된다는 당부만은 꼭 하고 싶었을 거야. 그런데 대놓고 그렇게는 말할 수 없었어. 왜 하필 서형일만은 안 되는 건지, 그 사연을 설명할 수가 없는 거야. 그래서 뭉뚱그려 서씨 집안 사람들이라고 칭했어. 어차피 그 집안 사람들하고는 인연이 없다고 생각했으니 대충 그렇게 해놓은 거야. 서형일과의 특수한 관계를 숨기기 위해서.

마지막으로, 김해련이 죽기 얼마 전 박은순한테 남긴 편지에는 이런 내용이 있지 않았을까? 실은 서형일은 내 남편이었던 남성룡의 아들이다, 내가 그것 때문에 남성룡과 별거하게 됐다, 결국 남진희하고는 배다른 남매가 된다, 둘이 사이가 좋았는데 내가 죽은 뒤에 혹시라도 진희하고 형일이가 남녀관계로 발전하면 안 된다, 뭐 이런 내용으로 말이야. 남성룡이 있긴 하지만, 서형일과 남진희의 인연을 막는 방패로 남성룡을 믿을 수는 없었어. 왜냐하면 집을 나오면서 남진희는 남성룡의 친딸이 아니라고 거짓말을 해놓고 나왔기 때문이야. 그렇게 믿고 있는 남성룡이 서형일과 가까워지는 걸 절대로 막아야 할 필요성을 느낄 리가 없잖아. 죽을 날이 가까워진 김해련은 걱정됐겠지. 자신이 죽으면 혹시라도 남진희가 아버지를 찾아갈지도 모르고, 그러면 서형일과도 가까워질 우려가 있었어. 꼭 남성룡을 찾아가지 않더라도 자신이 죽고 없어지면 서형일과 어떤 경로로든 연락이 닿을지도 모르는 일이고. 그렇다고 지금 와서 남성룡한테 진희가 당신 딸이 맞다고 말할 수도 없었어. 그래서 무덤에 가기

289

전 안배를 해놓은 거야. 서형일을 확실하게 컨트롤할 수 있는 양모, 박은순한테 편지를 보내 진실을 밝히기로 결심한 거지. 그나마 친했던 그녀에게 편지로 그런 내용을 알리고 당부를 적어 보낸 건 아닐까 싶어.

박은순은 그 편지를 읽고서 하늘이 노랬을 거야. 울면서 편지를 태웠고. 진상을 알고서 서형일을 더 이상 양자로 두고 있을 수 없다고 생각했겠지. 그래서 그 무렵부터 서태황한테 요구한 거야. 입양을 취소하자고. 물론 취소가 아니라 정확히는 파양이라고 하지만 용어는 뭐 어떻든 됐고. 그걸 알게 된 서형일은 결국 그 악행까지 이르게 된 거고."

"⋯⋯그렇게 보면 모든 사건이 톱니바퀴처럼 맞물려 설명이 되긴 하네요. 서형일은 과연 남성룡이 자기 아버지란 사실을 여태껏 몰랐을까요?"

"그건 몰랐을 거야. 분명해. 내가 며칠 전 서형일을 만나 그 얘기를 할 때 놀라는 표정을 봤는데, 연기는 아니었어. 그것도 그렇지만, 다른 확실한 이유가 있어. 서형일같이 약은 인간이 남성룡이 자기의 친부란 걸 알았다면 서태황의 양자 신분에 집착할 리가 없거든. 서태황이 전직 장성이지만, 남성룡도 전직 서울대 교수야. 둘 다 사회적 명예와 지위가 있어. 그런데 돈이라면 남성룡 편이 훨씬 위야. 결국 실리적으로는 남성룡이 아버지인 쪽이 더 나은 거야. 또 서태황이 죽으면 서두리, 서해리하고 재산을 삼등분해야 되지만 남성룡의 경우엔 남진희하고 이등분이지. 게다가 매일 운동으로 갈고닦은 튼튼한 몸으로 언제 돌아갈지 까마득한 서태황과 달리 남성룡은 암으로 죽을 날만 세고 있어. 금방 재산이 굴러들어 온단 얘기거든. 남성룡의 아들 쪽이 비교가 안 될 정도로 이익이야. 만약 남성룡이 친부라는 사실을 알았다면 서형일은 남성룡이 부인한다 하더라도 친자 확인 소송을 제기하면 돼. 이 경우는 서태황의 파양 청구 소송과는 달리 소송을 하는 쪽이 백번 이익이야. 유전자 검사로 친자 확인만 되면 남성룡이 싫어도 그 재산의 상속권은 서형일한테 가게 되니까 말이야. 물론 서태황의 집에서 파양되지 않은 채 남성룡을 상속할 수도 있어. 하지만 남성룡의 그 많은 재산의 절반을 상속할 수 있다고 생각했다면 굳이 위험을 무릅쓰고 박은순을 살해하는 어리석은 계산은 절대로 안 했을 거야."

"서형일이 남성룡의 아들이란 것을 암시하는 상황이 곳곳에 있었군요."

"실은 남성룡이 서형일의 아버지라고 믿은 데는 더 확실한 근거가 있어. 그건 나중에 얘기하지."

둘 사이에 잠시 침묵이 흘렀다. 고진의 이야기는 사건의 인과관계를 깨끗이 설명할 만큼 흥미로운 것이었지만, 그 내용은 분위기를 우울하게 만들기에 충분했다. 사무실 바깥 도로에서 들려오던 소음도 밤이 깊어 가면서 줄어들었다. 어두운 경찰서 안 공간은 음험하게까지 느껴졌다. 침묵을 먼저 깬 건 이유현이었다.

"많은 것이 명백해졌군요. 박은순 살인사건의 전모도 알 수 있을 것 같고. 남진희 사건도 대략은 알 것 같아요. 살해 동기도 드러났고. 남진희가 죽은 날, 남성룡의 알리바이가 좀 문제지만 내일 다시 확인해 보면 문제없을 겁니다. 거기엔 날조가 섞여 있는 게 분명합니다. 그날 아침 11시에 남성룡은 장민호 교수를 만나서 같이 있다가 낮 12시에 친목 모임에 간 걸로 되어 있어요. 남진희의 사망 추정 시각이 아침 7시부터 8시 사이이니까, 최대한 빨리 잡아 아침 7시에 해운대에서 범행을 했다고 쳐도 바로 네 시간 뒤인 아침 11시에 서울에서 장민호 교수를 만나는 건 불가능에 가까워요. KTX를 타든 차를 이용하든 곤란합니다. 비행기에는 탑승자 명단에 없는 게 확인 됐고요.

반면에 12시에 친목 모임에 참석하는 건 서두른다면 가능합니다. 또 12시 친목 모임에는 남성룡 교수가 참석했다고 많은 이들의 증언도 있고요. 이들 모두한테 위증을 시키기는 어려우니까 그건 사실이겠죠. 하지만 11시에 남성룡을 만났다는 사람은 장민호 교수 한 명입니다. 그 한 명이라면 설득이 쉬운 교수 한 명을 콕 집어 구워삶아 알리바이에 대해 충분히 거짓 증언을 시킬 수 있어요. 적당히 다른 사정을 둘러대면서 11시에 만난 걸로 해달라 그러면 동료 교수인데 그 정도 거짓 진술이야 해줄 수 있었겠죠. 설마 남성룡이 딸의 죽음에 관련이 있어 그런 부탁을 한 거라고는 상상조차 못 했을 테니까요. 내일 당장 장민호 교수를 불러서 남성룡이 살인 용의자라는 걸 얘기해 주면 그 자리에서 털어놓을 겁니다."

무슨 생각을 하는 건지 고진은 팔짱을 낀 채 이유현이 하는 말을 건성으로 듣고 있을 뿐 말이 없었다. 복잡한 감정 안으로 침잠해 들어가는 것처럼 보였다.

"남성룡이 서형일을 살해한 동기는 뭐라고 생각하세요? 통 오리무중이에요. 물론 서형일 건은 경찰로서도 편한 입장이긴 해요. 충분한 증거가 확보되어 있고 남성룡 본인도 서형일 살인은 인정하고 있으니까. 어차피 기소하고 처벌받는 데엔 문제가 없어요.

그런데 동기에 대해서만은 입을 꾹 다물고 있어요. 형님 말대로라면 서형일이야말로 친아들이고 남성룡은 그걸 일찌감치 알고 있었는데. 결국 자기 손으로 딸인 남진희와 아들인 서형일 둘 다 죽인 것 아닙니까? 남진희는 오해해서 죽였다고 쳐도, 아들인 서형일은 또 왜 살해했을까요? 상상하기조차 힘든 일입니다."

"글쎄……."

고진이 말했다.

"사람의 마음이야말로 진정한 미궁이겠지."

"마치 연극 대사 같군요."

이유현이 이죽거렸다. 평소 같으면 받아쳤을 고진이지만 그는 이날따라 별 반응 없이 "몇 가지 확인하고 싶은 게 있어. 다음에 이야기해." 하며 자리에서 벌떡 일어서 버렸다.

이유현은 다음 날 즉시 김채문의 출입국조회를 했다. 박은순 살해 이틀 전 한국에 들어온 것이 확인되었다. 이유현은 고진의 추리가 정확히 맞아 들어간 것에 안심하면서도 조금 놀랐다. 실제로 들어온 것은 서형일일 것이다. 자신의 사진이 붙은 김채문의 위조 여권으로. 김채문은 보름 뒤 출국한 것으로 되어 있었다. 이때 출국한 사람은 김채문 본인일 것이다. 그 무렵 한국에 들어온 박관행이 다시 사진을 원상회복시켜 준 그 여권으로.

이유현은 서형일의 알리바이 조작과 박은순 살해는 이로써 어느 정도 윤곽이 잡혔다고 판단했다. 이어 남진희 살해 건과 관련해 사건 당일 남성룡의 알리바이 확인에 들어갔다.

이유현은 강력팀 형사 한 명을 대동하고 남성룡이 남진희의 사망 당일 오전에 만났다는 학회 동료 장민호의 연구실을 찾았다. 은퇴를 앞둔 온화한 노교수였는데, 첫인상과 달리 그리 호락호락한 사람은 아니었다. 이유현은 남성룡의 특별한 부탁을 받고 거짓을 말한 것은 아닌지 조심스럽게 물었으나 역시 첫 반응은 부정적이었다. 이유현은 결국 이 건은 살인사건과 관련 있는 것이며, 남성룡이 용의자로 체포되었다는 사실을 진지하게 이야기했다. 이 한 방으로 상황은 모두 바뀔 것이다, 장민호 교수는 깜짝 놀라 진실을 얘기해 줄 것이다, 기대하면서. 자신만만하게 답변을 기다렸다.

"놀랐습니다. 남 교수님이 용의자라니요. 평소에 존경하던 선배님이셨는데…… 믿기지 않습니다. 경찰이 그렇다니까 뭔가 이유는 있을 거라고 생각하지만 이번에는 정말 잘못 짚으셨다고 할 수밖에 없어요. 그날 분명히 남 교수님과 오전 11시 조금 전에 커피숍에서 만났습니다. 차 한잔 하고 담소하다가 12시 약속 장소로 나란히 들어갔어요. 사실입니다. 살인사건으로 경찰이 이렇게 오셨는데 제가 거짓말할 이유가 있겠습니까?"

느릿느릿하지만 이 명제에 절대 오류는 없다며 단상 위에서 선언하는 것 같이 단호한 말투였다. 이유현은 커다란 벽을 느꼈다. 설사 장민호 교수의 진술이 거짓말이라 한들 밝혀내기란 어렵겠다고 생각했다. 더욱 절망적인 건, 이유현도 장민호 교수의 말이 거짓이라는 생각이 도저히 들지 않는다는 점이었다.

돌아오는 길에 저절로 표정이 어두워졌다. 마음속의 답답함이 풀리지 않았다. 남성룡에 대한 처리만이라면 서형일 살인 건만으로도 충분하다. 살해 동기에 대해서는 남성룡이 입을 다물고 있지만 살인 자체에는 분명한 증거가 있으니 아무런 장애가 없다. 문제는 남진희 살인 건이다. 서형일 건만으로도 남성룡의 남은 인생을 감옥 속에 가두어 놓기에는 충분하겠지만, 경찰인 이유현은 자연의 정의가 실현되는 것으로 만족할 수 없는 일이었다. 직무상 남진희 살인사건의 실체를 밝혀 남성룡이 어떤 동기로 어떻게 살인을 했는지, 증거는 무엇인지 낱낱이 들춰내고 사건을 종결지어야 하는 것이다. 그런 부담감과 함께, 이를 위해 넘어야 할 산이 첩첩이 있다는 막막함이 마음을 짓눌렀다. 남성룡은 그날까지도 아무 말도 하지 않고 있었다.

그제야 고진의 석연찮은 얼굴이 머릿속에 떠올랐다. 전날 장민호를 만나 알리바이를 재확인하겠다고 했을 때 고진은 미지근한 반응을 보였다. 뭔가를 마음속에 품고 있는 것이 틀림없어. 한번 들어 볼까. 휴대전화 번호를 눌렀다. 듣고 싶은 얘기가 있다며 만나자고 했다. 고진의 빙글빙글 웃는 모습이 전화기 너머에서도 보이는 듯했다. 그런데 언제나 사건 얘기라면 쾌히 달려 나오던 고진이 의외의 조건을 달고 나왔다.

"뭐, 나만의 공상을 들려주는 건 어렵지 않아. 근데, 나도 한 가지 바람이 있어."

"뭡니까?"

"남성룡을 만나게 해줘. 자네하고 나하고 이렇게 셋이서 만나는 걸로 하지."

"형님하고 남성룡을요?"

"그래, 서형일 건으로 물어보고 싶은 게 있어서 그래. 서형일이 아들이 맞는지부터가 확인해야겠고. 지금 구치소에서 잘 지내고 있는 걸로 알지만, 얼굴도 오랜만에 보고 싶고 말이야."

엷고 묘한 위화감이 들었지만 이유현은 대수롭지 않게 넘기고 승낙했다.

"음…… 그러죠, 뭐. 어쨌든 형님도 변호사기는 하시니까. 하지만 면회를 하고 안 하고는 남성룡의 자유니까 거절하면 어쩔 순 없어요."

"알았어."

대면

포승줄과 수갑에 묶인 남성룡이 강력팀 사무실에 모습을 드러냈다. 빛바랜 녹색 수의를 걸친 풍모는 무척 초라했다. 초췌한 얼굴에는 아무런 표정이 떠 있지 않았고, 어떤 생각을 하고 어떤 기분에 잠겨 있는지 알아내기란 힘들었다. 어찌 보면 세속을 초탈한 인상마저 풍겼다. 이 노인이 엄청난 광기와 악을 숨기고 있었다고는 아무도 상상하지 못할 것이다. 마련된 취조실에는 이유현과 고진이 함께 들어갔다. 남성룡의 포승줄과 수갑은 고진의 요청으로 풀어 놓았다.

"오랜만입니다. 건강은 좀 어떠십니까?"

고진이 밝은 목소리로 인사를 걸었지만 남성룡은 무표정하게 힐긋 쳐다보았다. 고진이 책상 위로 몸을 기울이며 말했다.

"이런 말씀은 외람됩니다만, 저는 진상에 도달해 있다고 생각합니다."

고진은 말을 끊고서 남성룡을 보았다. 남성룡은 여전히 무미건조하게 앉아 있을 뿐이었다.

"막무가내로 자백하라고 하지는 않습니다. 전 경찰도 뭣도 아니고 단지 진실을 알고 싶어 할 뿐입니다. 제가 알아낸 걸 들려 드리고 잘못된 부분에 대해 교수님의 지적을 받고 싶습니다."

이유현은 그제야 눈치 챘다. 고진은 남성룡의 말을 이끌어내는 수단으로 지적 유희를 제안하고 있는 것이다. 죽음을 눈앞에 두고 딸까지 죽여 버린 남성룡에게 두려운 건 아무것도 없으리라. 윽박지르거나 가중 처벌 운운하며 으름장을 놓아 봐야 아무런 소용이 없는, 이미 모든 것을 잃은 상대방인 것이다. 광인의 피가 흐르는지 어떤지는 모르지만, 그는 어쨌건 평생을 호기심에 기대어 인간의 이성과 합리성을 도구로 살아온 학자이다. 그의 관심을 끌어내고 입을 열게할 수 있는 유일한 방법은 말이 통한다고 생각되는 상대의 지적인 도발밖에 없을 것이다. 고진은 자신이 남성룡의 범행에 대해, 남성룡의 인생에 대해 다 안다고 선언한 셈이다. 남성룡의 얼굴은 여전히 굳어 있지만 마음속엔 '이것 봐라, 어디 한번 볼까' 하는 호기심이 일고 있는지도 모를 일이다. 고진은 말을 툭 던졌다.

"서형일 씨가 교수님의 아들이라는 사실은 몰래 유전자 대조를 해서 알아낸 게 아닙니다. 순전히 저의 추론이었어요."

마치 상대방이 듣든 말든 일방적으로 내뱉는 모놀로그처럼 고진의 말이 이어졌다. 그는 김해련이 12년 전 무리를 써서라도 남진희를 데리고 나간 일이며, 김해련이 남진희에게 이유도 말하지 않고 무조건 서씨 집안 사람들과는 만나지 말도록 시킨 것이며, 김해련이 죽음을 앞두고 박은순에게 편지를 보낸 일 등을 얘기했다. 마지막으로 서형일과 남성룡의 범죄 에너지의 유사성을 지적하며 거기서 추론을 이끌어냈다고 털어놓았다. 남성룡은 아닌 척했지만 고진의 말에 상당한 관심을 기울이는 기색이었다. 특히 김해련이 12년 전 집을 나갈 때 남성룡에게 남진희가 친딸이 아니라고 거짓말했을 거라는 추리를 들었을 때는 감탄하는 표정까지 내비쳤다. 긍정하는 반응이 분명했다. 남성룡은 고진을 이야기 상대로 받아들일 것인가.

"몇 가지 궁금한 점이 있는데요, 우선은 그겁니다. 서형일이 박은순을 살해했다는 걸 전 알고 있습니다. 정교하게 알리바이를 조작해가면서요. 그것도 모두 알고 있습니다. 한 가지 모르겠는 건 서형일이 박은순을 살해할 때 교수님이 뭘 보았느냐, 혹은 뭘 알고 있느냐 하는 것입니다. 분명히 교수님은 그 사건에서 유력한 증인이거든요."

이유현은 고진의 질문에 놀랐다. 남성룡을 바라보니 그는 고진을 빤히 지켜보고 있다. 눈빛에서 갈등이 엿보였다. 고진이 재차 말했다.

"서형일이 박은순을 살해하는 걸 목격하신 겁니까? 아니면 유럽에서 배낭여행을 하고 있어야 할 서형일이 한국에 있는 걸 보신 건가요?"

그 질문 속엔 역설적으로 확고한 믿음이 들어 있었다. 남성룡은 한참을 더 말없이 앉아 있다가 마침내 입을 열었다.

"당신은 대단한 사람이군요. 그것까지 추리한 겁니까? 내가 본 건 그날 아침 형일이가 주위를 살피면서 언덕길을 올라와서는 열쇠로 조용히 대문을 여는 모습이었어요. 서재에서 책을 보다가 잠시 눈을 쉬려고 거실로 나가 창문을 열어 밖을 보다 우연히 목격했습니다.

유럽에 배낭여행을 가 있다더니 언제 한국에 들어왔을까 하고 가볍게 생각했는데, 나중에 그 시간에 아래층 형수님이 살해당한 걸 알게 됐죠. 당연히 형일이가 범인이란 것도 금방 알 수 있었어요. 시간도 일치했을 뿐더러 유럽에 있어야 할 아이가 한국에 몰래 들어온 거며, 무슨 사정이 있어 일찍 왔다면 일단은 벨을 누를 것이지 대문을 열쇠로 몰래 열고 들어온 것도 그렇고, 사건 이후 사라졌다가 사건 이후에 한국에 들어온 척하는 것 하며, 형일이가 틀림없었죠."

이유현은 놀라움을 참으면서 두 사람을 번갈아 바라보았다. 고진은 남성룡이 서형일을 목격했다는 걸 어떻게 알았을까?

"어떻게 알았습니까? 내가 형일이를 목격했다는 걸."

이번엔 남성룡이 먼저 말을 걸어왔다. 역시 학자로서의 호기심은 살아 있었다. 그걸 건드리는 작전이라면 성공이었다.

"목격했을 수밖에 없다고 결론 내렸습니다. 그건 서형일의 제2의 범행과 필연적으로 연관되어 있으니까요."

남성룡은 예상했다는 듯 고개를 끄덕였다. 놀라고 있는 건 오히려 이유현이었다. 서형일의 제2의 범행이라니? 이유현의 마음속 물음에 답하듯 고진이 말했다.

"교수님은 당연히 아시겠지요. 서형일의 제2의 범행이란 남진희 살해를 말하는 겁니다."

이유현은 뜻밖의 발언에 놀란 나머지 자신도 모르게 신음이 나올까 봐 입을 악물었다. 남성룡이 남진희를 살해한 것이 아니란 말인가? 고진 역시 어제 그 사실을 분명히 인정했다. 바로 옆 사무실에서 남성룡이 남진희를 친딸이 아니라 오해하고 살해했다는 동기에 대해 이야기하지 않았던가. 그런데 오늘은 표정 하나 꿈쩍하지 않고 갑자기 서형일이 남진희를 살해했다고 버젓이 다른 이야기를 하고 있다. 그것도 피의자인 남성룡 앞에서.

놀라움과 얄미움이 뒤섞여 엄습했지만, 이유현은 피의자인 남성룡 앞에서 감정을 드러낼 수 없었다. 미리 얘기해주지 않고 돌발탄을 터뜨리는 고진을 힐긋 노려볼 뿐이었다. 고진은 그 시선을 피하면서 이야기를 이어갔다.

"두 가족 사이에 일어난 일련의 연쇄적인 살인 가운데에서도 최대의 비극이라 할 만합니다. 남진희는 교수님의 따님이자, 서형일에게는 이복동생이 됩니다. 서형일은 자신의 이복동생을 살해한 거예요. 서형일은 남 교수님이 자기 아버지란 걸 몰랐으니 남진희가 이복동생이란 것도 당연히 몰랐을 겁니다. '만약 알았다면 범행을 그만두었을까?'라고 가정해 보면 제 대답은 '그래도 했다'는 것이긴 합니다만. 네, 그건 단지 서형일의 인성과 그동안 표출해 온 악의의 강도와 질량으로 그렇게 판단한 겁니다.

서형일은 남진희를 죽이기로 독자적인 계획을 세웠어요. 그건 올해 봄부터일 거라고 생각합니다. 살인의 실행 자체는 결정했지만 처음부터 세부적인 계획은 안 서 있었을 거예요. 그런데 남 교수님이 해운대에 별장 부지를 제공하고 서두리가 언덕 바로 위에 별장을 짓는 것을 알고 나서 살해 방법을 고안해 낸 거예요. 완벽한 알리바이 트릭까지 겸해서요."

남성룡이 힘없이 말했다.

"진희가 죽은 날 형일이는 회사에 출근해 있었다고 알고 있어요."

"참 독창적인 방법을 고안했더군요. 박은순 씨 살인 때도 알리바이 트릭을 썼지만, 그건 이번에 비하면 원시적이고 들통나기도 쉬웠어요. 하지만 남진희 사건에서는 한층 더 발전된 수법을 선보였습니다. 서형일은 진화하는 범죄자였어요. 범죄에 타고난 재능이 있다는 것만은 저도 인정할 수밖에 없습니다. 서형일의 범죄는 남진희가 죽은 화요일이 아니라 전날인 월요일 밤에 완성됐던 겁니다."

남성룡도, 이유현도 서서히 고진의 이야기에 빠져들고 있었다.

"월요일 밤이요?"

"네, 그렇습니다. 남진희의 사망은 화요일 아침이지만 범행 자체는 월요일 밤에 완성됐습니다. 범인은 화요일 아침에 별장으로 남진희를 찾아가 계단으로 밀거나 하는 방법으로 살해할 수도 있습니다. 범행 방법에 비춰 경찰과 저는 범인은 가족 중 한 명이라고 결론 내렸습니다. 그래서 아래위층 가족들을 대상으로 조사에 들어갔죠. 하지만 화요일 아침 모든 가족들의 알리바이는 갖추어져 있거나 아니면 어떤 사정으로 실행이 불가능했어요. 화요일의 범행 가능성이 없어진 걸 확인하고, 범행은 전날인 월요일 밤에 벌어졌다고 확신했습니다. 물론 또 하나의 가능한 방법으로 말이죠."

이유현이 옆에서 자기도 모르게 고개를 끄덕였다. 월요일 밤의 '또 하나의 가능한 방법'이란 아직 뭔지 알 수 없어도, 가족 중 누군가가 화요일 아침에 직접 해운대에 가 있을 수 없었다는 것만은 분명했다. 화요일 아침 1층의 서씨 가족들은 남진희가 죽은 시간에 해운대 별장에 있을 수가 없었다. 서해리, 김병윤 역시 범행이 불가능했다. 남성룡, 남광자의 알리바이도 확실하다. 남성룡의 알리바이는 동료 교수를 이용해 조작한 게 아닌가 의심했지만 어제 장민호 교수를 만나 틀림없다는 걸 확인했다.

"그래서 전 경찰들에게 월요일의 가족들 알리바이를 조사하도록 권했습니다. 지난번 찾아갔을 때 교수님한테도 월요일 저녁의 알리바이를 물었죠."

"그랬던 기억은 나요. 나는 월요일에도 저녁까지 학회 모임이 있었지요."

"맞습니다. 다른 가족들도 모두 월요일 저녁에 알리바이가 성립되어 있었습니다. 물론 서형일 역시도 겉으로는 확고해 보이는 알리바이가 있었어요. 하지만 다른 가족들과는 다르게 서형일의 알리바이에는 조작의 가능성과 흔적이 보였습니다. 서형일이 알리바이를 만들어 가며 박은순 씨를 살해한 범인이라는 걸 알았을 때, 남진희 씨 살인 역시 '서형일 표' 알리바이 조작인 걸 눈치 챌 수 있었습니다. 남진희 씨 사건에서 허위의 알리바이를 깨달은 건 나중의 일입니다만. 물고 물린 사건의 인과관계를 보면 남진희 씨의 살인범은 논리적으로 서형일일 수밖에 없다고 먼저 확신했거든요. 그 눈으로 사건을 보니 알리바이를 조작한 흔적이 역력히 보이더군요.

그럼 이제 서형일의 월요일 밤 알리바이를 한번 볼까요? 서형일 본인 얘기로는 일찍 퇴근해서 밖에서 저녁 식사를 하고 가출 상태인 서해리가 걱정돼 일하는 바에 잠깐 들렀다고 합니다. 그러고는 다시 새벽 1시에 남진희가 갑자기 걱정돼서 부산까지 내려가 보려 충동적으로 차를 몰고 경부고속도로를 탔다고 합니다. 그랬다가 너무 늦었고 다음 날 출근해야 한다는 생각에 정신이 들어 수원 톨게이트에서 빠져나왔다고 하더군요. 하지만 서형일 본인의 말뿐, 가족 중엔 아무도 그를 본 사람이 없었습니다. 다른 가족은 물론이고, 서형일이 퇴근해서 서해리가 일하는 술집에 들렀다고 하지만 서해리 역시 서형일을 보지 못했다고 합니다.

아, 서형일이 서해리가 일하는 술집에 갔다고 한 건 이유가 있습니다. 경찰은 일단 확인차 그 술집에 들를 것이고 거기서 트랜스젠더로 일하는 서해리를 발견할 것이다. 경찰은 필경 그 사실에 놀랄 것이고, 박은순 사건도 재조명하게 될 것이다. 이렇게 예측한 거죠. 경찰은 박은순의 사체에 남은 칼자국으로 미루어 범인을 남자라고 단정 짓고 있었고, 그 사실은 가족들도 알고 있었거든요. 범인이 남자라고 생각했기에 서해리는 애초부터 제외해 놓았는데, 트랜스젠더란 점을 은근슬쩍 경찰에게 흘려 서해리도 용의선상에 놓도록 유도한 겁니다. 서해리는 어차피 사회적 관계가 단절된 채 동거남 김병윤과 둘이서만 생활하고 있으나 알리바이도 시원찮을 것이고 혐의를 받기에 좋은 위치였죠. 실제로도 경찰은 그 속셈에 넘어가 잠시 서해리를 의심하기도 했고요."

이유현은 얼굴이 붉어지는 걸 어쩔 수 없었다.

"서형일은 두 가지를 동시에 노린 겁니다. 서해리가 트랜스젠더란 사실을 교묘하게 경찰이 알려서 주의를 돌리려 했어요. 박은순 살해의 의혹을 분산하여 안전을 꾀하고, 남진희 살해일 전날 자기 알리바이의 공백을 그럴듯하게 꾸며 대기 위한 것이었습니다."

"그럼 그 시간에 부산으로 내려가서 진희를 죽인 거군요."

"그건 좀 다릅니다. 월요일 밤에 서해리의 술집에 간 건 아니라고 쳐도, 그 시간 이후의 알리바이에 대해 서형일의 또 다른 진술이 있었어요. 새벽 1시에 경부고속도로를 탔다가 수원으로 빠져나와 돌아왔다는 겁니다. 수원 톨게이트에서 서형일이 통행권을 분실했다며 소동을 피우는 통에 직원들이 그를 기억하고 있었어요. 그리고 분명 경찰이 입수한 서형일의 그 통행권에는 서울 톨게이트를 새벽 1시에 통과한 것으로 되어 있었고, 수원 톨게이트를 지난 시각은 새벽 3시 무렵이었어요. 서울, 수원간이면 고속도로로 30분이면 충분합니다. 그런데 두 시간이 걸린 건 술 때문에 졸려서 갓길에 차를 대놓고 자다 보니 한 시간 반 정도 흘러 버렸기 때문이라고 하더군요. 깨어나자 정신이 들어 부산으로 내려가는 건 무리라고 생각해서 수원으로 빠져나왔다는 겁니다. 어쨌든 이 진술과 톨게이트 직원들의 진술로 서형일은 1시 이전에 서울에 있었다는 게 일단 확인이 된 겁니다. 그 의미는 컸어요. 3시 이후에 다시 부산으로 내려가서 범행하고 서울로 와서 아침에 회사에 출근하는 건 시간적으로 아예 불가능하니까, 서형일의 범행이 있었다고 하면 그건 서울 톨게이트를 통과한 1시 이전에 완료되어야 하는 것이 됩니다. 그리고 그것이 의미하는 건 월요일 저녁에 부산 해운대까지 가서 남진희를 살해하고 서울로 올라오는 것, 그러고는 다시 부산으로 내려가는 척하며 서울 톨게이트를 통과하는 것, 이 모든 것이 새벽 1시 이전까지 완료된 것을 의미하는 것입니다.

자, 그런데 이게 가능할까요? 회사에서 퇴근한 시간이 오후 5시경이라고 합니다. 회사 사람들의 증언이에요. 그때부터 마음먹고 내리 달렸다고 쳐도 부산 해운대까지는 다섯 시간은 걸립니다. 죽도록 과속해서 네 시간에 갈 수 있다고 가정해도요, 범행에 걸린 시간을 30분으로 잡고, 다시 서울까지 네 시간, 도합 여덟 시간 반입니다. 이 시간은 중간에 루스타임, 돌발 상황, 교통 정체 따위를 고려하지 않은 순수한 이론적 최소 시간인데도 그렇습니다. 월요일 회사를 퇴근한 오후 5시부터 세면 새벽 1시 30분이 됩니다. 실제 시간으로는 훨씬 늦어질 겁니다. 승용차를 이용한다면 그보다 일찍은 도저히 무리입니다. 그렇게 했다면 그건 범죄가 아니라 아크로바트겠지요. 그 새벽에 뜨는 비행기나 KTX도 물론 없고요. 그러니 부산에서 범행을 저지르고 새벽 1시까지 서울로 복귀해 다시 부산을 내려가는 척하며 서울 톨게이트를 통과한다는 건 불가능합니다. 서형일에게 무엇보다 확실한 알리바이가 성립한 것이죠."

"그럼 어떻게 한 겁니까?"

"실은 그것도 쉬운 트릭이었습니다. 또 남진희의 사망 시각인 화요일 아침에 범행을 했다고 경찰이 생각하는 한 필요하지도 않은 알리바이였어요. 서형일의 대단한 점이 여기에 있습니다. 보통 범죄자라면 사망일인 화요일 오전의 알리바이만 만들고 마음을 놓았을 겁니다. 그런데 서형일은 혹시 만에 하나 경찰이 범행의 트릭을 꿰뚫어 보고 전날인 월요일 밤 알리바이를 조사할 걸 대비해 예비적으로 월요일 밤의 트릭을 준비해 놓은 거였어요. 트릭 자체는 별것 아닌 거였지만, 실은 준비하는 데 꽤 신경 쓰이고 손이 가는 장난질입니다. 예비 알리바이로 이렇게까지 대비했다는 건 정말 놀라운 일입니다. 경찰도 월요일 알리바이까지 조작했으리라고는 생각을 못 하고 서해리가 일하는 술집에 들렀다는 진술이나, 고속도로 통행권 시각을 꾸며 낸 간단한 트릭에 그만 납득하고 넘어가 버린 겁니다……."

"통행권 시각을 꾸며 냈다?"

남성룡은 조급한 마음이 앞섰는지 고진의 말을 끊었다.

"네. 꾸며 낸 거죠."

"어떻게?"

고진이 고개를 좌우로 흔들었다.

"대단히 쉽습니다. 통행권을 교환한 겁니다."

아, 음……. 남성룡과 이유현이 동시에 신음과 탄성 비슷한 소리를 냈다.

"서형일은 월요일 저녁 퇴근과 동시에 차를 몰고 부산으로 내달렸습니다. 해운대 별장에서 범행을 완료하고 급히 다시 서울로 향했습니다. 아마 월요일 밤 10시 정도가 아닐까 합니다. 범행을 마치고는 다시 급히 서울로 올라가는 경부고속도로를 탑니다. 그 뒤부터는 서울에서 준비하고 있던 어떤 사람과 긴밀히 연락을 취했죠. 서울의 그 인물은 새벽 1시경에 서울 톨게이트를 통과해서 경부고속도로에 오릅니다. 서울에서 출발한 사람과 서형일은 중간의 어느 적당한 지점에서 만났겠죠. 통행권에 찍힌 시간대로 보아 비교적 서울에 가까운 쪽의 어느 휴게소가 아닐까 합니다. 요즘 휴게소는 상하행선 양편으로 분리되어 있지만 서형일이 한쪽에 차를 대고 직원용 출근로를 이용해 반대편으로 건너가면 그만입니다. 거기서 상대와 만나 서로의 통행권을 교환한 거죠. 서형일은 서울 톨게이트를 1시에 통과한 상대방의 통행권을 받아들고 자기 차로 돌아온 다음 다시 차를 몰아 수원 톨게이트로 빠져 나갑니다. 그때가 새벽 3시죠. 거기서 일부러 통행권을 분실한 것처럼 쇼를 벌여 직원들한테 얼굴을 각인시킨 후 뒤늦게 찾은 것처럼 바꿔치기한 통행권을 내밉니다. 그러면 서형일은 공식적으로 분명히 서울 톨게이트를 새벽 1시에 통과해 수원 톨게이트에서 새벽 3시에 빠져나간 게 됩니다. 언뜻 봐서는 철벽의 알리바이가 성립된 거죠. 서형일과 통행권을 교환한 상대방도 아마 그 뒤의 적당한 톨게이트에서 중간에 빠져나갔을 겁니다. 물론 그 상대방은 서형일의 살인에 알리바이가 이용된다는 건 꿈에도 모르고 단지 돈 몇 푼 정도 받고서 서형일의 요구대로 해줬을 겁니다. 서형일의 그날 통화 내역을 조회하면 통행권을 교환한 상대방이 누군지 알 수 있고, 그 사람한테서 진술을 들어보면 곧 확인되겠지요. 서형일의 알리바이는 통행권 교환으로 손쉽게 조작해 낼 수 있었어요. 그리고 서형일이 월요일 밤의 알리바이를 조작할 필요가 있었던 이유는 그가 실제 범행이 월요일에 완료되었단 걸 아는 유일한 인물, 즉 범인이기 때문입니다. 그 범행이 탄로 날 것을 대비해 화요일 아침에 이어 월요일 밤까지도 이중의 알리바이 그물을 쳐놓은 겁니다."

조사실 안에는 잠시 정적이 흘렀다. 그 정적을 먼저 깬 건 의외로 남성룡이었다.

"그럼 도대체 형일이가 월요일 밤에 어떻게 해서 진희를 죽인 겁니까? 어째서 진희는 화요일 아침에 죽은 걸로 되어 있던 겁니까?"

남성룡의 낯빛에는 안타까움을 넘어 순수한 호기심이 어려 있었다.

"그것도 알고 보면 간단하지만, 서형일의 그 발상은 아무나 할 수 있는 건 아니었어요. 실로 범죄의 천재라 할 만합니다."

"간단하다니 어떻게……?"

"별장에 선 하나만 그으면 되는 거였습니다."

이유현은 세 번째 듣는 말이었다. 두 번은 흘려들었었다. 고진이 이유현을 돌아보며 말했다.

"종이와 펜을 좀 쓸 수 있을까?"

이유현은 밖에 있는 경찰에게 종이와 펜을 가져오도록 했다.

고진은 흰 종이를 테이블 위에 놓더니 몸을 숙이고 그 위에 비뚤비뚤하게 해운대 별장의 그림을 그렸다. 볼품없는 그림 솜씨였다.

"이겁니다."

고진은 남진희가 기거하던 침실에 좌상에서 우하 방향으로 대각선으로 선을 쭉 그어 남성룡에게 보여 주었다.

"이게 뭔가요?"

"잘 보세요. 이 선을 가운데로 해서 침대만 빼면 방이 정확히 대칭입니다. 좌하 쪽하고 우상 쪽하고요."

"그래서요?"

"그럼 먼저 그 얘기부터 해야겠군요. 남진희는 불면증으로 매일밤 수면제를 먹고 잠들었다고 합니다. 서형일도 일찍 자라고 권해서보통 10시 이전에 일찍 수면제를 먹고 취침하는 습관을 들였다고합니다.

"그랬겠지요. 그 젊디젊은 나이에 빛을 잃어버렸으니 그 마음이오죽했을까……."

남성룡은 한숨을 토하듯 말을 뱉어 냈다.

"서형일은 월요일 저녁 5시에 퇴근하자마자 차를 달려 해운대의별장으로 갔습니다. 아마 액셀을 있는 대로 밟았겠지요. 늦어도 밤

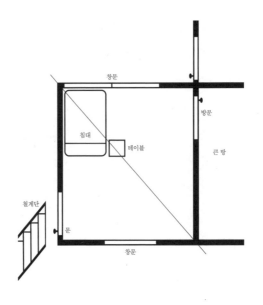

10시쯤엔 도착하지 않았을까요? 그때는 도우미 아줌마도 퇴근하고 별장엔 남진희 혼자였어요. 서형일이 도착했을 때 남진희는 일찌감 치 수면제를 먹고 자고 있었든지 아니면 자려고 준비 중이었을 겁니 다. 자고 있었다고 해도 서형일이 들어가는 데는 문제가 없었어요. 키를 갖고 있었으니까. 아마 남진희가 깨어 있었다면 일찍 자야 한 다고 구슬려 수면제를 먹여 재웠을 겁니다. 다음 날 현장에 출동한 경찰도 침대 옆 나이트테이블에서 수면제 병을 발견했다고 합니다. 서형일은 수면제를 먹고 깊이 잠든 남진희를 앞에 두고 어떤 마술을 부렸습니다. 이번 범행의 최대이자 최후의 트릭을요."

"그게 뭡니까?"

남성룡은 숨을 죽이고 물었다. 고진의 이야기에 흠뻑 빠져 들어간 게 분명했다.

"눈이 멀면 사람한테 남는 건 뭘까요? 우리가 어디를 찾아가려 하는데 눈이 보이지 않는다면? 소리로 찾아갈 수도 있고, 더듬어 갈 수도 있겠습니다. 하지만 가장 중요한 의지가 되는 건 '방향' 아닐까요?"

"방향……?"

"그렇습니다. 눈이 없어지면 '방향'과 손과 발로 더듬어 찾는 '촉각'의 일치로 가야 할 곳을 알 수 있게 됩니다. 해운대 별장의 아침처럼 '소리'가 전혀 없는 상황이라면 더욱 그렇죠. 남진희는 아침에 일어나면 침실 옆방을 거쳐 거실로 나오게 됩니다. 그날, 화요일 아침에도 남진희는 깨어나자마자 하루의 시작을 위해 옆방으로 들어갔습니다. 거기를 거쳐야 거실이든 화장실이든 갈 수 있으니까요. 침실에서 옆방으로 이어지는 방문을 더듬어 열었죠. 그런데 그 앞은 방이 아니라 8미터의 언덕 아래로 이어진 철계단이었어요. 발밑에 아무것도 없다, 이상하다고 느낀 순간 그대로 아래로 추락해 사망한 겁니다."

"어째서 그런 일이 가능합니까? 한 달 동안 매일 일어나 들락거린 방인데……."

"서형일이 덫을 판 겁니다."

"덫이요?"

"네. 하지만 실로 아주 간단한 것이었습니다. 약간의 힘을 쓴 것뿐이죠."

"간단하다고?"

"철계단 쪽 방문의 잠금장치를 벗겨 놓은 것과 남진희의 침대와

311

테이블 위치를 대각선 방향으로 옮겨 놓은 것뿐이었습니다. 그 간단한 작업만 마치고는 곧장 서울로 달려 새벽 3시에 수원 톨게이트에서 피날레 테이프를 끊은 거죠."

"아아."

이유현과 남성룡은 이번에도 동시에 신음 소리를 흘렸다.

"이 그림을 다시 한 번 보시죠."

고진은 조금 전 그린 그림 속 방 안에 침대와 테이블을 맞은편 쪽에 추가해 그려 넣고는 설명을 시작했다.

"원래 남진희가 사용하던 침대와 테이블의 위치는 방의 왼쪽 위에 그려진 이곳이 아니었습니다. 지금 그리는 여기였죠. 이 선을 가운데로 두고 대칭되는 방향에 있는 여기, 오른쪽 아래입니다. 남진희는 한 달 동안 아침에 침대에서 일어나면 이렇게 이쪽 방향, 침대

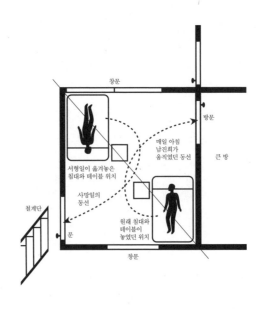

기준으로 왼쪽으로 반원을 그리면서 걸어가 그 방문을 열고 옆방으로 나갔던 것입니다. 침대 옆 테이블은 보통 머리 쪽에 두니까 머리를 이쪽으로 두고 잔다고 보면 남진희는 일어나서 자신을 기준으로 오른쪽 위로 큰 반원을 그리면서 걸어가 방문에 다다르는 것입니다. 그런데 남진희가 수면제를 먹고 푹 자는 동안 서형일은 침대와 테이블의 위치를 대칭 방향으로 바꿔 놓은 겁니다. 서형일의 덩치를 고려하면 1인용 침대를 옮기는 정도는 그리 힘든 일이 아니었어요. 그러고는 철계단 쪽 방문의 잠금장치를 벗겨 놓았습니다. 다음 날 아침 남진희는 여느 때와 다름없이 침대에서 일어나 늘 가던 방향으로 침대를 기준으로 왼편으로, 자신의 몸을 기준으로는 오른쪽 위 방향으로 반원을 그리면서 걸어갔어요. 그러고는 늘 거기에 있던 방문을 열고 발을 내딛은 겁니다. 하지만 그 방문은 옆방으로 이어진 방문이 아니라 철계단 쪽 방문이었던 거죠. 이 침실의 대칭적 구조와, 비슷한 두 개의 방문이 그런 착각을 가능하게 했던 것입니다. 눈이 안 보이는 남진희의 장애를 이용한 절묘하고도 악마적인 범죄입니다."

"그, 그렇군요. 아⋯⋯."

남성룡이 깊은 한숨을 토해 냈다. 자신의 아들이 자신의 딸을 죽이기 위해 고안해 낸 이 살인 방법을 들여다보며 남 교수는 어떤 심정일까? 이유현은 서형일의 범행에 놀라는 한편으로 그것이 궁금해졌다. 고진의 말이 이어졌다.

"침대가 한동안 놓여 있던 자리를 옮기면 아무리 뒤처리를 한다해도 보통은 흔적이 남게 되죠. 그런데 이 침실은 원래 베란다가 있던 곳이라, 바닥 마감재가 거칠거칠한 생나무 원목이에요. 침대가

313

한 달 동안 놓여 있던 흔적 따위는 거의 남아 있지 않았습니다. 하지만 저는 침대를 옮겼다는 걸 확신했죠. 왜냐하면 화요일 아침에는 가족들 알리바이가 너무 확실했거든요. 그렇다면 '누군가가 월요일 밤에 내려와 잠든 남진희의 침대를 옮겨 놓는 방법으로 범행을 저지른 것이 분명하다, 그래서 실족사로 보이게 하면서 알리바이까지 확보하는 이중의 범행을 완성한 것이다'라고요. 전 얼마 전 해운대 별장에 직접 내려가 침실 바닥에서 침대가 있던 자리 근처의 희미한 긁힌 자국을 확인했습니다. 아무래도 한동안 놓여 있던 침대를 옮기다 보니 미세한 스크래치는 피할 수 없었던 거죠. 그냥 봐서는 알아보기 힘들었습니다만."

이유현은 그때 고진과 나누었던 전화 통화가 기억났다. 고진이 해운대 별장에 내려가더니 범행은 선을 그으면 된다는 뚱딴지같은 얘기를 하기에 횡설수설한다 생각하고 무시했던 기억도 떠올랐다. 살짝 얼굴이 붉어졌다. 그 선은 바로 범행을 가능케 한 가상의 데스 라인이었다……

"이 범행에는 그것 말고도 여러 가지 조건이 들어맞았습니다. 창문이 아래위로 두 개가 나란히 있었다는 것도 범행에 도움이 됐어요. 만약 한쪽 창이 동쪽이었다면 그쪽 창문으로 아침에 비쳐드는 햇살을 몸으로 느끼면서 이상하다고 생각했을 수도 있겠습니다만, 창문은 공교롭게도 남북으로 나 있었죠. 남진희는 창문으로 비쳐드는 가을의 햇살로 방향의 일그러짐을 눈치 챌 기회를 갖지 못했던 겁니다. 하지만 가장 공교로운 건 역시 침실 전체가 절묘하게 대칭형태를 이루고 있다는 거겠죠. 철계단 쪽 방문이 반대편 큰방으로 이어지는 방문과 거의 흡사한 점도 큰 역할을 했습니다. 눈이 먼 사람에게 약간의 가공만 하면 방향을 착각하게 만들기에는 최적의 조건을 갖춘 방이었어요.

그래서 전 처음에 이렇게 방을 설계한 서두리를 의심했습니다. 이렇게 위험한 위치에 있는 베란다를 갑자기 침실로 개조하다니요, 너무 이상했습니다. 추궁해 보니 서두리는 그렇게 말하더군요. 남진희가 원한 거라고. 변명일 수도 있지만 나중에 서형일의 범행이란 걸 확신하게 되면서 그것이 우연만은 아닐 거라고 생각하게 됐습니다."

"우연이 아니라면 그것도 형일이가 유도한 거라고 생각합니까?"

"네, 그렇게 믿고 있습니다. 서형일은 서두리한테 직접 설계 변경을 제안하지는 않았어요. 만약 트릭이 들통난다면 제일 먼저 그 별장의 이상한 설계를 주도한 사람이 용의선상에 오를 것이 뻔합니다. 자신을 드러낼 수 없었죠. 어떤 경우라도 자신한테 혐의가 돌아오게 해서는 안 되니까요. 그래서 남진희를 설득하여, 그녀를 통해서 서두리한테 설계 변경을 하도록 시킨 겁니다. 남진희는 서형일한테 속아 자신의 죽음의 무대를 스스로 연출하고 만 거죠.

서형일이 남진희를 통한 데는 또 이유가 있습니다. 서두리는 남진희한테 뭐든 해주고 싶어 했지만, 서형일한테는 반감을 갖고 있었어요. 반면에 남진희는 서두리를 좀 무서워하고, 서형일은 오빠처럼 믿고 따르고 있었습니다. 즉 서두리는 남진희의 뜻대로 따르고, 남진희는 서형일의 뜻대로 따릅니다. 반면 서두리는 서형일의 뜻대로 안 되는 거죠. 서형일이 설계 변경을 제안했다면 서두리는 일언지하에 거절했을 겁니다. 그런 이유에서라도 서형일은 남진희를 통해서 설계 변경 얘기를 전달한 겁니다."

옆에서 듣고 있던 이유현은 모골이 송연해지는 것을 느꼈다. 서형일 같은 희대의 범죄자가 또 있을까?

"침대 위치가 뒤바뀌었지만, 사건 후에 그걸 알아챌 사람이 없었어요. 침대가 원래 있던 위치를 아는 사람은 가족들과 가사 도우미 정도입니다. 서두리나 다른 가족들은 실족사로 믿고 남진희의 유체만 인도받았을 뿐 경찰이 봉쇄하고 있는 부산 해운대 별장까지 내려올 일은 없거든요. 실족사로 처리된 이상 가사 도우미 역시 현장에 갈 일은 없는 거고요. 제가 두 번째로 별장에 내려갔을 때 집 안은 이미 텅 비어 있었습니다. 경찰이 별장의 출입을 허락하자마자 서형일이 부리나케 내려가 침대와 협탁을 비롯해 모든 가구를 처분해 버린 거죠. 침대가 이동되었다는 사실을 영원히 묻어 버렸어요."

취조실 안은 싸늘한 기운이 감돌았다. 고진의 말이 끝난 지 한참이 흘렀건만 남성룡도, 이유현도 말을 잇지 않았다. 기묘한 감상에 안타까움과 놀라움, 분노가 더해져 형언할 수 없는 각자의 기분에 침잠해 있었다.

이유현은 서형일을 살해한 남성룡에게 안타까움을 느꼈다. 고진의 말대로 그에게 어둠의 피가 이어져 있는지는 모르겠으나, 그는 아버지로서 사랑하는 딸을 죽인 서형일을 용서할 수 없었던 것이다. 비록 피가 이어진 아들이라 하더라도. 그래서 서형일을 죽이고 말았을 것이다……. 왠지 모를 슬프고 처연한 느낌이 이유현의 가슴에 몰려왔다.

그 답답한 공기를 찢듯이 고진이 뜬금없이 한마디를 덧붙였다.

"지금부터 하려는 이야기에는 저도 참 기분이 이상합니다."

고진의 말에 남성룡이 고개를 쳐들고 의아한 눈길을 보냈다. 우울한 기분에 잠겨 있던 이유현도 팔짱을 풀고 천천히 눈을 들어 고진을 보았다. 또 무슨 이야기를 더하려 하는가. 여기서 더 받아야 할 충격이 남아 있는 것일까? 이유현은 어수선해진 머릿속을 가다듬었다.

고진은 두 사람의 시선을 받아넘기며 굳은 목소리로 한마디를 덧붙였다.

"범행을 저지른 분 앞에서 그 범죄를 설명해야 한다는 게 말입니다."

이건 또 무슨 말인가. 이유현은 눈을 희번덕거리면서 고진과 남성룡을 번갈아 보았다. 남성룡은 표정의 변화를 보이지 않았다.

"서형일이 남진희를 죽였습니다. 서형일은 철저히 자신의 타산 아래 독자적으로 범행을 했다고 믿었어요. 오로지 혼자서 트릭을 짜고 실행을 했으니까요. 죽는 순간까지도 자신의 범행으로, 그렇게 믿고 저세상으로 갔습니다. 하지만 서형일은 남 교수님의 손바닥 위에서 놀아난 것에 지나지 않아요. 서형일은 자신이 꼭두각시로 조종당한 것도 모른 채 충실히 역할을 수행했습니다. 관음보살 손바닥 위의 손오공이었죠. 남진희 살해의 진정한 배후는 남 교수님, 당신입니다."

옆에 서 있던 이유현은 자기도 모르게 오른손을 들어 자신의 입을 틀어막았다. 고진 이 인간 정말……. 하지만 정작 남성룡은 회한에 잠기듯 눈을 스르르 감을 뿐이었다. 놀라고 있는 사람은 이유현뿐이었다.

"교수님은 별거하던 아내 김해련 씨의 말 때문에 남진희를 친딸이 아니라고 오해했어요. 그래서 딸 행세를 하는 그녀를 혼자 미워하다 끝내 죽이려는 마음을 품게 된 겁니다. 아내가 외도해서 낳은 낯선 남자의 딸이 친딸 행세를 하면서 남 교수님이 평생을 바쳐 일군 전 재산을 사후에 물려받는다고 생각하니 더 끔찍하고 싫었겠죠. 그래서 죽이기로 한 거죠?"

남성룡은 눈을 감은 채 대답이 없었다. 너무 터무니없는 말을 듣고 멍해져 있나 했으나, 그의 눈꺼풀이 파르르 떨리고 있었다. 그제야 오해 때문에 친딸을 죽여 버린 그의 내면이 격동에 휩싸여 있다는 걸 알 수 있었다. 역시 전날 사무실에서 고진이 추론했던 남성룡의 살해 동기가 틀리지 않았던 것이다.

"다시 박은순의 살해로 돌아가 보죠. 실은 서형일이 박은순을 죽였다는 걸 교수님이 확실하게 알았을 거라고 제가 생각한 이유가 거기에 있습니다. 교수님은 서형일이 박은순을 감쪽같이 살해한 걸 알게 됐어요. 범행의 동기까지도요. 그때 서형일의 재능을 한눈에 알아본 거죠. 그의 성격, 성향, 범행 수법까지도요 모두 꿰뚫어 보았습니다. 그래서 교수님이 남진희를 죽여야겠다고 마음을 먹었을 때 서형일을 조종해서 실행할 생각을 할 수 있었습니다. 남 교수님 본인은 나이도 먹었고, 아무리 남진희를 상대로 살의를 품었다 해도 직접 실행에 따르는 위험도 크게 의식되었을 겁니다. 그때 서형일이 알리바이를 만들어 놓고는 귀신같은 솜씨로 박은순을 살해한 사실이 자연스레 마음에 떠올랐습니다.

318

자, 제 추측입니다만, 교수님은 분명 서형일이 박은순을 살해한 이유도 알고 있었을 겁니다. 아닙니까? 박은순은 김해련의 편지를 받고 서형일이 교수님의 아들이란 걸 알았어요. 남편인 서태황에게 서형일을 파양하자고 계속 다그쳤습니다. 서태황은 그런 사정을 교수님에게 알리고 의논했을 것이 분명합니다. 그런 말도 당연히 나왔을 겁니다. 혹시 서형일을 파양하면 남 교수님이 친자로 호적에 올릴 수 있겠냐고요. 교수님은 서울대 교수로서의 사회적인 체면 같은 걸 먼저 생각했어요. 서형일이 아들인 게 밝혀지면 곤란하다, 파양을 재고해 달라는 의사를 전달했을 겁니다. 만약 서형일이 파양을 거부해 소송까지 가면 당연히 그 사실은 들통 나는 거고요. 그래서 서태황은 아내와 교수님 중간에 껴서 이도저도 못 하고 세월만 흐르고 있었을 테고요."

남성룡은 말없이 고개를 주억거렸다.

"그러던 중에 서형일이 박은순을 살해하는 걸 교수님이 목격했어요. 유럽에 배낭여행을 가 있어야 할 서형일이 감쪽같이 알리바이를 만들어 가면서 살인을 저질렀어요. 상대는 갓난아기 때부터 길러 준 친엄마 이상의 존재였지만, 자신의 인생 수지타산에 걸리적거린다는 이유로 가차 없이 살인을 저지른 겁니다. 그런 서형일을 보고 교수님은 적당한 동기만 부여해 주면 곧장 남진희 살해에 착수할 거라고 거의 확신에 가까운 예측을 했을 것입니다. 부패한 고기에 물만 뿌려 주면 곰팡이는 저절로 피어나듯이요. 그래서 만들어낸 거죠. 그 괴상망측한 녹음유언을요. 그걸로 서형일을 움직였어요."

이번엔 듣고 있던 이유현이 고개를 갸웃거렸다. 그때 찾아가 확인한 유언은 분명히 1순위가 남진희고 2순위가 서울맹인복지회였는데, 그것이 어떻게 서형일을 움직였다는 걸까.

"지금 여기 있는 이 경위와 제가 남 교수님을 찾아갔을 때는 1순위 남진희, 2순위 서울맹인복지회였습니다, 분명. 하지만 처음 유언은 그게 아니었어요. 1순위 남진희, 2순위 서형일이었습니다. 즉 남진희를 1순위 상속인으로 하되, 남진희가 죽으면 그다음 상속인은 서형일이 되는 걸로요."

이유현은 고진에게 뭔가 말을 꺼내려다가 남성룡을 의식해서 그만두었다.

"동생인 남광자 씨가 처음 절 찾은 건 교수님이 녹음유언을 하는 걸 바깥에서 엿듣고 상속 문제 때문에 상담하고 싶었기 때문이었습니다. 그때 분명 '1순위 남진희', '2순위 서……'까지만 들은 상태였어요. 그걸 들은 모두가 2순위는 아래층 서씨 가족 중 하나라고 생각했다가, 나중에 그게 서울맹인복지회의 '서'라고 밝혀져 허탈해했죠. 하지만 당초 녹음했던 대로라면 서씨 가족 중 한 사람인 게 맞을 겁니다. 바로 서형일이죠. 교수님은 그 녹음유언을 서형일에게 흘려서 남진희에 대한 살의를 품게 만들었던 겁니다. 우리가 찾아갔을 때 녹음 유언 2순위가 서울맹인복지회로 바뀌어져 있었던 건 이유가 있습니다. 전 처음에 남광자 씨의 의뢰를 받았을 때 법률에 앞서 가족 간의 문제이니 먼저 남 교수님과 의논해 보라고 권했습니다. 남광자 씨는 제 권유를 그대로 충실히 따랐던 겁니다. 실은 이러저러한 녹음 유언을 본의 아니게 듣고 말았는데 자신한테도 좀 떼 줘야 하는 것 아니냐 하면서요. 그걸 들은 교수님은 뜨끔했겠지요. 녹음 유언은 서형일을 자극해 남진희를 살해하게끔 만들어 낸 건데 그게 동생한테 알려져 버린 겁니다. 그 상황은 남진희가 죽은 뒤 교수님이 그 배후로 지목될 여지가 있게 되었단 걸 뜻합니다. 그래서 부랴부랴 유언을 바꿨어요. 부랴부랴라고 해도 남진희가 살해될 때까지는 기다렸을 겁니다. 혹 유언내용이 바뀌었다는 소문이 나면 서형일은 남진희 살해를 포기할 테니까요. 남 교수님한테는 다행하게도 남광자 씨는 2순위 '서'까지만 들었어요. 그래서 '서'로 시작되면서 사건과는 무관한, 그러면서도 상속을 남길 명분이 있는 적당한 단체를 찾아냈습니다. 그게 서울맹인복지회입니다. 역시 변호사도 증인으로 넣어서요. 우리가 변호사한테 알아봐도 변호사는 당연히 2순위는 서울맹인복지회가 맞다고 확인해 줄 수밖에 없습니다. 왜냐하면 바뀐 현재의 유언은 그게 맞으니까요. 폐기된 예전의 유언, 그러니까 서형일이 2순위로 되어 있는 유언까지 알려 줄 아무런 이유가 없죠. 그래서 다들 속아 넘어갔어요.

유언을 바꾸는 건 예정된 수순이기도 했습니다. 어차피 범행을 이끌어내기 위한 용도에 불과했으니까요. 계획대로 서형일이 살인을 실행한다면 곧 바꾸든지 폐기했어야 할 유언이었습니다. 만약 남 교수님의 마음이 바뀌어 유언내용이 변경될 것을 우려한 서형일이 남 교수님의 얼마 안 남은 목숨마저 노릴 위험도 없진 않았어요. 남진희의 죽음 후에는 유언내용을 바꾸고 그걸 가족들에게 알리려고 작정하셨겠지요. 어떻습니까? 틀린 부분이 있습니까? 교수님."

남성룡은 눈을 지그시 감았다가 잠시 후 천천히 눈꺼풀을 올렸다. 이어 느릿느릿하고 늘어진 목소리로 말했다. 더 이상 아무런 미련이 느껴지지 않는 태도였다.

"광자 때문에 모든 걸 망쳤군. 하필이면 당신한테 의뢰를 하다니……. 모두 사실입니다. 어떻게 거기까지 생각이 미쳤어요?"

"교수님의 이론에 심취했던 덕분이랄까요."

"내 이론에?"

"범죄 성향이 유전될 수 있다는 그 이론 말입니다. 환경과 사회구조결정론자들의 격렬한 반발을 샀었죠. 제가 지난번에 흥미로웠다고 말씀드린 건 빈말이 아닙니다. 전 늘 도전적인 이론에 끌리는 취향이라서요. 게다가 생각해 보면 독으로 사람을 죽인 살인자를 대대로 배출한 보르지아 가문도 실제로 있었죠. 어쨌든, 이 붉은 집에서 삼 대에 걸쳐 깃든 살인 또한 연관 지어 생각해 봤습니다. 특히나 최근에 있었던 두 건의 살인, 박은순과 남진희 사건은 필연적으로 인과가 연관되어 있었습니다. 서두리, 서해리라는 강력한 용의자가 제거되어 나가고, 교수님의 모친이신 이분희 씨가 피해자가 아니라 오히려 악을 품은 인물이란 걸 알게 되면서 발상을 완전히 뒤집어 본 거죠. 이 무서운 악의 가계도, 한국의 보르지아 가문은 과연 어느 쪽이었을까? 죄송한 말씀이지만 정말 무시무시한 악인은 서태황 장군이 아니라 교수님 쪽이었던 겁니다.

그 무렵 가장 먼저 눈치 챈 것은 서형일의 박은순 살해였습니다. 서형일이 교수님의 아들일지 모른다는 것도 그즈음 짐작했고요. 그 상태에서 다시 남진희 살인을 되짚어 봤습니다. 남진희 살해 역시 서형일의 범행이라는 가설을 먼저 세워 봤어요. 이미 박은순을 살해했다는 의혹이 있는 데다가 가족들 중 알리바이가 제일 물렁했으니까요. 그렇다면 그 살해 동기는 무엇이었을까. 제가 처음 사건에 개입하게 된 건 남광자 씨에게서 유언을 전해들은 때부터입니다. 그 유산을 둘러싸고 남진희가 위태롭지 않을까 하는 우려에서요. 그런데 실제 살인이 일어난 겁니다. 그렇다면 동기는 역시 유산이지 않을까 하고 다시 한 번 전제를 세워 봤어요. 그렇게 놓고 보니까 역시 남 교수님의 원래 유언은 2순위를 서씨 중 한 명으로 한 게 아닐까 하는 생각이 들었습니다. 그 서씨는 서형일일 수밖에 없겠죠. 실제로 서형일이 남진희를 살해했으니까요. 자, 그럼, 교수님이 왜 아래층 집안 양자인 서형일을 뚱딴지같이 상속 2순위로 만들어 놓았을까, 그리고 우리가 찾아가 유언을 확인했을 때는 왜 2순위를 서울맹인복지회로 잽싸게 바꾸어 놓았을까. 그건 살인병기 서형일을 움직이게 하기 위한 유도장치가 아니었을까. 물론 이러한 그림은 당시에는 가설에 불과했습니다만 그런 생각 하에 추리를 전개해 보니까 모든 사건의 인과가 하나의 어긋남도 없이 톱니바퀴처럼 맞아들어 가는 겁니다."

이 대목에서 이유현은 가벼운 위화감에 휩싸였다. 애초에 남성룡이 서형일을 상속 2순위로 하는 유언을 작성했다는 건 가설에 불과했을 텐데, 어떻게 고진은 그 유언내용을 이렇게까지 확신했단 말인가. 하지만 이유현의 어렴풋한 의문은 이어지는 고진의 설명에 묻혀 버리고 말았다.

"남 교수님의 유언은 의도된 것으로 볼 수밖에 없었습니다. 남 교수님 본인이 남진희를 친딸로 믿지 않았을 거라는 정황이 있었다는 건 아까 말씀드렸죠. 그렇다면 범행을 실행한 자는 서형일이지만 그를 조종해 남진희를 살해토록 한 건 교수님이 아닐까. 남진희만 죽으면 모든 재산이 자신의 손아귀에 떨어진다는 군침 도는 상황을 서형일이라는 포식자 앞에 먹잇감으로 던져 놓은 게 아닐까. 전 그렇다고 믿었습니다. 자, 그렇다면 여기서요, 교수님은 왜 서형일이 그 유언에 움직일 거라고 믿었을까요? 그런 경제적 동기를 제공하면 서형일이 법칙과도 같이 반드시 살인에 나설 거라고 왜 믿었을까요⋯⋯. 그 답은 박은순 살인사건에서 자연스럽게 찾을 수 있었습니다. 전 그 사건에서 서형일이 알리바이 조작을 한 사실을 알아냈습니다. 배낭여행을 하는 척하면서 한국에 몰래 들어와 양어머니를 죽였죠. 여기서 교수님은 사건이 있던 날 서형일을 목격했든 어떻게 됐든 그 범행을 눈치 챈 게 아닐까 하는 생각이 들었습니다. 그래서 돈을 위해서라면 서슴지 않고 어머니조차 해치우는 그의 악랄한 실체를 알게 되고, 남진희 살해에 서형일의 범죄성을 이용한 것이 아닐까 하는 가설까지 도달하게 됐고요.

교수님은 살인 성향이 유전된다는 주장을 해 오신 분이죠. 자신이 신봉하는 자신의 이론에 입각해서, 서형일의 범죄성 또한 자신이 물려주었다고 판단하신 게 아닐까요. 자신의 마음을 들여다보듯이 서형일의 마음을 들여다본다고 여기신 게 아닐까요. 그래서 서형일이 물려받은 범죄 성향의 발현으로 반드시 범행에 나아갈 거라고 믿었던 게 아닐까요.

서형일이 교수님의 아들이 아닐까 하는 추측이 확신으로 변한 이유도 거기에 있었어요. 이런 추리라면 교수님은 서형일이 박은순을 살해한 걸 알고도 2년간 입을 닫고 숨겨 줬단 얘기가 됩니다. 아들이었기에 그랬던 겁니다. 서형일에 대한 애정이 그리 깊지는 않으신 것 같지만 그래도 자식이었고, 살인을 덮어 둘 정도의 마음은 있었던 거죠."

남성룡은 눈을 감은 채였다. 고진은 잠시 말을 쉬고는 그를 내려다보았다.

남성룡은 이윽고 처량한 웃음기를 띠었다.

"당신은 정말 모든 걸 다 알고 있군요. 내가 완전히 졌어요. 인정합니다."

남성룡의 정신적인 경계가 완전히 해제되어 버린 것 같았다. 이 상황에서 웃음이 떠오르다니. 고진은 자세를 달리하여 몸을 곧추세우고는 진지한 음성으로 물었다.

"하지만 아직 모르는 게 몇 가지 있습니다."

"당신이 모르는 것도 있어요? 허허, 물어보세요."

"첫째는 어떻게 서형일한테 유언내용을 알려 주었냐는 겁니다. 서형일로 하여금 자신이 독자적으로 결정해서 남진희를 살해한다고 착각하게 만든 그 방법 말입니다."

"아, 그거요. 녹음유언의 방식을 택한 것이 바로 그런 상황을 만들고자 하는 이유에서였어요. 녹음한 유언 파일을 변호사에게 확인차 이메일로 보내려다 실수로 잘못 보낸 척하면서 형일이 이메일로 보낸 거예요. 형일이는 그 이메일에 첨부된 녹음유언을 듣고서 비밀스런 유언내용을 알았다고 착각하고 유산상속을 받고자 진희를 죽일 계획을 세운 거지요."

이유현은 남성룡을 새삼 쳐다보았다. 자연스런 그 수법에 내심 찬탄하는 마음까지 들었다. 고진도 감탄한 듯 말했다.

"역시 대단하시군요. 서형일은 변호사한테 갈 이메일이 실수로 자기한테 왔다고 생각하고 흥분했겠군요. 실은 교수님이 실수한 척하면서 일부러 보낸 줄도 모르고."

"그랬겠죠."

"또 한 가지가 더 있습니다. 제가 정확히 알 수 없는 건 서형일을 죽인 때의 교수님의 마음 상태입니다. 물론 남진희를 딸이 아니라고 오해해서 죽였다는 걸 안 순간 이루 말할 수 없이 커다란 후회와 자책이 밀려들었으리라 생각합니다. 그리고 사람의 심리상 교수님 자신이 배후에 있었다 하더라도 범죄를 직접 실행한 자, 그러니까 서형일에 대한 증오심은 어마어마했을 거고요. 원래 자신의 잘못이라 하더라도 타인에게 전가하여 비난하고 싶은 게 사람의 심리잖습니까? 결과에 대해서 비난할 사람, 희생양이 필요한 거죠. 제가 상상하는 건 그 정도입니다만. 물론 교수님의 행동에 대해 사후적인 해석을 갖다 붙인 것에 불과합니다."

남성룡은 의외로 순순히 심경을 고백했다.

"대체로 맞아요. 내가 비록 살인을 유도했다지만 나중에 두 분이 찾아오셔서 진희가 내 친딸이란 걸 알려 준 순간 정신이 나갈 정도로 혼란스러웠어요. 그리고 묘하게도, 그놈을 도저히 용서할 수 없겠다는 기분이 들더군요. 어차피 내 목숨은 얼마 안 남았어요. 내가 직접 범행을 하면 체포될 위험이 크다는 건 알았지만 불쌍한 내 딸 진희가 오해로 살해당했다는 생각에 자포자기의 심정이 되었어요.

형일이는 내가 젊었을 때 한순간 실수로 어떤 천한 여자의 몸에서 태어난 아이입니다. 직업이 천한 게 아니라 마음이 천한 여자 말이에요. 그 여자는 악의를 가지고 나 몰래 형일이를 낳았고, 한 밑천 뜯어냈어요. 이제 와서 뭘 숨기겠어요. 솔직히 그 여자를 해치우려고 생각했어요. 여자는 눈치를 챘는지 어쨌는지 모르겠지만 형일이를 고아원에 맡기고는 외국으로 떠나 버렸지요. 난 아비 된 최소한의 도리로 보다 못해 태황 형님에게 양자로 삼아 달라고 부탁을 했습니다. 걔 친엄마한테 질려서인지 그 아이한텐 도무지 애정이 생기질 않았어요. 더구나 형일이의 존재가 알려지면 대학교수로서의 명예와 사회적 평가는 한순간에 무너지는 거였으니까. 시한폭탄 같은 존재였죠. 내가 이제 와서 무슨 거짓부렁을 하겠습니까. 실은 양자로 삼은 것도 고아원에 맡겼다가 언젠가 내가 아버지인 걸 알고 찾아와서 불시에 큰 타격을 입느니 차라리 곁에 두고 지켜보는 쪽이 더 안전하다는 계산이 앞섰던 거였어요. 처음부터 애정이 없었던 게 맞아요. 더구나 형일이가 태황 형님네 형수님을 살해한 걸 알았을 때는 나조차도 등골이 서늘했어요. 경찰에 알리지는 않았지만 그것도 아들을 보호하려는 마음보다는 형일이가 체포되면 출생의 비밀이 세상에 공개될까 두려워하는 마음이 더 컸던 때문이었어요. 어쩌면 형일이는 나를 가장 닮은 녀석일지도 몰라요. 상황과 필요만 갖추어지면 가차 없이 살인을 불사하는 점에서 말입니다. 남들과는 다른 악성이 있는지는 몰라도 난 그걸 자각할 지성은 가진 사람입니다.

그런 놈이 결국엔 내 소중한 딸 진희를 죽였다고 생각하니 도저히 참을 수 없었어요. 출생부터 끝까지 내 인생에 흙탕물을 뿌리는구나 하는 생각도 들었고. 내가 사주해 놓고 그러냐고 하면 할 말은 없지만, 그 상황에 정작 닥치고 보면 그런 분별은 사라져요. 어쩌면 나 자신에 대한 풀 길 없는 증오심을 몽땅 형일이한테로 방향을 틀어 쏟아 부은 건지도 모르지요. 내가 사주했건 뭐건 간에 진희를 죽인 그놈을 용서할 수 없다는 생각밖엔 없었어요. 내 딸을 죽인 놈을 내 손으로 처단해서 얼마 남지 않은 내 생 안에 그놈이 죽는 걸 보고 싶었던 겁니다……."

남성룡은 말을 마치자 힘이 들었던 듯 고개를 숙이고 축 늘어져 버렸다.

고진과 이유현은 서로 마주 보며 눈짓을 했다. 두 사람은 조용히 취조실을 빠져 나왔다.

어둠의 변호사

박은순 살인사건은 서형일이 범인으로 확정되어 공식적으로 종결되었다. 살해 당일 서형일을 봤다는 남성룡의 진술과 김채문의 출입국조회 기록 등이 결정적 증거가 되었다. 남성룡은 서형일을 배후에서 조종해 남진희를 살해하고, 서형일을 직접 살해한 혐의로 기소되었다. 남성룡은 재판을 받던 중 병세가 급격히 악화되어 구속집행정지로 경찰관이 지키는 가운데 외부 병원에 수용된 가운데 재판을 받으며 치료를 받았다. 숨을 거둔 것은 그로부터 불과 2주일 후였다. 서형일 살해 건은 몰라도 남진희 살인에 대해서는 법률적으로 살인죄의 구성이 어렵다며 공소 유지를 걱정하던 검찰은 내심 안도의 한숨을 쉬었다.

선대의 서판곤, 이분희로부터 따지면 박은순, 남진희, 서형일까지 무려 다섯 명의 가족이 제명을 누리지 못하고 살해당한 참극이 이로

써 막을 내렸다. 가족의 밑바닥을 관통하던 불행의 탁류는 긴 죽음의 행렬을 남기고 이제야 그 끝에 도달한 것이다. 하지만 주변 사람들에게 남은 건 뒤늦게나마 정의가 실현됐다는 만족감이 아니라 진절머리 나는 악의와 탐욕의 끝에 남은 덧없음과 허허로움뿐이었다. 여기서 한 명은 제외되어야 하겠다. 남광자만은 분에 넘치는 횡재를 했다. 남성룡은 고진에 의해 범행의 전모가 밝혀지자 재판 도중 변호사를 통해 서울맹인복지회를 상속 2순위로 해두었던 유언을 폐기했다. 어차피 범행을 위한 허위 유언이었으므로 다 밝혀진 마당에 존속시킬 이유는 더 이상 없었던 것이다. 남성룡의 직계인 남진희, 서형일이 모두 죽어 버렸고, 친부인 남패전은 낯을 들지 못하고 상속을 포기해 버렸다. 그리하여 남성룡의 동생인 남광자가 유일한 상속인으로 그 많은 재산을 혼자서 모두 물려받았다. 입이 귀에 걸렸을 테지만 그녀는 가족의 비극 앞에서 표정 관리를 해야 했다.

아직 남성룡이 죽기 전, 재판이 진행되던 무렵이었다. 이유현은 공소유지를 담당한 검찰의 요청으로 남성룡의 최초 유언과 그 뒤 변경된 유언에 대한 근거 자료를 준비하게 됐다. 이유현은 남성룡의 유언 작성시 입회했던 변호사에게 전화를 걸었다.

"서초서 강력팀장 이유현 경위입니다. 지난번 남성룡 씨 집에서 한번 통화했죠?"

"아, 네. 그때 통화하신 분이군요."

변호사는 똑똑히 기억하고 있었다. 그에게도 별난 사건이었으리라.

"유언내용에 대해 변호사님의 협조가 필요합니다. 처음에 변호사님이 우면동 집에 가서 녹음유언을 작성했다가 그 이후 변경하신 거죠? 그 내역을 좀 알려 주십시오."

"처음에는 유언 내용이 달랐어요. 1순위는 남진희, 2순위는 서형일로 했다가 나중에 2순위만을 서울맹인복지회로 바꾸었던 거죠."

역시 그랬군. 이유현이 별생각 없이 그 자료를 보내 줄 것을 요청하니 상대방 변호사가 무심결에 한마디 했다.

"그 내용은 고진 변호사란 분한테 이미 말씀드린 걸로 아는데 또 확인하시려고요?"

"네? 그런 일이 있었습니까?"

조금은 의외의 사실이었다. 고진이 왜?

"네. 그때 남성룡 교수댁에서 전화 주신 날 같이 계시던 분 말이에요. 나중에 전화가 와서 유언이 바뀐 게 아니냐 해서 내용을 다 말씀드렸어요. 그 전날에 남성룡 교수님이 유언내용 공개에 동의하셨고, 이 경위님과 같이 계시던 분이라 숨기지 않고 알려 드렸죠."

"아, 예, 아, 그랬군요."

이유현은 적당히 대꾸하고 전화를 끊으려다 급히 머리를 스치는 생각이 있었다. 그를 다시 불렀다.

"변호사님, 잠깐만요."

"네?"

"고진 변호사가 따로 전화해서 물어본 건 언제였습니까?"

"그게……."

이유현은 상대방 변호사의 답변을 들은 후 전화기를 내려놓고서 한참을 미동도 않고 생각에 잠겨들었다. 그러다가는 갑자기 탁상용

달력을 집어 들어 열심히 무언가를 확인했다. 이윽고 이유현의 얼굴이 일그러졌다. 혹시……?

벤치에 걸터앉아 내려다보는 도시의 불빛이 무척이나 평화롭게 느껴지는 밤이었다. 우면산 중턱. 발밑으로 예술의 전당이 보였고, 멀리는 남산타워가 눈에 들어왔다. 시원한 바람이 벤치에 걸터앉은 두 남자를 훑고 지나갔지만, 두 사람이 자아내는 분위기가 그다지 평화롭지만은 않았다. 한 명은 퍽이나 가라앉아 있었고, 옆에 앉은 또 한 명 역시 침잠해 있었다. 다르다면 조금은 더 젊은 남자의 표정이 더 심각했고, 더 일그러져 있다는 정도일까. 이유현은 일을 마친 후 밤 10시가 넘어 고진을 불러낸 것이었다.

고진이 기지개를 켜면서 먼저 입을 열었다.

"이곳 야경은 정말 명품이군. 근데 경치 보여 주러 이 밤중에 여기까지 나오라 했어? 날 여기까지 불러낸 이유는 뭐야?"

이유현의 대꾸가 금방 없는 때문이었을까. 고진은 물어놓고는 더 기다리지 않고서 독백을 늘어놓기 시작했다.

"남괘전 영감님이 아니었다면 아직까지 헤매고 있었을 거야. 사건 해결의 진정한 공로는 그 할아버지야. 난 아무것도 못 했어. 결국 남진희를 죽게 내버려 둔 셈이잖아? 죽은 뒤에 범인을 찾아내고 소동을 벌여 봤자 결과를 되돌리진 못해. 가치가 없어. 병을 막는 의사가 명의지, 중병에 걸리도록 내버려 두고 수술 잘한다고 명의겠나……."

들든지 말든지 상관 않는 투였다. 이유현은 천천히 입을 뗐다.

"오늘 만나자고 한 건 제 머릿속을 떠나지 않는 의문이 있어서예요. 그건 형님밖에는 답해 줄 수 없는 문제입니다."

"나만이 답해 줄 수 있다? 날 너무 과대평가하는군."

"아뇨. 어쩌면 형님도 답할 수 없을지 모르겠군요."

이유현은 천천히 고개를 가로저었다. 자신의 말에 회의를 표시하는 건 평소의 그답지 못했다. 고진은 옆으로 고개를 돌려 이유현에게 시선을 한번 주었다가 되돌렸다.

"알았어. 솔직히 말할 것을 약속하지. 내가 아는 일이라면 말이야."

그는 왠지 말을 듣기도 전에 이유현이 무슨 말을 하려는지 알고 있는 듯했다. 이유현이 입을 뗐다.

"형님이 처음 남성룡이 의심스럽다 했을 때요, 그때 이미 다 알고 있었던 것 아닐까 하는 생각이 들어요."

"뭘 말이야?"

"남성룡이 남진희가 친딸이 아니라고 오해해서 죽이려고 했던 것, 그래서 배후에서 서형일을 조종해서 살인을 저질렀다는 것, 그 모두를 말입니다."

고진은 웃을락말락 입술을 실룩했다.

"역시 날 과대평가하고 있군. 아니야. 남진희가 친딸이 아닐지도 모른다고 잘못 넘겨짚고 남성룡 몰래 친자 확인하자고 그랬던 일들 기억 안 나나?"

"과연 그럴까요?"

이유현은 고진에게로 고개를 홱 돌렸다.

"그거야말로 다른 목적을 가진 페이크 아니었습니까? 지금부터는 아무런 증거도 없는 저만의 상상입니다만, 한번 들어 보시죠. 형님은 이미 그 시점, 그러니까 남패전이 남성룡 남매의 아버지인 것이 밝혀진 때, 광기의 적성이 서태황이 아니라 이분희의 피를 이은 남성룡 가계로 이어졌다고 생각을 바꾼 그때, 진상의 문을 열었어요. 서씨 집안에 대해 가졌던 좋지 못한 선입견을 벗고, 사건을 보는 틀을 180도 바꾼 겁니다. 이분희의 피를 이어받은 남성룡, 남광자가 유력한 범인 후보가 될 수 있다고 생각하게 된 거죠. 형님은 거기에 초점을 두고 생각해 봤을 겁니다. 남성룡이 범인이라는 가설을 세워 봤겠죠. 그는 남진희가 친딸이 아니라고 의심해 왔다고 믿을 만한 충분한 정황이 있었어요. 그게 혹시 살인의 동기지 않았을까. 그러면서도 한편으론 형님은 남진희를 직접 살해한 건 서형일이라고 의심하고 있었어요. 여기서 하필 올봄에 남성룡이 누가 봐도 이상한 유언을 남긴 것이 생각을 연결하는 실마리 역할을 했겠지요. 그래서 남성룡이 범죄 예비군 서형일을 유언으로 조종한 것이 아닐까 하고 두 사실을 연결해 생각하기에 이르렀을 겁니다.

오늘 오후 변호사한테 들었어요. 형님과 제가 남성룡을 찾아가 유언을 확인한 날 이후에 형님이 저 몰래 다시 그 변호사한테 전화해서 남성룡이 최초로 만든 유언의 내용을 알아냈다는 걸요. '1순위는 남진희, 2순위는 서형일'로 된 그 유언이요. 그런데 형님이 그 변호사한테 전화한 날은 병원에 있던 남패전한테서 이분희에 대한 이야기를 들은 바로 다음 날이었어요.

즉 형님은 남패전의 이야기로 남성룡 가계를 의심하기 시작했고, 그래서 바로 다음 날 변호사한테 최초의 유언은 2순위가 서형일로 되어 있었다는 걸 확인했어요. 남성룡이 유언으로 서형일을 원격 조종해서 살인을 저질렀을 거라는 가설을 그때 완성했으리라는 겁니다. 목적을 달성한 뒤에는 남성룡이 서울맹인복지회로 유언을 엉뚱하게 바꾸고는 시치미를 떼고 있었다는 것도 알게 됐어요. 서형일이 남성룡의 친자란 것과, 남성룡은 비록 아들이라 해도 서형일을 살인 도구로 사용할 정도로밖에는 여기지 않았다는 것도요. 남성룡이 서형일을 움직인 것이라면, 혹시 남성룡은 서형일이 박은순을 살해할 때 우연히 목격하지 않았을까, 그래서 서형일의 범죄성을 꿰뚫어 보고 유언을 조작하여 또 다른 살인으로 이끈 것이 아닐까. ……그 한 가지 사실에서 범행의 전모가 꼬리에 꼬리를 물고 줄줄이 달려 나오지 않습니까? 그때 형님에게 이미 추리의 모든 근거는 다 개방되어 있었어요."

"내가 그때 그런 걸 다 꿰뚫어 봤다면 왜 즉시 자네한테 말하지 않고 미적댔겠나?"

"그게 제 며칠간의 의문이기도 합니다……."

이유현은 조금 주저하다가 말을 이었다.

"계속 말해 볼까요? 저로서도 절대 믿고 싶지 않은 가설입니다만……. 형님은 남성룡이 남진희를 친딸이 아니라고 오해해서 살해했다는 걸 알았으면서도 침묵했어요. 오히려 저한테 남성룡이 의심스럽다, 친자 확인을 하자며 엄살을 떨었습니다. 그 의도는 뭐였을까요? 그건 다른 목적을 가진 쇼였어요. 남성룡한테 남진희가 친딸이라는 확실한 근거를 들이대기 위한 밑그림이었어요. 굳이 남성룡을 찾아가 DNA 친자검사에 대해 사과하자고 했지만, 그건 사과를 빙자해 남진희가 친딸이란 걸 알려 주기 위한 거였습니다. 아주 충격적인 방식으로요."

고진은 내내 무표정했다. 시선은 먼 곳을 좇고 있었다.

"왜일까요? 왜냐면요……. 결론부터 말해 볼까요? 형님은 남성룡이 서형일을 죽여 주기를 원했던 겁니다. 그래서 남진희가 친딸이란 사실을 경찰 과학 수사의 공신력을 빌어 알린 거예요. 남성룡은 큰 충격을 받았고, 형님의 예상대로 서형일의 말살에 나섰습니다. 남성룡은 서형일을 조종해서 남진희를 죽였지만, 형님은 남성룡을 조종해서 서형일을 죽인 겁니다. 남성룡의 타고난, 어쩌면 유전적인 범죄 성향을 자극해, 급성질환을 일으키듯이, 서형일에 대한 증오와 살의를 품게 만든 거였어요. 하필이면 그 무렵 형님은 범죄 성향이 유전될 수 있다는 남성룡 교수의 독특한 이론에 심취해 있기도 했죠. 그래서 그런 시나리오대로 개연성 있게 일이 진행되리라 믿었을 겁니다. 어때요. 다른 설명이 가능합니까?"

이유현은 말을 멈추고 고진의 옆얼굴을 물끄러미 쳐다보았다. 고진은 텅 빈 눈을 하고서 담배를 한 개비 꺼내 피워 물었다. 찰칵 하는 라이터 소리와 함께 어스름한 어둠 속에서 고진의 얼굴이 짙은 음영을 드리우며 잠깐 밝아졌다. 불빛에 비친 얼굴은 마치 영혼이 빠져 버린 데드마스크 같았다.

"남성룡이 서형일을 죽이리라고, 그렇게 나올 거라고 형님은 예상했어요. 얼마 남지 않은 목숨, 딸을 죽인 원수에 대한 증오심, 그의 잠재된 악성, 범죄 성향에 관한 그의 이론……. 이 모든 것이 그런 행동의 개연성을 높여주고 있었어요. 남성룡은 자신이 배후 조

종자이면서도 딸의 목숨을 직접 빼앗은 서형일을 용서할 수 없었
고, 결국 살해에 나서고야 말았어요. 범행의 배후 인물이 살인 후 자
신의 오해를 깨닫고는 실행범을 오히려 증오한다……. 물론 비논리
적입니다. 하지만 '감정'의 길은 다른 겁니다. 원인은 자신에게 있지
만 어떻게 할 수 없으니까, 탓할 수 있는 다른 원인을 찾게 됩니다.
원한은 실제로 일을 저지른 서형일을 향해 내달리게 되는 거죠. 형
님은 '남 탓'하는 범죄자의 전형적인 심리를 꿰뚫고 있었어요. 남성
룡은 암으로 시한부 생명을 선고받았지요. 그건 남성룡한테는 범죄
의 이익과 손실이 아슬아슬하게 균형을 이루고 있던 손익계산서의
한쪽이 확 무너졌단 걸 의미합니다. 어차피 곧 끝날 인생. 두려울 것
도, 거리낄 것도 없는 남성룡 본연의 악이 마침내 발현돼 가짜라고
오해했던 남진희 살해에 나섰어요. 마찬가지로, 증오스러운 서형일
역시 주저 없이 제거하고 회한 없이 인생의 마지막을 맞이하려 할
것이다, 형님은 그렇게 판단했을 겁니다. 서형일에게 녹음기를 쥐어
준 것도 그렇습니다. 어떤 감언이설로 꾀어서 녹음기를 휴대하게 했
는지는 몰라도, 형님의 진실한 목적은 남성룡의 대화를 녹음하려는
게 아니라 남성룡이 서형일을 살해하는 순간을 포착해서 움직일 수
없는 증거로 삼기 위한 거였어요. 실제 사건의 흐름은 예상과 다소
달라졌지만, 어쨌든 그 녹음이 남성룡을 파국으로 몰아넣는 결정적
역할을 했죠.

서형일을 그저 살인으로 체포하기란 어찌 보면 쉽습니다. 박은순
이나 남진희 사건에서 형님이 밝혀낸 트릭의 단서들이 얼마든지 남
아 있어요. 서형일은 두 사람을 살해한 건으로 어찌어찌 유죄로는

337

될 수 있겠죠. 하지만 얼마만큼 처벌을 받을까요. 요즘 같은 사회 분위기에서 절대 사형은 선고되지 않을 겁니다. 그럼 무기징역? 무기징역은 가석방이 기다리고 있죠. 한 15년 넘기면 모범수 타이틀을 달고 40대 중반의 서형일이 새 인생을 시작하기 위해서 감옥에서 기어 나오게 됩니다. 형님은 그걸 받아들일 수 없었던 겁니다. 남성룡 역시 마찬가지예요. 인생이 얼마 안 남았긴 하지만 남진희를 살해한 진정한 흉수이면서도 법적으로는 어떠한 처벌도 불가능하다는 걸 법률가인 형님은 잘 알고 있었을 겁니다.

그래서 형님은 그 둘에 대한 즉각적인 처벌을 선택했어요. 꼭두각시의 조종자였던 남성룡을 다시 꼭두각시로 삼았어요. 형님은 그의 범죄 성향, 그의 동기, 그의 사고방식을 자극해 살인을 유도하는 극단적인 방법을 취한 겁니다. 남진희 살인의 실행범 서형일은 피살되고, 남진희 살인의 배후 인물인 남성룡은 서형일 살인 현장을 녹음해서 확실한 증거를 확보하고. 쫓고 있던 두 마리 토끼를 돌멩이 하나로 가볍게 해치우는 절묘한 방법이었죠.

형님은 남진희를 찬탄하고 숭배했습니다. 아니, 이런 말을 해도 된다면, 차라리 사랑이라고 표현할까요. 고진 식의 기묘하고도 차가운 정열. 그 만남은 잠깐에 불과했기에 더 깊게 각인되었을지 모르죠. 그래서였습니다. 저는 알 수 있어요. 늘 매사에 무심한 고진이라는 사람을 이토록 몰두하게 만든 게 다 뭐였겠습니까? 죽은 사람이 남진희가 아니었다면 형님이 이토록 깊숙이 끼어들었을까요?

형님은 사건이 끝난 상황에서 굳이 몇 가지 확인해 보고 싶다면서 구치소에 있는 남성룡을 만나게 해달라고 했죠. 그런데 형님이 물어

본 건 기껏해야 아들인 서형일을 살해한 심정 정도였어요. 겨우 그걸 묻기 위해 남성룡을 면회했겠습니까? 진짜 이유는 따로 있었어요. 한 가지는 저한테 대한 과시용이죠. '난 남성룡이 남진희가 친딸인 걸 알고는 서형일을 죽이리라고는 전혀 예상 못 했다'고 주장하고 싶었던 거예요. 둘째는 자신의 행동의 결과에 대한 확인일 겁니다. 과연 남성룡이 형님의 조종대로 이끌려 서형일을 죽인 것인지 그 인과관계와 결과물을 확인하고 싶었던 거죠. 형님의 그 습성은 누구보다 제가 잘 압니다.

형님은 남성룡을 조종해서 서형일을 죽였어요. 경찰인 저한테 그런 의문을 갖지 못하도록 쇼를 하셨지만, 사실 그럴 필요는 없었어요. 남성룡에게 타고난 범죄성이 있고, 형님이 그걸 자극했고, 그래서 살인했다는 인과를 입증하기란 불가능하니까요. 적어도 과학적 입증은 절대로 안 됩니다. 법으론 처벌할 수 없는 교묘한 살인입니다. 남성룡의 방법을 능가할 정도로. 제가 틀렸습니까? 모든 게 저만의 상상입니까? 말해 보십시오."

고진이 허허로운 얼굴로 길게 담배 연기를 내뿜고는 할 수 없다는 듯 마침내 입을 열었다.

"며칠간 그런 의혹에 휩싸여 있었나."

"……."

"자네 얘길 들으니 문득 단테와 베아트리체가 생각나는군. 영원의 여성을 만나 단테는 문학을 낳았지만 나는 죽음을, 아니, 살인을 낳았단 건가?"

고진이 히죽 웃으며 말했지만 이유현은 그를 똑바로 쳐다볼 뿐 대꾸하지 않았다. 고진이 표정을 되돌리고서 다시 말했다.

"실은 자네라면 그런 생각을 할 수 있을 거라고 생각했었어. 또 자네가 아니면 그런 생각을 할 수 있는 사람은 있지도 않고. 그래서 내가 자네를 좋아하지. 근데 이번은 그 예리한 화살이 나를 찔러 오는군. 이유현 반장, 난 말이야……."

고진은 산 아래 어슴푸레한 먼 곳으로 시선을 던졌다.

"서형일 같은 자들을 형사소송법이니 뭐니 하는 온갖 구질구질한 절차를 거쳐서 겨우 고양이 눈물만큼밖에 처벌 못 하는 법률의 굴레가 싫었어. 그래서 법원을 나와 버렸어. 아, 물론 그런 절차가 있단 게 사회적으론 의미가 커. 당연하기도 하고. 하지만 나 개인, 고진이라는 개인한텐 당최 구미에 안 맞는 거야. 그런 자들을 건드릴 수 없는 한계 지점이 빤히 눈앞에 보이더군. 그래서 관뒀어.

솔직히 인정해. 이번 사건에서도 그런 생각을 잠깐이나마 안 해 본 건 아니야. 남성룡을 이용해서 서형일을 해치워 버릴까? 멍청하고 귀찮은 재판 절차 없이 극악한 범죄자 둘을 그냥 끝장내 버리면 어떨까. 하지만 말이야……. 결국 그렇게는 못 하겠더군. 개인이 정의감만으로 살인하기 시작한다면 인류는 얼마 안 가 전멸할 걸세. 어둠의 변호사라는 칙칙한 별명으로 불리지만 나한텐 어쩔 수 없는 한계가 있어. 법률로는 처벌할 수 없을지 몰라도 어쨌건 살인이잖아. 그나마 남아 있는 내 양심이 그건 안 돼, 하고 외치고 있었어.

남패전 영감님의 말을 듣고는 바로 다음 날 남성룡의 당초 유언내용을 알아내 진상에 도달했던 건 맞아. 하지만 남성룡한테 남진희가 친딸이란 걸 그런 방식으로 알렸던 건 서형일을 죽이기를 기대하고

한 건 아냐. 내가 바란 건 기껏해야 남성룡이 마음을 돌려 서형일의 범행을 증언해 주기를, 적어도 박은순 사건 때 남성룡이 목격한 사실만이라도 경찰에 알려 주기를 기대한 거였어. 녹음기를 서형일한테 쥐여 준 것도 그 때문이었어. 남진희가 친딸이란 걸 안 남성룡이 실행범인 서형일한테 직접 접근해 올 것을 기대했어. 서형일의 범행을 확인하고 나무랄 수도 있겠지. 어떻든 은밀한 범죄의 실마리가 누설되고 녹음되길 바랐던 거야.

서형일한테는 알리바이가 의심스러워 당신을 범인으로 생각했다고 겁을 줘놓았어. 내 말대로 녹음을 충실히 하도록 심리적인 덫을 깔았던 거야. 다른 범인이 접촉해 올 거라는 내 말엔 속으로 코웃음 쳤겠지. 자신이 바로 범인이니까. 하지만 내가 알리바이 트릭을 꿰뚫어 보고 의심했다는 말엔 겁이 더럭 났을걸. 나는 서형일한테 혐의를 벗으려면 협조해 달라, 충실하게 녹음을 해달라고 요구했어. 서형일은 속으론 비웃었겠지만, 의심받지 않기 위해서는 할 수 없이 녹음기를 충실히 켜놓고 빈 파일이라도 넘겨 내 말에 따르는 척은 해야 했던 거야. 난 분노한 남성룡이 서형일을 찾아가 범행에 관한 말이나 단서를 남길지도 모른다 생각했어. 그러면 서형일이 자신의 혐의를 벗기기 위해서라도 그 내용을 나한테 넘길 거라고 기대했던 거고. 그런데 남성룡이 예상을 넘어 폭주해 버린 거야. 한걸음에 곧장 살인이라는 종착역까지 말이야."

이유현은 고진의 옆얼굴을 빤히 쳐다보았다. 그의 말을 다 믿지 못하는 불신감이 이유현의 시선에서 강하게 묻어나왔다. 그 눈길을 피하는 것인지 생각에 잠긴 것인지 고진은 미동도 없고 담배 연기를 마시고, 뿜을 뿐이었다.

'남성룡과 남진희의 친자검사를 제안할 때 형님은 왜 남진희가 남성룡의 친딸이 아니라는 거짓 가설을 내세웠습니까? 경찰이 진상을 눈치 채고 남성룡의 서형일 살해를 예방할 기회를 뺏기 위해서는 아니었습니까……?'

하지만 정작 이유현이 꺼낸 말은 마음속 의문과는 달랐다.

"그 말씀을 들으니 다행입니다. 솔직히 전 아직도 가끔 형님이 어떤 사람인지 잘 모를 때가 있어서요……."

이유현이 조금 뜸을 들이다가 말했다.

"한 가지만 더 물어볼게요."

"음."

"남성룡한테 남진희가 친딸이란 걸 알려 줬을 때, 서형일을 살해할 것을 기대하지는 않았다 하더라도, 적어도 '죽여도 무방하다, 아니 죽여도 할 수 없다', 이런 식의 생각이 마음 깊은 곳에서는 정말 없었을까요?"

고진은 한참 동안 말이 없었다. 깊은 생각에 잠긴 것 같았다. 그 질문에 답하기 위해 자기 마음의 심연을 들여다보고 있는 건지, 아니면 이미 알고 있는 답을 회피하기 위해 그런 척을 하고 있는 건지 알아내기는 힘들었다. 고진은 힘들게 입을 열었다.

"그건 잘 모르겠네."

고진은 한마디를 남기고는 천천히 자리에서 일어섰다. 이유현의 눈을 정면으로 바라보며 고개를 끄덕였다. 작별인사 대신이었다. 고진은 산 아래로 허우적거리며 떠나갔다. 이유현은 고진의 뒷모습을 차가운 눈초리로 쫓았으나 그를 불러 세우지는 않았다.

사건이 끝난 후 고진을 찾은 사람이 이유현만은 아니었다. 남성
룡이 죽고 모든 재판이 종료된 지 2주일 뒤, 남광자에게서 만나자는
연락이 왔다. 오후 시간이었다. 여의도 한강시민공원에서 만날 것을
청했고, 굳이 차를 가지고 나오도록 권했다.

고진은 한강이 내려다보이는 강변 주차장의 구석 자리에 차를 댔
다. 검은 제네시스가 스르르 미끄러지듯이 옆에 와 섰다. 예전 남성
룡이 타던, 그리고 남광자를 덮치려다 남패전이 몸을 던져 막은 그
차였다. 운전석 차 문이 열리고 남광자가 내렸다. 여성에게는 어울
리지 않는 두툼한 가방을 안아 들고는 고진의 조수석 문을 열고 올
라탔다. 남광자는 가방을 뒷좌석에 밀어 놓았다.

"이게 뭡니까?"

물음과 달리 고진은 짐작이 간다는 듯 심드렁한 얼굴이었다. 남광
자가 조심스럽게 고진을 향해 몸을 돌리고 이야기했다.

"성의입니다. 받아 주세요. 사례비 액수를 정했던 건 아니지만 저
로서는 최대한의 성의를 보이는 거예요."

고진은 멀뚱멀뚱 말이 없었다.

"남들은 몰라도 전 알고 있어요. 선생님은 철저히 제 의뢰에 따라
움직였다는 걸요. 선생님이 경찰하고 같이 여러 번 우리 집을 찾아
왔고, 가족들을 일일이 만나고 다녔다는 것도 알고 있어요. 진희가
죽고, 오빠가 형일이를 죽이고, 결국 제가 어부지리로 유산을 다 받
게 됐지만 그게 우연이 아니란 것도요. 어떻게 하신 건지 저 같은 사

람은 도저히 알 수 없지만 분명히 선생님이 배후에 있었어요. 전 오빠가 남긴 재산 일부만 받아도 만족했는데 선생님은 전부를 저에게 안겨 주셨어요. 그 과정에 여러 가족이 죽고 다쳤어요. 사람들은 가족끼리 유산 때문에 살인했다고 하지만 겉으로 보이는 그게 다는 아니에요. 틀림없이 선생님이 뒤에서 일을 다 만들어 내신 거예요. 전 눈치 하나로 살아온 사람이에요. 선생님은 정말정말 무서운 분입니다. 전 죽은 오빠가 세상에서 제일 무서운 사람이라고 생각해 왔어요. 사람들은 오빠를 온화한 사람으로 알고 있었지만, 목표한 건 어떤 비정상적인 수단을 써서라도 가차 없이 이루고야 마는 사람이었지요. 하지만 선생님은 더 무서운 분이에요. '어둠의 변호사'라고 했을 때 선생님은 단지 법정에 나가지 않아서 붙은 별명이라고 했지만, 아니에요. 어떤 방법을 이용해서라도 목적을 달성하고야 마는 분이에요. 그래서 그 이름이 붙었다는 걸 이번에 알 수 있었어요. 솔직히 제가 사례를 드리려는 건 고마운 마음 반, 무서운 마음 반이에요. 부디 받아 주세요. 그리고 이걸로 선생님과의 인연은 영원히 잊도록 할게요."

남광자는 말을 마치고 정중히 인사를 하고 차에서 내렸다. 제네시스는 조용한 엔진음을 내면서 강변 위 도로 쪽으로 사라져 갔다.

"……."

고진은 무표정하게 뒷좌석에 놓인 가방을 열어 보았다. 대략 보아 5만 원짜리 뭉칫돈 스무 묶음, 1억 정도인 듯했다.

담배를 꺼내 물고 천천히 강변을 응시하던 고진은 안주머니에서 휴대전화를 꺼내 꾹꾹 눌러 어디론가 전화를 했다. 벨이 울린 지 세

번 만에 찰칵 하고 연결음이 들려왔다.

"네. 서울맹인복지회입니다."

낭랑하고 사무적인 여성의 목소리였다.

"저는 고진이라고 하는 시민입니다만."

"무슨 일이십니까?"

"기부를 하고 싶습니다. 금액은 1억입니다."

전화기 너머로 작은 소동이 느껴졌다. 통화를 끝낸 고진은 늘어뜨린 오른손에 휴대전화를 든 채 가늘게 뜬 눈으로 한강의 도도한 물줄기를 느끼려는 듯 망연히 앞을 주시하며 한없이 앉아 있었다. 햇살을 받아 빛나는 강물 위에 수줍게 웃는 남진희의 얼굴이 언뜻 비쳤다가 금세 흘러가 버렸다.

〈끝〉

붉은 집 살인사건

1판 1쇄 펴냄 2016년 5월 27일
1판 7쇄 펴냄 2023년 2월 9일

지은이 | 도진기
발행인 | 박근섭
편집인 | 김준혁
책임편집 | 장은진
펴낸곳 | 황금가지

출판등록 | 2009. 10. 8 (제2009-000273호)
주소 | 06027 서울 강남구 도산대로 1길 62 강남출판문화센터 5층
전화 | **영업부** 515-2000 **편집부** 3446-8774 **팩시밀리** 515-2007
홈페이지 | www.goldenbough.co.kr

도서 파본 등의 이유로 반송이 필요할 경우에는 구매처에서 교환하시고
출판사 교환이 필요할 경우에는 아래 주소로 반송 사유를 적어 도서와 함께 보내주세요.
06027 서울 강남구 도산대로 1길 62 강남출판문화센터 6층 민음인 마케팅부

© 도진기, 2016. Printed in Seoul, Korea
ISBN 979-11-5888-125-2 04810
ISBN 979-11-5888-124-5 04810(set)

㈜민음인은 민음사 출판 그룹의 자회사입니다.
황금가지는 ㈜민음인의 픽션 전문 출간 브랜드입니다.